EUSKARA ETA LITERATURA

DBH 3

NOLAKOA DA LIBURU HAU?

Ikasegoerak

Errealitatearekin lotuta daude, eta benetako arazoak aurkezten dituzte benetako egoeretan. Gainera, arloko konpetentzia espezifikoak garatzeko aukera ematen dute.

GJH
Garapen jasangarrirako helburuekiko lotura

Informazio-kapsulak.

Erronkari, arazoari edo desafioari **erantzuteko zereginak.** Gainera, **ikaskuntzaren ebidentzia.**

HASIERA

GARAPENA

AMAIERA

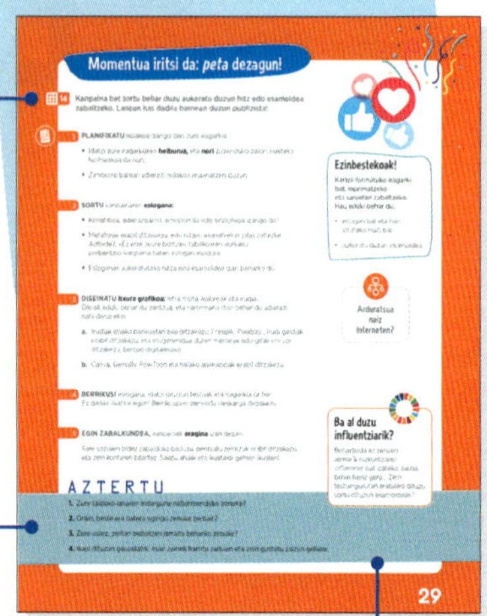

Testuingurua
Galdera, desafioa, erronka..., ikasteko interesa eta jakin-mina pizteko.

Zer ikasiko duzu?
Ikasegoeran lortuko diren helburuak.

Ikertzeko, hausnartzeko edo aplikatzeko **jarduerak.**

Jakingaien eta trebezien erreferentzia.

Ikaskuntzari buruzko hausnarketa: **zer, nola** eta **zertarako.**

Ezagutzen **transferentzia.**

- Bakarka
- Talde txikian
- Binaka
- Talde handian

ELEMENTU INTERAKTIBOAK

- Bideoa
- Trebezia digitala
- Audioa
- Infografia
- Deskargatzekoak
- Jarduera

IkaskuntzaZerbitzua

JAKINGAIAK ETA TREBEZIAK

Jakingaiak **sistematikoki** barneratzeko oinarrizko materiala.

Arloa lantzeko eta ikasegoerak arrakastaz burutzeko beharrezko jakingai guztiak.

Multzoka antolatutako **fitxak,** azalpen teorikoekin eta **aplikatzeko jarduerekin:**

Euskara gizartean

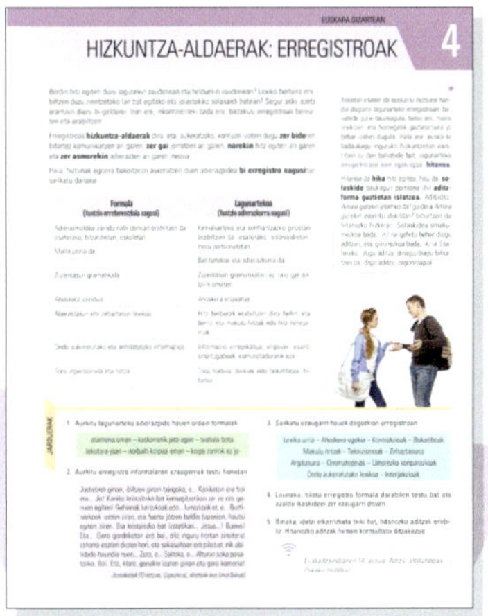

Komunikazioa

Literatura

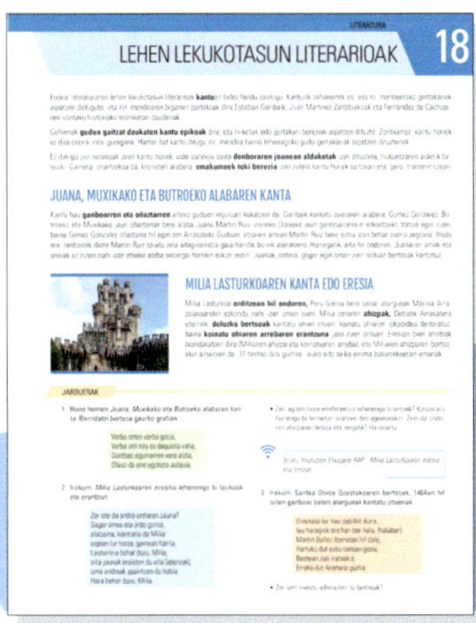

Hizkuntzaz hausnartu

Lexikoa, ortografia, deklinabidea, aditza eta joskera.

Trebeziak

Gainera...

edebé On

- Liburu digital interaktiboa
- Baliabideen liburutegia
- Bideoak, inforgrafiak eta jarduera interaktiboak

AURKIBIDEA

Ikasegoeretako jakingaiak

Komunikazioa: Ahozko eta idatzizko komunikazioa	Komunikazioa: Irakurriaren ulermena	Hizkuntza eta hiztunak	Hizkuntzari buruzko gogoeta
▸ Argudio-testuak ▸ Debateak ▸ Ez-hitzeko hizkuntza	▸ Komiki bat ▸ Debate bat	▸ Hizkuntza ez-baztertzailea	▸ Modalizazioa ▸ Testu-antolatzaileak ▸ Aditzak
▸ Deskribapen-testuak	▸ Paul Fiteroren *Autoerretratua* ▸ R.M. Azkuek *Cancionero popular vascon* bildutako «Ikusi nuenean» abestia	▸ Maileguak	▸ Adjetiboak ▸ Aditzak: kopulatiboak, pertenentziazkoak eta egoerazkoak
▸ Iragarkiak ▸ Kartelak	▸ Paul Bilbaori elkarrizketa ▸ Publizitate-kanpainak	▸ Aurreiritzi linguistikoak ▸ Neologismoak ▸ Hizkuntzen arteko kontaktua: interferentziak	▸ Aurrizkiak ▸ Atzizkiak ▸ Eratorpena eta hitz-elkarketa
▸ *Streaming* plataformetako edukiak ▸ Elkarrizketa formala eta informalak ▸ Estilo zuzena eta zehar-estiloa	▸ Ibai Llanosi elkarrizketa	▸ Hizkuntzen arteko kontaktua: interferentziak	▸ Galdetzailea ▸ Hika eta zuka
▸ Narratibaren ezaugarri nagusiak ▸ Irakurraldi dramatizatua	▸ *Stranger things* telesailaren gidoi-literarioa	▸ Ikus-entzunezkoetako hizkuntza	▸ Adjetiboak ▸ Interjekzioak
▸ Azalpen-testuak ▸ Informazio iturri fidagarriak	▸ Erreportaje bat ▸ Taulak eta grafikoak	▸ Hizkuntza-aldaerak: erregistroak	▸ Kohesio mekanismoak ▸ Perpausak
▸ Dekalogoak ▸ Testu hezigarrien ezaugarriak	▸ Miren Agur Meaberen *Zer da ba maitasuna* eleberriko pasarte bat ▸ Ovidioren *Antzinako Erroman maitatzea*	▸ Ez-hitzezko hizkuntza	▸ Puntuazio-markak ▸ Agintera ▸ Nominalizazioa
▸ Albisteak ▸ Albiste izateko irizpideak	▸ Albiste bat ▸ Albisteen titularrak	▸ Komunikabideetako hizkuntza	▸ Perpausaren ordena ▸ Estilo aktiboa eta estilo pasiboa ▸ Galdegaia
▸ Arau-testuak ▸ Eztabaidak	▸ Arau-dokumentu baten hitzaurrea	▸ Hizkuntza-barietateak: mailak eta erregistroak	▸ Aditz-denborak
▸ Euskalkien ezaugarriak	▸ Euskalkiei buruzko artikulua	▸ Aberastasun dialektal, linguistiko eta kulturala	▸ Esamoldeak
▸ Iritzi-artikuluak	▸ Virginia Woolfen *Gela bat norberarena*	**Literatura-hezkuntza** ▸ Saiakera	▸ Iritzia adierazteko aditzak ▸ Pertsona-gramatikalak
▸ Sintesiak eta laburpenak ▸ Informazioa bilatzea	▸ Aforismoak	▸ Literatura-generoak ▸ Poemak	▸ Baldintza-perpausak

Gogoratu *Jakingaiak eta Trebeziak* fitxen bitartez ere landu ditzakezula!

Hizkuntzaz hausnartu atalean, lexikoa (26.-31. fitxak), ortografia (32.-36. fitxak), deklinabidea (37.-44. fitxak), aditza (45.-51. fitxak) eta joskera (52.-60. fitxak); *Entzun eta hitz egin* (9.-16. fitxak); *Literatura-hezkuntza* (17.-25. fitxak), *Euskara gizartean* (1.-8. fitxak) eta *Trebeziak* (61.-68. fitxak).

1

Argudiatuz elkar ulertzen dugu

Gaur, berri bikain bat eman digute: ikasturte-amaierako bidaia egingo dugu! Zoritxarrez, baina, pozak gutxi iraun du, arazo bat sortu delako: batetik, Anek mendi-ibilaldi bat proposatu du eta aintzira batean ur-jarduerak egitea; bestetik, Ekainek beti aipatzen dugun atrakzio-parkera joatea aldarrikatu du behin eta berriz.

Bat-batean, adiskidetu ezineko bi talde sortu dira. Gure tutoreak akordio batera iristeko eskatu digu, baina ezinezkoa dirudi.

▶ **Gai izango gara eztabaida bat egiteko eta argudio onak erabiliz elkar konbentzitzeko?**

Bakearen kultura

Posible da gatazkek konponbide baketsuak izatea? Kontuan har ditzakegu alde guztiak inork ez galtzeko? Elkarrizketa oso korapilatsua bada eta irtenbiderik ez dagoela ematen badu, bitartekari lanak egingo dituzten pertsonak bila ditzakegu.

Zer ikasiko duzu?

- Ideiak argi eta garbi azaltzen, besteei inposatu gabe.
- Proposamenak argudiatzen, gai objektiboak eta subjektiboak bereiziz.
- Desadostasunak modu baketsuan konpontzen.
- Demokratikoki eztabaidatzen eta adostasunak lortzen.

Hitzen indarra

1 Ezagutzen dituzu...?

MALALA YOUSAFZAI

Ikusi nolako ahalmena duen indarkeriaren aurrean eta hezkuntzaren defentsan duen jarrerak.

Zer arlo iruditzen zaizu nabarmentzekoa?

BERTHA VON SUTTNER

Kazetari eta eleberrigile gisa, bere hitzak bakearen zerbitzura jarri zituen.

Zein dira haren ekarpen nagusiak?

NELSON MANDELA

Historiako hizlaririk onenetako bat da. Haren berezko hizkera argi eta motibatzaileak lider bihurtu zuen.

Badakizu zein den haren lorpenik garrantzitsuena?

MAYA ANGELOU

«Ikasi dut jendeak ahaztu egingo duela zer esan duzun eta zer egin duzun, baina ez dutela inoiz ahaztuko nola sentiarazi dituzun»

Jar zaitez bestearen tokian

• 2 Saihestu nahi baditugu ere, gatazkak bizitzaren parte dira. Aztertu egoera hauek:

1

2

- Zein dira bi egoeren arteko aldeak?
- Nolako jarrera du gazteak bakoitzean? Zer adierazten du hitzik gabeko hizkuntzak?
- Nola konpondu da gatazka kasu bakoitzean?
- Zein da zure iritzia?

Nola egiten dira debateak?

3 Zein dira argudio eraginkorrenak mahai-inguru edo debate batean? Nola lor dezakegu norbait konbentzitzea?

— Entzun eztabaida baten zatia. **«Ba al du mugarik umoreak?»** da gaia.

Ba al du mugarik umoreak?

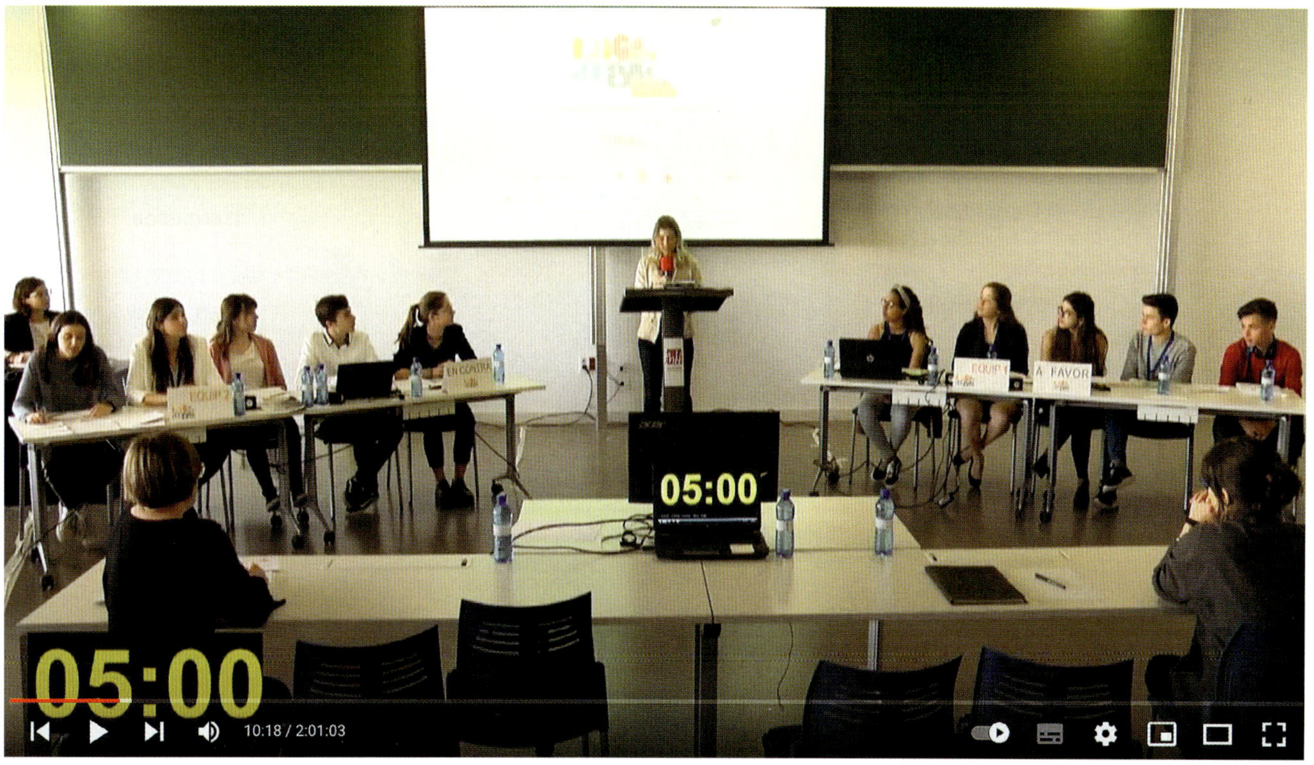

4 Gauza bera al dira *gaia* eta *tesia*? Eztabaida bat aztertu aurretik, ezinbesteko kontzeptuak argi izan behar dituzu. Online-hiztegi batean bila ditzakezu.

gaia

argudioa

kontra egin

tesia

kontrako argudioa

Mahai-ingurua edo debatea entzutean, erreparatu hizlariek egiten dituzte isiluneei. Zer ekarpen egiten diote diskurtsoari? Zure ustez, egokiak al dira? Nola jasoko zenituzke etenaldi horiek idatziz?

5 Kostatu egin zaizu bakoitzaren tesia identifikatzea? Arrazoitu zure erantzuna.

Eztabaidetako esapideak
10. fitxa

6 Orain, azter dezagun debatea sakonki.

— Lehenik, egitura: zer tesi defendatzen duen bakoitzak eta zer informazio ematen den atal bakoitzean.

AMALUR	VS	IZAR
	SARRERA Tesiaren aurkezpena	
1. argudioa	**GARAPENA** Tesia argudioen bidez defendatzea	1. argudioa
2. argudioa		2. argudioa
3. argudioa		3. argudioa
	ONDORIOAK Tesiaren laburpena	

— Orain, aztertu nola aurkezten dituen bakoitzak bere argudioak. Identifikatu zerrenda honetan zein agertzen diren eztabaidan eta bilatu adibide zehatza.

- Hitz egiten ari den neska edo mutila galderak egiten dizkio entzuleari.
- Beste pertsona edo egoera batzuen adibideak jartzen ditu.
- Esaldi ezagunak edo adituen hitzak aipatzen ditu.
- Figura erretorikoak erabiltzen ditu: konparazioak, metaforak, errepikapenak, antitesiak, etab.
- Esaldi deigarriak erabiltzen ditu.

7 Eta nola lotzen da argudio bat beste batekin? Entzun berriz debate eta sailkatu testu-antolatzaileak.

Testu-antolatzaileek ideiak edo argudioak lotzeko eta diskurtso koherente bat sortzeko balio dute.

Zenbait testu-antolatzaile

Sarrerarako:
Hasteko,... / Sarrera gisa...

Hasteko,... / Sarrera gisa...:
Lehenik, ... / Bestalde, ... /Azkenik...

Argudioak indartzeko: Denok dakizuenez, ... / Datuen arabera, ...

Argudioekin jarraitzeko:
Ildo horretan, ... / Era berean, ...

Argudioen aurka:
Dena dela, ... / Esanak esan, ...

Amaierarako:
Beraz, ... / Laburbilduz, ...

8 Ikusitako eta aztertutako guztia kontuan izanda, zer aldek konbentzitu zaitu gehien? Zergatik?

Nola hitz egin behar dugu?

Hitz egiteko modua edukia bezain garrantzitsua al da?

9 **Mahai-inguru batean, oso garrantzitsuak dira gure portaera, gure gorputzaren jarrera, gure keinuak eta gure intonazioa.**

— Azaldu zein diren bi irudi hauen arteko ezberdintasunak komunikazio-mailan.

— Zeinekin identifikatzen zara mahai-inguru batean parte hartzeko orduan?

— Zure ustez, zein da eraginkorrena besteak konbentzitzeko?

Ez-hitzezko hizkuntzaren 6 gakoak debateetarako:

1. Jokatu naturaltasunez, gorputz-jarrera ere bai, konfiantza transmititzeko.
2. Adierazkorra izan zaitezke, baina kontrolatu zure keinu eta mugimenduak.
3. Begiratu besteei begietara hitz egiten edo entzuten ari zarenean.
4. Izan kontziente zure aurpegieraz: ezin da bortitza izan, ez inor beldurtzeko modukoa, zure diskurtsoarekiko koherentea baizik.
5. Zaindu ahots-tonua, modulatu intentsitatea eta ez egin oihu.
6. Kontrolatu etenaldiak, nahi dituzun esaldiak azpimarratzeko.

10 **Gure jarrera eta intonazioaren bidez komunikatzen dugunak besteei zuzentzeko erabiltzen ditugun hitzekin bat etorri behar du. Nola esan daitezke esamolde hauek inor mindu gabe?**

Isil zaitez, ez dakizu zertaz ari zaren-eta.

Bai zera! Esan berri duzunak ez du zentzurik.

Aizu, isil zaitez, neu ari naiz hitz egiten.

Modalizazioa
59. fitxa

11 **Orain, aztertu zure argudioak sendotzen lagunduko dizuten kategoria gramatikaletako bat: aditzak.**

— Nola jokatuta daude debatearen zatiko aditzak? Lehen, bigarren ala hirugarren pertsonan? Singularrekoan ala pluralekoan?

Zer dira kategoria gramatikalak? Aditzaz gain, zer beste kategoria gramatikal daude?

Atrakzio-parkea ala mendi-ibilaldia? Gure debatea

• 12 **Ikasturte amaierako bidaia nora egin adosteko unea iritsi zaigu. Botazioa egin aurretik, bi aukeren aldeko argudioak ezagutu behar ditugu. Beraz... has dadila debatea!**

— Bikoteka, pentsatu eta idatzi proposamen bakoitzaren aldeko argudioak: atrakzio-parkera joan ala mendi-ibilaldi bat egin.

— Banatu bi taldetan, zuen aukeraren arabera.

— Talde bakoitzak bere tesiaren alde egiteko 5 argudio nagusiak aukeratuko ditu.

BAI	EZ
Datuetan oinarritutakoak: zifrak, kostuak, pertsona kopurua, estatistikak, etab.	Egiazko datuetan oinarritu gabeko iritziak.
Ezagutza zientifikoa: ikerketa, unibertsitate edo laborategiren batek egiaztatutako argudioak.	Eguneroko ezagutza: egoeraren gaineko ezagutzarik gabeko elkarrizketetan oinarritutako iritziak. Hausnartu gabeko ideiak edo aurreiritzietan oinarritutakoak.
Hainbat ikuspegi: ideia berriak, egoerak interpretatzeko modu ezberdinak. Ekarpenen bat egin.	Ikuspegi ezaguna: dagoeneko guztiok dakigun zerbait argudiatzea, ekarpen berririk egin gabe.
Argudio etikoak: kontu objektiboez gain, elkartasuna, adiskidetasuna, estimua edo beste balio batzuk. Adibidez: «...eta hori gutxi balitz bezala, ingurumena zaintzen dugu».	Balioen aurkako argudioak edo etikoak ez direnak.
Interpelazio-argudioak: jarri agerian, galdera baten bidez, hizketakideak erabilitako argudioren baten ahultasuna, zure argudioak hobeak direla erakusteko. Adibidez: «Ez duzu uste zure aukera pixka bat...?».	Beste proposamenaren aurkako interpelazio etengabeak, gure aukeraren aldeko ekarpenik egin gabe.

Nola antolatuko dugu debatea? Nola banatuko ditugu rolak?

3' aurkezpena
3' kontrako argudioak
3' ondorioak

— Hasi debatea.

a) Hasi aurretik, banatu rolak.

b) Talde bakoitzak 3 minutu izango ditu hasierako aurkezpena egin eta argudioak garrantziaren arabera aipatzeko.

c) Hasierako aurkezpenen ondoren, talde bakoitzak 3 minutu izango ditu beste taldearen argudioei aurka egiteko. Une horretan, elkarri hitza ken diezaiokezue, eta parte hartze bakoitza kronometratu egingo da.

d) Azkenik, debatea talde bakoitzaren ondorioekin amaituko da.

— Botazioaren unea: argudioak entzun eta gero, proposamenak bozkatuko dira.

— Proposamenetako bakar batek ere gehiengo esanguratsurik lortzen ez badu, bitartekaritza-taldeak tarteko proposamen bat egin dezake mahai-inguruan planteatutako ideia guztiak kontuan izanda, eta botazioa errepikatuko da.

Arrakasta izateko gakoak

14 Zorionak! Dagoeneko debatea egin duzue eta ziur ados jartzea lortu duzuela. Orain, aztertu egindakoa eta adierazi zein diren mahai-inguru on bat egiteko 7 gakoak. Izan daitezela bizitzaren edozein testuingurutan aplikatzeko modukoak.

1 Honako hauek zerrenda osatzen lagunduko dizuete:

- Errepasatu debatearen urratsak: nola sentitu gara hura prestatu bitartean?
- Garrantzitsua da eztabaidatzen ari garen gaiari buruzko datu objektiboak izatea?
- Lagungarria da adibideak jartzea, pasadizoak azaltzea edo konparazioak egitea?
- Zer elementu dira garrantzitsuak denen iritziak kontuan har daitezen?
- Zer egin dezakegu beste taldearen jarrera ulertzeko?
- Nola jar gaitezke ados?
- Nola amaitu da eztabaida?

2 Zintzilikatu zerrenda klasean. Debateak egiteko ez ezik, edozein gatazka konpontzeko eta besteen ideiak errespetatzeko balioko dizue... zuen arteko giroa baketsua izan dadin, azken batean.

BERRIKUSI

1. Nola sentitu gara eztabaidan zehar?
2. Zure ustez, zer da garrantzitsuena?
3. Iritziak argi azaldu dira eta denak errespetatu ditugu?
4. Ez-hitzezko komunikazioaren zer elementuk izan dezakete eragina?

Jarrerak axola du

- Zer gako beteko dituzu gatazken aurrean jarrera baketsu bati eusteko?
- Gatazkak era baketsu batean konpon daitezke?

2

Nire selfiekoa neu naiz?

Sare sozialak irudi eta bideoen erakusleiho bilakatu dira: **minutuero,** 695.000 historia argitaratzen dira Instagramen eta 5.000 Tik-tok deskargatzen dira.
Asko *selfieak* izaten dira, baina... *selfie* horiek gu geu nolakoak garen deskribatzen dute?

Nola ikusten dugu geure burua eta nola erakusten **dugu?** Baliteke bat ez etortzea...

- ***Selfia* geure buruaren deskribapena da?**
- **Nolako eragina du foto perfektuaren presioak osasun mentalean?**
- **Nola sortzen dugu gure identitatea Interneten? Besteek gu nola ikustea nahi dugu?**

Balio etikoak sareetan

Internetek eta sare sozialek ezartzen dituzten edertasun-kanonek presio estetikoa eragin eta konparaketa susta dezakete. Hori argi izan behar dugu, eta naturalagoak eta konplexu gabeak izateko aukera emango diguten balio etikoei eutsi behar diegu.

Zer ikasiko duzu?

- Geure burua nola deskribatzen dugun hausnartzen.
- Sare sozialek osasun mentalerako dakartzaten arriskuen inguruan eztabaidatzen.
- Irudi eta testu deskribatzaileak aztertzen.
- Autorretratu bat idazten.

Ibiltzea baino zaharragoa

1 Antzinaro klasikotik, jendeak autorretratatzeko eta gainerakoei beren burua erakusteko beharra izan du. Nola egiten zuten mugikorrik eta kamerarik gabe?

Willendorfeko venusa

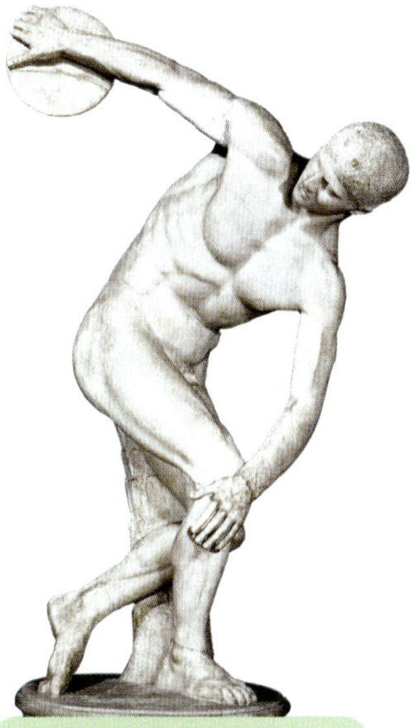

Diskoboloa

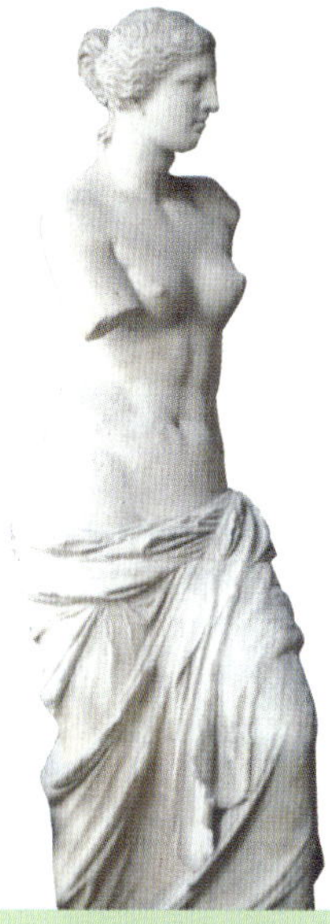

Miloko venusa

— Eta gorputza **ez ezik** emozioak ere erakusten zituzten.

- Esan genezake itxurakeria edo *postureoa* grekoek asmatu zutela? Zergatik?
- Zer antzekotasun eta zer desberdintasun dauzkate egungo argazkiekin konparatuz?

Nire *selfie*ak ni deskribatzen nau?

2 Aztertu publikazio hau:

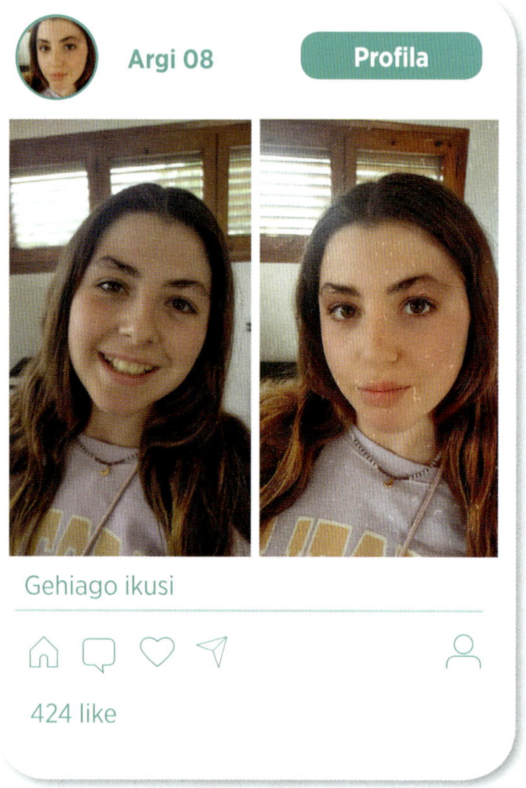

a) Zer ikusten duzu argazki hauetan? Deskribatu bien arteko desberdintasunak; egin ahalik eta deskribapen objektiboena.

b) Zenbateraino dago kezkatuta gainerakoei ematen diegun irudiagatik?

c) Zure ustez, sareetan edertasun-iragazkiak erabiltzeak zergatik izan dezake eragin negatiboa gugan?

Nola jakin dezaket argazki batek filtrorik duen ala ez?

3 Ausartzen zara test hau egiten?

IDENTITATEA Nola ikusten duzu zeure burua *selfie*tan?

a) Alaia **b)** Dibertigarria **c)** Seduktorea **d)** Unearen arabera: gogoko dut aldatzea

ITXURAKERIA Zer jarreratan jartzen zara edo nola enfokatzen duzu?

a) Originaltasuna nahi dut **b)** Ondo agertu nahi dut, eder **c)** Atzean paisaia deigarria nahi dut

FILTROAK Irudia editatzen duzu? Filtroak jartzen dizkiozu?

a) Inoiz ez; nahiago dut naizen bezalakoa agertu **b)** Batzuetan **c)** Beti filtroak

BESTEEZ Nola sentitzen zara beste batzuen argazki ederrak edo une alaiak ikusten dituzunean?

a) Pozik haiengatik **b)** Inbidiaz, haiek bezalakoa izan nahi dudalako **c)** Ez dit axola

PRESIOA Begiratzen duzu ea zure argitalpenek zenbat like dituzten edo komentario desatseginik duten?

a) Ez, ez dut begiratzen **b)** Bai, jakina **c)** Bai, asko kezkatzen naute biek

— Bildu ikasgelako taldeen datuak eta komentatu.

4 **Interneten edertasun naturala aldarrikatzeko mugimendu eta kanpainak ugaritu dira, besteak beste, #sensefiltres, #filterdrop edo #LetsChangeBeauty, bai eta *body positive* mugimendua ere. Aurkitu eta komentatu adibideetako batzuk.**

Eta autorretratuek eman dezakete norberaren irudi fidela?

• 5 Literaturan, autorretratua beti izan da modu bat norberaren burua besteen aurrean irudikatzeko eta elkar nola ikusten dugun eta nola ikustea nahi dugun azaltzeko. Nola idatz dezakegu bat?

Pertsonak definitzeko hainbat modu daude.

Autorretratua oso pieza librea da eta osagai hauek izan ditzake: norberaren deskribapen fisikoa, izaeraren deskribapena, sentsazioak, emozioak eta inpresioak; gertatu zaizkigun eta nolabait markatu gaituzten oroitzapenak edo gertaerak; besteek nola ikusten gaituzten edo nola eragiten diguten gure bizitzako pertsona garrantzitsuek.

AUTORRETRATUA, "Bat hilero" bakarrizketa-saiora bidali nahi eta ezin

Burua ilez josita daukat, eta neurri ertainekoa da. Jaio ere hala jaio nintzen, ilez beteta, baina gorputz osoa. Diotenez, tximino baten antza neukan nik jaioberritan, gerora hartu omen nuen gizaki baten eitea. Ilea bera kiribilduta daukat, ile xerlo txiki bakoitza bere erara kizkurtzen eta hazten da, bide aurreikusi ezinak urratuz, aske sentitu nahian. Nik ere aske izan nahi dut. Hamahiru bat urte nituenean gogoa izan nuen ile lisoa izateko, buruko belar haiek menperatzeko. Beraz, egunero hogei minutu lehenago jaiki, ilea apur bat busti, orraztu eta ilerako plantxekin lisatzen nuen. Aste Santutik udako oporrak arte ibili nintzen horrela. Pozarren joaten nintzen ikastetxera ile lisoarekin. Udako oporretako lehen egunean, herriko errekan bainatu ginen lagunok. Errekatik atera, eta, noski, ilea kizkur-kizkurtuta neukan, baina neure buruari esan nion: «Orain etxera ilea lisatzera? Bai, zera! Kuadrillan ederto nabil-eta!» Gainera, lagunek esan zidaten: «Hori bai hori ile kizkurra, guapoa da!». Egia esanda, kiribilak gehiago gustatzen zaizkit, ez dakit zergatik lisatzen nuen.

Bekoki arrunta daukat, ileek mugatua, bekokiari itxura jakin bat eman nahiko baliote bezala. Inoiz, kopeta-ilea utzi nahi izan dut, aldatzearren, baina ileak beste plan bat du, eta ez dut lortu inoiz ilea bekokiaren gainean geratzea. Eskerrak ez zaidan gauza bera gertatzen hortzekin. Hortzak esanekoak dira, eta bakoitza dagokion lekuan daukat. Pentsatu bestela nola izango nituen: aho-sabaian barreiatuta batzuk, paleta bat eta letagin bat aurreko goiko aldean, molar pare bat aurreko beheko aldean. A ze piura nirea!

Bekokiaren beheko mugan bekainak ditut: bi, arruntak. Dena den, beren egitekoa ondo betetzen dute: izerdiari eutsi; gora egin harridura aurpegia jartzeko, eta elkartu eta zimurtu, haserretzen naizenean.

Bi bekainen artean eta ahoaren gainean, sudurra daukat, luzexka, handixkoa. Protagonismo guztia sudurrari ematen dio aurpegiak. Jendeak begiratzen didanean, sudurrari erreparatzen dio beti, eta gero ileari. Ezin dut sudurra ezkutatu, aurpegitik aurreratuta daukat, «hemen nago» esan nahiko balu bezala. Hari bezala, niri ere jendearen arreta jasotzea gustatzen zait. Lagunek barre-algarak egiten dituzte nire pasadizo eta burutapenekin.

Begiak txikiak ditut. Barre egiten dudanean, are gehiago txikiagotzen zaizkit, eta eskuinekoa guztiz desagertzen da betazalen azpian, aurpegian agertzeko lotsaz bezala. Haserretzen naizenean ere txikiagotzen zaizkit, eta eguzkia dagoenean, euria, haizea... Esaten dute begiek zeure barrua erakusten dutela. Niri, ordea, ez zait gustatzen neure barrua erakustea, lotsatu antzean egiten naiz. Gauza barregarriak esaten dituenaren maskararen atzean ezkutatzen naiz ni. Nahiko nuke begi handiagoak izan, sendoak, sudurra bezalakoak, lotsagabeak. Sudurraren azpian, berriz, aurpegiaren beheko aldean bizarra daukat. Ez da sarria. Gustatuko litzaidake bizar itxiagoa izan, baina gorputzeko ileak oso apetatsuak dira, eta nahi duten lekuan eta nahi duten beste ateratzen dira. Ez dago haiei ezer esaterik, ez lizukete kasurik egingo. Bizarra daukat, txakurra sartzen zaidalako bizarra egin behar dudanean. Aspaldion, artaziekin apur bat mozten dut eta aurrera.

Aurpegiera guztiz atsegina daukat selfietan, bestela...

Paul Fitero, *Bat hilero*

Zer dio?

6 Zer deskribatzen du, itxura ala izaera? Esan zer ataletan.

7 Zure ustez, zergatik gehitu dio egileak izenburuari «bidali nahi... eta ezin!»? Arrazoitu zure erantzuna.

8 Zer iritzi du Paul Fiterok bere aurpegierari buruz? Zure ustez, zerbait aldatu nahiko luke? Zer?

9 Imajinatu ahal izan duzu nolakoa den pertsonaia autorretratuaren bidez? Hiru *selfie* hauetako zeinek du Paulen antzik handiena?

Zer itxura du?

10 Testu bat ulertzeko, ez da nahikoa zuzen idatzita egotea, ortografia-akatsik gabe. Ondo egituratuta egon behar du. Aztertu Paulen autorretratua.

- Zer azaltzen da paragrafo bakoitzean?
- Ideiak ondo antolatuta daudela uste duzu? Ildo berari jarraitzen diote?
- Testuak zentzu globala du, hasierako asmoa kontuan hartuta?
- Erabilitako puntuazio-markek testua antolatzen eta orekatzen dute?
- Paragrafo batetik bestera igarotzean, diskurtsoaren bilakaerari erantzuten zaio?

11 Deskribapenaz gainera, Paulek bitxikeria batzuk ere azaldu ditu. Zer bizipenek markatu du? Bilatu eta komentatu.

- Grazia egin dizute irakurri dituzunean?
- Zer asmorekin azaldu ditu, zure ustez?

Zer hizkera mota erabiltzen da?

12 Bilatu Paul Fiteroren testuan dauden adjektiboak eta sailkatu deskribatzen duten partearen arabera.

Aurpegiko atalak	Zer dio?	Zer baliabide darabil deskribatzeko?
Burua		
Kopeta		
Ilea		
Sudurra		
Begiak		
Aurpegiera		

Adjektiboa autorretratuaren gramatika-kategoria nagusia da. Zergatik? Bada, deskribatzeko balio duelako, hori bezain erraza!)

13 Adjektiboez gainera, zer beste gramatika-kategoria nagusitzen da deskribapenean?

IZENONDOEN ZERRENDETAN, KOMAK JARRI, BANATZEKO. EZ AHAZTU!!!

14 Autorretratuek aditz gutxi izaten dituzte, batik bat, **kopulatiboak** (izan, egon, iruditu), **pertenentziazkoak** (eduki, eraman, eutsi) edo **egoerazkoak** (egon, aurkitu, topatu).

Aditz kopulatiboak	Pertenentzia adierazteko aditzak	Egoerazko aditzak
...	...	...

15 Zure ustez, Paul Fiteroren autorretratua deskribapen literarioa da ala zientifikoa? Zergatik? Aztertu:

Burua ilez josita daukat.

Honen antzekoa da: Ile asko daukat. Nire buruak ile ugari dauka.

— Bada, egin gauza bera: idatzi esaldi hauek idazle ezagun batek bezala:

Ile kizkurra dut. Begi txikiak ditut. Larruazal beltzarana dut.

16 Zeure erretratua idatzi behar duzunean, ez izan erredundantea! Zenbat eta izenondo desberdin gehiago erabili, hobeto. Egin proba: idatzi honako izenondo bakoitzeko sinonimo bat eta **antonimo** bat:

erraldoia beltza zabala bizkorra

17 Nola nabarmenduko duzu zure ezaugarri bat **idatziz?** Noiz errepikatuko duzu (*zabal-zabala*)? Noiz erabiliko duzu samar (zabal samarra)?

Arrakasta izan duten erretratuak

18 ***Selfie* perfektua bilatzen dugu, baina... Perfekziorik ez dago! Hori bazekien abesti honen egileak. Badirudi ideal horren kontura barre egiteko eta edertasunaren topikoak desegiteko asmoz eginda dagoela abesti satiriko hau:**

IKUSI NUENEAN

Ikusi nuenean nik zure begia,
iruditu zitzaidan, maitea, anpolai gorria.

Ikusi nuenean nik zure okotza,
iruditu zitzaidan, maitea, gaztaña-lokotza.

Ikusi nuenean nik zure sudurra,
iruditu zitzaidan, maitea, lukainka-muturra.

Ikusi nuenean nik zure agoa,
iruditu zitzaidan, maitea, karabi-zuloa.

Ikusi nuenean zure belarria,
iruditu zitzaidan, maitea, azaren orria.

R. M. Azkuek Mutrikun jaso zuen abesti hau, eta *Cancionero popular vasco* bilduman argitaratu zuen, 1922an.

— Badago baliabide estilistikorik abestian? Zergatik erabili ditu?

19 **Ikusi ditugu eskultura eta ahozko literatura. Bada, pintura ez da gutxiago izango!**

Aztertu bi autorretratu famatu hauek, Vincent van Gogh eta Frida Kahlo margolarienak. Zer azpimarratuko zenuke haietako bakoitzetik?

— Aukeratu bat eta idatzi haren erretratu literarioa, Paul Fiterok egin duen bezala.

Vincent van Gogh

Frida Kahlo

Nor da nor?

20 **Orain, badakizu autorretratuak aztertzen, eta hausnartu duzu *selfie*n inguruan, eta, beraz, zeure buruari *selfie* bat eta autorretratu bat egiteko unea da. Baina ez izenik jarri! Prest dagoenean, *selfie* bakoitza dagokion autorretratuarekin lotu beharko da. Eta adierazgarria izango da. Izan ere, geure burua nola ikusten dugun eta besteek nola ikusten gaituzten jakingo dugu!**

1. FASEA

1. **EGIN** *selfie* bat.
2. **IDATZI** soilik aurpegiaren autorretratu literarioa. Gogoratu:
   - Deskribapen fisikoa eta izaeraren deskribapena egin behar duzu.
   - Testuan elementu narratiboak ere sar ditzakezu: zure bizitzako egoera esanguratsu bat edo definitzen zaituzten oroitzapenak.
   - Anonimoa izan behar du.
3. **BERRIKUSI** eta berregin beharrezkoa dena. Kontuan izan egiaztapen-zerrenda, gidatzat.
4. **ENTREGATU** dena irakasleari.

Ezinbestekoa!!!

- Idatzi zeure aurpegiaren deskribapena, 100-250 hitzekoa.
- Erabili baliabide estilistikoren bat.

2. FASEA

1. **HAS DADILA JOLASA!** *Selfie* guztiak horman jarri behar dira. Azpian, jarri aldebiko zinta itsaskorra. Banatu guztion artean autorretratu idatziak, bakoitzak bat izateko, eta itsatsi zure ustez dagokion *selfie*aren azpian.
2. **ARRAZOITU** zure aukera.
3. Asmatu duzu? **EGIAZTATU** bikote guztiak zuzenak direla.
4. **KOMENTATU** dinamika guztion artean. Zerk harritu zaitu? Berdin agertzen zara argazkian eta testuan?

BERRIKUSI

1. Ikasi duzunetik, zerk harritu zaitu gehien?
2. Zer sentitu duzu zure autorretratua idazteko orduan?
3. Ikaskideren bati buruzko datu berriren bat edo harritu zaituen zerbait jakin duzu? Pertsona horri bruzko iritzia aldatu duzu?
4. Jakin duzu zeure burua hitzez islatzen? Ikaskideei zuk nahi izan duzuna iritsi zaie?

Selfie bat baino gehiago zara!

Pertsonak konplexuak gara eta hainbat alderdi ditugu. Nahi bezain desberdin ager zaitezke, perfekzioaren presiorik gabe. Nola hobetuko duzu zure autoestimua hemendik aurrera?

3

Petatu euskaraz sareetan!

Hizkuntza bizia

Badakizu... gazteek sare sozialetan gehien erabiltzen duten hizkuntza gaztelania dela eta euskara Euskadiko gazteen % 15ek soilik erabiltzen duela? Bestalde, gu konturatu gabe, egunero, hitz berriak sortzen dira, edo beste hizkuntza batzuetatik hartzen ditugu. Bi fenomeno horiek kontuan izanik, zer egingo zenuke sare sozialetan euskara gehiago erabiltzeko?

▶ **Nola esango zenuke *top* edo fail euskaraz? Eta *flow*? Edo *hater* bat blokeatzea?**

Pentsatuz gero, baietz esaldi egokia aurkitu euskaraz! Baina existitzen ez bada, zer? Seguru zeuk sortu eta ospetsu bihurtu dezakezula! **Asmatu euskarazko hizkera berria,** edo modan jarri dagoeneko existitzen den baina asko erabiltzen ez den esamolde bat. Arauak jakin besterik ez duzu behar. Gai izango ote zara?

Zer ikasiko duzu?

- Nola sortzen diren hitzak eta nolakoak diren hizkuntzen arteko harremanak.
- Publizitate-testuak aztertzen eta publizitate-kanpaina bat sortzen.
- Hizkuntzei buruzko aurreiritziak identifikatzen eta ezbaian jartzen.
- Korapilatsu samarrak diren ahozko azalpenak egiten eta argudioak ematen.

Neolo... zer?

1 Nola dago euskara Interneten? Zure ustez, zer dira interferentziak?

Hizkuntzen arteko kontaktua: interferentziak
7. fitxa

PAUL BILBAO: «ONGI KOKATUTA GAUDE, BAINA LANEAN JARRAITU BEHAR».

Egindako lanari esker, euskarak posizio ona du ingurune digitalean, baina hauskorra izaten jarraitzen du.

Euskara, beste edozein hizkuntza bezala, ingelesaren eraginpean dago. Sare sozialek sortzen duten testuinguru berri honetan, zer gertatzen da hizkuntza gutxituetan, hala nola euskaran?

Hasteko, euskara, gaur egungo beste edozein hizkuntza bezala, ingelesaren eraginaren mende dago, hizkuntza hori baita nagusi Sarean. Baina, era berean, esan behar da Internet hizkuntza-aniztasunaren adibide argia dela. Alde horretatik, euskarak Interneten duen egoera ona da; batez ere, kontuan hartzen badugu 750.000 mila hiztun inguru duen hizkuntza dela. Ekarpen handia egin du komunitateak posizio horretara iristeko, eta harro egoteko modukoa da; baina, hizkuntza gutxitua izanik, une oro egon behar dugu ekarpen berriak egiten.

Baina nolakoa da sarean aurkitzen dugun euskara? Ba al du interferentziarik? Zer motatakoak?

Sarean askotariko testuak aurkitu ditzakegu, eta, beraz, euskararen erregistro asko ere bai: formalak, unibertsitateenak edo administrazio publikoenak; informalak, blogetakoak, txatetakoak eta abar. Logikoa denez, aldaera edo erregistro bakoitzak ezaugarri linguistiko bereziak ditu. Eta bai, baditu interferentziak. Ingelesaren eragina erregistro guztietan nabaritzen da, bai formaletan, bai informaletan. Gaztelaniaren eragina ere bai, arrazoi soziolinguistikoengatik, hau da, estatu osoan ofiziala delako eta sarean hizkuntza indartsua delako, munduan zehar ere hiztun asko dituelako. Beraz, interferentzia ohikoenak ingelesetik eta gaztelaniatik datoz, eta, batez ere, maila lexikoan gertatzen dira. Hau da, zuzenean edo modu egokituan bi hizkuntza hauetatik maileguan hartzen diren hitzetan; esaterako, *dron, spoiler* edo *hacker* (ingelesez) edo *agujetak, nobioa* edo *mobila* (gaztelaniaz).

Teknologia berriekin, neska eta mutil askok eleaniztasunari egin behar diote aurre oso gaztetatik, agian oraindik hizkuntza-kontzientziarik ez dagoen etapetan. Zer erlazio dago neologismoen eta gazteriaren artean?

Neologismoen eta gazteriaren arteko harremana oso estua izan da beti, berrikuntza lexikorako gaitasun handiena duen gizarte-taldeetako bat baita. Helduengandik bereizi nahiak, gizartearen eta helduen aurrean matxinatzeak hiztegi arau-hauslea erabiltzera eta sortzera bultzazen ditu. Asko gustatzen zaie hitz berriak, desberdinak, sortzea eta erabiltzea. Gainera, teknologia berriekin, gazteak berehala jartzen direla harremanetan beste batzuekin, batez ere ingelesa darabiltenekin. Lehen pentsaezinak ziren egoerak bizi izaten dituzte gazteek. Adibidez, herrialde eta hizkera desberdinetako nerabeak online jolasten dira elkarrekin. Hala konturatzen dira hizkuntzak ikasi behar direla gaur egungo mundu eleanitzean. Hizkuntzetarako gaitasuna eta kontzientzia ere indartzen dira.

Ikerketa linguistikoek frogatu dute gazteen hizkerak, hiztegi arau-hauslea erabili arren, ez duela aldaketa linguistikorik eragiten. Aldaketa horiek aldi baterakoak eta iragankorrak izaten dira, hiztunen bizitzako etapa labur bati lotutako belaunaldi-desberdintasunak dira.

Paul Bilbao, Euskalgintzaren Kontseiluko idazkari nagusiari egindako elkarrizketa, Giltza.

2 **Paul Bilbaok euskararekin sare sozialetan zer gertatzen ari den azaldu du. Erantzun galderei, punturik garrantzitsuenak nabarmentzeko.**

Hizkuntza baten aldaerak hizkuntza horrek dituen erabilera desberdinak dira, eta, batez ere, ingurunearen, denboraren, kokagune geografikoaren, talde sozialaren eta egoera komunikatiboaren mendekoak dira.

a) Paul Bilbaoren arabera, nolakoa da euskarak gaur egun sareetan duen egoera?

b) Zer esan nahi du Paulek euskararen erregistroei dagokienez? Hizkuntzak badu aldaerarik? Zein bereizten dituzu?

c) Zer hizkuntzatatik datoz euskarak dituen interferentziarik ohikoenak? Zergatik?

d) Pentsatu zure hitz egiteko moduan. Gertatzen zaizu interferentziarik? Eman adibide bat.

e) Ados zaude gazteen hizkerei buruz esandakoarekin? Araurik betetzen ez duten hitzak erabiltzeak ez du aldatzen hizkuntza?

3 **Baina... nola jartzen dira modan hitzak eta esamoldeak sarean? Ba al dago *influencer* linguistikorik?**

Badakizu nortzuk diren pertsona hauek? Bilatu haiei buruzko informazioa, eta azaldu nola eragin edo eragiten duten hizkuntzaren erabileran.

4 **Eta beste galdera bat: ba al dago modako hizkuntzarik, eta modakoak ez direnik?**

Badakizu hizkuntzei buruzko aurreiritziak ere badaudela? Eztabaidatu bikoteka honako aurreiritzi hauei buruz, eta aurka egiteko argudio bat adostu. Ondoren, taldeko gainerako kideekin partekatu.

Aurreiritzia	Aurka egiteko argudioa
Hizkuntza errazak eta hizkuntza zailak daude.	...
Hizkuntza modernoagoak eta zaharragoak daude.	...
Hiztun asko dituzten hizkuntzak gutxi dituztenak baino garrantzitsuagoak dira.	...

Nola egin iragarki bat? Azter dezagun eredu bat

Iragarki on bat edo publizitate-kanpaina on bat eginez gero, modan jar dezakezu aukeratzen duzun esamoldea.

Eslogana: mezua laburtzen duen esaldia.

Irudia: nabarmendutako irudiaren bidez, kanpaina batean adierazten den ideia azaldu, laburbildu, sendotu edo osatzen da.

Marka edo logotipoa: enpresa edo produktua identifikatzen duen ikurra.

Zer dio iragarkiak?

5 Zein da iragarki honen helburua?

a) Aspaldiko emakume batzuk ezagutaraztea.

b) Emakume bakoitzak bere etorkizuna askatasunez erabaki dezakeela ohartaraztea.

c) Emakumeek erabakiak besteen esku uztea sustatzea.

— Azaldu zergatik dakizun.

6 Nor ziren Clara Campoamor eta Maria Antonia Uzkudun? Zure ustez, zergatik aukeratu dituzte iragarki hau egiteko?

7 Zer pertsona motari zuzentzen zaio? Hartzaile motaren arabera iragarkia modu batekoa edo bestekoa dela uste duzu?

Nolakoa da?

8 Arretaz aztertu kanpaina honen xehetasunak. Ateratako ondorioak erabili zuena diseinatzeko.

— Lehenik eta behin, ondo begiratu **kartel**ari:

a) Irudiaren eta esloganaren arteko harremana: kartelak esloganik izango ez balu, berdin ulertuko lirateke irudiak?

b) Nolakoa den eslogana eta zer helburu duen.

c) Letra mota, kolorea, eta kartelean elementuak antolatzeko modua.

— Ondoren, bilatu «Erabakitzen dudana izango naiz. #NikErabakitzenDut» kanpainaren **bideoa** eta bete honelako taula bat, funtsezko informazioarekin.

Baliabide mota	Nolakoa da	Ikusleari eragiten dion sentsazioa
Erritmoa	...	...
Musika	...	...
Ahotsa eta soinuak	...	...
Pantailan inprimatutako testua	...	...
Zer azaltzen duen	...	...

Zer hizkera mota erabiltzen da?

9 Iragarki bat edo kanpaina bat diseinatzean daukagun asmoaren arabera, hizkera mota bat edo beste bat erabil dezakegu. Lotu iragarkiak eta erabiltzen duten hizkera motaren helburua:

PUBLIZITATE-TESTU MOTAK

Konatiboa: hartzaileari zerbait eginarazi edo erreakzionarazi nahi dio.

Adierazgarria: produktuaren ezaugarriak azaltzen ditu.

Emozionala: hartzailearen sentimenduak baliatu nahi ditu.

Sinbolikoa: produktua esanahi jakin batekin identifikatzen da, eta, era horretan, hartzailearen nahiak adierazten ditu.

— Esan zer **aditz mota** erabiltzen den iragarki bakoitzaren esloganean eta **hitz-joko**rik edo **metafora**rik dagoen.

10 Berriz irakurri iragarkiaren eslogana: «Erabakitzen dudana izango naiz».

Eragin berdina edukiko luke «Zuk erabaki behar duzu zer izango zaren, eta ez beste inork?» esango bagenu?

— Zer formulak du eragin handiagoa?

— Zer funtzio du hizkera mota horrek?

Zer hitz edo esamolde jarriko duzu modan?

11 Aukera bat baino gehiago duzu, ez izutu!

1. Pentsatu beste hizkuntza batean erabiltzen dituzun hitz edo esamoldeetan.

2. Ba al dago euskaraz hori esan nahi duen hitz edo esamolderik?

BAI! / EZ!

3. Orduan, listo! Erabili!
Adibidez:
oso *top* zara
zoragarria zara

Arazorik ez! Zuk zeuk sortu, edo asmatu esanahi berri bat dagoeneko existitzen den hitz batentzat!
Adibidez:
oso *top* zara --> topekoa zara

Aurrizkiak 26. fitxa
Atzizkiak 27. fitxa

— *Hizkuntzarekin jolasean* webgunera jo dezakezu gaur egungo esamoldeak bilatzeko.

12 **Nola sortu hitz berri bat? Oso erraz! Euskaraz funtsezko bi prozesu ditugu hitzak sortzeko: eratorpena eta hitz-elkarketa. Ba al dakizu zein den bakoitza? Hitz hauetatik, esan zein sortu diren eratorpenez eta zein elkarketaz.**

ezkonberri – abeslari – logela – desbideratu – lauburu – izozkailu – eratorpen – bozeramaile

— Hitz eratorrietan, esan zein den erroa, eta zein atzizkia edo aurrizkia.

13 **Existitzen den hitz bat ere erabil daiteke, baina esanahi berria emanda. Hitz egin aditz hauek eduki dezaketen esanahiari buruz, eta osatu koadroa.**

Hitzak	Ohiko esanahia	Bestelako esanahia
egosi	...	...
erori	...	...
konpondu	...	...
atera	...	...
eraman	...	...

— Orain, sortu esanahi berri bat aditz bakoitzarentzat. Adibidez, «irakasleak egosi egin nau», azterketa gainditu ez dudala adierazteko.

Momentua iritsi da: *peta* dezagun!

14 **Kanpaina bat sortu behar duzu aukeratu duzun hitz edo esamoldea zabaltzeko. Lanean has dadila barnean duzun publizista!**

1 **PLANIFIKATU** nolakoa izango den zure iragarkia.

- Idatzi zure iragarkiaren **helburua,** eta **nori** zuzenduko zaion. Hasteko funtsezkoa da hori.
- Zirriborro batean adierazi nolakoa imajinatzen duzun.

2 **SORTU** kanpainaren **eslogana:**

- Konatiboa, adierazgarria, emozionala edo sinbolikoa izango da?
- Metaforak erabil ditzakezu, edo hitzen esanahiekin jolas zaitezke. Adibidez, «Ez erre zeure bizitza», tabakoaren aurkako prebentzio-kanpaina baten eslogan modura.
- Esloganak aukeratutako hitza edo esamoldea izan beharko du.

3 **DISEINATU itxura grafikoa:** letra mota, koloreak eta irudia. Denak eduki behar du zentzua, eta harremana izan behar du adierazi nahi denarekin.

a. Irudiak doako bankuetan bila ditzakezu: Freepik, Pixabay... Irudi geldiak erabil ditzakezu, eta mugimendua duten *meme*ak edo *gif*ak ere sor ditzakezu, bertsio digitalerako.

b. Canva, Genially, PowToon eta halako aplikazioak erabil ditzakezu.

4 **BERRIKUSI** eslogana, idatzi dituzun testuak eta iragarkia or har. Ez dadila akatsik egon! Berrikuspen-zerrenda deskarga dezakezu.

5 **EGIN ZABALKUNDEA,** kanpainak **eragina** izan dezan.

Sare sozialen bidez zabalduko baduzu, pentsatu zeintzuk erabil ditzakezu, eta zein konturen bitartez. Saiatu ahalik eta ikustaldi gehien ikusten!

Ezinbestekoak!

Kartel-formatuko iragarki bat, inprimatzeko eta sareetan zabaltzeko. Hau eduki behar du:

- eslogan bat eta hari lotutako irudi bat
- aukeratu duzun esamoldea

Arduratsua naiz Interneten?

Ba al duzu influentziarik?

Beharbada ez zenuen asmorik hizkuntzaren *influencer* bat izateko, baina behin hasiz gero... Zein testuingurutan erabiliko dituzu sortu dituzun esamoldeak?

AZTERTU

1. Zure taldeko lanaren indargune nabarmenduko zenuke?

2. Orain, beste era batera egingo zenuke zerbait?

3. Zure ustez, zertan trebatzen jarraitu beharko zenuke?

4. Ikasi dituzun gauzetatik, esan zeinek harritu zaituen eta zein gustatu zaizun gehien.

4

*Streamer*ra izan nahi dut!

Gaur egun, Twitch, YouTube eta halako plataformetan egiten diren zuzeneko emanaldiek milaka jarraitzaile dituzte, eta hainbat gairi buruzko kanalak daude: bideojokoak, kirolak, telesailak, musika... Haien arrakastaren gakoak dira komunitateak sortzea eta parte-hartzaile guztiei unean bertan elkarreragiteko bidea ematea. Baina zer dago kameraren atzean? Erantzuna jakiteko, izan zaitez modako *streamer*a une batez, bikoteka prestatuko duzuen elkarrizketa bat eginez.

- **Zer desberdintasun dago zuzenean ekoizten eta emititzen den edukiaren eta hala egiten ez denaren artean?**
- **Bereizten dituzu kalitateko edukiak eta kalitatekoak ez direnak?**
- **Nola egiten dira elkarrizketak zuzenean? Oso ondo prestatu behar dira? Zuk jakingo zenuke?**

Zer ikasiko duzu?

- Elkarrizketa egokiak prestatzen eta lantzen, idatziz eta ahoz.
- Elkarrizketa batean galdera onak prestatzeko, zer hizkuntza elementu kontuan izan behar diren erabakitzen. Esaterako, galdetzaileak.
- Ahozko eta ikus-entzunezko testuak interpretatzen, haien formak eta edukiak baloratuz, iritziak eta aisialdi-aukerak sortzeko.

Elkarrekin indartsuagoak gara

Twitcheko kanal gehienak ezin izango lirateke garatu parte-hartzaileen arteko lankidetzarik eta aliantzarik ez balego. Konplizitatea eta elkarri laguntzea funtsezkoak dira proiektuek arrakasta izan dezaten.

Zer eta nor dago zuzeneko baten atzean?

1 ***Streamer*** **bat zuzeneko edukiak ematen dituen komunikatzaile bat da. Baina... zer motatako edukiak? Nola egiten du? Ikertu.**

Elementu nagusiak

a) Kanalen gairik ohikoenak

b) *Streamer* nabarmenak

c) Nori zuzentzen zaion

d) Jarraitzaile-kopurua

e) Eduki-sortzaile nagusiak euskaraz

Euskarazko eduki-sortzaileak aurkitzeko proposamena duzu hemen:

https://links.edebe.com/vyrw

Elementu teknikoak

a) Zer ekipamendu behar da zuzeneko bat egiteko?

b) Zer programa jakin behar da erabiltzen?

Komunikazio-elementuak

a) Azter dezagun arretaz nola erabiltzen duten hizkuntza eta nola komunikatzen diren: lehen pertsona erabiltzen dute? Eta ingelesezko hitzik? Hala bada, zeintzuk dira ohikoenak? Egin zerrenda bat.

b) Tonuari dagokionez: aldatzen da ahotsaren ozentasuna? Egiten diete interpelaziorik ikusleei? Aldatzen dute tonua? Aukeratu aldaketa horien 4 adibide.

Datu batzuk

Kalkulatu da Interneten 50 milioi eduki-sortzaile daudela, baina, horietatik, bi milioi besterik ez dira profesionalak.

2 **Aurkeztu informazioa gainerako taldeei.**

— Jaso idatziz interesgarria iruditzen zaizun beste taldeen informazioa, geroago kontuan izateko.

— Komentatu zenbait alderdi:

- Zure ustez, badago desorekarik zuzeneko edukiak ematen dituzten gizonen eta emakumeen kopuruetan?
- Laguntzen diote elkarri?
- Dena ote da inprobisatua eta bat-batekoa?
- Zer erregistro erabiltzen dute entzuleekin: estandarra, arrunta edo formala? Zer asmorekin?

Zertan dira berdinak elkarrizketa guztiak?

• 3 Zuzenekoa nahiz editatua eta grabatua izan, elkarrizketa on batek egitura argia du. Irakurri eta aztertu ondoren datorren hau:

IBAI LLANOSEKIN ELKARRIZKETA: «HASIERAN OSO ZALANTZATI EGOTEN NINTZEN KAMERAREN AURREAN»

Bilboko mutil hau gai da ehunka mila pertsona pantailari kateatuta edukitzeko, bideojoko batean jokatuz, futbol-partidu bat (edo puxtarriena) kontatuz, merkataritza-gune batean ezkutaketan jolastuz edo artista eta futbolariei elkarrizketak eginez. Zein da hori lortzeko gakoa?

Batzuen ustez, ondo merezitako ospea duzu, eta beste batzuentzat, aldiz, oraindik harrigarria da zuk hainbeste jarraitzaile edukitzea. Axola dizu mesprezuak?

Ibai Llanos (IL): Gehien gogaitzen nauena nagusikeriaz trata nazatela da, esango balute bezala: «nor da morroi hori», «auskalo nola lortu duen» edo «zergatik jarraitzen dioten». Azken hori iruditzen zait ergelena. [...]

19 urte zenituela, Espainiako Bideojokoen Liga Profesionaleko esatari izateko fitxatu zintuzten. Nolakoa izan zen castinga?

IL: *League of Legends* (*LoL*) jokoaren partida bat komentatu behar zen, norbere burua webcamarekin aurkeztu, eta askoz gehiagorik ez. Ia-ia proba modura sartu ginen zenbait hilabetez, ez genuen inolako kontraturik. Kolaborazio baten modukoa zen, 100 euroren truke.

Eta zer egin zenuen lehen soldatarekin?

IL: Mikrofono bat erosi nuen. Eta hurrengoarekin, aurikular batzuk.

Antza denez, gustuko zuten zure lana: bost urte baino gehiago eman zenituen zeregin horretan.

IL: Bai, jendeari nire kontatzeko era gustatzen hasi zitzaion, eta enpresan garrantzia hartzen hasi nintzen. Sartu eta urtebetera, 2015ean, Bartzelonara joateko aukera eman zidaten, 1.050 euroko lan-kontratu batekin eta profesionalki honetan aritzeko aukerarekin. Ez zen erraza izan erabakitzen, 19 urterekin etxetik alde egin beharko nukeelako, eta kameraren aurreko lana zelako.

Lotsa ematen zizun kameraren aurrean egoteak?

IL: Bai. Denok dugun ohiko segurtasunik eza nuen, eta nire itxurari buruz zer esango zuten beldur nintzen. Internet mundu anker samarra da, eta gaztea zarenean zaila da ohitzea. Nagusiagoa zarenean ere bai, baina orduan kostatu egin zitzaidan. Izan ere, erabakia geroratuz joan nintzen, ez baineukan garbi.

Enpresa askok zuk duzuna bezalako irismena duten sortzaileekin lan egin nahi dute. Nola egin behar dute, zure ustez?

IL: Nik, esaterako, askatasuna behar dut, eroso sentitu eta ni neu izaten utz nazatela. Orain ez daukat inolako markarekin lan egiteko inolako beharrik. Zorionez, erabaki dezaket.

Zer profil dute zure harpideek?

IL: Badakit gehienek 17 eta 25 urte artean dituztela, baina guraso asko ere badaude (edo izateko adina dutenak), elkarrizketengatik edo futbolarengatik ni jarraitzen hasi direnak, edo haien seme-alabek *streaming*en bat ipini dutelako, kanpaiena, esate baterako.

Zein dira zure marra gorriak?

IL: Izan ditut batzuk, zerbait nire ikusleentzat toxikoa izan daitekeela iruditu zaidanean.

Forbes, 2021/10/05 (itzulita).

Zer dio?

4 **Interpretatu elkarrizketa:**

a) Zein izan zen edukiak sortzearekin lotuta izan zuen lehenengo lana?

b) Zergatik kostatzen zitzaion kameraren aurrean jartzea?

c) Zer esan nahi du «marra gorriak» izateak? Zer esan nahi izan ote du Ibai Llanosek bere erantzunean?

5 **Komentatu esaldi hau: «Batzuen ustez ondo merezitako ospea duzu, eta beste batzuentzat, aldiz, oraindik harrigarria da zuk hainbeste jarraitzaile edukitzea».**

Zergatik uste duzu daudela bi iritzi hain desberdin?

Nola esaten du?

6 **Begiratu arretaz elkarrizketaren egiturari eta adierazi ondoko elementuak:**

1. Izenburua
2. Elkarrizketatuaren aurkezpena
3. Gorputza: galderak eta erantzunak

— Orain, pentsatu:

- Zer ekarpen egiten du elkarrizketaren izenburuak?
- Zer gertatuko litzateke aurkezpenik ez balego?

7 **Zati honetan amaiera edo agurra falta da. Ezinbestekoa ote da ahozko elkarrizketa batean? Zer efektu edukiko luke aurkezleak elkarrizketatuari agur ez esateak?**

— Proposatu elkarrizketa honetarako amaiera bat.

8 **Euskaraz, hizkuntza gehienetan bezala, moldatu egiten dugu hitz egiteko modua, solaskidearekin dugun harremanaren arabera.**

Batzuen ustez ondo merezitako ospea duzu, eta beste batzuentzat, aldiz, oraindik harrigarria da zuk hainbeste jarraitzaile edukitzea. Axola dizu mesprezuak?

— Modu berean egingo zenioke galdera hori adiskide bati? Jar zaitez egiera horretan eta antzeztu ikaskide batekin.

9 **Zure inguruan, bereizten dituzue *hika* eta *zuka*? Azaldu labur zer diren eta nola erabiltzen diren.**

10 **Ikertu zer den *berorika* hitz egitea. Erabiliko zenuke hitz egiteko modu hori inorekin?**

Galderak: arrakastaren giltza

11 **Elkarrizketa bat arrakastatsua izateko gakoa, neurri handi batean, galdera onak egitea da. Baina, zer galdera dira onak? Nola egiten da galdera on bat?**

— Irakurri berriz Ibai Llanos elkarrizketatu duen pertsonak egindako galderak: irekiak ala itxiak dira? Nola jakin dezakezu?

— Zure ustez, zer motatako galderek funtzionatzen dute ondoen era honetako elkarrizketa batean? Zergatik?

— Zer desberdintasun dago bi aukera hauen artean?

Hartu nahi duzu parte bideojokoen proiektuan?

Nola har zenezake parte bideojokoen proiektuan?

Galdera itxiek perpausaren eduki osoaz galdetzen dute, eta «bai» edo «ez» esanez erantzun daitezke.

Galdera irekiek perpausaren zati bati buruz galdetzen dute, eta ezin dira erantzun «bai» edo «ez» esanez.

12 **Egiten dugun galdera-motaren eta elkarrizketatuari hitz egiteko eraren arabera, hark erosoago erantzun dezake.**

— Baina, **nola izan hurbilak formalak izanda?** Sortu hitz-hodei bat dituzun ideiekin.

13 **Has gaitezen galderak idazten! Begiratu:**

Zer egin zenuen lehen soldatarik?

Zein dira zure marra gorriak?

Nolakoa izan zen castinga?

Nabarmendutako hitzak **galdetzaileak** dira. Galderak egiteko, horiek behar bezala erabiltzen jakin behar duzu.

— Zer hitz mota izaten du galderaren erantzunak jarraian?

— Nola esaten zaio euskaraz galderaren erantzunari?

— Osatu galdetzaileen zerrenda eta egin galdera-erantzunak.

NOR(K) → Zein pertsona(k): Nork esan du? / **Ibaik** esan du.

ZER → Zein gauza: Zer daukazu hor? **Boligrafoak** dauzkat hemen.

NOLA → Zein eratan: Nola egin duzu? / **Ederki** egin dut.

NON → Zein lekutan: Non bizi dira? / **Bermeon** bizi gara.

NOIZ → Zein unetan: Noiz etorriko zarete? / Etzi joango gara.

ZENBAT → Zein kopuru: Zenbat balio du? / Hamar euro balio du.

...

14 Bilatu testuan elementu galdetzaile guztiak.

15 Irakurri Ibai Llanosek emandako erantzun hauek, eta pentsatu balizko galderak, galdetzaile egokiak erabiliz.

1. galdera

IL: Bai, noski. Nire bizitzak %800eko aldaketa izan du, baina osabak enpresa batean lanean jarraitzen du, autoen piezak moldatzen; aita lehengo lanpostu berean dago, ama langabezian dago, eta denon artean laguntzen diogu apur bat. Azkenean, familian eta lagunen artean, errealitatea ikusten dut.

2. galdera

IL: Bada, 2.000 pertsona agertzen bazaizkit hotel baten atean, aurreko egunean gertatu zitzaidan bezala, ez dut ondo pasatzen. Baina gero pentsatzen dut bideaz gozatu behar dela. Izan ere, oso goian zegoen jende askok sekulako zartakoak hartu ditu bat-batean. Horrek lasai egotea eragiten dit, eta uste dut momenturen batean hau amaitu egingo dela.

16 Idatzi galdera onak, galdetzaileak erabiliz, baieztapen hauetatik abiatuta:

- Ospea erraz kudeatzen da.
- *E-sport* direlakoek (kirol elektronikoak) oso ekipamendu espezifikoa behar dute.
- *Streamer*ra izatea ez da erraza, jende askok hala uste badu ere.

17 Galderak egiteko eta elkarrizketaren jarioari behar bezala eusteko, kontuan izan beharko duzu, era berean, elkarrizketatuaren erantzunetatik ondoriozta dezakezun informazio inplizitua, informazioa ez baita beti modu esplizituan ematen:

— Pentsatu erantzun bakoitzerako egingo zenukeen galdera bat, gordetzen duten informazio inplizitua kontuan hartuta.

- Ametsak ez dira sekula alde batean utzi behar.
- Ospetsua izatea ez da erraza.
- Orain nagoen lekuan nago lan handia egin dudalako aurretik.

18 Elkarrizketa egiteko, seguruenik, gamer munduarekin edo edukien digitalizazioarekin zerikusia duten zenbait alderdiri buruz galdetu edo hitz egin beharko duzu. Baina, kontuz! Nola esango zenituzke hauek euskaraz?

Streamer, gamer, follower, toc, viewers, tweet, baneatu, bugeatu, crackeatu, crush, hater

LIVE

Errealitate berriak, elkarrizketa bat egiteko modu berriak?

19 **Ikusi bi elkarrizketa hauek:**

1 Iratxe Aguilera «Kai Nakai»ri 3000Twitz kanalean egindako elkarrizketa: https://links.edebe.com/fgrE

2 ETBko *Hitzetik hortzera* saioan Sustrai Colinari egindako elkarrizketa: https://links.edebe.com/exbe

Galdera-motak

- Irekiak edo itxiak dira?
- Zer pertsona gramatikaletan eginda daude?
- Zergatik dira interesgarriak ikusleentzat?
- Zer hizkera-mota erabiltzen dute?

Komunikazioari dagozkion alderdiak

- Zer ahots-tonu erabiltzen dute?
- Inprobisatu egiten dute, elkarrizketatuaren erantzunetatik abiatuta? Zer erreakzio dute erantzunen aurrean?
- Zer keinu edo aurpegiko imintzio egiten dute?

20 **Elkarrizketa edo solasaldia? Ikusi duzuna ikusita, erantzun galdera hauei, argudioak emanez:**

— Zure ustez, esan daiteke zuzeneko elkarrizketek solasaldi informal baten antza dutela? Zergatik?

— Twitchen egiten diren elkarrizketek hedabide tradizionaletan egiten direnen zorroztasun eta kazetaritza-kalitate bera dute?

21 **Ordenatu ideia guztiak, eta jarri zerrenda batean elkarrizketetako bakoitzak dituen ezaugarririk garrantzitsuenak. Infografia digital bat ere egin dezakezu.**

Zer eduki behar dut kontuan zuzeneko elkarrizketa bat egiteko?

Elkarrizketa guztiak prestatu behar dira oso ondo, zuzenekoak izan ala ez. Hala ere, zuzenekoek **inprobisazio** pixka bat izan behar dute: elkarrizketatuaren erantzunen arabera, elkarrizketa egiten duenak aurreikusita ez zituen galderak egin ditzake.

Has dadila zuzenekoa!

22 **Orain bai, heldu da egiaren ordua! Bikoteka, jarri *streamer* baten lekuan eta antzeztu/birsortu zuzeneko elkarrizketa bat.**

1 PLANIFIKATU

- Nolakoa izango den zure *streaming*-kanala.
- Zer goitizen erabiliko duen bakoitzak.
- Zer ikusle-motari zuzenduko zaion, eta, beraz, zer tonu eta erregistro erabiliko duzuen.
- Deskargatu egiaztatze-zerrenda, jakiteko zer izan behar duzuen kontuan.

2 IDATZI ETA BERRIKUSI

- Elkarrizketako galderak, eta haien erantzunak: pentsatu 6 galdera, ireki edo itxi, zure *streamer*ari edo idoloari egin nahi zenizkiokeenak eta jendeak jakin nahi duen informazioa emango dutenak.

3 ENTSEATU ETA GRABATU

- Lehenbizi, bikoteko kide batek elkarrizketatuarena egingo du (oso *streamer* ezaguna izango da) eta besteak elkarrizketatzailearena; ondoren, rolak trukatuko dituzue elkarrekin. Beraz, bi elkarrizketa grabatu beharko dituzue.
- Elkarrizketa grabatzeko leku bat bilatu, ahalik eta itxurarik errealena izan dezan.
- Lotu idatzi duzuen elkarrizketari. Oroimenak huts egiten badizue, lasai! Teleprompter bat erabil dezakezue. Esaterako, https://www.cueprompter.com
- Zoom, Teams, Meet edo antzeko tresna baten bidez bideo-deia eginez graba dezakezue.
- Kontuan hartu ezin izango duzuela bideoa editatu: zuzenekoa da.

4 PARTEKATU ELKARRIZKETAK

- Ikusi elkarrizketa guztiak, eta baloratu. Ebaluazioa elkarrekin egiteko errubrika hau erabil dezakezue.

Ezinbestekoa

1. Elkarrizketa idatzita aurkeztea, zuzen idatzitako 6 galdera-erantzunekin.
2. Komunikazio-egoerari ondo egokitutako hitzak erabiltzea.
3. Elkarrizketa grabatzea, baina zuzeneko bat dela simulatuta. Gehieneko denbora: 4 minutu!

Aliantzak

Talde-lana, lankidetza eta sortzaileen arteko aliantza funtsezkoak dira aurrera egiteko eta esperientzia berriak sortzeko. Nola txertatzen duzu zure eguneroko jardunean berdinen arteko lankidetza?

BERRIKUSI

1. Zeintzuk dira komunikatzaile on baten gakoak?
2. Zer alderdi izan behar dira kontuan, *streamer* bati edo jarraitzaile bati jarraitzeko orduan kontsumitzaile etiko modura?
3. Zer gaitasun komunikatibo eta zer teknologia hobetu dituzu ikas-egoera honen erronkari aurre eginda. Nola ezagutu dituzu?

5

Telesailen zale amorratuak

Imajinatu lagun batzuekin hitzordua duzula zuen telesail kutunenaren lehen denboraldia ikusteko, eta, lehenengo kapitulua amaitutakoan, wifiaren konexioa galdu eta ezin duzuela bigarrena ikusi. Eeez!

Wifia itzuli arte itxaroten duzuen bitartean, jolas bat bururatu zaizue: gidoilariak izango zarete, eta bigarren kapitulua hasteko zenbait eszena pentsatuko dituzue. Ideiarik?

▶ **Gustuko dituzu telesailak?**

▶ **Zein dira zure gogokoenak?**

Teknologia jasangarria

Wifia edukitzea eta edozein momentutan nahi dugun telesaila ikusi ahal izatea eguneroko kontu arrunta da, eta normalizatuta dago. Baina...

- Epe luzean, jasangarria da telesailak *streaming* bidez ikustea?
- Badakizu Internetik gabe ondo pasatzen?

Zer ikasiko duzu?

- Ikus-entzunezko narratibaren ezaugarri nagusiak hautematen.
- Zinema-elkarrizketa on bat bereizten.
- Telebistako gidoi baterako eszena bat idazten.
- Irakurraldi dramatizatu bat egiten.

Zer du istorio on batek?

Gizakiok betidanik asmatu ditugu istorioak, geure buruari mundua azaltzeko; hori egiteko moduak eboluzionatu egin du, ordea. Homeroren *Odisea*-tik gaur egungo telesailetara 29 mende igaro dira, baina, hala eta guzti ere, istorioen zale amorratuak gara oraindik!

Baina... zerk eragiten du istorio batek gu harrapatzea?

• **1** **Ikertu zeri buruzkoak diren *Merlí* eta *Strangers things* telesailak, baita zure telesail kutunena ere, eta laburtu argumentua hamabost hitz edo gutxiagoko esaldi batean.**

• **2** **Antzeko gaiak jorratzen dituzte? Zein? Zure ustez, zergatik dituzte antzekotasunak?**

— Nor da telesail horien *target*-a?

Target = helburutzat dituzten ikusleen multzoa

• **3** **Ikusiko zenuke protagonistek arazorik ez duten telesail bat? Zure ustez, zergatik izaten da beti gatazka bat telesailen abiapuntua?**

•• **4** **Istorio on bat lortzeko, ezinbestekoa da pertsonaiak onak izatea. Komentatu:**

- Zerk bereizten ditu pertsonaia protagonista bat eta bigarren mailako bat?
- Badute elementu komunik telesailetako pertsonaia protagonistek? Zein?
- Zer pertsonaia motak erakartzen zaitu gehien? Nolakoak?

Nolakoak dira gidoi literarioak?

5 Irakurri hurrengo eszena. *Stranger Things* telesailaren lehen denboraldiko 1. kapituluaren gidoi literariotik hartuta dago.

Goiburua: sekuentziaren zenbakia adierazten du; ekintza zer lekutan gertatzen den, kanpoan ala barruan, egunez ala gauez.

Oharra: aktorearentzako argibidea, pertsonaren izenaren azpian.

Aditz-denbora: gidoietan dena idazten da orainaldian.

Pertsona: ekintzak hirugarren pertsonan idazten dira beti.

Soinua, musika eta isiltasuna: gidoietan, entzuten dena ikusten dena bezain garrantzitsua da.

78. SEK. KANP/GAUA – FORESTEKO ERREPIDEA

Isiltasuna. Haurrak bizikletan doaz, Mirkwoodeko errepidean. Mike doa aurrena. Frenatu eta guztiz gelditzen da. Lucas eta Dustin hurbildu zaizkio.

LUCAS
Zergatik gelditu gara?

Mikek ez du erantzuten. Basora begira dago, besterik gabe. Dustinek eta Lucasek haren begiradari jarraitu diote, POLIZIAREN BALIZAJE-ZINTAraino. Errepidearen alboko zuhaitz-ilera baten inguruan dago zinta.
Gertatu zenaren errealitateak hementxe kolpatzen ditu mutilak. Hau ez da *Ziegak eta Herensugeak* telesailaren irudi-kanpaina bat. Hau... benetakoa da.
BURRUN! TRUMOI OZEN BATEK ISILTASUNA HAUSTEN DU.
Mutilek gora begiratzen dute. TXIMISTEK, han-hemenka, zerua argiztatzen dute, eta EKAITZ-HODEI ilunak ikusten dira.
UR TANTA BAT erori da Dustinen aurpegian.

DUSTIN
Ai, ama... Aizue, entzun duzue hori?

Dustinek eskua gelditzen du. Ura bere esku-ahurrean jotzen ikusten du.
Euria ari du.

DUSTIN (JARR.)
Agian itzuli beharko genuke.

Mikek ez dio entzuten. Eta, entzuten badio, ez dio jaramonik egiten. *Walkie* bat ateratzen du motxilatik, eta Dustini ematen dio.

MIKE
Ez aldendu eta ez egin astakeriarik, baina gera zaitez seigarren kanalean. Badaezpada.

Hori esan ondoren, Mike basoan sartzen da, balizaje-zintaren azpitik pasatuz. Lucas atzetik doakio.
Dustin bakarrik dago orain.
BURRUN! Beste trumoi batek jotzen du! Kaka dariola dago, beldurrak jota.

DUSTIN
E, aizue, itxaron! ITXARON!

Lagunen atzetik korrika egiten du, eta, aldi berean, BESTE BURRUN batek astintzen gaitu, eta BURRUN! BESTE TRUMOI-BURRUNBA BAT.
Mutilak basoaren barruan daude. Blai eginda.
Haien linternek euria argiztatzen dute.

MIKE
Will? WILL???

LUCAS
BYERS?!

DUSTIN
Zure "X-men"-a daukat! Ehun eta hogeita hamalaugarrena!

Erantzunik ez. Isiltasuna besterik ez. Apur bat gehiago jarraitzen dute oinez.

DUSTIN (JARR.)
Lagunok, benetan uste dut itzuli beharko genukeela.

LUCAS
Aizu, Dustin, haurtxo bat izan nahi baduzu, joan etxera segituan.

DUSTIN
Errealista naiz, Lucas, hori baino ez.

LUCAS
Ez, kakatia zara.

DUSTIN
Inoiz pentsatu duzue Will desagertu dela, badakizue, norbait txarrekin topo egin zuelako?
Eta orain hura azkeneko aldiz ikusi zuten lekurantz goaz, eta ez daukagu ez armarik ez ezer.

MIKE
Egon isilik, Dustin.

DUSTIN
Hau besterik ez diot: zuen ustez, burutsu jokatzen ari gara?

MIKE
Ixo!

Dustin isildu egiten da. Denak jartzen dira Mikeri begira. Ez dago haserre. Entzuten ari da...

MIKE (JARR.)
(ahots apalez)
Entzuten duzue hori?

Mutilek aditu egiten dute. Hostoen zarata entzuten da. Denak erne jartzen dira.
Mikek linterna mugitzen du, astiro, basoan zehar. Hamar gradu, hogei hogeita hamar, berrogei, berrogeita hamar, hirurogei.
FUUUU! ITZALPEAN DAGOEN FIGURA BAT ARIN PASATZEN DA HAREN ATZETIK.
Biraka hasten dira. Harrituta. Haien linternek ELEVEN argiztatzen dute.
Buru soildua. Begi basatiak. Bennyren kamiseta.
Mikek begiratu egiten dio. Hark Mikeri begiratzen dio.
Elkarren begiradari eusten diote.
TRUMOIEN BURRUNBA.
ETA...

KAPITULUAREN AMAIERA

Cliffhanger: suspense handieneko unea. Hurrengo kapitulua ikusteko gogoz uzten gaitu.

Pertsonaien deskribapenak: oinarrizko ezaugarriak, lehen agerraldian aipatzen dira.

Zer dio?

6 Zinema-genero hauetako zeinekin lotuko zenuke testua? Zergatik?

a) Komedia. **b)** Animazioa. **c)** Zientzia-fikzioa. **d)** Drama.

7 Zenbat pertsonaia agertzen dira eszena honetan, eta zein dira? Denek hitz egiten dute?

8 Elkarrizketetan oinarrituta, nolakoak irudikatzen dituzu Mike, Lucas eta Dustin?

9 Zure ustez, zer motatako ikusleentzat da *Stranger Things* tesaila? Zergatik uste duzu hori?

Zer forma du?

Gidoi literario bat da telesail bat edo pelikula bat filmatzeko oinarria. Eta, egituratzeko, edozein istorio modu efikazean kontatzeko balio duen formula batek balio du: planteamendua + korapiloa + amaiera.

10 Irakurri dugun eszena hiru momentu horietako zeini dagokiola uste duzu? Zergatik?

Gidoiak **eszena edo sekuentzietan** banatzen dira, hau da, **espazio eta/edo denbora berean** gertatzen diren historia-zatietan.

11 Ondoriozta dezakezu irakurri duzun eszena zer denbora eta espaziotan gertatzen den?

12 Eszenaren amaiera irekia da, eta, seguruenik, igar dezakezu zergatik. Zer gertatuko litzateke honela amaituz gero?

Mikek begiratu egiten dio. Hark Mikeri begiratzen dio.
Elkarren begiradari eusten diote.
TRUMOIEN BURRUNBA.
Mike eta Eleven korrika hasten dira eta etxera doaz, ekaitzetik babestera.

KAPITULUAREN AMAIERA

— Bi amaieretako zeinek ematen du hurrengo kapitulua ikusteko gogo handiagoa?

— Baliabide narratibo horren izena ***cliffhanger*** da. Bilatu euskarazko itzulpena, eta azaldu zergatik duen izen hori, zure ustez.

13 *Cliffhanger* bat pertsonaia nagusietako bat muturreko egoera batean jartzea da, kapitulu baten amaieran edo istorioaren momenturen batean. Horrela, oso tentsio handiko momentua sortzen da, eta telesaila ikusten jarraitzeko nahia handitzen da ikusleengan.

— Binaka, bilatu *cliffhanger* delakoaren bi adibide, gaur egungo telesailetan edo ikusita dituzuenetan, eta azaldu itzazue.

TELESAILAREN IZENA: ______

Cliffhanger motak: ______

Zer kapitulutan agertzen da: ______

Nolakoa da: eszena bat, irudi bat, ekintza dramatiko bat, esaldi bat... ______

Nola esaten du?

Telesail baten gidoiaren helburua da aktoreek eta ekoizpenean parte hartzen duten langile guztiek interpretatu ahal izatea. Beraz, funtsezkoak dira erabilitako hizkera-mota eta idazteko era.

14 **Erreparatu gidoiaren oharrei eta adierazi zer aukera diren zuzenak:**

- Oharretan tokien deskribapen sintetikoak ematen dira.
- Oharrak pertsonaien arteko elkarrizketak dira.
- Oharrek pertsonaien ekintzei ñabardurak gehitzeko balio dute.

— Beraz, amaitu esaldia: *esan daiteke oharrak testu deskribatzaileak direla, arrazoi honengatik:*

15 **Zer idazketa-estilo dute oharrek? Nola idatzi behar dituzu? Helburua gidoiak dinamismoa izatea denez, perpausak laburrak eta sinpleak izan ohi dira. Begira:**

Dustin isildu egiten da. Denak jartzen dira Mikeri begira.

Ez dago **haserre**. *Entzuten* ari da...

Adjektiboak erabiltzeak lagundu egiten du eszenak, pertsonaiak eta ekintzak deskribatzen.

— Zenbat perpausek osatzen dute zati hau? Zenbat aditz- eta izen-sintagmak?

— Zure ustez, gidoietan, zergatik idazten dira beti ekintzak orainaldian eta hirugarren pertsonan?

16 **Orain, begira diezaiegun arretaz hitzei.**

Mutilek aditu egiten dute. Hostoen zarata entzuten da. Denak **erne** jartzen dira.

— Zer kategoria gramatikaletakoak dira bi testu zatietan beltzez nabarmenduta dauden hitzak? Zer funtzio betetzen dute?

— Aztertu eta azaldu nabarmendutako hitzen kategoria gramatikala eta funtzioa:

Olatu ***urrun****en marruma.*

Urrun *lehertzen da olatua.*

— Eman antzeko adibide bat beste hitz batekin. Esate baterako: *garbi, ilun...*

17 **Gidoi bati dinamismoa ematen dion beste elementu bat mugitzen ari diren irudien eta soinuen deskribapena dira. Nola adierazten dira gidoian? Bilatu adibideak.**

18 **Pentsatu zer onomatopeia erabil ditzakezun idatzi behar duzun gidoian, eta jarri zerrenda batean. Adibidez, animalien hotsak, pertsonen zaratak, musika-tresnak, kolpeak eta karraskak, likidoen mugimenduak...**

19 Oharrak nolakoak diren sakon aztertu duzunez gero, zer ohar gehitu dezakezu gidoi honetan? Erabili irudimena, eta idatzi bi gutxienez.

20 «Ai ama... aizue, entzun duzue hori?» Dustinek esaten dituen esaldietako bat da.

— Bilatu gidoiko etenpuntuak eta esan zer adierazten duten kasu bakoitzean:

a) «Eta abar» baten baliokideak dira (amaitu gabeko zerrenda batean).

b) Erantzun falta (elkarrizketa batean).

c) Esaldi/pentsamendu bat amaitu gabe dagoela.

d) Ustekabea indartu edo misterioa sortzea.

21 Gidoi literario batek dituen oinarrizko beste testuak elkarrizketak dira. Baina, testu narratiboetan ez bezala, gidoi literario batean, pertsonaia bakoitzaren hitzak ez dira gidoi baten bidez adierazten. Nola egiten da?

22 Biñeta honetan bada elkarrizketetan ohikoa den osagai bat: interjekzioa.

Aurkitu, eta esan zertarako erabili den:

Sorpresa adierazteko	Adorea emateko
Arreta eskatzeko	Poza adierazteko
Sentimendua adierazteko	

— Bilatu funtzio bakoitzerako pare bat interjekzio; esate baterako, *hor konpon!*

23 Irakurri duzu halako gidoirik beste inoiz? Zer gidoi mota? Zinemakoa, irratikoa, telebistakoa, bideojoetakoa, musika-klip batekoa, iragarki batena... Zer alde dago gidoien eta eleberrien artean, zure ustez? Zerrendatu antzekotasunak eta desberdintasunak.

24 Amaitzeko... ikusi *Stranger Things* telesailaren lehenengo atalaren bideoa eta egiaztatu gidoia ondo filmatu dutela. Beste era batera imajinatu duzu?

Zure txanda: izan zaitez gidoilari

25 **Wifia itzultzen ez den bitartean... Irakurri duzun *Stranger Things* telesailaren kapituluari segida emango liokeen eszenaren gidoi literarioa idatzi.**

1 **PLANIFIKATU** zer gertatuko den zuen eszenan:

- Pentsatu zer gertatu den aurreko kapituluan:
  - Nor edo zer da Eleven?
  - Zergatik dago gauez basoan?
  - Zer egiten dute mutilek Eleven lehen aldiz ikusten dutenean?
  - Zer erreakzio du Elevenek elkar aurkitzen dutenean?
- Gatazkarik gabe ez dago historiarik: irudikatu eszena gatazka baten inguruan.
- Pentsatu *Cliffhanger* bat, eszena unerik gorenean amaitzeko.
- Idatzi zuen eszenan gertatuko denaren sinopsi bat; hau da, laburpen motz bat.

2 **IDATZI** eszenaren gidoi literarioa:

a) Egituratu eszena, pertsonaia guztiek parte hartzeko moduan.

b) Gogoratu:

1) Ez da ezer azaldu behar, gertatzen dena erakutsi behar da.

2) Elkarrizketek pertsonaia bakoitzaren nortasunarekin bat egin eta sinesgarriak izan behar dute.

3) Erantsi mugimenduari eta soinuari buruzko oharrak.

3 **BERRIKUSI** eszena:

Berrikusi nola dagoen idatzita testua. Egiaztatze-zerrenda erabil dezakezue.

4 **EGIN IRAKURRALDI DRAMATIZATU BAT.**

- Irakurri gidoia ozen. Irakurri behin baino gehiagotan, eta trukatu rolak ekarren artean.
- Konparatu sortu dituzuen gidoi guztiak elkarrekin, eta bozkatu ea zeinek erakarri zaituzten gehien.

Nola egiten da irakurraldi dramatizatu bat?

Wifirik gabe biziraun

Gaur egun dituzun ohituretatik, zein alda dezakezu ikus-entzunezko edukien kontsumoa osasungarriagoa edo jasangarriagoa izateko?

BERRIKUSI

1. Jostagarria iruditzen zaizu gidoilarien lana? Edo ez da espero zenuen bezain dibertigarria?

2. Zer kostatu zaizu gehien? Elkarrizketak idaztea, ikaskideekin adostasuna lortzea, irakurketa dramatizatua egitea...

3. Irakurri dituzun eszena guztietatik, zein gustatu zaizu gehien, eta zergatik?

6

Nire bidaia luzea

Kaixo! Ea igartzen duzun ni nor naizen. Zure herritik oso urrun dagoen lurralde batean jaio nintzen. Jaiotzeko, 7.500 litro ur behar izan nituen, egunero gutxi gorabehera 15 orduz lan egiten duten pertsonek egin ninduten, 33,4 kilogramo karbono igortzen ditut, eta zuregana iritsi aurretik hamar herrialde baino gehiago zeharkatu ditut. E, baina dena ez da hain txarra! Azkenaldian jendea nitaz gehiago kezkatzen dela sumatzen dut...

Igarri nor naizen, eta egin «Nire bidaia luzea» izenburuko erreportaje bat, ni ezagutarazteko. Gora sormena!

- **Galdetu diozu inoiz zeure buruari nork eta noiz egin duen erosi duzun azken jantzia?**
- **Badakizu moda lasterra zer den? Eta «moda jasangarria» izenez ezagutzen dena?**
- **Eragin dezakezu zure inguruan, gai horri buruzko erreportaje bat eginda?**

Zer ikasiko duzu?

- Erreportaje bat egiten, egitura eta ezaugarriak kontuan hartuz.
- Informazioa iturri fidagarrietan bilatzen, hautatzen eta erabiltzen.
- Moda lasterraren industriak ingurumenean zer eragin duen detektatzen.

Kontsumo-ohitura arduratsuak

Oraintsura arte ez dut inoiz pentsatu arropa erosteko moduak zerikusia duela ingurumenaren kutsadurarekin, eta, are gutxiago, arropa hori egiten dutenen bizi-baldintzekin. Gure ohiturek eragina dute besteengan!

Informazio bila: modaren alde ezkutua

1 **Moda lasterra, kate-ekoizpena, ingurumen-inpaktua... Informazio-oldea daukagu, infodemiaren aroan bizi gara eta. Baina ez estutu, eta lasai hartu. Lehenik eta behin, informazio guztia ordenatu beharra dago.**

— Erreportajea egiteko, arlo hauei buruzko informazioa bila dezakezu:

Infodemia?

Infodemia terminoa informazioa + epidemia hitzek osatzen dute. Osasunaren Mundu Erakundeak erabiltzen du, gaur egun dugun informazio-gainkarga aipatzeko; batez ere, informazio faltsua eta desinformazioa.

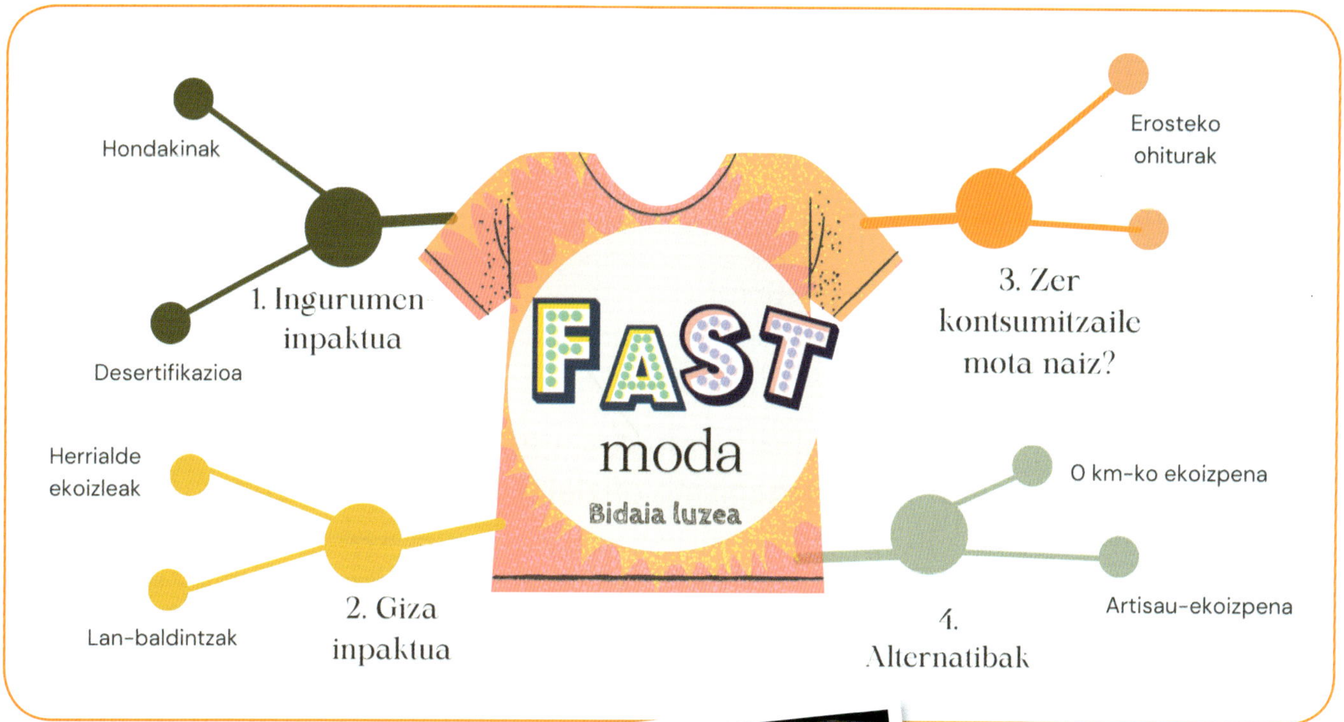

2 **Edonola ere, nola jakin dezakezu aurkitzen dituzun informazioa eta datuak egiazkoak direla? Desinformazio handia dagoela entzungo zenuen, seguruenik...**

— Irakurri titular hau, adibidez:

Ehungintza da planetako bigarren industriarik kutsatzaileena

Egia ala gezurra? Lehen begi-kolpean, sinesteko moduko informazioa da, baina, badaezpada ere, egiazta ezazu. Kontuan izan iturriak eta informazioa fidagarriak direla egiaztatzeko puntu hauek:

- Zer webgunetan aurkitu duzu informazio hau? Batean baino gehiagotan?
- Webgune horiek errekonozimendua duten edo gaian espezializatuta dauden erakundeenak dira? Hedabide fidagarrienak?
- Webgune horiek interesen bat eduki dezaketen enpresa pribatuenak edo erakundeenak dira?
- Sakon lantzen dute gaia? Informazioa baieztatzen duten argudio sendo eta sakonak ematen dituzte? Ala kontrakoa, hau da, oinarrizko informazioa eta oso orokorra?
- Aurkitu duzu informazio hori ezbaian jartzen duen hedabiderik? Fidagarria da, zure ustez? Argudio sendoak ematen ditu?

E, baina... datuak ematen dituzte, eta organismo ofizialak aipatzen dituzte!

Informazioarekin batera datuak ematen badira, besterik gabe sinetsi behar dut?

3 **Kontuz ibili. Izan ere, «datuek agerian uzten dutenez...», «azterlan baten datuen arabera...» eta halako esaldiek ez dute berez frogatzen informazio bat egiazkoa denik. Begiratu bi grafiko hauei:**

a) Zer «tranpa» dago lehenengoan?

b) Badu eraginik datuak emateko moduak gure interpretazioan?

4 **Horrenbestez, zer uste duzu 2. jarduerako izenburuaz? Egiazkoa, gezurrezkoa edo zalantzazkoa da? Ondorioz, jarriko zenuke zure erreportajean?**

— Orain, ikusitako egiaztatze-irizpide edo puntuei jarraituz, bilatu informazioa buru-mapan aipatutako gaiei buruz.

Zabaldu ikuspegia: badaude beste aukera batzuk!

5 **Bilatu askotariko informazioak, ahalik eta objektiboena izateko. Ezagutzen dituzu, esaterako, *köpskam* ('Erostearen lotsa'), *Good on you* aplikazioa edo *Fair Wearfoundation* delakoa?**

— Bilatu Interneten antzeko kanpainak, hurbilagokoak, eta azaldu:

- Zer egiten dute?
- Zure ustez, helburu lorgarriak dituzte? Zergatik?

good on you®

Köpskam

FAIR WEAR

6 **Mundu osoan existitzen ote da moda lasterra? Leku guztietan egiten da berdin arropa?**

Zer da *fast fashion* delakoa?

Seriean egindako moda berria, «moda lasterra» izenez ere ezaguna, eta stocka etengabe berritzen duten establezimenduetan salgai dagoena.

Hala ere, hainbat lekutan (Afrikan, esate baterako) oraindik ohikoa da jantziak neurrira egitea. Jostunak artisau eran egiten du arropa, eta horrek aukera ematen dio oihal guztia erabiliz osagarriak egiteko. Hala, hondakin kutsagarri gutxiago sortzen da.

— Zure ustez, zergatik dago halako aldea arropa ekoizteko modu batzuen eta besteen artean?

Bangladeshen eroritako eraikina

Bangladeshko Rana Plaza amildu zenean, 2013an, agerian utzi zituen ehungintzaren industriaren miseria eta lan-baldintza prekarioak. Istripuan, 1.134 pertsona hil eta milaka zauritu ziren. Gehien-gehienak, 12 ordutik gorako lanaldiaren truke hilean 28 euroko soldata jasotzen zuten emakumeak.

Urte hartan, #Nomorefashionvictims traola 60 milioi aldiz baino gehiago partekatu zen.

Zure arropak uste baino gehiago kutsatzen du

Ingurumenean eragin kaltegarria duten industriei buruz pentsatzen dugunean, manufaktura-industria, energia-industria, garraio-industria edo elikagai-industria etortzen zaizkigu gogora. Ostera, Merkataritza eta Garapenari buruzko NBEren Konferentziaren (UNCTAD) arabera, modaren industria da munduko bigarren kutsatzaileena.

Adibidez, galtza bakero edo *jeans* batzuk ekoizteko 7.500 litro ur behar dira, hots, pertsona batek zazpi urtean edaten duen beste ur. Hori da UNCTADek egindako azterlan baten ondorioetako bat. Azterlan horrek erakusten duenez, modak ezarritako azken joerak jarraitzearen kostua arropa bakoitzeko ordaintzen dugun prezioa baino askoz garestiagoa da.

UNCTADek ezagutzera eman dituen datuen arabera, modaren sektoreak urtean 93.000 milioi metro kubiko ur erabiltzen ditu; bost milioi pertsonaren beharrak asetzeko adinako kopurua. Gainera, urtero, milioi erdi tona mikro-zuntz isurtzen dira itsasora, hau da, hiru milioi petrolio-upel.

Hori guztia gutxi ez eta, modaren industriak nazioarteko hegaldi eta itsas garraio guztiek batera baino karbono-emisio gehiago sortzen ditu.

Horren guztiaren erantzukizuna, hein handi batean, «moda azkarraren» ereduarena (*fast fashion*) da. Eredu horrek jantziak prezio baxuetan etengabe aldatzeko aukera eta arropa sarri erosi eta botatzeko adorea ematen die kontsumitzaileei. Hori guztia dela eta, 2000tik 2014ra bitartean, jantzien ekoizpena bikoiztu egin zen.

Nagusi den eredu horrek erostera, erabiltzera eta baztertzera animatzen du. McKinsey aholkularitza-enpresaren *The State of Fashion 2019* txostenak dioenez, Erresuma Batuan egindako inkesta baten arabera, hiru emakume britainiar gaztetik batek «zaharkitutzat» jotzen ditu jantziak behin edo bitan erabili ondoren. Gaur egun, batez beste, duela hamabost urte baino % 60 arropa gehiago erosten dugu. Hala ere, arropa hori askoz denbora gutxiagoan mantentzen dugu.

Asociación Ibérica de Reciclaje Textilek (Asirtex) 2017an ezagutzera eman zituen datuen arabera, Estatuan, pertsona bakoitzak, batez beste, 34 jantzi kontsumitzen ditu urtean, eta 12-14 kilo arropa botatzen ditu aldi berean. Baztertutako arropa gehiena bigarren eskuko merkatuan saltzen da, baina pertsona/urte bakoitzeko 1,5 eta 2,5 kilo artean zuzenean zabortegira joaten da eta % 20 baino ezin da birziklatu.

Aditu askoren ustez, NBEkoak barne, joera horrek eragin negatibo ugari ditu gizartean, ekonomian eta ingurumenean. Horregatik, arropa ahalik eta modu iraunkor eta etikoenean ekoiztearen garrantzia azpimarratzen dute.

Estatistikak gorabehera, moda-ekoizleek eta -kontsumitzaileek gero eta garbiago dute industriak aldatu egin behar duela eta, hori dela eta, hainbat konpainia jasangarritasunaren printzipioak bere negozio-estrategietan barneratzen hasi dira.

Greenpeacek ibaien eta ozeanoen ehun-kutsadura saihesteko egin zuen *Detox* kanpainak edo *#Nork egin du nire arropa* mugimenduek lortu dute munduko erosle askok, arropa erosi aurretik, arretaz aztertzea jantzien etiketak. Kontsumitzaileak gero eta kezkatuago daude euren erabakiek gizartean izan dezaketen eraginaz.

Greenpeacek azaltzen duenez, lehengaien gaiari dagokienez, poliesterraren ingurumen-inpaktua oso handia da, petroliotik lortzen delako. Aldiz, kotoia, lihoa edo artilea bezalako lehengaien kasuan, ingurumen-inpaktua askoz txikiagoa da. Izan ere, Greenpeacen ustez, ez da kontuan hartzen «arazo handi» bat: hondakinen kudeaketa.

Zorionez, zenbait multinazional handi dendetan arropa zaharra botatzeko edukiontziak jartzen hasiak dira, eta, zenbait kasutan, deskontuak eskaintzen dituzte hurrengo erosketa baterako. Era berean, konpainia txikiago batzuek bat egin dute mugimenduarekin, jantzien industria aldatzeko eta negozio-eredu jasangarria ezartzeko.

Gazteberri, 2020-01-08

Zer esaten da?

7 **Zertaz ari da testua?**

8 **Zer helburu du? Adierazi baieztapen hauek egiazkoak ala faltsuak diren:**

a) Ingurumen-kostuari buruz hausnartzea.

b) Arropa eskala handian fabrikatzeko behar den lehengaien kopuruaz ohartaraztea.

c) Zereginik ez dagoela jakinaraztea.

9 **Testuan, zenbait erakunderen izenak ageri dira: NBE, UNCTAD, Asirtex, Greenpeace... Zure iritziz, zer funtzio dute testuan?**

— Zure erreportajea idazteko komeni izango zaizu zenbait erakunde edo kontzepturen siglak ezagutzea: OME, NDF, BPG.... Badakizu zer den Fedecon? Sigla ala akronimoa da?

Erreportajea azalpen-testua da, kazetari batek gai jakin bati buruz egindako ikerketa jasotzen duena.
Baina, nola idatzi bat?

Edozein testu prestatzen dugunean, ahal dela, kontuan izan behar dugu hartzailea nor den. Horren arabera egokituko dugu hizkera.

Hizkuntza-aldaerak: erregistroak
6. fitxa

Nola esaten da?

10 **Zer erregistrotan dago idatzita erreportajea? Ondo ulertzen da? Objektiboa da? Azaldu.**

11 **Zer adibide eta konparaziok laguntzen dute informazioa egiaztatzen? Lagundu dizute modaren industriaren ingurumen-inpaktua ulertzen? Zergatik?**

12 **Ikusi duzun bezala, erreportajean aipatzen diren gertakariek eta datuek objektiboak izan behar dute, askotariko iturrietatik etorri behar dute, eta iturri horiek egiatiak izan behar dute. Aipatu testuan deigarriak iruditu zaizkizun lau datu, eta azaldu sendoak diren. Kontrasta itzazu.**

13 **Testua kohesionatzeko zer mekanismo ikusten duzu erreportaje honetan? Aipatu bi, gutxienez.**

— Eta zer lokailu? Identifikatu horietako batzuk.

Arrazoia adierazten du	Helburua adierazten du	Aurkakotasuna adierazten du	Objekzioa adierazten du	Hierarkizazioa markatzen du
...	...	...	...	...

14 **Idaztean, saia zaitez ematen ari zaren informazioak eragina izan dezan. Erabili perpaus laburrak eta ondo eraikiak:**

Subjektua + objektua + aditza

— Bilatu halako esaldiren bat testuan. Euskaraz, alda daiteke perpausaren elementu horien ordena? Azaldu.

Informazioa aurkeztea

Zer-nolako itxura izango du nire erreportajeak?

15 **Erreportajearen izena baduzu: «Nire bidaia luzea». Baina orain beste xehetasun batzuk erabaki behar dituzu.**

— Zer-nolako kutsua izango du nire erreportajeak?

Pentsatu eta galdetu zeure buruari: Irakurleak txunditu eta mugituko dituen informazioa eman nahi dut? Egiazko informazio asko eman nahi dut? Ala hartzailearen emozioak astindu nahi ditut?

— Zer formatu izango du?

Idatzizko erreportajea, aurkezpen-formatukoa

Ikus-entzunezko erreportajea

— Zer baliabide grafiko erabiliko dut?

Internetetik har ditzakezu argazki eta bideo-klipak, baina kontuan izan jabea dutela. Zer esan nahi du horrek? Iturria aipatu behar duzula!

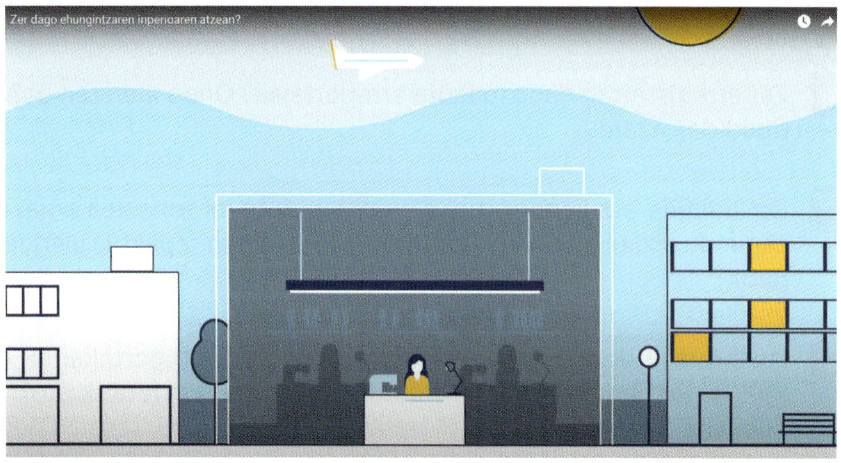

Zer dago ehungintzaren inperioaren atzean? bideotik aterata (egilea: SETEM Hego Haizea)

— Zer pertsona, erakunde edo adituren adierazpenak aipatuko ditut?

Moda jasangarriagoa izateko lanean ari direnen lekukotza positiboak gehitu ditzakezu; Katalin Antxiarena, adibidez. Arretaz begiratu nola aipatzen diren norbaitek esandakoak, hitzez hitz. Zergatik da garrantzitsua pertsona batek esandako hitzak ez aldatzea?

Estetikatik harago, modak zerbait gehiago kontatzen duela uste du Katalin Antxia Abasolo diseinatzaile aretxabaletarrak. The Modubat izeneko arropa marka sortu du, bere «ideologiaren ispilu» dena. Izenak dioen bezala, modari begiratzeko modu bat islatzen du: «Moda industriaren atzean zer dagoen ikusten hasi gara pixkanaka eta ez dugu parte izan nahi; ez ingurugiroari egiten dion kalteagatik, ezta gizakiari ematen dion tratu erasokorragatik ere». Horren aurrean, kontsumitzeko, janzteko eta lan egiteko beste bide bat hautatu du. (...) Antxiaren lan egiteko modua bat dator slow fashion (moda lasaia) filosofiarekin. Denborari garrantzia eman eta prozesuaz gozatzean datza. Egun indarrean dagoen ereduak «moda azkarra» egiten du, bi astean ehunka ekoizpen sortu eta tendentziak etengabe berritzen dira.

Argia, 2017-07-02 (CC-BY-.SA lizentziari esker ekarria)

Atera ezazu barruan daramazun kazetaria!

16 **Zorionak! Ziur honezkero igarri duzula zertaz ari garen «Nire bidaia luzea» izenburua aipatzean!**

a) galtzerdi batzuk **b)** praka bakero batzuk **c)** gerriko poltsa bat

Orduan, hartu inspirazioa izenburu horretatik, eta jarri zure talentua martxan, erreportaje txundigarri bat idatzi edo sortzeko.

1 Erreportajea idazten hasi baino lehen, **ERABAKI**:

- Zer erakutsi nahi duzun: ikertu duzun horretatik, zer azalduko duzu «Nire bidaia luzea» izenburupean? Poetikoa, errealista, gordina, positiboa?

- Nori zuzenduko zaion.
- Zer formatu izango duen.
- Aurkitutako informazioa nola antolatuko den, eta zer egitura izango duen.

2 Erreportajea idaztean, **GOGORATU**:

- Kontrastatu bildutako informazioa (iturri ofizialak).
- Erabili gaiari dagozkion hitzak eta terminoak.
- Jarri izenburu erakargarria.
- Idatzi aarreratxo edo *lead* bat, jorratuko duzun gaia bizpahiru lerrotan laburtuz.
- Aipatu pertsonaren baten edo nazioarteko erakunderen baten adierazpenak.

3 **ERAKUTSI** erreportajeak gelako beste ikaskideekin eta komunitatearekin. Ikastetxearen webgunean edo sareetan ipin dezakezu. Zenbat eta zabalkunde handiagoa, hobeto!

Nahitaezkoa!

- **Izenburua:** laburra eta deigarria.
- **Sarrera:** irakurleen arreta bereganatu eta gaia labur deskribatu behar du.
- **Garapena:** istorioaren muinaren azalpena, aztertzen ari garenari koherentzia emango dioten datuak aipatuz.
- **Amaiera:** jorratutako gaiaren laburpena.

BERRIKUSI

1. Ikasi duzun guztitik, zer iruditu zaizu deigarriena?
2. Erreportaje bat edo bestelako kazetaritza-testu bat irakurtzen duzunean, iturriak fidagarriak diren baloratuko duzu?
3. Zure erreportajearen bidez nahi zenuen helburua lortu duzula uste duzu? Aldatuko zenioke ezer?

Kontsumo arduratsua

Gustura zaude zure erosteko moduarekin?

Nola inplika ditzakezu zure ingurukoak moda iraunkorragoa lortzen lagun dezaten?

7

Esan gabe esateko artea

Maitemina? Maitasuna? Inoiz modaz pasatzen ez diren gaiak dira. Hala ere, klasikoetan klasikoena hartzen badugu, Ovidio poeta erromatarraren *Maitatzearen artea,* pixka bat gaurkotu beharko dugu, ezta? Liburu horretan ematen diren aholkuak I. mendekoak dira! Garai hartan, bikoteak zalgurdi-lasterketetan elkartzen ziren eta ez zeukaten mugikorrik komunikatzeko, baina horrenbeste aldatu ote dira begiraden hizkuntza edo sedukzioarena ere?

Berdintasuna

Harreman sozio-afektiboen esparruan, menderatze-egoerak izan daitezke pertsonen artean. Harreman sanoak eta berdintasunezkoak sustatu behar dira.

Zer ikasiko duzu?

- Egungo eleberrien eta obra klasikoen pasarteak interpretatzen.
- Testu hezigarrien ezaugarriak bereizten eta dekalogo bat egiten.
- Ez-hitzezko hizkuntzaren garrantzia ulertzen.
- Puntuazio-markak zuzen erabiltzen.
- Harremanen esparruan, genero-rolei buruz hausnartzen.

Keinuak eta emozioak

1 Jarri zarete inoiz tomatea baino gorriago gustuko duzuen pertsonaren aurrean? Eta gertatu zaizue zuek haren begirada baten zain egotea eta hark ikusi ere ez egitea? Gertatzen zaie halakorik *Zer da ba maitasuna* eleberriko protagonistei?

Nolakoa da Mister X?

Mister X berbatia, umoretsua eta adeitsua da. Hori garratzitsua da niretzat, nik ere asko gozatzen dudalako kontu-kontari, nahiz eta, non eta nola, nahiago izaten dudan entzun, esan baino.

Mister X presaka ibiltzen da sarritan, zeregin asko edo plan piloa balu bezala. Hori garrantzitsua da niretzat, niri ere denbora aprobetxatzea gustatzen zaidalako, nahiz eta, noiz eta zergatik, kontenplazioan egotekoa ere banaizen.

Mister X-k dotore idazten du. Ikasgelan xarmatuta geratzen naiz entzuten. Batzuetan iruditzen zait haren esaldiak korronte bat direla eta banaramatela, bilin-balaunka goxoan, adarrak urez legez; besteetan, ostera, haren berbak haziak begitantzen zaizkit, banan-banan sustraitzen nire proposamenaren ildoetan, temati eta tente. Musikaria izango ei da, gitarra aldean ibiltzen diren horietakoa. Eta hori ere garrantzitsua da niretzat, poeta naizelako.

a) Mister X-ren zer gustatzen zaio Bereziri?

b) Zeri ematen dio garrantzi handiagoa, fisikoari ala izaerari?

c) Zergatik ote darabil Berezik *Mister X* ezizena?

Berezia eta poeta

Berezi ez da neska katxarroa, baina ni ere ez naiz beste mundukoa, ezta fatxada hutsean geratzen diren horietakoa ere, noski, eta ikusten diot, nola esan, xarma xarmaren gainean. Ahotsa, irribarrea, egokera... arreta, arreta arretatsua, zer esaten ari zaren, horixe grabatzen beti; horixe batik bat. Eta nola hitz egiten duen. Institutuko olerki-sariketa irabazi badu... Superberezi eta superpoeta, hamar puntuko bihotza duela jokatuko nuke. Niri ere gustatzen zait idaztea, nire gauzka, kantuen letrak. Praktika behintzat badaukat, astero ariketa txatxu bat egiten baitugu Hizkuntzako irakasleraekin: eskua sartu poltsa batean, txartel bat atera hitz bat idatzita duena, eta hitz horri buruzko testu bat prestatu hurrengo asterako. Metodo infantil samarra iruditzen zait niri. Aukera ematen digu, dena den, nahi duguna esateko. Gora adierazpen-askatasuna (hemen egunkariak ixten baitituzte begi-kliska batean, giltzarrapoa eta kitto). Ba bai. Aste honetan itsasargi atera zait; Bereziri, *non.* Moldatuko da, flipantea baita. Halaxe nabil ni, flipatuta. Bestela, zer dela eta hasi behar nuen nik pentsatzen, zerbait idazten dudan bakoitzean, berari gustatuko zaion, ez zaion?

d) Zergatik gustatzen zaio Berezi Mr X-ri?

e) Zer pentsatzen du zerbait idazten duenean?

f) Zerk elkartzen ditu bi pertsona hauek?

EZAGUTZEN DUZU NIRE BESTE ELEBERRIRIK? IKERTU PIXKA BAT!

Keinuak berdin interpretatzen ditugu?

2 **Unibertsala da begiraden eta keinuen hizkuntza? Berdin interpretatzen ditugu denok ala gaizki-ulertuak gerta daitezke?**

— Zuen esperientziatik abiatuta, adierazi zer esan nahi duten zuentzat keinu hauek:

Norbaitek zuri emotikono hau bidaltzea

Eskuen ukitua sentitzea

Elkarri zuzen begiratzea

— Zer beste keinuk dute esanahi berezia zuentzat? Komentatu.

3 **Ikusi bideo hau eta aztertu pertsonek erabiltzen duten ez-hitzezko hizkuntza: begiradak, aurpegiera, etab.**

a. *Love actually* filmeko eszena:

https://links.edebe.com/kiFrpv

— Kontuan izan 2. eta 3. jardueraetan esandakoa eta osatu denen artean zuentzat esanguratsuak diren keinu, aurpegiera eta jokatzeko moduen zerrenda. Norbait maitemintzeko aholkuak idazteko balioko dizu.

Badakizu...?

Elkarrekin komunikatzen garenean, hainbat seinale erabiltzen ditugu mezuak transmititzeko. *Semiotika* deritzo komunikazio-ekintzan parte hartzen duten hitzezko eta ez-hitzezko zeinuak aztertzen dituen zientziari.

Zer esan zuen Ovidiok maitatzeaz?

Maitatzearen artea lanaren bidez, Ovidio poetak Erromako biztanleei sedukzioaren artea irakatsi nahi izan zien I. mendean. Obra idatzi ondoren erbestera bidali zuten, ordea!

Zergatik erbesteratu ote zuten?

Antzinako Erroman maitatzea

Lehenik eta behin, arreta osoa jarri behar duzu zure maitasunaren jomuga izatea nahiko zenukeen pertsonarengan, orain, milizia berri baterako armak soinean daramatzazula. Hurrengo urratsa gustuko duzun neska konkistatzea izango da, eta hirugarrena, maitasunak luze irautea. Hori da plana. Horixe gure zalgurdiari egokitutako kalea, eta lasterketan aurreko gurpilek zeharkatu beharreko helmuga.

Orain, oraindik bridetatik tira egin behar ez duzunean, jo neskarengana eta esaiozu: «Zeu baino ez zaitut gustuko». Eta ez pentsatu bera zerutik leunki jaitsiko balitz bezala agertuko denik: zure begiek onetsitako neskaren bila joan beharko duzu. Ondo daki ehiztariak non jarri behar dituen oreinentzako alanbre-hesiak, eta zer bailaratan ezkutatzen diren basurde oldarkorrak. Modu berean, luzaroan iraungo duen maitasunaren bila joan aurretik, neskak non topatu ikasi beharko duzu. [...]

Ez baztertu zalgurdi-lasterketak, zirku erromatarrak poz ugari ekarri ahal dizkizu-eta. Ezin konta ahala ikusle biltzen dira bertan, eta ez dago atzamarrarekin seinaleak egin beharrik disimuluz komunikatzeko, ezta neskak buruaz baiezko keinua egiteko zain egon beharrik ere. Haren ondoan eseri ahalko zara, inork galarazi gabe: hurbildu zure gorputza harengana ahal duzun beste. Zorionez, nahi edo ez, eserlekuen arteko espazio txikiak kontaktua behartzen du, beraz, espazio faltaren ondorioz, zuen gorputzek elkar ukitzea beste aukerarik ez dago.

Jarraian, aitzakia bat beharko duzu hitzen bidezko komunikazioa ezartzeko. Jendearen iritziak lagungarri egingo zaizkizu. Zaldiak agertu ahala, galde iezaiozu zer zalditeriari dagokion bakoitza, eta, bitan pentsatu gabe, egin neskak gustuko duen zaldiaren alde, hura edozein izanda ere. Eta bolizko irudien desfilea hasten denean, egiozu gogotsu txalo Venus Babesleari.

Eta, gertatu ohi den moduan, neskaren magalean hauts pixka bat eroriz gero, eskuaz astindu beharko duzu ezinbestean. Eta hautsik ez balego ere, berdin-berdin astindu. Izan atsegina, aitzakia gutxienekoa da. Mantua irristatzen bazaio eta lurrean arrastaka badarama, bildu iezaiozu adeitsuki, hautsez zikindu ez dakion.

OVIDIO

Sulmonan jaio zen K.a. 43. urtean, eta erbestean hil zen, Tomis uhartean, K.o. 17. urtean. Erromatar poetarik ospetsuena da. *Metamorfosia* idatzi zuen, trebetasun handiz harilkatutako mito greko-erromatarren bilduma mardula. Obra hura ondoko artista askoren inspirazio-iturri izan zen. «Maitasunaren poeta» ere esaten zaio, *Maitatzearen artea* lana dela-eta.

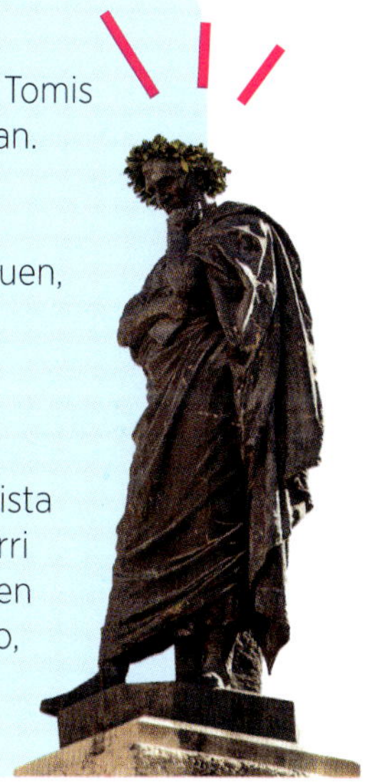

Zer esaten da testuan?

Tempus fugit

Denbora ihes doan eta inoiz itzultzen ez den zerbait delako ideiak asko kezkatzen zituen erromatarrak. Horregatik, bizitzaz ahalik eta gehien gozatzen ahalegintzen ziren. Izan ere, *tempus fugit* eta *carpe diem* topikoak oso presente daude erromatar literaturan.

4 Ovidioren arabera, zein da plana? Zer hiru helburu ditu?

5 Zerekin konparatzen du Ovidiok gorteatzearen unea? Zein ekitalditan kokatzen du hura?

6 Zure ustez, Antzinako Erroman ez-hitzezko komunikazioa garrantzitsua zen norbaiten maitasuna lortzeko? Ovidiok hitzak erabiltzen ditu?

7 Ovidiok idatzitako *Maitatzearen artea* literaturaren historian eragin handien izan duten obretako bat da.

— Laburbildu bertan ematen diren aholkuak.

— -Haietako zein daude indarrean gaur egun? Eta zein ez? Arrazoitu, pasartetik ateratako adibideak jarriz.

— Zein da emakumearen gaineko ikuspegia testuan?

Zer forma du?

Testu hezigarriek helburu didaktikoa dute: irakurleari irakaspenak, aholkuak edo argibideak ematea, zerbait berria ikas dezan.

8 Esan genezake Ovidioren *Maitatzearen artea* testu hezigarri-literarioa dela. Zergatik? Erantzuteko, kontuan izan honako hauek:

a) **Testu hezigarri**en ezaugarri nagusiak: bilatu adibideak irakurritako pasartean.

b) **Testu literario**en ezaugarri nagusiak. Bilatu adibideak.

c) Zure ustez, badu nolabaiteko originaltasunik eta literariotasunik, testu hezigarria izan arren? Zergatik?

Nola dago idatzita?

9 Ziur hizketan ari zarenean zenbaitetan ironia erabiltzen duzula besteekiko konplizitatea edo jolasa pizteko.

Badakizu Ovidiok ere ironia erabiltzen zuela I. mendean? Izan ere, lehenengoetariko bat izan zen baliabide hori erabiltzen; hain zuzen ere, *Maitatzearen artea* lan serioan.

— Bilatu esaldi ironikoak pasartean, eta azaldu haien esanahia.

Testu bat egituratzeko eta hari kohesioa emateko, bi elementu daude: **puntuazio-markak** eta **testu-antolatzaileak.**

10 **Izenak berak adierazten du zertarako balio duten *testu-antolatzaileek.* Bilatu adibideak Ovidioren testuan eta sailkatu honela:**

- Diskurtsoa ordenatzeko
- Azalpenak edo adibideak txertatzeko
- Informazioa gehigarria eransteko
- Aurkaritza adierazteko

Batzuetan, badirudi testuetan puntuak eta komak jartzea ez dela oso garrantzitsua, baina bada. Idaztean puntuazioa jartzea hitz egitean intonazioa erabiltzea bezain garrantzitsua da.

11 **Jarri egoki deritzozun puntuazio-markak (eta letra larriak!) *Maitatzearen artea* obraren pasarte honi. Aukera zuzen bat baino gehiago egon daiteke.**

Une honetatik aurrera gogoan izan lehenago edo geroago zahartzaroa etorriko dela beraz oraindik ere zure benetako adina adieraz dezakezun bitartean ez utzi istant bakar bat ere alferrik galtzen urteak badoaz ur-lasterra bezala eta behin igarota ezingo duzu atzera egin oraina bizi behar duzu.

Puntuazio-markak
32. fitxa

Nola idatziko ditugu gure aholkuak?

12 **Ziur testu hezigarri bat idazteko modu ikusgarriagoak datozkizula burura. Pentsatu sukaldaritzako errezeta batean edo dekalogo batean. Egiturazko zer ezberdintasun dituzte Ovidioren testuarekiko?**

13 **Aztertu Ovidiok bere lanean erabiltzen dituen hiru aditz-forma hauek:**

arreta osoa jarri behar duzu	konkistatzea izango da	jo neskarengana eta esaiozu

— Hirurak testu hezigarrietan balia daitezke, eta zeuk ere erabili ahalko dituzu zure pentalogoa idazteko. Baina, zein da zein?

a) Derrigortasun-aditza **b)** Agintera **c)** Nominalizazioa

— Bilatu mota bakoitzeko adibide gehiago *Maitatzearen artea* obran.

14 **Aholkuak emateko, aginterako aditzak erabiltzen badituzu, zalantzak sortuko zaizkizu, modu bat baino gehiago baitago.**

a) Zergatik ezin dira aginterako aditzak singularreko lehen pertsonan jokatu?

b) Zure ustez, aginterako zer forma dira erabilienak?

• 15 **Oraindik ere zalantzatan bazaude aditz-formaren bat nola idatzi, kontsultatu Euskaltzaindiaren webgunea. Adibidez, bilatu *esan* aditzaren aginterako formari buruzko informazioa, ziurrenik aurrerago erabili beharko duzu-eta.**

AGINTERA

- Aditzoin soila edo partizipio soila:

  Maita X! Maitatu X!

- Laguntzailea jarriz:

  Maita ezazu X!

Esan iezazkiguzu ala **esazkiguzu** hitz politak?

X — Zuzendu esaldi okerrak.

a) Esaiozu gustuko duzun mutilari bere kontaktua emateko.

b) Ez iezadazu deitu gero; esadazu orain.

c) Esaidazu zer egin nahi duzun zure urtebetetze-egunean.

d) Asko maite zaitut. Esadazu zuk ere maite nauzula.

e) Laguntzarik behar izanez gero, esaguzu.

• 16 **Funtsezko beste alderdi bat da ezezko esaldiko elementuen ordena. Aztertu hauek:**

1. Ez iezaiozu esan hitz itsusirik **2.** Ez esan hitz itsusirik

— Egin proba zuk esan ohi dituzun beste esaldi batzuekin. Ondo egiten dituzu ezezko esaldiak?

•• 17 **Azkenik, ez ordea garrantzi gutxiagokoa… zer hitz erabiliko dituzu zure maitasun-artean?**

XXI. mendean gaude, eta ez du zentzurik zalgurdi-lasterketei buruz edo basurde-ehizaz hitz egiteak, Ovidiok gomendatu zuen bezala.

Zenbait mende geroago, Jane Austen maitasun-eleberrien autore ospetsuak *Harrotasuna eta aurrejuzguak* idatzi zuen.

—Alferrik ahalegindu naiz. Ez dut lortu. Ez naiz sentitzen dudana menderatzeko gai. Utz iezadazu esaten zenbat miresten zaitudan eta zein sutsuki maite zaitudan.

— Gaurkotu testuko pasartea. Horretarako, aldatu egoki deritzozun hitzak.

— Saiatu beste hizkuntzetako mailegurik ez erabiltzen, ezta pentalogoa idaztean ere!

Nola esango zenuke *crush* euskaraz?

maitasun platonikoa / pertsona ideala

Harrotasuna eta aurrejuzguak

Jane Austenek argitaratu zuen, 1813an. Ziurrenik, literaturaren historiako maitasun-eleberririk ezagunena da. Hartan, zenbait gaizki-ulertu direla-eta, Elizabeth Bennetek eta Mr Darcyk maitasun-mina pairatzen dute egoskorkeriaren eta aurreiritzien ondorioz.

Sekula huts egiten ez duten 5 aholku!

18 **Dagoeneko testu hezigarrien egitura ezagutzen duzu eta sedukzioaren arteari buruz hausnartu duzu, beraz, bada garaia Ovidio XXI. mendera ekartzeko eta *Maitatzearen artea* gaurkotzeko.**

1 **PENTSATU ETA IDATZI** norbait maiteminarazteko 5 aholku. Kontuan izan hitzezko zein ez-hitzezko hizkuntza eta testu hezigarrietan erabili ohi diren aditz motak.

2 **AUKERATU** testuaren formatua: idatzizkoa izan daiteke, aholku bakoitza irudi batez lagundu daiteke, dekalogo bat izan daiteke... Jarri dantzan zure irudimena!

Ezinbestekoak!

Garapen Jasangarrirako Helburuekin bat datozen genero-berdintasunari buruzko 5 aholku.

3 **EGITURATU** testua. Aholkuak ordena logikoan jarri.

4 **EGIN** zirriborro bat behin betiko bertsioa idatzi aurretik, eta aztertu zer hobetu dezakezun. Errepasatu ortografia.

5 **IDATZI** behin betiko testua eta editatu aukeratu duzun formatuan.

6 **PARTEKATU** zure *Maitatzearen «Millenial» artea* ikaskideekin.

- Bat zatozte aholku askotan?
- Zure ikaskideen aholkuak entzun ondoren, zure aholkuren bat aldatuko zenuke?

Maitasun-kontuetan... errespetua

Inoiz erabili duzu errespetuzkoa ez den estrategiarik norbaiten maitasuna erakarri nahian? Hausnartu eta aldatu zure estrategia.

BERRIKUSI

1. Zer da ikasegoera honetan ikasi duzun gauzarik garrantzitsuena? Eta zer ikasi duzu zure ikaskideengandik?
2. Gogoan izan duzu Garapen Jasangarrirako 5. helburua?
3. Azken jardueran sormena erabili duzu?

8

Zer gertatzen da munduan?

2012an, Erresuma Batuko 9 urteko neska bat, Martha Payne, ospetsu egin zen, «NeverSeconds» izeneko blogari esker. Bertan, egunero bere eskolako menuaren argazkia jarri eta osasungarria ez zela salatzen zuen. Horrela, eskoletako menuen kalitate eskasari buruzko eztabaida britainiar parlamentura iristea lortu zuen Marthak. Gainera, 147.000 euro eskuratu zituen, baita sariak irabazi ere.

Zuek ere Martha Payneren bidetik jo dezakezue: zuen inguruko egoera bidegabe bat edo hobetzeko moduko zerbait salatu, eta albistea egin.

▶ **Zer gairi buruz hitz egiten dute hedabideek?**

▶ **Nola lantzen da informazio bat, albiste bihurtu dadin?**

▶ **Eta, batez ere, balio dute albisteek mundua aldatzeko?**

Desberdintasunak gutxitzea

Sarritan, albisteek desberdintasun edo bidegabekeria jakin batzuei buruzko eztabaida pizten dute, eta, batzuetan, eztabaida publikoa sustatzen dute. Hala, gizarteak kontzientzia hartu eta egoera aldatzen saiatzeko zerbait egitea lortzen dute.

Zer ikasiko duzu?

- Zerbait albiste den ala ez jakiteko irizpideak identifikatzen eta haiei buruz hausnartzen.
- Agenda mediatikoa zer den eta nola eratzen den.
- Zure inguruari buruzko albiste bat planifikatzen eta idazten.
- Albisteen berezko hizkuntza-formak zein diren, behaketaren, hausnarketaren eta praktikaren bidez.

Hau albistea da?

Albistea kazetaritza-pieza bat da. Gertatu berri den eta garrantzitsua den zerbait azaltzen du, hau da, interes publikoko zerbait. Baina nola jakin zer den albiste eta zer ez?

1 **Hedabideek zenbait irizpideren arabera aukeratzen dituzte gero albiste bihurtzeko landuko dituzten informazioak.**

— Aukeratu hedabide baten bost albiste eta adierazi zer irizpide betetzen dituzten.

ALBISTE IZATEKO IRIZPIDEAK

1. **GAURKOTASUNA**
   Albisteak duela gutxi gertatutako gauzak dira.
2. **GERTUTASUNA**
   Hurbilekoa interesatzen zaigu. Hurbiltasun hori ez da fisikoa soilik; psikologikoa ere izan daiteke, gertatutakoarekin bat egiten baitugu.
3. **GARRANTZIA**
   Larritasuna edo zenbat pertsonari eragiten dion. Adibidez, lan-erreforma bat edo eskolako egutegiaren aldaketa.
4. **GIZAKIONTZAKO INTERESA**
   Gizakiak garen aldetik eragiten digun guztia: heriotza, gaixotasunak, eskubideak, ezbeharrak...
5. **GUTXITAN GERTATZEA**
   Lehen aldiz gertatzen dena edo ohikoa ez dena.
6. **GATAZKA**
   Eztabaida edo ika-mika sortzen duena. Ez gatazka armatua bakarrik, baita gai polemiko bati buruzko iritzi desberdinak ere.
7. **TARTEAN DAUDEN PERTSONAK**
   Politikan, kulturan edo ekonomian garrantzia duten pertsonei eragiten diena.

Zer da albiste?

2 Bestalde, albiste izatea edo ez izatea aldatu egiten da denborarekin, kontu dinamikoa baita. Hala, honako albiste mota hauek ditugu:

Gertakari **ikusgarri**ei buruzko albisteak, edo sare sozialetan biral bihurtu direnak.

Albiste **«esklusiboak»,** hau da, hedabide bakar batek dituenak, gaiaz ikertu duelako.

«Jarraipen»-albisteak, gertakari garrantzitsu batek hainbat egun irauten badu, esaterako.

— Zure ustez, zer motatakoak dira izenburu hauei dagozkien albisteak?

a

GIZARTEA - KANARIAK

Palmako sumendia ofizialki eman dute itzalitzat

AGENCIAS | EITB MEDIA

EITB

b

Berbaxerka, euskaldunak biziatu dituen azken jokoa

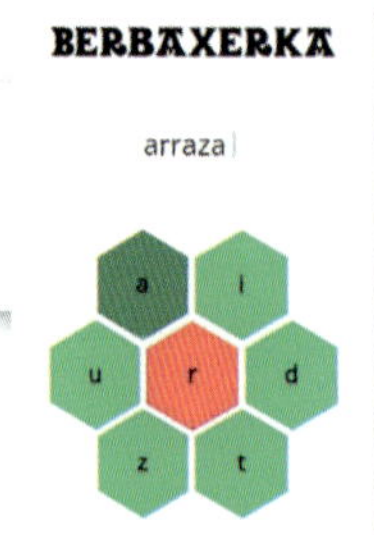

Berria

c

Politika

IKERKETA | NOR DAGO GASTEIZKO ETXEBIZITZA TURISTIKOEN LOBBYAREN ATZEAN?

Esku batekin etxebizitzak erosi, bestearekin araudia moldatu

Argia

3 Eta zer gertatzen da gai batek albiste izateko irizpide horiek betetzen baditu, baina, hala ere, albiste ez bada? Hedabideek hautaketa egiten dute. *Agenda mediatikoa* esaten zaio horri.

Aldiro, zenbait elkarte eta erakundek «isilarazitako gaiei» buruzko txostenak egiten dituzte. Hau da, albiste izan daitezkeen baina hedabideetan aipatu ez diren edo oso leku txikia eman zaien gaiak bildu eta argitaratzen dituzte.

Mugarik Gabeko Medikuak elkarteak —kasu honetan, Espainiako RTVE telebistaren laguntzaz—, esaterako, *Silenciados* (Isilaraziak) proiektua du, normalean hedabideen arretarik bereganatzen ez duten historiak eta pertsonak jendeari hurbiltzeko.

— Irakurri *Silenciados* proiektuaren laburpen hau, eta erantzun: betetzen dute aipatzen diren gaiek albiste izateko irizpiderik? Zeinek? Zure ustez, zergatik ez dira hedabide gehienetan aipatu?

Nork erabakitzen du zer den albiste?

Kazetariek baloratzen dute. Baita atalburuek eta albistegien editoreek ere.

Nola egiten dira albisteak?

1 Faseak

Albisteen lanketak zenbait fase ditu:

Ikerketa → **Hautaketa eta hierarkizazioa** → **Idazketa**

Dokumentazioa bilatzen da, zer gertatu den ikertzeko. Kontrastatu egin behar da, hau da, iturri fidagarriei galdetu edo iturri ofizialetan datuak bilatu.

Informazio guztia lortu ondoren, **garrantzitsuena** zer den erabaki behar da: zer kontatuko dugun aukeratu eta gainerakoa kanpoan utzi. Era berean, hierarkizatu egin behar da. Alegia, erabaki behar da zer azalduko dugun lehenik, eta zer ondoren.

Argia eta **ulergarria** izan behar du. Albisteak ezin dira nahasiak izan, ezta anbiguoak ere.

4 **Aukeratu lehen hautatutako bost albisteetako bat.**

a) Zure ustez, nolakoa izan da ikerketa-fasea?

b) Nora jo dute informazio bila?

c) Nori egin diote elkarrizketa edo kontsulta?

2 Kazetaritzan ez du edozerk balio

Arau etikoak daude, eta Deontologia Kodeetan biltzen dira. Adibidez:

Informazio zorrotza eta zehatza ematea.

Bitarteko duin eta legezkoak erabiltzea informazioa lortzeko.

Pribilegiozko informazioak nork bere mesedetan ez erabiltzea.

Pribatutasun-eskubidea errespetatzea.

5 ***Berria*** **egunkariak kode deontologiko bat du bere webgunean (https://links.edebe.com/sEpbmf). Irakurri eta erantzun galdera hauei:**

a) Betetzen dute aztertu dituzun albisteek kode deontologikoa? Zergatik?

b) Aurkitu duzu inoiz arau deontologikoren bat betetzen ez zuen albisterik? Esan zein eta zergatik.

Nola idazten dira albisteak?

• 6 Jakingo zenuke albiste baten elementuak identifikatzen hura irakurri gabe?

Izenburua

Metroko 1. lineak atzerapenak izango ditu egunotan, Erandion horma bat erori delako

Azpititulua edo sarreratxoa

Erandio eta Astrabuduko geltokien artean dagoen horma baten erorketa partzialak atzerapenak eragin zituen atzo itsasadarraren eskuinaldea lotzen duen metroko 1. linean. Atzerapenek datorren astera arte iraungo dutela iragarri dute Metro Bilbaoko iturriek.

Ander Zarraga, 2022-03-30

Metroa, artxiboko irudian.

Gorputza

Metro Bilbaok zehaztu duenez, erorketa gertatu denetik metroak bide bakarretik doaz tarte horretan, eta tren gehiagorekin maiztasuna handitu duten arren, zaila izango da atzerapenak berreskuratzea, bide bakarra baitago.

Sonia Palomino Metro Bilbaoko komunikazio zuzendariak Radio Euskadiri egindako adierazpenen arabera, horma egonkortzeko lanak egiten ari ziren, baina azkenean ez zuten hura finkatzea lortu, eta jausi egin zen. «Ez dio metroaren azpiegiturari eragin, baina, badaezpada ere, horma bidetik gertu dagoenez, zuhurragoa iruditu zaigu bide bakarra ezartzea eta erori den hormatik hurbilen dagoen bide-zatitik ez zirkulatzea», azaldu du Palominok.

Zer dio?

7 Saiatu 5 W-ei erantzuten:

a) **Zer** gertatu da?
c) **Noiz** gertatu da?
e) **Non** gertatu da?
b) **Nor** da albiste?
d) **Nola** gertatu da?

Badakizu 5 W-en kontu hori ingelesetik datorrela? **what, who, when, how, where.**

8 Zure ustez, zergatik da albiste testu hori?

9 Aztertu sakon testua, eta esan albiste izateko 7 irizpideetatik zein betetzen dituen.

— Ondorioak atera: aztertu duzunaren arabera, justifikatuta dago albiste izatea?

Zer forma du?

10 Albisteen helburua informatzea denez gero, informazioak oso ondo azalduta eta egituratuta egon behar du. Erreparatu albisteko *puntu eta bereiz* markei.

a) Non daude?
c) Zergatik ez dira puntuz bukatzen titulu edo izenburuak?
b) Zertarako balio dute?

11 Ondo begiratu: zergatik dago esaldi nagusia kakotx artean eta amaierako zatia ez?

«Ez dio metroaren azpiegiturari eragin, baina, badaezpada ere, horma bidetik gertu dagoenez, zuhurragoa iruditu zaigu bide bakarra ezartzea eta erori den hormatik hurbilen dagoen bide-zatitik ez zirkulatzea», azaldu du Palominok.

— Osatu esaldia: kakotxen funtzioa...

12 Orain, erreparatu albistearen egiturari eta lotu zati bakoitza dagokion definizioarekin.

Sarreratxoa	**a**	Albistearen lehen paragrafoa da, eta informazio garrantzitsuena bertan dago. Galdera hauei erantzun ohi die: *Zer? Nor(k)? Noiz? Nola? Non?* Seigarren galdera garrantzitsu bat dago: *zergatik?*, gertatutakoaren arrazoia sakon azaldu nahi dugunean.
Izenburua	**b**	Garrantzitsuena da, eta irakurleen arreta erakarri behar du. Hala ere, batzuetan, Interneten ez du informaziorik garrantzitsuena ematen, eta irakurleak klik egitea beste helbururik ez du. Horretarako, galderez osatutako izenburuak erabiltzen dira, edo «Begiratu zer gertatu den...» eta halako esaldiak.
Azpititulua	**c**	Testuaren gainerako zatia da, eta beste informazio osagarri batzuk ematen dizkigu. 5 W-ei ere erantzun ahal zaie.
Gorputza	**d**	Izenburuaren azpian egoten da, eta bigarren elementu garrantzitsuena da. Albiste guztiek ez dute izaten.

13 Nolakoak dira sare sozialez bidez ematen diren albisteak? Bilatu albiste hau Twitterren eta konparatu aldizkari digitalean argitaratutakoekin.

Zer hizkuntza mota erabiltzen da?

14 **Badakigu albisteak zeharka irakurri ohi ditugula... Hau da, askotan izenburua besterik ez dugula irakurtzen. Beraz: zer espero dugu aurkitzea izenburuan? Zerk eragiten digu albistea irakurtzeko gogoa?**

— Zuk zeuk egiaztatu: bilatu albiste berbera hainbat hedabidetan, eta konparatu batzuen eta besteen izenburuak.

— Erabiltzen ditugun hitzek, badute eraginik mezua hartzaileari iristeko eran?

15 **Albistea idazteko, jakin beharko duzu zer erregistro erabiliko duzun, esaldiak nola antolatuko dituzun... Berrirakurri arretaz albistea eta adierazi zerrenda honetako zer elementu aurkitzen dituzun:**

- Esaldi sinple eta laburrak.
- Erregistro estandarra: ez oso zientifikoa, ezta lagunartekoa ere.
- Estilo inpertsonala, adjektibo kalifikatzailerik gabea, testua zehatza izateko.

16 **Euskaraz, perpausaren barruan nabarmendu nahi den informazioa aditzaren aurrean jartzen da. Beraz, elementuek perpausean duten kokapenak ere eragina du informazioa emateko eran. Aditzaren aurrean doan elementuari galdegaia esaten zaio.**

— Esaldi hauek osagai berberak dauzkate, baina desberdin antolatuta. Zure ustez, zein da informaziorik garrantzitsuena, hau da, zein da galdegaia?

— Galdegaia zein den kontuan hartuz, esan esaldi hauetako zein den egokiena, eta zergatik.

a) Datorren astera arte atzerapenek iraungo dutela iragarri dute Metro Bilbaoko iturriek.

b) Datorren astera arte atzerapenek iraungo dutela Metro Bilbaoko iturriek iragarri dute.

c) Atzerapenek datorren astera arte iraungo dutela iragarri dute Metro Bilbaoko iturriek.

d) Atzerapenek datorren astera arte iraungo dutela Metro Bilbaoko iturriek iragarri dute.

17 **Kazetaritzan —eta euskaraz, oro har— hobe da estilo aktiboa erabiltzea pasiboa baino. Izan ere, albisteak kontatzean, esaldiek argi erakutsi behar dute nork zer egin duen. Pasiboak, aldiz, moteldu egiten du idazkera. Zure ustez, esaldi bikote hauetan, zein dira argiagoak?**

a) Atzerapenek datorren astera arte iraungo dutela iragarri dute Metro Bilbaoko iturriek.

b) Atzerapenek datorren astera arte iraungo dutela iragarri da.

c) Atzerapenak eragin ziren atzo metroko 1. linean horma baten erorketaren ondorioz.

d) Horma baten erorketak atzerapenak eragin zituen atzo metroko 1. linean.

Izan zaitez kazetari!

18 **Martha Payneren bide beretik jotzeko unea iritsi da: bihurtu albiste zure inguruan gertatu den eta zure ustez ezagutarazi behar den zerbait.**

1

2

3

4

1 **LAN EGIN** taldeka eta aukeratu gai bat zuen albisterako.

Egin eztabaida taldeko kideen artean; «erredakzio-bilera» izango da hori, hedabideek zer —eta zergatik— argitaratuko duten erabakitzeko egiten dituztenak bezalakoa. Defendatu zeuen gaia, eta esan zergatik uste duzuen albistea dela, eta hala izateko zer irizpide betetzen duen.

2 Gaia dugunean, landu egin behar da, albiste bat sortzeko faseen arabera: dokumentazioa bilatu, kontrastatu, protagonistei elkarrizketak egin, informazioa aukeratu eta idatzi. A, eta ez ahaztu kode deontologikoaz!

a. Egiaztapen-zerrenda deskarga dezakezue, eskatzen zaizuen guztia kontuan hartzeko.

b. Tresna digitalen bat erabil dezakezue —Flipsnack, adibidez— albistea euskarri digitalean idatzi eta editatzeko.

3 **BERRIKUSI** albistea, informazioa zuzena dela eta ondo idatzita dagoela ziurtatzeko. Eman beste talde bati, haiek irakur dezaten, ea ulertzen den jakiteko.

4 Blog batean, institutuko aldizkarian edo zabalkundea duen beste lekuren batean argitara dezakezue. Adibidez, sare sozialetan, Twitterreko kontu baten bidez. Audio-formatuan ere argitara daiteke, jende gehiagorengana heltzeko.

Ezinbestekoa!

Honako hauek dituen albiste bat idatzi:

- Izenburua
- Azpititulua edo sarreratxoa
- Gorputza, paragrafoetan antolatuta
- Gaiarekin zerikusia duten argazkiak

Zer egin dezaket nik?

Gertakari garrantzitsu batzuk, albiste izateko irizpideak bete arren, ez dira albiste bihurtzen. Zure ustez, zergatik gertatzen da hori? Zer egin dezakezu jendeak ezagutu ditzan?

BERRIKUSI

1. Ikasi dituzun gauzetatik, zer iruditu zaizu garrantzitsuena?

2. Zure ustez, zer indargune du zuen taldeak, eta zer hobetu beharko luke?

3. Lanaren zer eduki sakondu nahi izango zenuke gehiago?

9

Argitara eman da...

Bizikidetzarako

- Guztiok ditugu eskubide eta betebehar berak, baina aniztasuna errespetatzen duten bizitzeko moduko espazioak bermatu behar ditugu. Ez da erraza. Ekin!
- Garapen-programa bat aplikatzeko, aliantzak ezarri behar dira printzipioak eta balioak partekatzen dituzten pertsonen eta erakundeen artean, xedea ondasun komuna izanik.

2816. urtea da. Espazioa eta bizitzeko mundu berriak arakatzen ari gara. Lurreko bizilagunak X31 planetara iritsi dira, Poza planetako izaki estralurtarrekin.

Poza izaki horiek bakezaleak dira. Metro bat garaiko anfibioak dira; uretan oso ongi moldatzen dira, baina, kanpoan, arazoak dituzte. Gainera, oso entzumen zolia dute, bai eta ikusmena ere, baina zuri-beltzean.

Izango gara gai adiskidetasunean bizitzeko?

Zer ikasiko duzu?

- Arau-testu bat idazten
- Eztabaidatzen eta adostasunetara iristen
- Gainerakoen iritziak errespetatzen
- Eskubideak bermatzen eta betebeharrak onartzen

Zer gertatzen ari da X31-n?

X31 planeta zuzentzeko ardura bere gain hartu zuen taldeak planeta arakatzea eta partekatzea proposatu zuen.

1 **Planeta arakatzen jarraitu ahal izateko, lurtarrei eta Poza planetako izakiei ikerketarekin jarraitzeko aukera emango dieten espazioak eraiki behar dira.**

a) Idatzi zer erabilera izan ditzaketen espazio horiek

Espazioak	Erabilerak
Etxebizitzak	Atsedenguneak, komunak dituzten eraikinak.
Ingurumeneko interpretazio-zentroa	....
Kirol-eremuak	....
Espazio publikoak (kaleak, plazak, aisiarako eremuak, etab.)	....
Eraikin publikoak (eskolak, liburutegiak, ospitaleak, etab.)	....

b) Kontuan izan Pozako izakien ezaugarri fisikoak eta emozionalak. Hobe da oharrak oharrak jasotzea, osatu berri duzun taula berrikusi aurretik!

2 **Jakin zer irisgarritasun-neurri izan behar dituzten eraikinek izakien premietara egokitzeko.**

a) Prestatu mugikortasun urritua duten pertsonak sartu ahal izateko irisgarritasun-neurrien zerrenda bat.

b) Bilatu ikusmeneko aniztasun funtzionala duten pertsonentzako irisgarritasun-neurriak.

c) Gehitu entzumeneko aniztasun funtzionala duten pertsonentzako hobekuntza-elementuak.

Ereduak bilatzen ari gara

Nolakoak dira eta non argitaratzen dira arau-testuak?

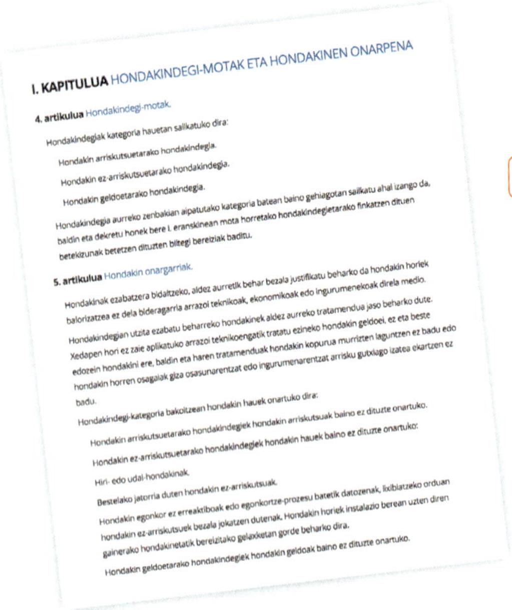

I. KAPITULUA HONDAKINDEGI-MOTAK ETA HONDAKINEN ONARPENA

4. artikulua Hondakindegi-motak.

Hondakindegiak kategoria hauetan sailkatuko dira:

Hondakin arriskutsuetarako hondakindegia.

Hondakin ez-arriskutsuetarako hondakindegia.

Hondakin geldoetarako hondakindegia.

Hondakindegia aurreko zenbakian aipatutako kategoria batean baino gehiagotan sailkatu ahal izango da, baldin eta dekretu honek bere I. eranskinean mota horretako hondakindegietarako finkatzen dituen betekizunak betetzen dituzten biltegi bereiziak baditu.

5. artikulua Hondakin onargarriak.

Hondakinak ezabatzera bidaltzeko, aldez aurretik behar bezala justifikatu beharko da hondakin horiek balorizatzea ez dela bideragarria arrazoi teknikoak, ekonomikoak edo ingurumenekoak direla medio.

Hondakindegian utzita ezabatu beharreko hondakinek aldez aurreko tratamendua jaso beharko dute. Xedapen hori ez zaie aplikatuko arrazoi teknikoengatik tratatu ezineko hondakin geldoei, ez eta beste edozein hondakini ere, baldin eta haren tratamenduak hondakin kopurua murrizten laguntzen ez badu edo hondakin horren osagaiak giza osasunarentzat edo ingurumenarentzat arrisku gutxiago izatea ekartzen ez badu.

Hondakindegi-kategoria bakoitzean hondakin hauek onartuko dira:

Hondakin arriskutsuetarako hondakindegiek hondakin arriskutsuak baino ez dituzte onartuko.

Hondakin ez-arriskutsuetarako hondakindegiek hondakin hauek baino ez dituzte onartuko:

Hiri- edo udal-hondakinak.

Bestelako jatorria duten hondakin ez-arriskutsuak.

Hondakin egonkor ez erreaktiboak edo egonkortze-prozesu batetik datozenak, lixibiatzeko orduan hondakin ez-arriskutsuek bezala jokatzen dutenak. Hondakin horiek instalazio berean uzten diren gainerako hondakinetatik bereizitako gelaxketan gorde beharko dira.

Hondakin geldoetarako hondakindegiek hondakin geldoak baino ez dituzte onartuko.

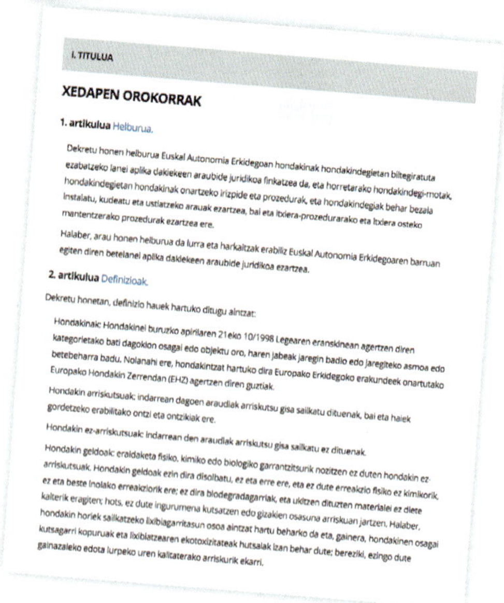

I. TITULUA

XEDAPEN OROKORRAK

1. artikulua Helburua.

Dekretu honen helburua Euskal Autonomia Erkidegoan hondakinak hondakindegietan biltegiratuta ezabatzeko lanei aplika dakiekeen araubide juridikoa finkatzea da, eta horretarako hondakindegi-motak, hondakindegietan hondakinak onartzeko irizpide eta prozedurak, eta hondakindegiak behar bezala instalatu, kudeatu eta ustiatzeko arauak ezartzea, bai eta itxiera-prozedurarako eta itxiera osteko mantentzerako prozedurak ezartzea ere.

Halaber, arau honen helburua da lurra eta harkaitzak erabiliz Euskal Autonomia Erkidegoaren barruan egiten diren betelanei aplika dakiekeen araubide juridikoa ezartzea.

2. artikulua Definizioak.

Dekretu honetan, definizio hauek hartuko ditugu aintzat:

Hondakinak: Hondakinei buruzko apirilaren 21eko 10/1998 Legearen eranskinean agertzen diren kategorietako bati dagokion osagai edo objektu oro, haren jabeak jaregin badio edo jaregiteko asmoa edo betebeharra badu. Nolanahi ere, hondakintzat hartuko dira Europako Erkidegoko erakundeek onartutako Europako Hondakin Zerrendan (EHZ) agertzen diren guztiak.

Hondakin arriskutsuak: indarrean dagoen araudiak arriskutsu gisa sailkatu dituenak, bai eta haiek gordetzeko erabilitako ontzi eta ontzikiak ere.

Hondakin ez-arriskutsuak: indarrean den araudiak arriskutsu gisa sailkatu ez dituenak.

Hondakin geldoak: eraldaketa fisiko, kimiko edo biologiko garrantzitsurik nozitzen ez duten hondakin ez-arriskutsuak. Hondakin geldoak ezin dira disolbatu, ez eta erre ere, eta ez dute erreakzio fisiko ez kimikorik, ez eta beste inolako erreakziorik ere; ez dira biodegradagarriak, eta ukitzen dituzten materialei ez diete kalterik eragiten; hots, ez dute ingurumena kutsatzen edo gizakien osasuna arriskuan jartzen. Halaber, hondakin horiek sailkatzeko lixibiagarritasun osoa aintzat hartu beharko da eta, gainera, hondakinen osagai kutsagarri kopuruak eta lixibiatzearen ekotoxizitateak hutsalak izan behar dute; bereziki, ezingo dute gainazaleko edota lurpeko uren kalitaterako arriskurik ekarri.

3 Ikertu egingo dugu. Lau taldetan banatuta, talde bakoitzak honako gai bakoitzaren inguruko betekizun, arau eta betebeharren dokumentu bat ikertu eta aurkituko du:

a) garraiobideak.

b) natura-zentroak.

c) maskotak bide publikoan.

d) natura- eta kultura-ondarearen babesa.

e) espazio publikoak.

— Arau-dokumentuak bilatzeko, landuko diren dokumentuak aurkitzen lagunduko duten gako-hitzak erabiltzea proposatzen da:

- **Natura-zentroa:** araudia + ordenantza + parke naturalaren edo guneko natura-zentroaren izena.
- **Garraiobideak:** araudia + garraio publikoa + hiriaren edo herriaren izena
- **Kirol-guneak:** araudia + kiroldegia + hiriaren edo herriaren izena
- **Maskotak:** ordenantza/araudia + animaliak
- **Bide publikoa:** ordenantza/araudia + zarata/zaborra

‹ Ingurumena

Ingurumenari buruzko informazioa

Ekonomiaren Garapen, Jasangarritasun eta Ingurumen Saila

Araudia | Non aurki dezaket ingurumenari buruzko informazioa | Informazioa eskatzea | Salaketak eta kexak | Ingurumenaren egoera eta adierazleak | Hiztegia | Argitalpenak | Jarraibideak

Hondakinei buruzko araudia

› Código de Residuos y Sustancias Peligrosas

Europakoa
Estatukoa
Euskadi
Hondakin motak eta korronteak

Europakoa

› Directiva 1999/31/CE del Consejo de 26 de abril de 1999 relativa al vertido de residuos

› Directiva 2008/98/CE del Parlamento Europeo y del Consejo, de 19 de noviembre de 2008, sobre los residuos y por la que se derogan determinadas Directivas

› Decisión de Ejecución (UE) 2019/1885 de la Comisión de 6 de noviembre de 2019 por la que se establecen normas relativas al cálculo, la verificación y la comunicación de datos relativos al vertido de residuos municipales de acuerdo con la Directiva 1999/31/CE del Consejo, y se deroga la Decisión 2000/738/CE de la Comisión

› 2003/33/CE: Decisión del Consejo, de 19 de diciembre de 2002, por la que se establecen los criterios y procedimientos de admisión de residuos en los vertederos con arreglo al artículo 16 y al anexo II de la Directiva 1999/31/CEE

Nolakoak dira arau-testuak?

Ikus dezagun arau-dokumentu baten sarrera.

Hitzaurrea

Kontuan izanik munduko askatasuna, justizia eta bakea giza familiako kide guztien berezko duintasunean eta eskubide berdin eta ukaezinetan oinarritzen direla;

Kontuan izanik giza eskubideak ez ezagutzearen eta gutxiestearen ondorioz, giza kontzientziari irain egiten dioten basakeriak gertatu izan direla; eta gizon-emakumeek, beldur eta gabezia orotik aske, hitz egiteko askatasuna eta sinesmen-askatasuna izango dituzten munduaren etorrera aldarrikatu dela gizakiaren helburu nagusi;

Kontuan izanik ezinbestekoa dela giza eskubideak zuzenbidezko erregimen batek babestea, gizakia tirania eta zapalkuntzaren aurkako azken irtenbidea den matxinadara jo beharrean aurkitu ez dadin;

Kontuan izanik ezinbestekoa dela, baita ere, herrialdeen artean harreman lagunkoiak bultzatzea;

Kontuan izanik Nazio Batuetako kide diren herriek gizakiaren oinarrizko eskubideetan, gizakiaren duintasun eta balioan eta gizonen eta emakumeen eskubideen arteko berdintasunean duten fedea tinko azaldu dutela Agirian; eta, askatasunaren ikuspegi zabalago baten barruan, gizarte aurrerakuntza sustatzeko eta bizitza-maila jasotzeko erabakita daudela adierazi dutela;

Kontuan izanik Estatu Kideek, Nazio Batuen Erakundearekin elkarlanean, gizakiaren oinarrizko eskubide eta askatasunen begirune orokorra eta eraginkorra ziurtatzeko hitza eman dutela;

Kontuan izanik emandako hitz hori osotasunean betetzeko garrantzi handikoa dela eskubide eta askatasun horiek berdin ulertzea;

BATZAR NAGUSIAK

Giza Eskubideen Aldarrikapen Unibertsal hau egiten du, Herri eta nazio guztiek izan beharreko jomuga legez, bai norbanakoek eta bai erakundeek. Aldarrikapen honetan etengabe oinarrituta, alde batetik, eskubide eta askatasun hauen begirunea bultza dezaten irakaskuntzaren eta hezkuntzaren bidez eta, bestetik, nazio mailan eta nazioarte mailan arian-arian neurriak hartuz, era eraginkorrean eta orokorrean ezar daitezen ziurtatzeko, bai elkarkide diren estatuetako herrien artean eta baita horien eskumenpean dauden lurraldeetan ere.

1. artikulua.- Gizon-emakume guztiak aske jaiotzen dira, duintasun eta eskubide berberak dituztela; eta ezaguera eta kontzientzia dutenez gero, elkarren artean senide legez jokatu beharra dute.

Arau-testuek zerbait modu jakin batean egiteko agintzen eta exijitzen dute, edo hura egitea debekatzen dute. Edozein unetan eta egoeratan dugun eginkizuna arautzen dute, gainerakoekin dugun harremanean.

Haietan legeak eta beste lege-arau batzuk sartzen dira, baina baita egoera jakin batzuetan modu zehatz batean jardutera behartzen gaituzten beste arau batzuk ere.

Eskubideak, betebeharrak eta debekuak
60. fitxa

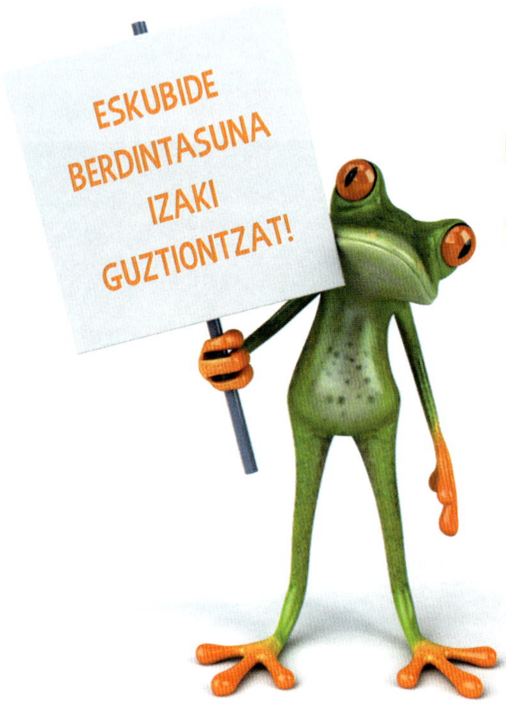

Zer dio?

4 **Irakurri berri duzun testua arau-testua da. Aukeratu gaia.**

Gogoeta batzuk kontuan hartuta...

... Giza Eskubideen Aldarrikapen Unibertsala aldarrikatzen du.

... Ume eta Haurren Eskubideen Aldarrikapen Unibertsala aldarrikatzen du.

... Gizakiaren Eskubideen Aldarrikapen Unibertsala aldarrikatzen du.

5 **Taldeka, komentatu testuko honako adierazpen hauen esanahia.**

a. «Giza familiako kide guztien berezko duintasunean eta eskubide berdin eta ukaezinetan oinarritzen direla.»

b. «Giza eskubideak ez ezagutzearen eta gutxiestearen ondorioz, giza kontzientziari irain egiten dioten basakeriak gertatu izan direla.»

6 **Aldarrikapena egin aurretik, zenbait kontu izaten dira gogoan. Laburtu, zeure hitzekin, zer gogoeta egiten den.**

Lehen gogoeta	Askatasunaren, justiziaren eta bakearen oinarria gizakien duintasunaren eta eskubideen berdintasunaren aitorpena da.
Bigarren gogoeta	....
....	....

7 **Gogoeten ondoren, aldarrikapena dator. Azaldu zeure hitzekin.**

8 **Testuaren amaieran, aldarrikapenaren lehen artikulua ageri da. Zer dio?**

Nola dio?

9 **Testua aztertu ondoren, testuaren zatiak azalduko ditugu. Aipatu zati bakoitzaren edukia eta barne hartzen duena.**

Zatiak	Edukia	Barne hartzen duena...
Lehena	....	....
Bigarrena	....	....
Hirugarrena	....	....

10 **Orain, Giza Eskubideen Aldarrikapen Unibertsala pixka bat gehiago landuko duzu.**

— Bikoteka, bilatu Giza Eskubideen Aldarrikapen Unibertsala, Jaurlaritzaren orrialdean: euskadi.eus.

— Noiz onartu zen adierazpena?

— Zer erakundek onartu zuen?

— Zein da aldarrikapen horren helburua?

— Zenbat artikulu ditu?

1948an, Nazio Batuen Batzar Orokorrak Giza Eskubideen Aldarrikapen Unibertsala onartu zuen.

11 **Ondoren, sakondu Giza Eskubideen Aldarrikapen Unibertsalean.**

— Irakurri 2. artikulua eta azaldu zeure hitzekin.

— Egin gauza bera azken artikuluarekin.

— Eman begiratu bat artikuluei, eta arrazoitu zein edo zeintzuk aldatuko zenituzkeen eta zergatik.

12 **Testu orok bezala, arauek ere ezaugarri bereziak dituzte.**

— Bilatu testuan ezaugarri berezi horien adibideak.

Ezaugarri bereziak	**Testuko adibideak**
Igorleak arauak emateko agintea du.	Nazio Batuen Batzar Orokorra
Hizkera argia, zehatza eta objektiboa da. Lexiko berezia jasoko du, gaiaren arabera.	....
Aditzak indikatiboko orainaldikoak, iraganekoak, etorkizunekoak, infinitiboak edo aginterazkoak dira.	....
Hurrenkera kronologikoari jarrai dakioke dagozkion markagailuekin, edo hurrenkera logiko bati, orokorrenetik zehatzenera; atalak eta azpiatalak izan ditzake, zenbakitze-sistemaren batekin.	....
Batzuetan, letra lodiak, letra larriak edo neurri desberdinetakoak ematen dira, nabarmentzeko.	....

Joko eta kirolen arauak ere arau-testuak dira. Beste pertsona batzuekin jokatzean, arau batzuk betetzea adosten dugu: futbol-partida bat jokatzen ari bagara, edo beste edozein kiroletan, edo bestela, oro har (xake-jokoa, dama-jokoa, antzara-jokoa...), arau batzuk onartzen jakin beharko dugu eta, jakina, tranparik ez egiten.

13 **Ikusi duzunez, arau-testuen hizkera argia, zehatza eta oso objektiboa da. Zergatik erabiltzen da hizkera mota hori eta ez hizkera landuago eta konplexuago bat?**

— Hala ere, aurreko testuan gutxi erabiltzen diren hitz batzuk ere erabiltzen dira, eta baliteke ez jakitea haiek zer esanahi duten. Lotu esanahi bakoitza dagokion hitzarekin.

a) Nagusitasunaz edo botereaz abusatzea gainerako pertsonekiko tratuan.

b) Zerbaiten edo norbaiten esentziaren zati dela, hari lotua dagoena eta banaezina dena.

c) Ordena publikoa nahasten duen desordena edo asaldura.

d) Izua eragiten duen ekintza oso gaiztoa edo krudela.

e) Errespeturik eta begirunerik gabe, norbait irainka tratatzearen ekintza eta ondorioa.

g) Moralki, hitzez edo egitez abusatzea

1. irain egitea	**4.** matxinada
2. tirania	**5.** gutxiespena
3. basakeria	**6.** berezko

Hizkuntza-barietateak: mailak eta erregistroak
4. eta 5. fitxak

14 **Eremu juridikoko berezko hitzak ere erabiltzen ditu. Bilatu testuan mota horretako adibide batzuk.**

15 **Orain, ohartu zer aditz erabili dituen. Zer denbora edo aditz-denbora dira nagusi?**

— Zer dela eta uste duzu nagusitzen direla denbora horiek eta ez beste batzuk?

16 **Testuak hurrenkera kronologiko bati edo hurrenkera logiko bati jarraitzen dio? Zein da hurrenkera hori aukeratzeko motiboa?**

17 **Arau-testuen azken ezaugarri berezia erabilitako tipografiari buruzkoa da: letra lodia, larria, tamaina desberdina...**

— Zer letra mota erabiltzen da testuan? Zer nabarmentzen du? Zergatik uste duzu hala egiten dela?

X31n elkarrekin ondo bizitzeko!

Bada, orain, zure txanda da! Ikusi duzunez, gatazkarik ez egoteko, onena arauak jartzea da! Beraz, has gaitezen lanean! Talde bakoitzak arau-testu bat aurkitu behar du, eta X31n bizikidetzarako beharretara egokitu.

1. **AUKERATU** zer gai arautuko duzun, eta bilatu antzeko testu bat Interneten.

2. **IDATZI** testua aldatzeko proposamenak, ekarpen artikulatu berriari egindako zuzenketa partzialetan oinarrituta. Ekarpenek X31ko bizilagun guztien beharrei erantzun behar diete.

Jatorrizko artikulua	Aldaketa-proposamena
 Gurpil-aulkiek eta kotxetxoek aurreikusitako espazioa hartuko dute, eta haiei eusteko aurreikusitako elementuak erabili beharko dituzte.	Mugikortasuna errazten duten ibilgailuetan (gurpil-aulkiak, kotxetxoak) mugitzen diren izakiek eta etengabe hezetasuna behar duten anfibioek haietako bakoitzarentzat aurreikusitako espazioak izango dituzte, eta ordenantzan ezarritako euste-elementuak, euskarriak eta abar erabili beharko dituzte.

3. **AURKEZTU** zure proposamena ikasgelan antolatutako Parlamentu berriaren saio batean. Erantzun oposizio-taldearen galdera guztiei.

4. **AZALDU** eta argudiatu arau-dokumentu berriak. Azaldu oposizioaren zer zuzenketa onartu duzun, zure proposamena hobetuko dutelakoan, eta arrazoitu zergatik ez dituzun besteak onartu. Zure argudioaren adibide izango diren kasu errealak aurkez ditzakezu.

5. **EZTABAIDATU** proposamenak eta adostu, talde guztien artean, araudi berria nola idatzi.

   Aztertu zer zailtasun izan dituzuen elkarrizketa-guneak izateko, non izaki guztientzat helburu komunen gainean eztabaidatu eta akordioak lortu eta sinatu. Zer ikasbide atera duzue hortik guztitik?

Ezinbestekoa!

- Talde bakoitzak 6 aldaketa egin behar ditu, gutxienez, zuzenketen artean, edo planetako biztanle berriak zuzenean aipatzen dituzten artikulu berriak sartu behar ditu.
- 3 aldaketa egin beharko dira, gutxienez, eskubideei buruzko artikuluan, eta beste 3, betebehar eta eskakizunei buruzkoan.
- Erreferentziazko dokumentuak Lurreko dokumentuak direnez, guztiontzako balio duten deskribapen zehatzak sartu beharko dira.

BERRIKUSI

1. Bizikidetza-arauak idatzi dituzula kontuan hartuta, zer iritzi duzu gaiari buruz? Bizi gaitezke bakean araurik gabe?
2. Idazle-lanetan duzun esperientzia aintzat hartuta, zer arau aldatuko zenuke zure udalerrian? Nola idatziko zenituzke?
3. Zer iruditu zaizu positiboa eta zer negatiboa adostasunak lortzeko eztabaidan?
4. Zer ikasi duzu etorkizuneko lanetan praktikan jartzeko?

Zer egin dezaket?

Ikasi duzu eztabaidatzen akordioak lortzeko?

Ikasi duzu bizikidetza-arauak beharrezkoak direla?

Kontuan izango dituzu gainerakoen beharrak zure egunerokoan? Zer egin dezakezu zuk bizikidetza hobetzen laguntzeko?

10

Eta zuk, nola esaten duzu?

Gaur Miren bere eskubaloi taldearekin partida bat jokatzera joan da Baionara, eta, aldagelan zegoela, hango jokalariek ziotena entzutera jarri da: «Utzi mirailean horrenbeste begiratzeari eta zatoz hona!»

Eta zera pentsatu du: miraila? Zer ote da hori? Bai bitxia! Hizkuntza bera egin arren, esamolde batzuk ez dizkiet ulertzen! Berdin esango ote da Algortan?

Euskararen tokian tokiko aldaerei **euskalki** esaten zaie. Sor dezagun, beraz, euskaraz hitz egiten den edozein lekutan bizirauteko oinarrizko erabilera-gida bat. Bidaiatzeko prest?

▶ **Ba al dakizu Euskal Herri osoko hitz egiteko moduak bereizten?**

Aniztasuna babestea

Animalia- eta landare-espezieen aniztasuna babestea bezalaxe, ezinbestekoa da aniztasun linguistikoa gordetzea ere. *Tximista* esateko zenbat modu ote daude euskaraz? Zer gertatuko litzateke galduko balira?

Zer ikasiko duzu?

- Euskalki bakoitzaren ezaugarririk bereizgarrienak identifikatzen.
- Aberastasun dialektal, linguistiko eta kulturala errespetuz baloratzen.
- Hitzak eta esamoldeak hainbat hiztegi motatan bilatzen, oinarrizko esamoldeen gida bat osatzeko.
- Informazioa modu originalean azaltzeko askotariko tresna digitalak erabiltzen.

Txermena ala udarea?

1 **Pertsona bat nongoa den jakin dezakegu haren hizketarako moldeagatik. Jakingo al zenuke hiztun hauek nongoak diren esaten?**

a

c

b

d

Tolosa (Gipuzkoa) - Irisarri (Nafarroa Beherea) - Lekeitio (Bizkaia) - Bera (Nafarroa)

- Nola jakin duzu? Zaila egin al zaizu? Zein hitz, esamolde edo ahoskerak balio izan dizu ariketa egiteko?

2 Ezberdintasunak ezberdintasun, zenbateraino ulertzen dugu elkar?

MAXIXATZEN

AZKOITTIKO EUSKERIE

SARRERA

Zein da 'txermena' Azkoitiko hitzaren esanahia?

Maxixatzen.eus 2021-08-27 08:45

Maxixatzenek, Azkoitiko euskara bultzatzeko asmoarekin, Azkoitiko hitz edo esamolde bat argitaratzen du ostiralero. Joan den astean 'xipulerue' izan zen webgunean erakutsi zuen adiera. Oraingoan 'txermena' hitza hautatu du Maxixatzenek. Ba al dakizu zein den haren esanahia?

Txermena hitza erabiltzen da Azkoitiko hizkeran udarea esateko. Adibidez, honela erabili ohi da:

- **Azkoitiko hizkeran:** "Otarraka txermen ekarri zun osabak txabolatik".
- **Euskara batuan:** "Otarrakada bete udare ekarri zuen osabak txabolatik".

Iturria: Azkoittiko euskerie, Aizkibel beka.

Denok hitz egiten dugu bizi garen lekuko hizkeran. Gasteiztarrek ere bai!

a) Maxixatzen aldizkariko albistean aipatzen denez, Azkoitian bada *udarea* esateko bestelako hitz bat. Zein da? Entzun al duzu sekula? Azkoitiatik kanpo entzun al duzu? Ezagutzen al duzu fruta hori izendatzeko beste hitzik?

b) Astero Azkoitian erabiltzen den hitz baten berri ematen du Maxixatzenek. Zein izan zen aurreko asteko hitza? Ba al dakizu zer esan nahi duen? Bila ezazu Interneten.

c) Gogora ezazu hizkera jasoaren eta informalaren arteko aldea. Bietako zeinetan uste duzu ager daitezkeela maizago norberaren euskalkiko ezaugarriak? Zergatik ote?

3 Aditzei dagokienez, esanahi aldaketez gain, forman ere izaten dituzte ezberdintasunak. Jakingo al zenuke, aditzei soilik begiratuta, honako adibide hauek zein euskalkitakoak diren?

a) Liburua erosi /duzu/ eta etxera joan /zira/.

b) Liburua erosi /dozu/ eta etxera joan /zara/.

c) Liburua erosi /dezu/ eta etxera joan /zera/.

Euskara, aldakorra bezain aberatsa

Euskalkien banaketarik zaharrena Louis Lucien Bonapartek egin zuen, eta zortzi identifikatu zituen denera. Gaur egun, ordea, beste sailkapen bat hartzen da aintzat.

4 **Leku guztietako hiztunekin komunikatzeko oinarrizko erabilera-gida egin ahal izateko, lehenik bereiz ditzagun euskalkiak. Azter ezazu Koldo Zuazoren banaketaren araberako euskalkien mapa hau:**

— Idatzi:

a) Zenbat euskalki daude eta non hitz egiten da bakoitza?

b) Zer izen jarriko zenioke euskalki bakoitzari? Lotu Koldo Zuazok jartzen dizkien izenak kolore bakoitzarekin: mendebaldekoa, erdialdekoa, goi-nafarrera, nafar-lapurtera, ekialdeko nafarrera eta zuberera.

c) Zuk baduzu euskalkirik, ala batuan hitz egiten duzu? Hala balitz, horietako zeinetan kokatuko zenuke zure euskalkia?

5 **Lotu herriak, probintziak eta euskalkiak. Probintzia edo euskalki berera herri bat baino gehiago joan daitezke. Bat al datoz euskalkiak eta probintziak?**

- Ordizia
- Igorre
- Elizondo
- Maule
- Donibane Garazi
- Aramaio
- Eibar
- Erronkari
- Hendaia

- Nafarroa
- Araba
- Gipuzkoa
- Lapurdi
- Bizkaia
- Zuberoa
- Nafarroa Beherea

- Zuberera
- Goi-nafarrera
- Mendebaldekoa
- Erdialdekoa
- Ekialdeko nafarrera
- Nafar-lapurtera

Nola antolatuko dugu hiztegia?

6 **Gure gidan zer hitz edo esapide izango dira baliagarrienak? Egin talde semantikokako zerrenda bat.**

Arropa. Etxea. Etxeko-lanak

Jan-edanak

Gorputza

Animaliak

Lanbideak eta aisia

Harreman sozialak eta modako esamoldeak

7 **Baliatuko ditugun hitz eta esapideen zerrenda egin ostean, bila dezagun nola esaten diren euskalki bakoitzean. Horretarako, Euskaltzaindiaren EHHA tresnako mapak erabil ditzakegu, bilatzailean bilatu nahi dugun hitza idatzita.**

https://links.edebe.com/htwss

EHHAn (Euskararen Herri Hizkeren Atlasa) Hiztegi Batuan onartuta ez dauden hainbat forma aurkituko dituzu, tokian tokiko euskalkietan erabiltzen direnak.

Ohiko hiztegiak hizkuntza baten aldaera guztiak jaso beharko al lituzke?

— Bete ezazu halako taula bat hasieran ematen zaizkizun adibideekin, eta gero, zeure zerrendako batzuekin. Gogoratu euskalki orokor batzuk egon arren, askotan herritik herrira aldatzen direla hitzak, eta ezer ez dela erabat argia. Ariketa egiteko, EHHAn zein bestelako hiztegietan begira dezakezu zein den euskalki bakoitzeko hitza.

MENDEBALDEKOA	ERDIALDEKOA	GOI-NAFARRERA	NAFAR-LAPURTERA	EKIALDEKO NAFARRERA	ZUBERERA
(kata)mixer	...	...	...	...	ürtxaintxa
...	beatz/biatz	...	erri	...	...
...	...	irristatu	...	irristatu	...
mosu	...	...	...	apatto	...
...	triku	...	...	...	...
...	ostiral	...	...	...	...
...	...	...	...	...	...

8 **Izenei eta izenondoei dagokienez, garrantzitsua da pentsatzea zein formatan idatziko ditugun: mugagabean, singularrean ala pluralean? Begira ezazu hiztegietan nola egiten duten.**

Eta zer egingo dugu esanahi bat baino gehiago dituzten hitzekin? Nola bereiziko ditugu? Kontuz ibiltzen ez bagara nahaste ederra sortuko dugu!

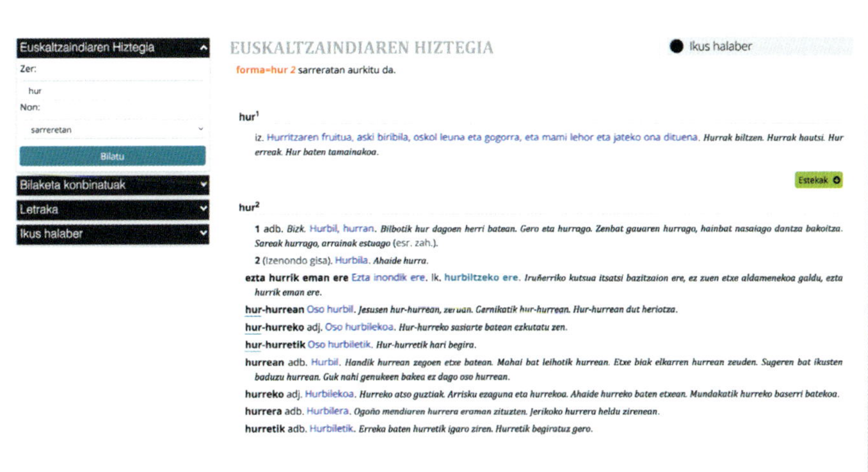

Euskaltzaindiaren Hiztegia
Zer:
hur
Non:
sarreretan
Bilatu
Bilaketa konbinatuak
Letraka
Ikus halaber

EUSKALTZAINDIAREN HIZTEGIA

Ikus halaber

forma=hur 2 sarreratan aurkitu da.

hur[1]

iz. Hurritzaren fruitua, aski biribila, oskol leuna eta gogorra, eta mami lehor eta jateko ona dituena. *Hurrak biltzen. Hurrak hautsi. Hur erreak. Hur baten tamainakoa.*

Estekak

hur[2]

1 adb. *Bizk.* Hurbil, hurran. *Bilbotik hur dagoen herri batean. Gero eta hurrago. Zenbat gauaren hurrago, hainbat nasaiago dantza bakoitza. Sareak hurrago, arrainak estuago* (esr. zah.).

2 (Izenondo gisa). Hurbila. *Ahaide hurra.*

ezta hurrik eman ere Ezta inondik ere. Ik. **hurbiltzeko ere**. *Iruñerriko kutsua itsatsi bazitzaion ere, ez zuen etxe aldamenekoa galdu, ezta hurrik eman ere.*

hur-hurrean Oso hurbil. *Jesusen hur-hurrean, zeruan. Gernikatik hur-hurrean. Hur-hurrean dut heriotza.*

hur-hurreko adj. Oso hurbilekoa. *Hur-hurreko sasiarte batean ezkutatu zen.*

hur-hurretik Oso hurbiletik. *Hur-hurretik hari begira.*

hurrean adb. Hurbil. *Handik hurrean zegoen etxe batean. Mahai bat leihotik hurrean. Etxe biak elkarren hurrean zeuden. Sugeren bat ikusten baduzu hurrean. Guk nahi genukeen bakea ez dago oso hurrean.*

hurreko adj. Hurbilekoa. *Hurreko atso guztiak. Arrisku ezaguna eta hurrekoa. Ahaide hurreko baten etxean. Mundakatik hurreko baserri batekoa.*

hurrera adb. Hurbilera. *Ogoño mendiaren hurrera eraman zituzten. Jerikoko hurrera heldu zirenean.*

hurretik adb. Hurbiletik. *Erreka baten hurretik igaro ziren. Hurretik begiratuz gero.*

Orain, pentsa dezagun zer formatako hitzak sartuko ditugun gure gidan. Izenak, izenondoak eta aditzak? Eta esamoldeak ere bai?

Ezagutzen al dituzu gida osatzeko oinarrizko kontzeptuak? Ba al dakizu bereizten izenak, izenondoak, aditzondoak eta aditzak, adibidez? Eta mugagabeko, singularreko eta pluraleko formak?

9 **Esamoldeak ere asko aldatzen dira Euskal Herrian zehar lurraldez lurralde, eta oso erabilgarria izan daiteke haiek ezagutzea. Saia zaitez azpimarraturiko esapideetako bakoitzaren esanahia asmatzen:**

a) <u>Oiloak pixa egin du</u> zuk lana amaitzerako! (Goizueta, Nafarroa)

b) Hurrengo kolpea zuretzat izango da; <u>begiari begi, hortzari hortz</u>. (Etxebarre, Zuberoa)

c) Zure lagun hori <u>alfer-zuria da</u>. (Ea, Bizkaia)

d) Nola joango zara bada harenganaino oinez? <u>Portokomon bizi</u> da eta! (Hondarribia, Gipuzkoa)

e) Gaur egizu egin beharrekoa, eta <u>geroa ageriko</u>. (Azkaine, Lapurdi)

Hitz bat / / ikurren artean agertzen bada, horrek esan nahi duena da hitza nola ahoskatzen den adierazten dela, ez nola idazten den.

10 **Hitz idatziez gain, ezin hobea litzateke zenbait hitzen ahoskera ere grabatzea euskalki ezberdinetan. Ez da lan erraza, baina egizu saiakera bat honako hitz hauek sei euskalkietan ahoskatzen (batzuk berdin egiten dira euskalki ezberdinetan):**

hasi — ahots — sentitü

ahantzi — hatsarrez — bilatu

Gako nagusi batzuk izan ditzazun, gogoratu oinarrizko jakintza hauek:

- Iparralde osoan *h* hotsa ahoskatzen da hasperen baten moduan.
- Batez ere mendebaldean *s* eta *z* guztiak *z*, eta *tz* eta *ts* guztiak *tz* balira bezala ahoskatzen dira.
- Zuberoan seigarren bokal bat dago: *ü*.

Ahoskerari buruzko zein ezaugarri gehiago dakizkizu zuk?

Nolakoa imajinatzen duzue zuen erabilera-gida?

11 **Koloretsua ala zuri-beltzekoa, hiztegi bat bezalakoa, interaktiboa ala ez... zeuek erabaki!**

— Esaterako, eskualde bakoitzaren gainean klikatuz gero lekuari buruzko informazio apur bat ager dadila argazki batekin eta landu duzun oinarrizko lexikoarekin.

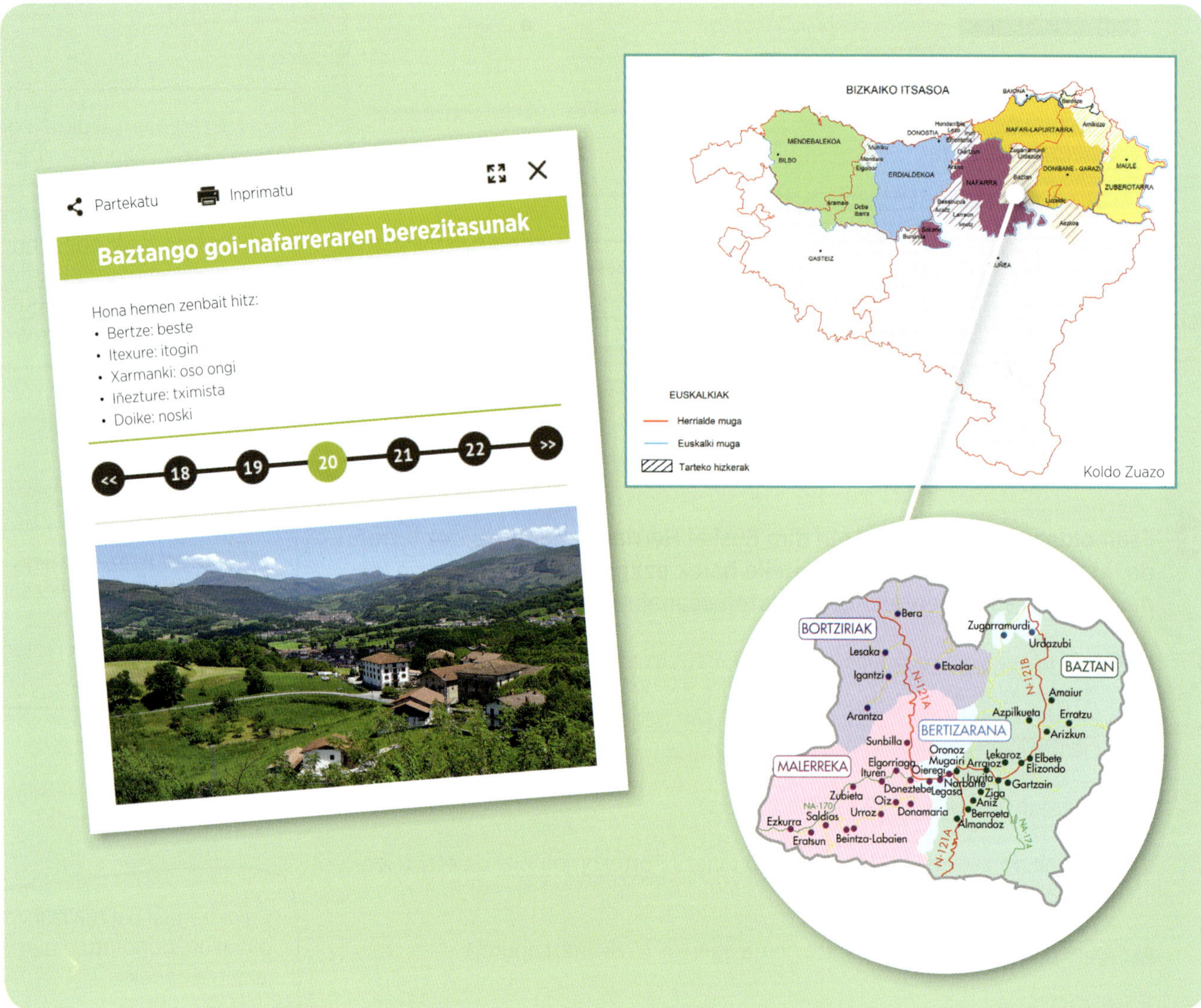

Eskualde bakoitzeko hitz eta esamoldeak gehituz joan ahala, zure erabilera-gidan leku horietako datu interesgarriak ere jar ditzakezu.

- Udalerria edo eskualdea
- Euskalkia
- Biztanle kopurua eta azalera
- Bailara eta probintzia
- Txoko interesgarriak
- Gastronomia
- Jakin beharreko oinarrizko hitz eta esapideak

Bidaiatzeko prest!

12 Iritsi da denon artean Euskal Herriko txoko guztietan zehar bidaiatzeko balioko digun erabilera-gida egiteko unea.

Garrantzitsua!

- Erabiliko dituzun hitz asko gertuko euskalkiko formak izango dira, eta ez erregistro jaso edo estandarrekoak. Dena den, ez ahaztu hizkuntza modu egokian erabili behar dela.
- Egiten dituzun grabaketak egin itzazu euskalki bakoitzari zor zaion errespetuz. Hizkera gehienetako hiztun izan ez arren, zure grabaketetan zehar hala balitz bezala lan egiten saiatu beharko duzu.

1. **JARRI TALDEKA** eta banatu zuen artean euskalkiak banaka edo binaka. Saia zaitezte euskalki guztiak kontuan hartzen.

2. **IDATZI** leku bakoitzean, euskalkiko hitz eta esamoldeez gain, agertzea nahiko zenuketen informazioaren gidoia.

   Esaterako:

   Zuberera: hiztunak, ibilbideak, dantzak, mendiak, pastoralak...

   Eta horrekin batera bila ezazue ezinbesteko informazioa.

3. **BILATU** eskualde bakoitza ezagutarazten lagunduko dizueten argazkiak.

Bizkaia zubia

Itzaltzuko Gartxoten haitzuloa

4. **BERRESKURATU** orain arte euskalki bakoitzean egindako hitz eta esamoldeen zerrendak. Idatzi eta grabatu audiotan, argazkiekin jartzeko.

5. **PENTSATU** gidaren formatua:

   - Sor ezazu mapa digital bat, eta, bertan, txertatu aurretik prestatutako informazio-txatalak: euskalkika, bailaraka, eskualdeka edo herrika ere egin dezakezu. Talde bakoitza bere eremuaz ardura daiteke.
   - Ezarri diseinurako irizpide bateratuak talde guztien artean.

6. Berrikusi eta probatu ostean, **AURKEZTU** zuen mapa interaktiboa institutuko beste kideei, familiei, etab. Ziur lan bikaina egin duzuela!

Aholku bat

Askatu zure irudimena eta egin ezazu ahalik eta gidarik erakargarri eta erabilerrazena, jende gehiago erakarriko baitu horrela. Animazio eta trantsizio dibertigarriak egiten lagunduko dizuten aplikazio asko daude.

1. Lortu dituzu hasierako helburuak?

2. Praktikan jarriko duzu berriz helburuak lortzeko erabilitako estrategietakoren bat?

3. Nola hobetu dezakezu?

11

Idaztetik bizi

Minutu bat ematen badizute mende honetakoak ez diren emakumezko idazleak aipatzeko, zenbat esango dituzu? Bost baino gutxiago badira, bila dezagun arrazoia: Zergatik dakizkizu hain gutxi?

Virginia Woolf Ingalaterran bizi izan zen XX. mendearen hasieran. Idaztetik bizi zen emakume bakarretako bat zen. Nola lortu zuen? Dirua zeukan eta gela bat ere bai. Beharbada orain ez duzu ulertuko zer esan nahi dugun horrekin, baina lasai, jakingo duzu eta!

Gustuko duzun lanean jardun

Nazio Batuen datuen arabera, emakumeek, oraindik ere, gizonek baino 2,6 aldiz denbora gehiago ematen dute ordaindu gabeko zaintza-lanetan eta etxeko lanetan. Benetan gustuko dugun hori ikasi, eta horretatik bizi eta lan egin ahal izatea funtsezkoa da bizitza betea eduki ahal izateko.

Zer ikasiko duzu?

- Iraganeko eta gaur egungo emakumezko idazlerik garrantzitsuenetako batzuk nor diren.
- Emakumeek literatur munduan duten rolaz hausnartzen; bereziki, saiakerei eta iritzi-artikuluei dagokienez.
- Hizkuntza era egokian erabiltzen, iritzi-artikuluak idazteko.

Nahi zutenean egin zezaketen lan?

1 Gaur egun, idazle izateko dohaina duen edonor idazle izatera irits daitekeela pentsatzen dugu. Baina idaztea ez da beti erraza izan emakumeentzat. Egin ikerketa bat, emakume hauek nor ziren jakiteko.

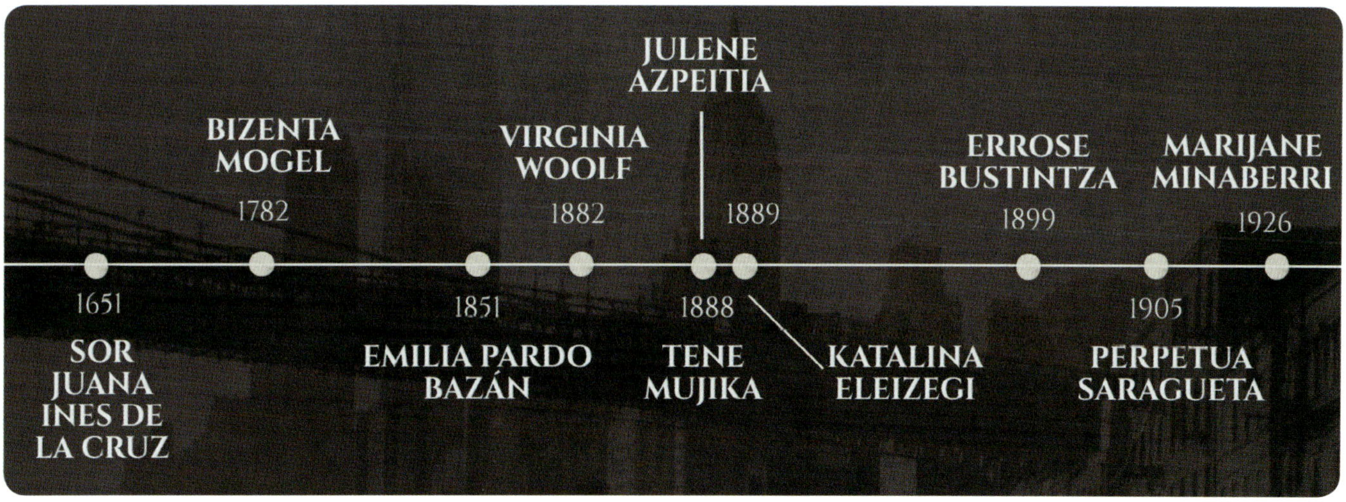

— Talde bakoitzak goiko zerrendako bat har dezake, eta, ondoren, informazioa partekatu. Bilatu informazio hau:

- Datu biografiko esanguratsuenak.
- Zer garai edo hamarkadatan bizi izan zen.
- Gizarte-maila.
- Zertan jardun zuen.
- Zer izan nahi zuen benetan.
- Idazlea izan bazen:
  — zer generotan idatzi zuen
  — obrarik esanguratsuenak
  — sariak edo errekonozimenduak

2 **Informazioa partekatu ondoren, hitz egin kontu hauetaz:**

- Ez zenituzten ezagutzen? Esan zergatik gertatzen den hori, zure ustez.
- Batzuk goitizenak erabiltzen zituzten idazteko. Zergatik jokatzen zuten horrela?
- Aurkeztutako idazle horietatik abiatuta, literaturaren aro edo mugimendurik ezar daiteke? Jaso zerrenda batean gogoratzen dituzun guztiak.
- Orain, jarri arreta haien genero literarioetan. Zein dira? Denek idatzi zuten mota bereko irakurleentzat?

3 **Idazten zuen gaurkotasunezko gaiei buruzko iritzi-artikulurik idazle horietakoren batek? Nork?**

Zer esanahi zuen publikoki idatzi ahal izateak?

• 4 **Virginia Woolfek idazle profesionala izatea lortu zuen, emakumeentzat hori oso zaila zen garai batean. Testua irakurri baino lehen, esan zein den horren zergatia, zure ustez.**

Gela bat norberarena liburua 1929an argitaratu zen, eta egilearen zenbait hausnarketa biltzen ditu, «Emakumeak eta fikzioa» gaiari buruz Ingalaterrako Girton College eta Cambridge unibertsitate-eskolek eskatu zizkioten bi hitzaldiari buruzkoak. Obra arrakastatsua izan zen.

Baina —esango duzue—, emakumeei eta literaturari buruz hitz egiteko eskatu genizun eta; zer ikusteko du horrek norberaren gelarekin? Hori azaltzen saiatuko naiz. Emakumeei eta literaturari buruz hitz egiteko eskatu zenidatenean, ibai baten ertzean eseri, eta hausnarrean hasi nintzen hitzon esanahiaren inguruan. Izan zitekeen, besterik gabe, nahi zenutela nik iruzkintxo batzuk egitea Fanny Burneyri buruz; beste batzuk Jane Austeni buruz; gorazarre bat Brönte ahizpei eta zirriborro bat Haworth parrokia-etxe elurtuari buruz; ahal izatera, ateraldi barregarriren bat Mitford andereñoari buruz; aipamen adeitsu bat George Elioti buruz; hitz bat edo beste Gaskell andreari buruz, eta kito. Ondo aztertuz gero, ordea, hitzok ez ziruditen hain sinpleak. *Emakumeak eta literatura* izenburuak esanahi ugari izan ditzake, eta zuek, noski, nahi zenuten nik gaitzat hartzea emakumeak eta haien izaera, edo emakumeak eta haiek egindako literatura, edo emakumeak eta haiei buruzko literatura, edo, izan zitekeen, bestela, bereizezinak izatea hiru aukera horiek, eta, beraz, hirurak batera aztertzea nahi izatea zuek. Baina, gaia ikuspegi horretatik aztertzen hasi nintzenean —horrexek zirudien-eta interesgarriena—, oztopo gaindiezin bat aurkitu nuen berehala: ez nintzela sekula gai izango ondorio batera iristeko. Ez nintzen inoiz gai izango nire ustez edozein hizlariren zeregin lehena izan behar duena betetzeko; alegia, ordubeteko hitzaldi baten ondoren egia aletxo bat ematea entzuleei, beren koadernoko orrien artean jaso eta tximinia gaineko apalean gorde dezaten betiko. Kontu xume bati buruz iritzi bat ematea zen egin nezakeen guztia: literatura egingo badu, emakume batek dirua behar duela, eta gela bat beretzat. Ikusiko duzuenez, horrek argitu gabe uzten du emakumearen benetako izaerari eta literaturaren benetako izaerari buruzko auzi sakona. Iskintxo egin diot bi gaioi buruz ondoriorik ateratzeko betekizunari, eta, niri dagokidanez, argitu gabeko auziak dira oraindik emakumeak eta literatura. Baina, huts hori osatzeko asmoz, ahal dudan guztia egingo dut gelari eta diruari buruzko iritzi horretara nola iritsi naizen azaltzeko, eta ahalik eta modu askeen eta osoenean garatuko dut zuen aurrean iritzi horretara eman nauen arrazoibidea. Beharbada, agerian uzten baditut baieztapen horren azpian dauden ideia eta aurreiritziak, ikusiko duzue badutela nolabaiteko erlaziorik emakumeekin eta literaturarekin. Nolanahi ere, gai batek zalaparta handia pizten duenean [...], batek ezin espero dezake egia esatea, eta, edozein iritzi duela ere, batek ezin du egin iritzi horretara nola iritsi den azaldu besterik.

Virginia Woolf

5 **Saiatu erantzuten irakurri duzun *Gela bat norberarena* liburuaren pasarte horri buruzko galdera hauei:**

a) Zer gairi buruzko hitzaldia emateko eskatu zioten egileari?

b) Zergatik ez zaio erraza iruditzen egileari gai horretaz erantzunak ematea?

c) Zer bi gauza behar ditu idatzi nahi duen emakume batek? Zer esan nahi du, zure iritziz, «dirua eta norberaren gela» behar duela esateak? Eman hipotesi bat.

d) Azkenean, atera du ondoriorik?

6 **Zer motatako testua dela esango zenuke?**

Argudio-testu gehienetan tesi baten alde edo aurka egiten da, argudio sendoak emanez. Azkenean, ondorio bat ematen da. Baina begira zer dioen Virgínia Woolfek:

> «Iskintxo egin diot bi gaioi buruz ondoriorik ateratzeko betekizunari, eta, niri dagokidanez, argitu gabeko auziak dira oraindik emakumeak eta literatura. Baina, huts hori osatzeko asmoz, ahal dudan guztia egingo dut gelari eta diruari buruzko iritzi horretara nola iritsi naizen azaltzeko.»

Saiakera didaktikatik eta hausnarketa filosofikotik oso hurbil dagoen literatura-generoa da. Ilustrazioaren garaian, XVIII. mendean, saiakera generorik erabilienetako bat zen.

— Beraz, ohiko argudio-testu dela esango zenuke?

— Egiaztatu: zerrenda honetako 5 ezaugarri baino gehiago aukeratu eta testuko adibideekin frogatu badezakezu, irakurri duzun testua saiakera bat da.

- Egiazko erantzunik ez duen gai bat aurkezten da.
- Elementuak nahasten dira: aipuak, atsotitzak, anekdotak, norberaren oroitzapenak.
- Ez dago aldez aurretik ezarritako ordenarik: egilea pentsatzen ari dena idatziz azaltzen ahalegintzen da, irakurleek bere gogoetaren bide bera egitea nahi balu bezala.
- Egileak estiloz idazteko borondate artistikoa du: literatura-baliabideak erabiltzen ditu.
- Irakurle-multzo zabal bati zuzentzen zaio.
- Subjektibotasuna da nagusi: ez du informatu nahi, konbentzitu baizik.
- Azalpen-testuaren eta argudio-testuaren arteko erdibidea dela dirudi.
- Emandako argudioak egilearen bizipenetan oinarritzen dira, haren sinesmenetan; oinarria ez dira kontrastatutako datuak, ez eta adituen baieztapenak ere.
- Egileak lehen pertsonan idazten du.

7 **Saiatu testuaren barne-egituraren zirriborro eskematiko bat egiten.**

Hasierako sarrera	Gaia aurkezten da. →	**Zer esaten da?**	Zer lerrotan edo zer paragrafotan dago?
Azalpen edo dibagazioa	Anekdota bat azaltzen da. →	**Zer esaten da?**	Zer lerrotan edo zer paragrafotan dago?

8 Jane Austen, Bronte ahizpak, George Eliot, Mitford andrea... Nor dira? Zergatik aipatuko ote ditu Virginia Woolfek?

9 Dirua eta norberaren gela: hor dago koska. 5. jardueran planteatu duzun hipotesiak bat egiten du Virginia Wolfeek pentsatzen zuenarekin? Ikus dezagun.

Diruaren argudioa

Nire izeba, Mary Beton, zalditik erorita hil zen, Mumbain paseotxo bat egitera atera zen batean. Herentziaren albistea gauez jaso nuen, emakumeei boto-eskubidea emateko legea onartzen ari ziren une bertsuan. Notario baten gutuna iritsi zen nire postontzira, eta hura irekitzean jakin nuen urtean bostehun libera utzi zizkidala betiko. Bietatik —botoa eta dirua—, aitortu beharra daukat askoz ere garrantzitsuagoa iruditu zitzaidala dirua. Ordura arte, egunkarietan lantxoak nola edo hala inguratuz ateratzen nuen bizimodua, asto-erakusketetan, ezkontzen eta halakoen berri emanez. Gutun-azalak idazten ere irabaziak nituen libera batzuk, bai eta amona zaharrei irakurriz, lore artifizialak eginez eta alfabetoa irakatsiz haurtzaindegi bateko haur txikiei. Horiexek ziren 1918 aurretik emakumeek baimenduta zeuzkaten lanbide nagusiak. [...] Bi horiek baino oinaze latzagoa iruditzen zait, hala ere, egun haiek nigan ereindako beldurraren eta mingostasunaren pozoia. Hasteko, batek nahi ez dituen lanak egiten ibili beharra zegoen beti, esklaboen modura ibili ere, hau eta beste lausengatzen, ez beti ezinbestean, nahiz eta beharrezkoa zirudien eta gauza gehiegi zeuden jokoan; bestalde, hor zegoen dohain bat, txikitxoa baina guztiz preziatua haren jabearentzat, ezkutuan gordetzeak sekulako oinazea eragiten duena, zimelduz zihoana, eta harekin batera neu eta neure arima. Udaberriko loreak herdoildu eta zuhaitzen bihotza karraskatzen duen ugerra bihurtu zen hura.

a) Nola atera zuen bizimodua ordura arte?

b) Zer bi gauza ziren txarrenak, Virginia Woolfen arabera?

c) Zer ekarri zion bere izebaren herentzia jasotzeak? Hortaz, zergatik behar du dirua emakume batek idatzi ahal izateko?

d) Azaldu metafora hau: «Udaberriko loreak herdoildu eta zuhaitzen bihotza karraskatzen duen ugerra bihurtu zen hura»: zer dira udaberriko loreak eta zuhaitzen bihotza?

e) Nola esango zenuke gauza bera zure hitzekin? Aldatu testu zatia.

Irakurri norberaren gelaren argudioa

— Zer dela eta behar du gela bat idazteko? Ezin zuen idatzi jangelan, esate baterako? Zerrendatu 3 hipotesi erantzuteko, eta, ondoren, begiratu zer argudio darabilen Virginia Woolfek, deskargatzeko testuan. Bat zatozte?

Nola idazten dira saiakerak? Onenengandik ikasiz

Zeure iritziaren eta zeure ideien balioa aldarrikatu nahi baduzu, herritar parte-hartzaile gisa, zenbait komunikazio-estrategia erabiltzen jakin beharko duzu.

10 **Ikusi dugunez, saiakera bat osatzen dute *Gela bat norberarena*-ko testuek. Baina nola lotzen dira pentsamenduak? Nola josten da testua? Baina nola ehuntzen da idatzitako guztia? Nola lotzen dira pentsamenduak bata bestearekin?**

— Aurkitu testu-antolatzaileen zenbait adibide testuetan, eta identifikatu zer motatakoak diren eta zer funtzio betetzen duten.

Adibidez: *Baina* → aurkaritza-lokailua (aurrez esandakoa ukatzen du, edo mugatzen du).

11 **Saiakera bat idatziko baduzu, nola zuzenduko zatzaizkie irakurleei? Begiratu zer pertsona gramatikal erabiltzen duen Virginia Woolfek testuan.**

Kontu xume bati buruz zuei iritzi bat ematea zen egin nezakeen guztia: literatura egingo badu, emakume batek dirua behar duela, eta gela bat beretzat.

Idazle Anglosaxoien Elkarteko adituen esanetan, idazle profesionalak izan nahi duten emakumeek egoera ekonomiko ona eta leku egokia behar dute.

- Bi testuetatik, zein dago hurbilago irakurlearengandik, zeinek bihurtzen du irakurlea konplizeago?
- Zeinek konbentzitzen zaitu gehiago?

12 **Saiakeretan eta iritzi-artikuluetan, iritzia edo pentsamendua adierazten duten aditz asko erabiltzen dira. Hona hemen zenbait adibide:**

Uste dut	Iruditzen zait	Zerbaiten araberakoa izan
Konformatu	Eskubidea izan	Ausartu
Ados egon	Zerbaitez barre egin	Uko egin

— Virginia Woolfek horren antzekoak erabili ditu bere testuetan? Lekuzko, denborazko edo bestelako aditzondoak gehitu ditzakezu, aditz hauekin perpausak sortzeko? Eman adibide batzuk.

13 **Literatura-baliabideak ere erabil ditzakezu, testua aberasteko: «ordubeteko hitzaldi baten ondoren egia aletxo bat ematea entzuleei, beren koadernoko orrien artean jaso dezaten».**

a) Zer esan nahi du?

b) Zer literatura-baliabide da?

c) Identifikatu beste literatura-baliabide batzuk, *Gela bat norberarena* testuan erabiltzen diren konparazio edo metaforekin.

EGIN VIRGINIA WOOLFEK BEZALA, ETA IDATZI SAIAKERA BAT EDO IRITZI-ARTIKULU BAT, ZUK NAHI DUZUN HORRETAN JARDUN AHAL IZATEAK DUEN GARRANTZIAZ.

Nola idazten dugu orain? Hitza har dezagun

14 **Gaur egun, idazle-ofizioa aldatu egin da, eta aldatuz doa, baina norberak benetan nahi duena egiteko plazera denboraz haraindikoa da!**

Hara, umetan asko idazten nuen.

Gero bat ere ez.

Ia 30 urte nituen *Bat, bi, Manchester* argitaratu nuenean. [...]

Garaipen sentsazio triunfala izan zen.

Nobela labur hartan neure buruari frogatu nion idatz *nezakeela.*

Eta froga horrek bultzatuta erabaki bat hartu nuen: *nahi nuena idaztea.*

Erabaki ona iruditu zitzaidan, orain ere hala iruditzen zait.

Soberaniazko hautu horrek eleberri magiko bat eman zidan, *Nora ez dakizun hori* izenekoa. Bizitza pertsonalean krisi sakonean nengoen momentu batean iritsi zen, salbamenduko ontzi literario moduan, altxorrez beteta. Nahi nuena idazteaz gain, nahi nuen guztia idatzi nuen. Jario hordigarria izan zen, ez dakit inoiz horrelako besterik izango dudan. Nire bizitzako egunik tristeenean, nobela horren suak piztuta mantendu ziren eta piztuta mantendu ninduten. Gehien behar dugunean etortzen da literatura. Fedea behar da, besterik ez. Eta nik fedea neukan. Nobela horretan sinesten nuen neure bihotzaren konbikzio guztiarekin. Likantropoak sartu nituen, aingeruak, intzestua, banpiroak, nire kanta faboritoak, batek daki zenbat ipuin. Sei pertsonaia nagusi idatzi nituen, mila kokaleku, bi lerro narratibo, hiru denbora-lerro, *flashback flashforward* bidezko egitura. Hasieran bakarrik egin nuen zalantza.

Irati Jimenez, *Begiak zabalduko zaizkizue*. Elkar, 2021.

a) Ba al du zerikusirik Virginia Woolfen testuarekin? Konparatu eta azaldu.

b) Zer eragiten dio egileari idazteak?

15 **Idazlea izatea errazagoa da orain. Badakizu nor diren hauek? Sortu denbora-lerro bat, ikas-egoera honen hasieran dagoena bezalakoa, haien daturik esanguratsuenekin.**

- Datu biografikoak
- Idazten duen generoa
- Haren liburuik ospetsuenaren izenburua
- Zer urtetan argitaratu duen azken liburua

J. F. K. Rowling

Alaine Agirre

Jasone Osoro

Katixa Agirre

Argitaratzeko modu berriak

16 **Virginia Woolfek bezala, idatzi saiakera bat edo iritzi-artikulu bat nahien duzun gaiaz:**

XX. mendearen hasieran, emakume batek, idazteko, dirua eta bere jabetzako gela bat behar zituen.

Garrantzitsua da gustuko duzunetik bizitzea.

1 **PLANIFIKATU** testua:

- Pentsatu zer gai azalduko duzun eta zer iritzi duzun.
- Idatzi zirriborro bat: antolatu egitura paragrafotan eta kontuan izan informazioaren progresioa. Gehienez, 900 hitz.

2 **IDATZI** testua, saiakeraren egitura eta ezaugarriak emanez: azaldu zer pentsatzen duzun gaiaz, eta zerk eraman zaituen iritzi hori izatera. Erabili:

- Lehen pertsona singularrean.
- Iritzi- edo pentsamendu-aditzak.
- Literatura-baliabideak.

3 **BERRIKUSI** testua.

4 **ZABALDU** iritzi-artikuluak. Zeuen artikuluak Wattpaden argitaratu ditzakezue, elkarlanean, eta zeuen iritzia ezagutarazi hezkuntza-komunitateari eta familiei.

Nahitaezkoak!

Honako hauek eduki behar ditu:

- Adibide bat edo anekdota bat.
- Literatura-baliabideren bat.

Lan duina

Pertsona guztiek izan behar lukete gustuko lan batetik bizitzeko eskubidea. Pentsatu duzu zer egin behar duzun gustatzen zaizun lanean jarduteko?

BERRIKUSI

1. Nola hobetu dezakegu genero-berdintasuna kulturaren eta literaturaren munduan?
2. Nola adieraz dezakegu geure iritzia modu egoki eta eraginkorrean?
3. Kontuan izanda denok desberdinak garela, nola lor dezakegu herritarrok kontzientzia handiagoa izatea hizkuntz aurreiritziei dagokienez?

12

«Mundua aldatu nahi baduzu, aldatu zeure burua»

Badago modurik pentsamendu edo iritzi bat hitz gutxitan adierazteko?

Gandhirena esaldi biribila da, ezta? Pentsamendu bat hitz gutxitan laburbiltzen du, pentsarazi egiten digu eta motibatu egiten gaitu; aforismo bat da.

Hain zuzen ere, Gandhiren ereduari jarraituz, mundua hobetzea da 2030 Agendako garapen jasangarrirako helburuen bidez (GJH) lortu nahi dena. Beraz, atera barruan daramazuen Gandhi hori eta, taldeka, sortu GJHei buruzko aforismoak. Ziur gauza asko dituzula esateko!

Zer ikasiko duzu?

- Ideiak eta pentsamenduak ahalik eta laburren adierazteko hitz egokiak erabiltzen, aforismoen forma eta estiloari jarraituz.
- Aforismoen ezaugarriak identifikatzen.
- Beste pertsona batzuek esandakoa aipatzen, arau formalen arabera; esaterako, komatxoak jarriz.

GANDHI

Mundu justuagoa

Gandhiren garaian ez zegoen itun globalik 2030eko agendarako. Bere ereduari eta ideiei esker bihurtu zen bakezaletasunaren sinbolo. Zer iradokitzen dizute zuri garapen jasangarriaren helburuek?

Baina, hausnarketa guztiak dira aforismoak?

1 **Irakurri arretaz Joxanton Artze idazlearen esaldi famatu hau:**

JoxAnton Artze
@hartzut

"Hizkuntza bat ez da galtzen ez dakitenek ikasten ez dutelako, dakitenek hitz egiten ez dutelako baizik".

1004 AM - 20/2/5 - 724 birtxio - 688 Atsegin dut

Bidali

— Komentatu zuen artean nola ulertu eta interpretatu dituzuen Joxanton Artzeren hitzak.

— Orain, irakurri arretaz aforismoaren definizioa:

Aforismoa esaldi laburra da, askotan zorrotza, arau zientifiko, filosofiko edo moral bat adierazten duena, hura argudiatu gabe. Pentsarazten eta hausnarrarazten duen esaldia.

— Zure ustez, aforismoa da Artzeren hausnarketa? Arrazoitu erantzuna.

— Baina nondik dator hitz bitxi hori? **Aforismoa?** Ikertu pixka bat eta aukeratu erantzun egokia.

1. Zer hizkuntzatatik dator?

a) Grekotik latinaren bidez **b)** Latinetik grekoaren bidez **c)** Ingelesetik gaztelaniaren bidez

2. Zein da jatorrizko hitza?

a) aphorism **b)** αφορισμος **c)** aphorismus

3. Zein zen hitz horren jatorrizko esanahia?

a) definitzea **b)** hausnartzea **c)** atsotitza

— Esanahi hori du gaur egun ere?

2 **Orain, aforismoa zer den argi duzunez, aukeratu esaldi hauetatik aforismoak direnak soilik:**

- Zorteak buru prestatuei baino ez die egiten mesede.
- Errementariaren etxean, zotza burduntzi.
- Ezerk ez gaitu batzen partekatutako tontakeria batek beste.
- Behartsu bizi bazara, aberats hilko zara.
- Antzarak ferratzera bidali.
- Arriskuak erakarri egiten gaitu, errutina aldatzen duelako.

Hitz gutxi, baina ondo esanda

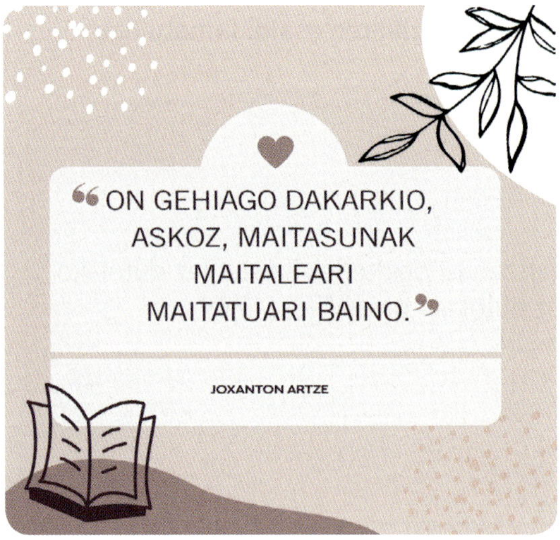

XVI. eta XVII. mendeetan, narratibak **funtzio didaktikoa** zuen batez ere. Ideiak, ezagutzak, egia zientifikoak edo doktrina filosofikoak jakinarazi nahi ziren, irakurleei erraz eta modu atseginean azalduta.

Zer dio?

• 3 Zein da Joxanton Artzek aforismo horrekin helarazi nahi duen mezua? Ados zaude?

• 4 Baina nor izan zen hainbeste pentsarazten digun idazle hura? Bilatu Joxanton Artzeri buruzko informazioa.

— Zer literatura-genero landu zuen?

— Zure ustez, badute elkarren antzik poemek eta aforismoek? Zertan?

• 5 Joxanton Artzez gain, beste euskal idazle batzuek ere aforismoak landu dituzte beren idazlanetan. Adibidez, Pedro Agerre «Axular», XVII. mendeko idazle lapurtarra.

— Badakizu nor izan zen Axular? Zein da haren lanik ezagunena? Zer irakatsi nahi zuen?

— Orain, hausnartu pixka bat gehiago. Zergatik esaten da aforismoak literatura-genero laburrenetako bat direla?

Nola dio?

• 6 Irakurri berriro Artzeren aforismoa eta eman sinonimo bat nabarmenduta dagoen hitzaren ordez, baina aforismoak hasierako esanahia galdu gabe:

«**On** gehiago dakarkio, askoz, maitasunak maitaleari maitatuari baino».

— Zer puntuazio-marka jartzen zaie aforismoei? Zertarako balio du?

Aforismorik ezagunena

Zer dio?

7 **Zein da aforismo horrek helarazi nahi duen mezua? Aukeratu zuzena:**

a) Konturatzen dela ezjakina dela gai guztietan.

b) Edozeri buruz asko jakinda ere, ez da nahikoa munduaren konplexutasuna ulertzeko.

c) Apaltasun-itxurak egitea, edozein jakintzagairi buruz dakienak.

8 **Aforismorik ezagunena da, baina nork esan zuen? Zer garaitakoa da? Azaldu, zure ustez, zer esan nahi zuen garai hartan.**

Nola dio?

9 **Ikusten duzu kontraesanik aforismo horretan? Zer irudi erretoriko erabili da hura adierazteko?**

— Bilatu kontraesana duten beste aforismo batzuk. Ikusiko duzunez, ohiko baliabidea da!

10 **Aforismo hori laburrenetako bat da. Hala ere, zer da zure ustez: perpaus bakuna, ala elkartua? Zergatik?**

11 **Eman aforismoko *baino* hitzaren bi sinonimo. Zer beste erabilera du *baino* hitzak? Eman adibideak.**

«Ona, laburra bada, bi aldiz ona».

Baltasar Gracián, Barrokoan, XVIII. mendean, prosa filosofikoa eta didaktikoa landu zuen egilea.

Ironia eta umorea: baliabide onak

"Hauek dira nire printzipioak. Gogoko ez badituzu, baditut beste batzuk".

GROUCHO MARX

Zer dio?

12 **Zer da printzipioak edukitzea? Uste duzu pertsona batek bere printzipioak alda ditzakeela besteen gustukoak ez direlako?**

Orduan, zein da aforismo horren esanahia? Azaldu zer ironia duen ezkutuan.

13 **Eta artikulu honetan zergatik erabili da Groucho Marxen aforismoa? Zuk zer uste duzu politikariez? Ados zaude artikuluaren egilearekin?**

> Gainera, hauteskunde-garaian herritarrak ehizatzen saiatzen dira beren jokoak jarrai dezan. Horretarako, Groucho Marxek zioen teknika erabiltzen dute: «Hauek dira nire printzipioak. Ez badituzue gustuko, alda ditzaket».
>
> *Anboto*, 2012-09-21

Nola dio?

14 **Begiratu ondo aforismo hau eratzen duten hitzei eta erantzun:**

Hauek dira nire printzipioak. Gogoko ez **ba**dituzu, **ba**ditut beste batzuk.

a) Zenbat esaldik eratzen dute aforismoa?

b) Orain, erreparatu nabarmendutako zatiei. Berdinak dira bi *ba-* horiek? Zer funtzio du lehenengo esaldian? Eta bigarrenean? Eman horrelako beste adibide batzuk.

c) Zer perpaus mota da *Gogoko ez badituzu?*

Baldintza-perpausak
52. fitxa

Mundua aldatzeko hitzak

Zer dio?

15 Zer ideia transmititu nahi du aforismo horrek? Garapen jasangarrirako 17 helburuetako zeinekin lotzen da?

16 Azaldu Nelson Mandelaren biografiaren eta aforismo horren arteko lotura.

17 Ados zaude haren hitzekin? Idatzi ideia horren aldeko edo kontrako bost argudio, zure iritziaren arabera.

Nola dio?

18 Azaldu aforismoan ageri den metafora.

19 Orain, aldatu metafora hori eta erabili beste bat, baina aforismoak ideia bera adierazi beharko du.

20 Begiratu aforismoaren zati honen hitzei bakarrik eta erantzun.

Hezkuntza da **armarik boteretsuena.**

- Esan zer kategoria duen perpaus horretako hitz bakoitzak (izena, aditza, izenondoa...)
- Orain, esan zer funtzio sintaktiko betetzen duten nabarmendutako hitzek.
- Perpaus horretan superlatibo bat dago. Badakizu zer atzizki edo amaiera gehitu behar zaion izenondoari balio superlatiboa eduki dezan?

Eragin buruari!

Garapen jasangarrirako helburuei (GJH) buruzko aforismoak sortu aurretik, laburtzeko gaitasuna jarriko dugu praktikan.

Lehenengo, berotze-ariketa batzuk egingo ditugu kirolariek bezala!

1.... azpimarratu

- Aukeratu gehien motibatzen zaituzteten 3 GJHak.
- Irakurri aukeratu duzun 1 GJHaren deskribapena eta adierazleak. Gogoratu Interneten dituzula guztiak.
- Azpimarratu ideia nagusiak eta bigarren mailakoak. Gogoratu beti ez direla esplizituak.
- Ondoren, aipatu paragrafo bakoitzaren ideia nagusia.

2.... laburtu

- Testua azpimarratu eta paragrafo bakoitzaren ideia nagusia atera ondoren, ziur laburpena idazteko gai zaretela.
- Animo, gutxi geratzen zaizue eta!

3.... gaia enuntziatu

- Laburpenetik abiatuta, egin ahalegina eta aipatu perpaus bakarrean GJHaren gaia. Jarri arreta benetan garrantzia duen edukian.
- Orain, egin filosofo-lana eta bihurtu perpaus hori aforismo.

Aplikatu prozesu bera gainerako GJHei.

2030eko aforismoak

21 **Atera barruan duzun filosofoa eta sortu GJHetarako aforismo bat. Eseki eskolako horman. Batek baino gehiagok eragingo dio buruari horiek ikusita!**

1 **ASMATU ETA IDATZI** aukeratu dituzuen 3 GJHei buruzko aforismoak:

- Hartu GHJ bakoitzaren gaia enuntziatzeko sortu dituzuen esaldiak eta bihurtu aforismo. Literatura-baliabiderik egokienak bila ditzakezue: metaforak, paradoxak...

- Horma-irudi digitala sortzea erabaki baduzue, Padlet aplikazioa erabil dezakezu, elkarlaneko erakusleiho gisa, edo Canva aplikazioa.
- Horma-irudi analogikoa erabiltzea erabaki baduzue, kortxozko panel bat edo kartoi mehea erabil dezakezue. Eseki panela ikasgelan edo ikastetxean.

2 **DISEINATU estilo grafikoa**: letra mota, koloreak eta irudia. Denak izan behar du zentzua, eta transmititu nahi duzuen ideiarekin lotura izan behar du.

- Irudiak doako bankuetan bila ditzakezu.
- Editatu zuen aforismoak, zenbait letra mota eta kolore erabiliz. Argi gera dadila zer GJHri dagokion aforismo bakoitza.

3 **BERRIKUSI** aforismoak, idatzi dituzuen testuak eta aurkezpena oro har. Ez dadila akatsik egon!

4 **PARTEKATU** aforismoen horma-irudia ikasgelako zein ikastetxeko gainerako ikaskideekin.

- Irakurri beste taldeek sortu dituzten aforismoak.
- Zer pentsamendu filosofiko du aforismo bakoitzak?

Ezinbestekoak!

- Adierazi zure gogoeta hitz gutxitan.
- Erabili estilo-baliabideren bat, hala nola metafora, kontraesana edo ironia.
- Jarri martxan sormena!

Nire konpromisoa

Zer aforismo gauzatzeko konpromisoa hartuko duzu hemendik aurrera?

BERRIKUSI

1. Zure lantaldearen zer indargune nabarmenduko zenuke?
2. Zer kostatu zaizu gehien, ideiak laburtzea ala ideiak adierazteko asmamena erabiltzea?
3. Zer jarraitu beharko zenuke lantzen, zure ustez?
4. Zer ikasi duzu garapen jasangarrirako helburuei buruz?

Geldi dezagun jazarpena

ERRONKA

Asko dira eskola-jazarpena pairatu duten eta gaur egun ere pairatzen duten ikasleak. Baliteke zure ikastetxean ere gertatzea. Inoiz, norbaitek emango zizun halako egoera baten berri, eta zuk biktimari laguntzeko zer egin zenezakeen pentsatuko zenuen... Bada, hauxe duzu aukera.

1 Ziur badakizula zer den *bullying*a edo eskola-jazarpena. Hura gelditzeko neurriak hartu aurretik, zuetako bakoitzak halako egoerei buruz entzun duena kontatzea proposatzen dizuegu. Erabili **Orri birakaria** teknika kooperatiboa galdera honi erantzuteko: Ezagutzen duzu jazarpen-egoerarik?

2 Proiektu honetako erronka jazarpena gelditzeko sentsibilizazio-kanpaina bat antolatzea da. Horretarako, hauek prestatu behar dituzue:

a) Iragarki bat, eskola-jazarpena salatzeko eta ahalik eta pertsona gehien sentsibilizatzeko.

b) Sentsibilizazio-kanpaina zabaltzen laguntzeko zenbait jarduera egitea: informazio-diptikoa, propaganda-kartela, sentsibilizazio-jardunaldiak ikastetxean...

Proiektu hau egitea aukera bikaina da, haren eskutik, ikasteaz gain, zuen ikastetxean eskola-jazarpena ekiditen lagunduko duzuelako!

Nola antolatuko dugu lana?

Proiektua talde txikitan banatuta egingo duzue. Talde bakoitzak informazioa bildu eta sentsibilizazio-kanpainaren parte bat prestatu eta sortu beharko du.

3 **Elkarrekin hobeto lan egiteko, taldeko kide bakoitzak rol jakin bat eta ardura zehatz batzuk izango ditu.**

— Irakurri arretaz zein diren rolak eta zer ardura dagozkien. Gero, banatu taldeko kideen artean.

BOZERAMAILEA

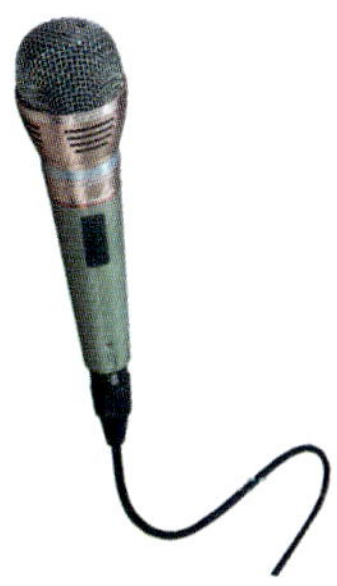

edebé

- ✓ Taldearen izenean hitz egitea.
- ✓ Taldearen zalantzak irakasleari galdetzea.
- ✓ Beste taldeekin komunikatzea.

KOORDINATZAILEA

edebé

- ✓ Beharrezko materiala eskuratzea.
- ✓ Lan-materialak banatzea eta gordetzea.
- ✓ Bakoitzak egin beharreko zereginak banatzea.

IDAZKARIA

edebé

- ✓ Taldeak egindako lana idatziz jasotzea.
- ✓ Egin gabekoak gogoraraztea.
- ✓ Denek beren zeregina egiten dutela egiaztatzea.

MODERATZAILEA

edebé

- ✓ Lan-txandak eta zarata-maila kontrolatzea.
- ✓ Taldeko kide guztien parte-hartzea sustatzea.

IKERKETA

Zer dakigu?

4 **Ideia-jasa edo brainstorming trebetasuna erabiliko duzue eskola-jazarpenari eta sentsibilizazio-kanpainei buruz dakizuena biltzeko eta erronka egin ahal izateko.**

— Lehenik, pentsatu zein diren jazarpenaren elementuak (erasotzaileak, biktimak, lekukoak...), zer jazarpen-mota dauden eta nolako sentsibilizazio-kanpainak egiteko.

— Jarraian, partekatu eta apuntatu taldean sortu diren ideiak eta, beharrezkoa bada, hobetu edo ezabatu haietako batzuk, soilik egokienak aukeratzeko.

Ideiak honelako taula batean jaso ditzakezue:

Zer dakigu?		
Biktimak, erasotzaileak eta lekukotasunak	Eskola-jazarpen motak	Sentsibilizazio-kanpainak

Zer jakin behar dugu?

5 **Galdera-sortzaileen pentsamendu-errutina erabilita, zehaztu zer gehiago jakin behar duzuen erronkaren alderdi bakoitzari buruz eta osatu taula berri bat.**

Zer jakin behar dugu?		
Biktimak, erasotzaileak eta lekukotasunak	Eskola-jazarpen motak	Sentsibilizazio-kanpainak

Non bilatu dezakegu informazioa?

Aurreko jardueran sortutako galderak kontuan izanda, informazioa bilatuko dugu haiei erantzuteko eta proiektua egiteko.

6 **Bilatu ikertuko dituzuen alderdi ezberdinei buruzko informazioa. Jarraian, informazioa non bila dezakezuen aipatuko dizuegu. Gogoan izan ordenagailuan jaso dezakezuela, gaika antolatutako fitxa edo dokumentuetan.**

Biktimak, erasotzaileak eta lekukotasunak

- Gaian espezializatutako dokumentaletan.
- Kazetaritza-artikulu eta erreportajeetan.

Eskola-jazarpen motak

- Eskola-jazarleak elkarrizketatuz (haien intimitatea eta anonimotasuna errespetatuz).
- Eskola-jazarpenaren prebentziorako elkarteetan.

Sentsibilizazio-kanpainak

- Bilatu Interneten sentsibilizazio-kanpaina mota ezberdinak; esate baterako, arrazakeria edo uraren erabilera arduratsuari buruzkoak.
- Erreparatu halako sentsibilizazio-kanpaina batek zer elementu dituen: iragarkiak, zabalkundea, mezuak...
- Bilatu adibideak halako kanpaina bat antolatzeko eta egin beharreko urratsak ezartzeko: helburua argi izatea, hartzaile-motari egokitzea, komunikazio-programa bat prestatzea, hizkera argi eta zehatza erabiltzea...

IKERKETA

7 Has zaitezkete informazioa bilatzen! Horretarako, **Buru-hausgarriaren** teknika kooperatiboa erabiliko duzue.

— Banatu gaiak taldeko kideen artean.

— Talde bakoitzean gai bera ikertuko duten kideek aditu talde bat osatuko dute, eta beren artean informazioa trukatuko dute, eskemak egingo dituzte...

— Ondoren, aditu bakoitza bere taldera itzuliko da eta kideei lortutako informazioa azalduko die.

Azkenik, osatu zure taldeko fitxa datu esanguratsuenekin.

Zer dakigu orain?		
Biktimak, erasotzaileak eta lekukotasunak	Eskola-jazarpen motak	Sentsibilizazio-kanpainak

8 Enpatia lantzeko eta eskola-jazarpenean parte hartzen dutenen lekuan egoteko, halako egoera bat antzeztuko duzue.

— Jarraitu urrats hauei:

Antzezpena egiteko urratsak

— Irakasleak eskola-jazarpeneko egoera bat aurkeztuko du.

— Lau ikaslek egoera antzeztuko dute 15 minutuz. Haietako bakoitzak rol jakin bat izango du: erasotzailea, biktima eta bi lekuko.

— Aktoreek egoera antzeztuko dute.

— Gainerako ikasleak gertatzen denari adi egongo dira, eta antzezpenak zer pentsarazi dien eta arazoa nola konponduko luketen idatziko dute.

— Antzezpena amaitzean, apuntatutako iritziak komentatuko dituzte denen artean.

IkaskuntzaZerbitzua

SORKUNTZA

9 Dagoeneko beharrezko informazioa duzue, beraz, pentsatu eta adostu zer elementu izango dituen zuen sentsibilizazio-kanpainak eta zein talde arduratuko diren elementu bakoitza diseinatzeaz eta sortzeaz.

— Kontuan izan jarraibide hauek eta, **Arkatzak erdigunera** teknikaren bidez, gehitu beharrezkotzat jotzen duzuen guztia.

Zer elementu izango ditu sentsibilizazio-kanpainak? Gure proposamena:

1. taldea. **Iragarki** bat ikus-entzunezko euskarri batean. Hau izan daiteke kanpainaren erdiguneko elementua.

2. taldea. Kanpaina **zabaltzeko** jarduerak: plataformak, dinamikak (kanpainaren hartzaileei zuzendu, eta, **«Eta zuk, zer egingo zenuke?»** edo **«Eta zu, biktima izan zara? Kontatu!»** izenburuetatik abiatuta) mikroipuinak sortu, Instagramera istorio bat igo edo eskola-jazarpenaren prebentziorako proposamenak idatzi.

3. taldea. Kanpainaren **diptikoa** eta **informazio-kartela.** Garrantzitsua da kanpainaren leloa eta irudia argi izatea.

4. taldea. Salaketak egiteko postontzi bat. Oso garrantzitsua da haren diseinua eta, batez ere, postontzia ikastetxeko zein tokitan kokatu erabakitzea.

AURKEZPENA

Nola aurkeztuko dugu?

10 ***Geldi dezagun jazarpena*** **kanpaina aurkezteko eta zuen proiektua azaltzeko unea iritsi da. Oso une berezia izango da, beraz, aurkezpena hauek kontuan izanda antolatu eta prestatu beharko duzue:**

- Nortzuk gonbidatuko dituzuen eta nola: ikastetxeko ikasleak, zuzendaritzako kideak eta ikastetxeko hezkuntza-komunitatearen ordezkariak (irakasleak, familiak...).
- Kanpaina aurkezteko eta zuen iragarkia lehen aldiz proiektatzeko eguna eta tokia: zer giro egotea nahi duzuen, horretarako zer behar duzuen, etab.
- Aurkezpena: egokitu zuen hitzak publikoaren arabera eta pentsatu denok parte hartu behar duzuela... Aldez aurretik aurkezpenaren gidoia prestatzeko eta entseatzeko, eskema hau erabil dezakezue:

Sarrera	Garapena	Garapena	Ondorioak
Proiektu honen bidez lortu nahi dituzuen helburuak adieraztea eta erronka aurkeztea.	Zuen ikerketen laburpena.	Kanpainaren aurkezpena: iragarkia proiektatzea, kartela erakustea, diptikoa banatzea...	Ikasitakoaren azalpena. Publikoari zabalik egongo den galdera-txanda abiatzea, eztabaidagune bat sortzeko.

Geldi dezagun jazarpena kanpainaren aurkezpena

11 **Zuen kanpaina zabaltzeko unea iritsi da!**

Asko ikasi duzue eta komunitateari zerbitzu garrantzitsua eman diozue. Zuen lanari esker, pertsona ugari sentsibilizatu dira eta hemendik aurrera gizartean zuzen jokatzeko trebetasunak baliatu ahalko dituzte, *Geldi dezagun jazarpena* proiektua errealitatera ekarriz.

Gogoan izan hau dela unerik garrantzitsuena; denei zuen lana aurkezteko unea, alegia. Eutsi goiari eta gozatu ikasitako eta partekatutako guztiaz!

IkaskuntzaZerbitzua

ZER DAKIT EGITEN?

Baloratu proiektu honetan ikasi duzuna	Hobetu behar dut	Nahikoa	Ongi	Oso ongi
Gogoz eta arduraz lan egin dut.				
Ikaskideak errespetatu ditut.				
Nire rola zuzen egin dut.				
Eskola-jazarpenari buruz ikasi dut.				
Jazarpen-egoerei eta haien ondorioei buruz ikasi dut.				
Jazarpen-egoera horiek nola ekidin litezkeen ikasi dut.				
Informazioa, ideiak eta proposamenak bildu ditut, eta gai izan naiz horiek argudiatzeko.				
Niri zegokidan ikerketa-zatia prestatu eta egin dut.				
Ikus-entzunezko produktuak eta produktu analogikoak sortzen eta haiek zabaltzen lagundu dut.				
Parte hartu dut proiektuaren aurkezpenean.				

BALORATU PROIEKTUA

- Zer gustatu zait gehien proiektu honetan?
- Espero nuen bezala joan da? Zer izan da errazena? Eta zailena?
- Nola hobetu dezaket?
- Zer ikasi dut proiektu honen bidez?
- Zertarako balio dezake ikasitakoak?

JAKINGAIAK ETA TREBEZIAK

Euskara gizartean

Komunikazioa

Entzun eta hitz egin

Literatura-hezkuntza

Hizkuntzaz hausnartu

Lexikoa

Ortografia

Deklinabidea

Aditza

Joskera

Trebeziak

A-Z
A
A
Z

EUSKARAREN JATORRIA: ANTZINAROA

Adi!

Euskara, noren senide?

Asko izan dira garatutako teoriak, baina bi nabarmendu dira besteen gainetik:

— **Euskara eta iberiera lotzen dituena.** Horren arabera, latina penintsulara heldu baino lehen, bertan egiten zen hizkuntzaren aztarnatzat hartzen da euskara. Teoria horretatik abiatuta, euskara eta euskaldunok penintsulara Afrikako iparraldetik heldu ginela azaltzen zuen teoria garatu zen.

— **Hizkuntza kaukasiarren hipotesia.** Euskara eta euskaldunon jatorria Europako ekialdean dago. Mugimendu horren aztarnarik ez dago, eta hizkuntzen artean dauden antzekotasunak ez dira ahaidetasuna frogatzeko bezain sakonak.

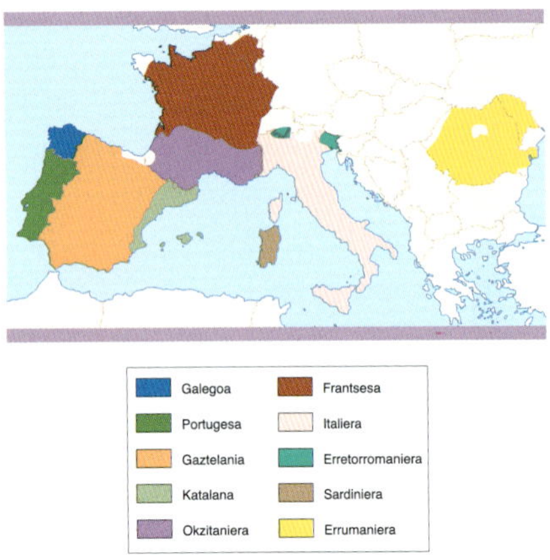

Euskara, dakigun bezala, **hizkuntza zaharra** da; Europako zaharrenetakoa, adituen ustez. Zaharra eta bakartua; izan ere, aspalditik saiatu dira euskararen jatorria argitzen eta hizkuntza ahaideren bat aurkitzen, baina ez dute emaitzarik lortu. Gainera, lekukotasun idatziak urriak direnez, ez dago laguntza handirik. Orduan, nola dakigu euskara hain zaharra dela?

— **Arrasto idatzirik zaharrenak** Akitaniako hilarrietako inskripzioak dira; pertsona-izenak eta jainko-izenak ageri dira.

— Latinak euskararen lexikoan utzitako **arrastoak** bi hizkuntzak kontaktuan egon zirela egiaztatzen du.

— Hizkuntzalariek badakite **hizkuntza indoeuroparrak** inbasio baten ondoren heldu zirela penintsulara, K.a. bigarren milurtekoan, eta halako mugimendurik ez da antzematen euskararen kasuan. Beraz, pentsatzekoa da, euskara berton zegoela orduko.

INGURUKO HIZKUNTZAK

Munduan mintzatzen diren hizkuntza batzuek elkarren antza dute. Hizkuntza horiek jatorri bera dute eta, beraz, **hizkuntza-familia** bat osatzen dute. Europaren kasuan, hizkuntza indoeuroparrak (latinaren anai-arrebak) zabaldu ziren, aurreko hizkuntza zaharrak desagerraraziz. Euskarak baina egun arte irautea lortu du.

Erromatar Inperioa eta latina iritsi aurretik, euskara eta beste hizkuntza batzuk egiten ziren Europan. V. mendetik aurrera, **latina** probintzia bakoitzean era batera garatu zen, eta aldaera bakoitzetik hizkuntza bat sortu zen: katalana, gaztelania, galiziera, portugesa, italiera...

HISTORIAURRETIK ERROMATAR INPERIORA ARTE

Euskara nagusi zen Ebro ibaitik Garona ibairaino zabaltzen diren lurraldeetan. Erromatar Inperioaren eraginez, K.o. lehenengo milurtekoan, euskarak atzera egin zuen bere mugetan; batez ere, Iparraldean eta Pirinioetan. Izan ere, erromatarrek berekin batera ekarri zuten hizkuntza (latina, alegia), eta hartzen zituzten lurraldeetan zabaltzen saiatzen ziren.

Euskal Herriko bizimoduan eragina izan zuten erromatarrek: hiriak sortu zituzten, nekazaritzarako teknika berriak ekarri zituzten... Hizkuntzan ere, aztarna ugari utzi zituzten, bai leku-izenetan, bai lexikoan, hainbat eta hainbat maileguk erakusten dutenez: eliza, kipula, gorputz, gauza...

JARDUERAK

1. Jarri taldeka eta saiatu zuen izenen jatorria ikertzen.
2. Erantzun galderei.
   — Badago euskararen jatorria zehazten duen hipotesi zehatz eta behin betikorik? Zein dira hipotesiak?
   — Euskarazko lehen esaldi idatziak Donemiliaga Kukulan agertu ziren. Zer dakizu gaiari buruz? Bilatu Interneten zer esaldi ziren.
3. Euskarazko zein hitzek izan dezakete harremana beste hizkuntza erromaniko batzuekin? Saiatu Interneten laguntzaz zerrendatxo bat eratzen.

EUSKARA ERDI AROAN

Azkue Fundazioa

Erromanizazioaren ondoren, VIII. mendean, penintsulako kristau erresumek musulmanen aurka hasitako errekonkistaren ondorioz, mugak zabaldu zituen euskarak: Ebrotik behera lekua irabazi zuen Burgosen eta Errioxan, arabierak utzitako lekua betez.

Hedapenak ez zuen luzaroan iraun; izan ere, presio itzela egin zioten inguruko latinak lehenengo eta hizkuntza erromantzeek gero.

Euskarak hainbat eta hainbat hitz mailegatu hartu zituen. Latinezko eliz hizkeratik datozkigun hitzik zaharrenak III-V. mendeetakoak direla uste da: *abendu, aingeru, aldare, denbora, domeka, fede, gurutze, gura, meza, zeru*, etab.

KRISTAUTASUNA ETA EUSKARA

Euskal Herriaren kristautzea geldiro eta pixkaka egin zen. Lehenik, lautadetako apezpikuhirictatik (Iparraldean eta Araban); geroago, monastegietatik eta Donejakue bidearen galtzada edo bidezidorretatik. Prozesu honek euskaran latinetik eratorritako hiztegi berria txertatzea ekarri zuen.

EUSKAL HERRIKO ETA BERE INGURUNEKO HIZKUNTZA ERROMANIKOAK

Erdi Aroan, latinetik jaiotako hizkuntza berriek inguratuta geratu zen euskara. X-XV. mendeetan, ondoan izan zituen hizkuntzak erromanikoak, eta haiek izan ziren, bizilagun bezala, garrantzirik handiena izan zutenak:

— Iparraldean, okzitanieraren *kaskoin* edo gaskoia.

— Ipar-ekialdetik *aragoiera* eta *nafar-erromanikoa*.

— Hego mendebaldean, *gaztelania*.

Euskarak eta erromanikoek, elkarren ondoan zeudenez, ukipen-esparruetan, elebitasun-modu ezberdinak bizi izan zituzten. Gutxi jakin dezakegu elebitasun-egoera haietaz; baina euskara ez zen «goreneko» hizkuntza. Eskolatuek latina zuten eginkizun jasoetarako, eta euskara sozialki azpiko hizkuntza zen, baita biztanleetako gehiengoarena zen eskualdeetan ere.

JARDUERAK

1. Non daude jarraian dituzuen herriak? Nondik etor daiteke euskal toponimia hori?

a. Ayabarrena

b. Galbarruli

c. Zalduendo

d. Urkiza

2. Esan adierazpen hauek egia (E) ala gezurra (G) diren:

— Euskararen jatorria azaltzeko, gutxi izan dira aztertutako teoriak.

— Antzinatean, euskara nagusi zen Ebro ibaitik Garona ibairaino zabaltzen diren lurraldeetan.

— Erromanizazioak Euskal Herriko mendialdean izan zuen eraginik handiena.

3. Aukeratu baieztapen bakoitzaren esanahia.

a. Euskara hizkuntza bakartua da.

— Euskal Herrian baino ez da hitz egiten euskaraz.

— Ez da euskararen hizkuntza ahaiderik ezagutzen.

— Euskara ez da aldatu historian zehar.

b. Latinak euskararen lexikoan utzitako arrastoak bi hizkuntzak kontaktuan egon zirela egiaztatzen du.

— Erromatarren garaiko euskaldun guztiek zekiten latinez hitz egiten.

— Euskal hitz guztiak datoz latinetik.

— Latinak eragina izan zuen euskararen hitzetan.

4. Bilatu Interneten latineko zer hitzekin izan dezaketen loturaren bat hitz hauek:

Gurutze Bake Lore Gauza

EUSKARA ERDI AROAN

Euskarazko lehen liburua?

Euskal Herrian, XVI. mendearen erdialdean inprimatu zen lehen euskal liburua. Nafarroa Behereko Bernart Etxepareren *Linguae Vasconum Primitiae* 1545ean argitaratu zen, Bordelen. 52 orrialde ditu. Poesia-liburuak, eta amodiozko olerkiak nagusi badira ere, bestelako gaiak ere agertzen dira.

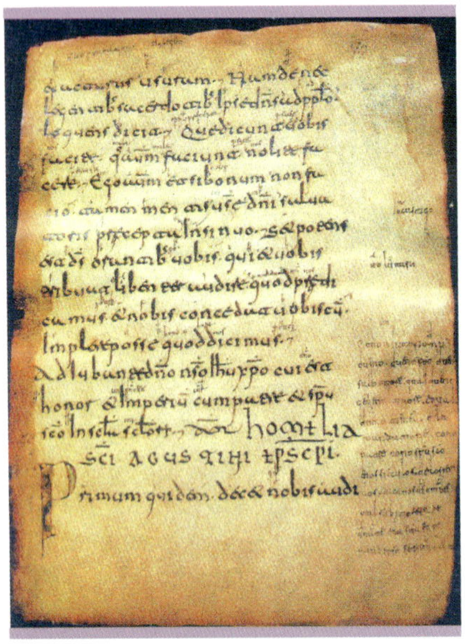

Donemiliaga Kukulako glosak.

IESVS CHRIST GVRE IAVNAREN TESTAMENTV BERRIA.

Ex Legato Cl. Viri PROSPERI MARCHANDI.

Joanes Leizarragak euskaratutako Biblia.

XVI. mendean, Europa osoan tokian tokiko hizkuntzek beren lekua berreskuratu zuten latinaren kaltean; Euskal Herriko hegoaldeko lurraldeetan, berriz, euskara galtzen hasi zen.

— Arabako hiriburuan, adibidez, ahul zegoen euskara, eta gaztelania nagusitzen hasita. XVIII. mendearen bukaeran, Araba bitan banatuta zegoen: euskalduna zen iparraldea, eta erdalduna hegoaldea.

— Nafarroan ere, euskarak atzera egin zuen. Erriberan, Nafarroa Garaiko konkistaren garaian, egoera soziolinguistikoa zaila zen. Izan ere, euskarak hizkuntza bat baino gehiago izan zituen lehiakide: latina lehenengo, arabiera gero eta nafar erromantzea konkistaren ondoren.

Euskaraz idatzitako lehendabiziko hitzak Akitaniako hilarrietan aurkitutako izenak dira: *Sembe* (gaur egungo euskaran, «seme»), *Cison* («gizon»), *Nescato* («neskato»), *Anderexo* («andere, andre»), *Bihox* («bihotz») eta abar. Erdi Aroan ere, Domeliaga Kukulan, *Izioqui dugu* eta *Guec ajutu ez dugu* hitzak ageri dira.

XVI. MENDEKO LEHEN IDAZLEAK

1545ean Bordelen *Linguae vasconum primitiae* argitaratu zuenean, Etxeparek bertsolaritzaren ereduak erabili zituen lau gai nagusi lantzeko: erlijioa, amodioa, autobiografia eta euskara.

Joan Perez de Lazarragak 1567tik 1602ra bitartera idatzitako eskuizkribua 2004an agertu zen, Gorteko lirika tradizionalaren, artzain eleberriaren eta euskal eredu tradizionalen eraginpekoa eta Arabako euskalkian idatzia.

Bestalde, oso garrantzitsua da Joanes Leizarragak Biblia euskaratzen egindako lana: 1571ean argitaratu zuen *Jesus Krist Gure Jaunaren Testamentu Berria*. Orduko Ipar Euskal Herrian egiten ziren hizkerak bildu nahi izan zituzten, euskara batu antzeko batean, baina alderdi hori guztiz frogatzeke dago.

EUSKAL LITERATURAREN SORRERA IPARRALDEAN

Aro modernoan, iraultza kulturala batez ere Lapurdin gertatu zen, orduko Euskal Herriko eskualde aurreratuena zelako. Herri xumeari irakastea zen helburu nagusia, eta horregatik, bai poesia, bai prosa ahozko jardunetik hurbil ziren: prosa, sermolarien erretorikatik gertu, eta poesia, bertsolaritzatik gertu. Hala, herria bere ama hizkuntzan kristautasunean heziz, Axularrek eta inguruko elizgizonek idatzizko euskararen oinarriak finkatu zituzten.

XVII. mendean jaioak eta Sara, Donibane Lohizune eta Ziburu aldean sortuak ziren gehienbat talde horretako kideak.

— Gehienak liburu erlijiosoak idazten zituzten elizgizonak ziren.

— Heziketa humanistiko sakona zuten.

— Herritik hurbil zegoen euskara erabili zuten, Joanes Leizarragak erabilitako maila jasotik aldenduta.

JARDUERAK

1. Nor izan ziren Sarako eskolako kideak? Bilatu informazioa Interneten eta egin zerrendatxo bat.
2. Zergatik izan zen hain garrantzitsua Biblia euskaratzea? Zein zen orduko gizartearen eta kristautasunaren arteko harremana?
3. Bilatu Axularren *Gero* liburuko pasarte bat. Jarri taldeka, irakurri pasartea eta azaldu ikaskideei zer ulertu duzuen.

HIZKUNTZA-ALDAERAK: ERREGISTROAK

Berdin hitz egiten duzu lagunekin zaudenean eta helduekin zaudenean? Lexiko berbera erabiltzen duzu zientzetako lan bat egiteko eta jolastokiko solasaldi batean? Segur aski, ezetz erantzun diezu bi galderei. Izan ere, inkontzienteki bada ere, badakizu erregistroak bereizten eta erabiltzen.

Erregistroak **hizkuntza-aldaerak** dira, eta, aukeratzeko, kontuan izaten dugu **zer bide**ren bitartez komunikatzen ari garen, **zer gai** jorratzen ari garen, **norekin** hitz egiten ari garen eta **zer asmorekin** adierazten ari garen mezua.

Hala, hiztunak egoera bakoitzean aukeratzen duen adierazpidea **bi erregistro nagusi**tan sailkatu daiteke:

Formala (funtzio erreferentziala nagusi)	Lagunartekoa (funtzio adierazkorra nagusi)
Adierazmoldea zaindu nahi denean erabiltzen da; esaterako, hitzaldietan, eskoletan... Maila jasoa da.	Famialiarteko eta konfiantzazko giroetan erabiltzen da; esaterako, solasaldietan, mezu pertsonaletan... Bat-batekoa eta adierazkorra da.
Zuzentasun gramatikala	Zuzentasun gramatikalari ez zaio garrantzirik ematen.
Ahoskera zaindua	Ahoskera erlaxatua
Aberastasun eta zehaztasun lexikoa	Hitz berberak erabiltzen dira behin eta berriz, eta makulu-hitzak edo hitz betegarriak.
Ondo aukeratutako eta antolatutako informazioa	Informazio errepikatua, elipsiak, esaldi amaitugabeak, komunztadurarik eza...
Tonu inpertsonala eta hotza	Tonu hurbila: deikiak edo bokatiboak, hitanoa...

Askotan esaten da euskaraz hutsune handia dagoela lagunarteko erregistroan, baliabide gutxi dauzkagula, batez ere, maila lexikoan, eta horregatik gaztelaniara jo behar izaten dugula. Hala ere, euskaraz badaukagu inguruko hizkuntzetan existitzen ez den baliabide bat, lagunarteko erregistrorako ezin egokiagoa: **hitanoa.**

Hitanoa da **hika** hitz egitea, hau da, **solaskide** daukagun pertsona (hi) **aditz-forma guztietan islatzea.** Adibidez, *Amaia gurekin etorriko da?* galdera *Amaia gurekin etorriko duk/dun?* bihurtzen da hitanozko hizkeran. Solaskidea emakumezkoa bada, *-n/-na* gehitu behar diogu aditzari, eta, gizonezkoa bada, *-k/-a*. Esaterako, *dugu* aditza *dinagu/diagu* bihurtzen da; *dago* aditza, *zagon/zagok...*

JARDUERAK

1. Aurkitu lagunarteko adierazpide hauen ordain formalak.

   alamena eman – kaskarretik jota egon – txahala bota
   lekutara joan – norbaiti koipea eman – kolpe zorririk ez jo

2. Aurkitu erregistro informalaren ezaugarriak testu honetan.

   Jostatzen ginan, ibiltzen ginan txingoka, e... Kaniketan ere bai eta... Jo! Kanika kristalezko bat konsegitzetikan zer ez ote genuen egiten! Gehienak lurrezkoak edo... lurrezkoak ez, e... Buztinezkoak izaten ziren, eta fuerte jotzen baldin bazenion, hautsi egiten ziren. Eta kristalezko bat izatetikan... Jesus...! Bueno! Eta... Gero gordeketan ere bai, eliz inguru hortan zimiterio zaharra esaten dioten hori, eta sokasaltoan ere pila bat, nik abilidade haundia nuen... Zera, e... Saltoka, e... Alturan soka pasatzeko. Bai. Eta, klaro, gonakin izaten ginan eta gero komeria!

   Jostaketak (Oiartzun, Gipuzkoa), ahotsak.eus (moldatua)

3. Sailkatu ezaugarri hauek dagozkion erregistroan.

   Lexiko urria – Ahoskera egokia – Kontrakzioak – Bokatiboak
   Makulu-hitzak – Teknizismoak – Zehaztasuna
   Argitasuna – Onomatopeiak – Umorezko konparazioak
   Ondo aukeratutako lexikoa – Interjekzioak

4. Launaka, bilatu erregistro formala darabilen testu bat eta azaldu ikaskideei zer ezaugarri dituen.

5. Binaka, idatzi elkarrizketa txiki bat, hitanozko aditzak erabiliz. Hitanozko aditzak hemen kontsultatu ditzakezue:

   Euskaltzaindiaren 14. araua: Adizki alokutiboak (hikako moldea).

ELEBITASUNA ETA DIGLOSIA

Adi!

Espainiako 1978ko Konstituzioaren 3. artikuluak gaztelania ezagutzeko derrigortasuna ezartzen du, baina beste hizkuntza batzuk ere eremuan ofizialak izateko aukera eskaintzen du. 1979ko Euskal Autonomia Erkidegoko Estatutuaren arabera, EAEko biztanle guztiek dute bi hizkuntzak jakiteko eta erabiltzeko eskubidea, eta inor ezingo da hizkuntza dela-eta diskriminatua izan.

Guztiok dakigunez, lurralde gehienetan hainbat hizkuntza koderen arteko elkarbizitza aurkitu daiteke. Izan ere, kolonialismoek, migrazioek, bateratze politikoek edo aldaketa demografikoek hizkuntza berriak ikastera behartu dituzte herritarrak historian zehar.

Elebitasunari dagokionean, bi errealitate ezberdindu daitezke:

— **Banakakoa:** Gizaki batek bi hizkuntzatan adierazteko duen gaitasuna da. Munduko biztanleriaren erdia elebiduna da funtzionalki, hau da, hizkuntza biak erabil ditzake, gertaera linguistikoaren arabera.

— **Soziala:** Komunitate berak erabiltzen dituen bi hizkuntzen arteko harremana da. Bata edo bestea aukeratzen du funtzio sozial, testuinguru edo balio desberdinak emanda. Izan ere, beti dago bestea menderatzen duen hizkuntza bat; ez hiztun kopuruagatik, prestigiozko eremuen desplazamenduagatik baizik.

DISKRIMINAZIO LINGUISTIKOA

Ferguson hizkuntzalari estatubatuarrak 1959an sortu zuen **diglosia** hitza, komunitate bateko hizkuntzen erabileraren edo prestigioaren araberako banaketa adierazteko. Bi hizkuntza mota bereizi zituen:

Hizkuntza nagusia	Hizkuntza gutxitua
— Gero eta hiztun gehiago.	— Gutxitzen ari da hiztunen kopurua.
— Eskuratze akademikoa.	— Etxean eskuratua.
— Markatu gabea: edozein testuingurutan onartua.	— Markatua: erabilerak konnotazio sozial, kultural eta politikoa dakar.
— Erabilera formal, kultu, publiko eta prestigiozkoetarako.	— Erabilera informal, lagunarteko eta familiarrerako bakarrik.
— Ia erabateko presentzia komunikabideetan.	— Presentzia txikia hedabideetan.

JARDUERAK

1. Irakurri testua eta egin jarduera.

Uema, Udalerri Euskaldunen Mankomunitateak eta Soziolinguistika Klusterrak argitara eman dituzte 93 udalerritan egindako behaketaren emaitzak. Neurtutako udalerri guztiak aintzat hartuta, kaleko erabilera %61,1 da. Ia hamarretik lauk jarduten dute gazteleraz (%36,9k), eta beste hizkuntzetan, %2k. Hiztunen profilaren adinari erreparatuta, ikus daiteke euskararen erabilera jaitsi egiten dela adinean gora egin ahala; haurrek (%75,7) eta gazteek (%65,6) egiten dute gehien euskaraz. Datuak sexuaren arabera aztertuta, emakumeek (%61,7) gizonezkoek (%60,3) baino gehiago egiten dute euskaraz, eta adin tarte guztietan, gainera. Ikerketak erakusten du haurrak eta gazteak tartean direnean, helduagoek gehiago egiten dutela euskaraz. Nagusien eta haurren arteko elkarrizketen %73,3 euskaraz direla dio ikerketak.

Berria, moldatua. 2022-03-16.

— Bilatu informazioa:
- Zer da Uema?
- Zer baldintza bete behar dira bertako parte izateko?
- Zuen herria Uemako parte al da?

2. Testuko informazioa oinarri hartuta, identifikatu bertan ageri diren datuak aurretik azaldutako hizkuntza nagusien eta gutxituen ezaugarriekin.

3. Jarri taldeka eta aztertu: zuen egunerokoan, nabari duzue diskriminaziorik hizkuntzagatik? Azaldu.

NORMALKUNTZA ETA ARAUTZEA

Bi hizkuntza lurralde berean batera daudenean, gatazka linguistikoa sor daiteke. Desoreka-egoera horretan kodeetako bat nagusi bihurtzen da eta besteak estatus minoritarioa du. Egoera horri **diglosia** deitzen zaio, aurreko fitxan ikasi bezala.

Kasu horietan (uste baino askoz ohikoagoak), komunitateak ez badu berezko hizkuntza eta hizkuntza gutxituaren defentsan jarduten, hizkuntza menderatzaileak ordezkatuko du. Asmo horrekin sortzen dira hizkuntza-plangintzako estrategiak. Bi dira plangintzen alderdi nagusiak: normalizazioa eta estandarizazioa.

Normalizazioaren bidez, komunitate batek bere hizkuntzaren erabilera berreskuratu nahi du, edozein eremutan komunikatzeko bide ohikoa izan dadin. Hiru motatako ekintzak bereizi daitezke:

— **Banakakoa:** Nork bere hizkuntza edozein eremutan erabiltzeko konpromiso pertsonala.

— **Kolektiboa:** Taldeak, elkarteak... sortzea, norberaren hizkuntzako arloak berreskuratzeko.

— **Instituzionalak:** Administrazioak hartzen dituen neurriak; bai legediaren bidez, bai sustapen-kanpainak ezarriz.

Berreskuratze prozesu horrekin batera, **estandarizazioa** dago: hizkuntza gutxituaren barietate estandarra osatzen duten arau ortografiko eta morfologikoen multzoa da.

JARDUERAK

1. Komunikabideak funtsezkoak dira hizkuntzaren normalizazio-prozesuan. Zer dakizu komunikabide hauei buruz? Bilatu informazioa.

   a. Berria

   b. Eitb

   c. Euskal Herria irratia

   d. Karkara

   e. Arrosa irrati sarea

2. Hizkuntzen garapenerako zein elkarte edo erakunde ezagutzen dituzu?

3. Taldeka jarrita saiatu zuen eskualdeko edo herriko tokiko komunikabideak zerrendatzen. Aukeratu bertako albiste bat eta azaldu gainerako ikaskideei.

4. Irakurri jarraian duzun testua. Ezagutzen duzu Euskaraldia? Parte hartu duzu? Zer garrantzia dute halako ariketek normalizazioan?

Euskaraldiaren helburu nagusia herritarren hizkuntza ohiturak aldatuta euskararen erabilera handitzea da. Helduen aktibazioa du oinarri, eta ariketa egin ahal izateko gutxieneko baldintza euskara ulertzea da. 2018an egin zen lehen aldiz ariketa, *Euskaraldia: 11 egun euskaraz;* orduan norbanakoengan jarri zen fokua eta milaka izan ziren hizkuntza ohiturak aldatzeko helburuarekin *ahobizi* eta *belarriprest* moduan ariketan parte hartu zutenak.

HIZKUNTZA-INTERFERENTZIAK

Hizkuntza bateko elementuak beste hizkuntza batean modu okerrean erabiltzearl deritzogu **interferentzia.** Hiztun batek edo gizatalde batek bi hizkuntza ezagutzen eta erabiltzeari dituenean, hizkuntza horietan eraginak izan daitezke: bi hizkuntzek elkarri edo batak besteari eragiten diote.

Interferentziak hizkuntza bat osatzen duten maila guztietara iristen dira:

— **Interferentzia fonetikoei** dagokienez, bi hizkuntza edo gehiagotako fonologia-sistemak konparatuz gero, hizkuntza horietako fonemak ez dira berdinak izaten.

- Ama-hizkuntza gaztelania dutenen kasuan, adibidez: ts / tx /tz nahasi egiten dira eta hirurak tx ahoskatu. Adibidez, atso eta atzo *atxo bihur daitezke.
- Gaztelaniaren yeismoa sarturik dago eta euskaldun zaharrenetaraino iritsi da 'il' (ilargi) [ll] ez, baizik eta [y] ahoskatuz.

— **Gramatikan** ere hainbat interferentzia adibide aurkitu daitezke:

- Esaldietan gaztelaniazko perpausen elementuen ordena kalkaturik azaltzea: *«dago gaizki», *«daukat arkatza», *«Jo, es que da un lio»!...
- Aditzaren erabilerari dagokionez, *«Liburu bat erosi zara», *«Koldori eraman zioten klinikara...
- Deklinabidearen kasuan, *«esan du Miren», *«nik izandu naiz», *«Zenbat dirua balio du?»...

— **Lexikoaren arloan** etengabeko aldaketak suma daitezke hizkuntza edozein delarik ere. Probaturik dago, adibidez, hizkuntzen arteko harremanik txikiena aski dela lexikoan interferentziak sortzeko:

- Dena den, bi kategoriatako interferentziak berezi behar dira: **maileguak** hizkuntza batetik bestera pasatzen diren hitzak dira, eta maileguen itzulpenak **kalkoak** dira. Adibidez, euskarari latinetik datozkio liburu, lege, gurutze... Arabieratik alkandora, azoka... Egungo gaztelaniaren «argot»-etik liatu, rollo, katxondeatu... Horiek guztiak maileguak dira.
- Kalkoen zerrendan honako hauek jarri behar dira: testuinguru, aurreiritzi, mahainguru...

JARDUERAK

1. Zein interferentziarekin sentitu zara identifikatuta? Saiatu zuen egunerokoko interferentziak identifikatzen.
2. Ikastetxetik kanpo, parkean egin duzue hitzordua gaur arratsaldean. Asteburarako plana egiten ari zarete. Nola hitz egingo zenukete? Saiatu hiru lagunen arteko elkarrizketa bat prestatzen. Antzeztu eta aztertu interferentziak.

HIZKUNTZA-ALTERNANTZIA

Kode-alternantzia diskurtso berean bi hizkuntza txandakatzeari deritzo, eta ukipen-egoeran dauden bi hizkuntzen arteko kontaktuaren ondorioz sortzen da. Euskal Herriari dagokionez, egoera soziolinguistikoaren ondorioz, euskaldun guztiak elebidunak dira, eta ohiko fenomenoa da.

Elebidunen kasuan, bi hizkuntza alternantzia-mota bereizi daitezke. Alde batetik, egoera desberdinen arabera gertatzen den hizkuntza-alternantzia, hau da, **alternantzia situazionala.**

Bestetik, **kode-aldaketa.** Elkarrizketa berean hizkuntza bat baino gehiago txandakatuz hitz egitea da: adibidez, esaldi bat euskaraz hasi eta erdaraz amaitzea (kode-alternantzia), edo esaldi berean euskara eta erdara nahastea (kode-nahasketa).

Hiru alternantzia arrazoi nagusi daude:

— **Solaskidearen araberako alternantzia:** Kode bat talde sozial jakin batentzat egokiagoa dela uste denean.

— **Alternantzia tematikoa:** Gai jakin batzuei buruz jarduteko hizkuntza batek besteak baino baliabide gehiago eskaintzen dituela uste denean.

— **Alternantzia funtzionala:** Hizkuntza bati edo besteari ematen zaion komunikazio-asmoaren araberakoak dira.

Adi!

Hizkuntza-alternantzia hizkuntza gaitasun «txarrarekin» lotu ohi da, eta askotan hizkuntzaren kalitatearen «galeraren» inguruko eztabaida sortu izan du. Horren adierazle dira gizartean fenomenoa identifikatzeko erabiltzen diren izendapen gutxiesleak, hala nola: euskañol, spanglish, franglais, italiese... Dena den, bi hizkuntzen gramatika arauak errespetatu behar dira, eta horrek gaitasun eta ezagutza sakona eskatzen du. Gazteei dagokienez, diskurtsoaren naturaltasuna eta batbatekotasuna bilatzen dituzte kode alternantziaren bidez.

JARDUERAK

1. Zure egunerokoan kode-alternantzia erabiltzen duzu? Zer kasutan? Jarri taldeka eta saiatu zerrendatxo bat egiten.
2. Uste duzue gutxiago baloratzen dela bi kodeak nahastuz hitz egitea? Zergatik?
3. Erreparatu hiru alternantzia arrazoi motei. Jarri egoera bakoitzerako adibide bat.

/// KOMUNIKAZIOA

- Entzun eta hitz egin

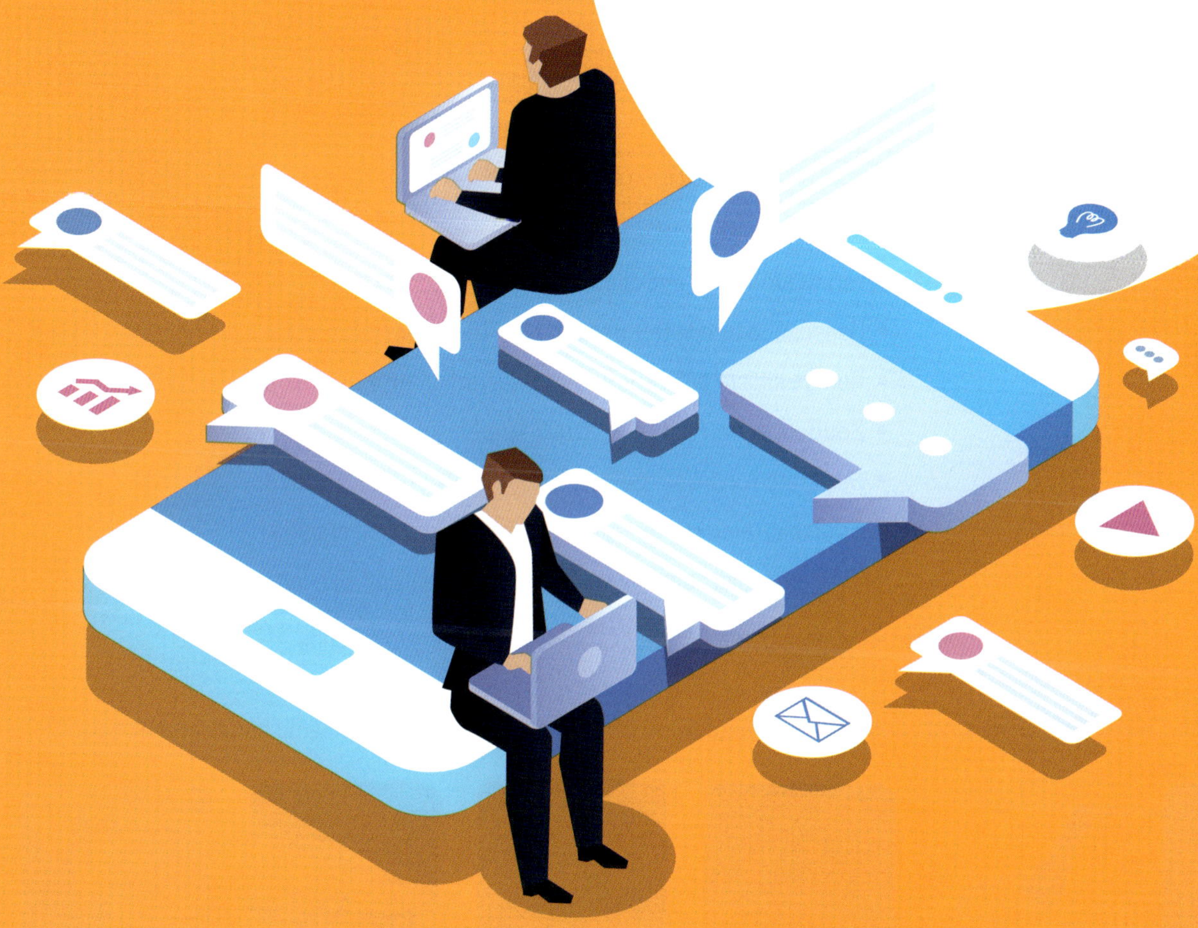

AHOSKERA ETA ERRITMOA I

Albisteak bitxiak, sinesgaitzak, tristeak, pozgarriak... izan daitezke; entzulearen baitan dago hori. Baina serio eta ahoskera garbiz mintzo den esataria dute guztiek iturburu. Azter ditzagun albiste eta esatari horien ezaugarriak.

ENTZUN, ULERTU ETA KOMENTATU

1. Entzun *Albiste bitxi bat* entzungaia eta markatu erantzun zuzenak. Arrazoitu hautaketa.

	✔	✗
Idoiak albiste harrigarri bat entzun du.		
Jon saminduta dago entzun duen albistearekin.		
Hiru lagunek oso isilik hitz egiten dute.		
Albistearen protagonistak ahateak dira.		
Ahateak labe berri-berrietan jartzen dituzte, ondoren jateko.		
Auto-gidariek hirian abiadura bizian ibiltzeko ohitura dute.		
Isunik gabe hirian abiadura moteltzea lortu dute Camberrako hiritarrek.		
Harrizko eta zurezko seinaleak jarri dituzte Camberran.		
Jonek entzundako albistea egiazkoa da.		

2. Aukeratu formularik egokienak.

- Uaaaaau, txundituta / beldurtuta / harridurarekin utzi nau berriak, eta...!
- Hori da albiste bat, labetik / internetetik / zure burutik atera berri-berria!
- Zaude / egon / isil isilik, astakirtena!
- Gezurraren ondokoa, gezur t'erdi / gezur erdia / hezurra.
- Ederrak / astakeriak / gezurra entzuteko gaude oraindik!
- Hirugarren aldiz eman / deitu / jo digu atentzioa.

— Entzun berriz *Albiste bitxi bat* entzungaia, eta zuzendu.

3. Lotu irudiak eta onomatopeiak. Gero, saiatu Camberran gertatutakoari buruzko albistea osatzen, elementu horiek guztiak baliatuz.

tipi-tapa | danba! | zirti-zarta | kua-kua | plisti-plasta | zarra-zarra

4. Berridatzi Camberrari buruzko albistea, atalak ordenatuz. Gero, grabatu irakurketa.

◯ Azken lau hilabete hauetan ahateak dabiltza nonahi eta nahieran Camberrako hiriguneko oinezkoen zein auto-gidarien eremuetan. Poliziak jakinarazi duenez, auto-gidarien abiadura moteldu egin da, eta, aldi berean, hiritarren umorea eta haurren jolasteko grina piztu. Alkateak hartutako erabakiarekin pozik daude. Izan ere, isunik jarri gabe, autoen abiadura moteltzea lortu dute Camberran.

◯ Kaixo, egun on, guztioi. Gaurkoan, albiste bitxi bat iritsi da gure erredakziora. Hain zuzen ere, Australiako Camberra hiriburutik dator notizia, auto-gidariak, gehiegizko abiadura eta ahateak uztartzen dituena.

◯ Orain, auto-gidari despistatuen psikologian sakontzea egokituko zaio Camberrako alkate jaunari. Baita ahate gehiago jartzeko eskaera egitea ere, alajaina!

◯ Arrakasta hori ospatzeko eta hiritarrei eskerrak emateko, Ahateen Festa antolatu dute datorren asteburuko: ahateei buruzko erakusketa handi bat. Bertan izango dira mundu osoko adituak, ahateei buruzko dokumental-emanaldiak, ahateen migrazioen azalpen-mapak eta beste hainbat ekimen.

◯ Azken urteetan, trafiko-seinaleak ez errespetatzeagatik, legez eta bidez jartzen ziren isun handiak, baina ez zen lortzen auto-gidariek abiadura moteltzerik. Horren aurrean, irtenbide bat bilatu nahirik, esan bezala, erabaki bitxia hartu du alkateak: hirigunean eta oinezkoen guneetan ahateak libre uztea.

◯ Auto-gidariek trafiko-seinaleak errespetatzeko duten zailtasunari konponbidea eman nahi izan die Camberrako alkateak; eta, horretarako, erabaki bitxi antzekoa hartu du.

— Entzun *Goizeko albistegia* entzungaia, eta egiaztatu ordena. Gero, erreparatu ahoskerari eta erritmo aldaketei, eta alderatu zeuk egindako irakurketarekin.

— Markatu, testuan, irrati-esatariak egin dituen arnasaldiak eta erritmo-aldaketak; horretarako, entzun albistea behar beste aldiz. Gero, irakurri ahots gora.

ZEUK DUZU HITZA!

5. Binaka, prestatu albiste bat irrati-esataria bazina bezala irakurtzeko. Horretarako:

1. Aukeratu albiste labur bat **www.eitb.eus** edo **www.berria.eus** webguneetatik edo herriko beste egunkariren batetik.
2. Markatu erritmo-aldaketak eta arnasaldiak edo etenak.
3. Sartu arkatza erdiz erdi ahoan eta egin ahoskera-entrenamenduak.
4. Egin zenbait irakurketa, elkarri iruzkinak eginez, harik eta profesionalen moduan irakurtzea lortu arte. Erabili grabagailua akatsak identifikatzeko.

Argi!

Irrati-esatariek aho inguruko giharrak berotzen dituzte, **ahoskera** hobetzeko, eta testuan markatzen dituzte irakurtzeko mementoan egingo dituzten erritmo-aldaketak zein arnasaldiak edo etenak.

Arnasaldiak edo etenak markatzeko kodea

/ arnas edo eten **laburra.**
// arnas edo eten **luzeagoa.**
/// arnas edo eten oso **luzea.**

Erritmo-aldaketak markatzeko kodea

------ erritmoa azkartu.
_ _ _ erritmoa moteldu.

Adibidez: Benidormeko Las Reja Golf elkarteko arduradunei / inoiz bizi gabeko gertaera bat suertatu zaie asteazken honetan: // uztailaren amaieran lapurtutako 12.000 pilotak itzuli dizkiete / eta barkatzeko eskatu ///

EZTABAIDETAKO ESAPIDEAK

Eztabaidetan, jarrera jakin bat izaten du pertsona bakoitzak. Badira isiltzen ez direnak, ozen-ozen aritzen direnak, akordioak lortu nahi dituztenak... Jarrera bakoitzak keinu eta adierazpide batzuk ditu. Azter ditzagun.

JARDUERAK

1. Entzun *Eta zu, noren antzera?* entzungaia eta zerrendatu jarrera bakoitzak berezko dituen keinuak. Zuzendu eta alderatu zerrendak mimika baliatuz.

Axolagabea | Enpatikoa | Autoritarioa | Egozentrikoa

2. Erreparatu irudietako pertsonei eta markatu bakoitzaren jarrera. Gero, seinalatu bakoitzak erabiliko lituzkeen esapideak. Arrazoitu zure aukerak.

- ■ Autoritarioa
- ■ Egozentrikoa

- Ezta pentsatu ere!
- Lasai... Hori erraz konponduko dute gainerakoek.
- Ez etorri niri koplekin!
- Hau egin behar da eta kito!
- Gaia konplexua da, eta, nire ustez...

- ■ Enpatikoa
- ■ Autoritarioa

- Niri harpa jotzen, ala?
- Ulertzen dizut, ondo ulertu ere, baina kontuan hartu beharko genuke...
- Ados nago zurekin; baina, agian...
- Gai hori ez da hain konplikatua!!

- ■ Enpatikoa
- ■ Axolagabea

- Mundiala da zuk esan duzun hori!
- Hori bagenekien, ez da hain konplikatua...
- Kosta ahala kosta hitz egingo dugu berarekin!
- Erraza da hori egitea. Gelako kideek egingo dute hori dida baten...
- Tira, tira... Kontua ez da horrenbesterako izango!!...

- ■ Egozentrikoa
- ■ Enpatikoa

- Nik hori banekien aspalditxotik.
- Nik beti esan dut hori.
- Banengoen, ba, horrela behar zuela gaiak!
- Aditu guztiek diote kontuan hartzeko gaia dela, eta agian...

— Zerrendatu baztertutako esapideak. Taldean, irakurri eta identifikatu zer jarrerari dagozkien; gero, antzeztu.

ADIERAZI

3. Binaka, osatu honako elkarrizketa hau, 2. jarduerako esapideetako batzuk erabiliz.

Kopiatzen harrapatuta!

Maddi: Jon, badakizu Historiako irakasleak Julen harrapatu duela Naroaren lana kopiatzen? .... Julenekin hitz egin behar genuke.

Jon: Nola? Ez dizut sinesten! Julen ez da horrelakoa! ....!

Maddi: Ez, ez... Benetan ari naiz...

Jon: ....? Utzi bakean!

Maddi: Baietz ba, baietz ba... Hala gertatu dela, ba! Ezta, Joanes?

Joanes: Jakina! .... Julenek beti kopiatzen ditu lanak. Julenekin hitz egin behar genukeela iruditzen zait. Eta, agian, Naroarekin ere bai.

Maddi: Bai, bai... ....!

Iraia: Barkatu, baina guk ez daukagu hor zeresanik... Eta ....

Maddi: Nola, ba? Juleni lagundu behar geniokeela uste dut. Istorioren bat asmatu behar genuke, eta hori kontatu, gero, irakasleari.

Jon: Barkatu, baina ni ez naiz horrelako kontuetan sartuko! Eta, gainera, Naroa zer? Naroak ere izango du zeresana, ezta?

Joanes: Maddi, ...! Ni prest istorioa asmatzeko! Zer diozue?

Iraia: Eeee... Nik badaukat beste hamaika zeregin...

Maddi: Ai, ai... Beldur pixka bat ere ematen du honek, ezta?

Jon: Nik esan dizuet ez naizela horrelako kontuetan sartuko.

Joanes: Ez al dugu esan Juleni lagunduko diogula? A zer mozolo kuadrilla garen!

— Entzun *Kopiatzen harrapatuta!* eta alderatu. Gero, jarri launaka, buruz ikasi eta antzeztu.

4. Eztabaidetan honelako esamoldeak entzun ohi ditugu. Erreparatu esaldiei eta aukeratu formula zuzenagoak.

Ba, niri kontatu didate ke horrela dela.
Bai, porke Saioak ere esaten du hori.
Uste dut ze zuk diozuna ez da horrela.

Si ez duzu hori esan!
Zelako morro!
Nik baita. Nik baita pentsatzen dut hori.

ZEUK DUZU HITZA!

5. Irakurri 3. jarduerako eztabaida, osatu lau laguneko taldeak eta egin jarduerak.

Zein da eztabaidagaia? Zenbat ikuspegitatik azter daiteke? Zehaztu eta banatu ikuspegiak. Gero, egin IKUSPEGIEN ZIRKULUA errutina egokitu zaizun ikuspegitik.

1. ... pertsonaiaren ikuspegitik ari naiz pentsatzen.
2. Nik uste dut...
3. Ikuspegi honetatik galdera hauek sortu zaizkit: ...

- Eztabaidatu hamar minutuz, adostasuna lortzeko helburuarekin. Inork esapide okerrik erabiliz gero, zuzendu.
- Eztabaida amaitzean, hausnartu: lortu duzue adostasunik? Zergatik? Zer izan da lagungarria? Zer kaltegarria?

ESAMOLDEAK ETA HARRIDURA FORMULAK

Inork ez daki etorkizunean zer gertatuko den. Tira, inork-inork... Badira etorkizuna igartzeko gaitasuna dutela diotenak. Baduzu horretarako ahalmen berezirik? Oraintxe ikusiko dugu.

JARDUERAK

1. Entzun *Igarlearen bolaren aurrean* entzungaia, eta markatu honako baieztapen hauek egia ala gezurra diren.

	✔	✗
Julen eta Paula igarle batengana joateko elkartu dira, etorkizunean zer gertatuko zaien jakin nahi dutelako.		
Julenek uste du igarleen iragarpenak atso-kontuak direla.		
Igarleak bazuen Julenen berri, eta hura noiz agertuko zain zegoen.		
Julen adoretsu eseri da igarlearen ondoan, esateko zer duen entzuteko irrikan baitago.		
Julenek dohain berezi bat du: teknologoa da.		
Etorkizunean, lagunek, irakasleek eta bere amak ez diote laguntzarik eskatuko Juleni.		
Julenek gustuko du Biologia ikasgaia, eta mediku izan nahi du.		
Paulak jakin-min handia du bere etorkizunaren berri izateko.		
Paularen bizitza ederra izango da, Luna jaunaren azken lana nobela irakurri duelako.		

— Entzun berriz ere entzungaia, eta saiatu hitzez hitz jasotzen zure aukerak justifikatzeko esaldiak.

2. Irakurri egoerak. Zure ustez, zer egin behar luke Julenek? Zergatik? Eztabaidatu ikaskideekin.

Julenek Osasun Zientzietako ikasgaiak gorroto baditu ere, medikuntza-ikasketak egin behar lituzke. Izan ere, inork esandakoari (areago igarle batek esandakoa bada) jaramon egitea garrantzitsuagoa da nork bere gustu, iritzi eta sentipenei arreta jartzea baino.

Julenek ez entzunarena egin behar lieke igarlearen hitzei, eta Teknologia ikasi, huraxe baita benetan gustuko duena. Hala eginez gero, ikerketa teknologiko garrantzitsuak bultzatuko lituzke eta Teknologiako Nobel saria sortzeko eskaria egingo luke.

3. Lotu entzungaian agertutako esamoldeak baliokideekin.

- a) hanka sartu
- b) tutik ere ez
- c) artazuriketako kontuak
- d) eroxka
- e) oilobustia halakoa
- f) gureak egin din
- g) baita zera ere

- **Kakati alaena!**
- Neu, kakatia? **Txakurraren biolina!**
- Gertatzen dena zera dun: ez naizela neu hi bezain **buruberoa!**
- **Atso-kontuak** baino ez ditun horiek, neska!
- Bai zera! Ezetz **kale egin** gurekin!
- Baina niri **ez** diezadala **txintik ere** esan, e!
- Bestela, **jai dinagu:** ez Nobela, ez ezer!

— Launaka, esan eguneroko zer egoeratan erabiliko zenuketen esamolde bakoitza.

Laguntzarik behar izanez gero, **online hiztegi** hauetara jo dezakezu:

- Euskal lokuzioak sarean: http://links.edebe.com/u4mrd
- 5000 Adorez hiztegia: http://links.edebe.com/b5r
- Uzeiren Sinonimoen Hiztegia: http://links.edebe.com/kcr78

ADIERAZI

4. Bete hutsuneak, eta harridura adierazteko formulak lortuko dituzu.

auskalo · eskerrak · esatea ere · hara bestea · arraioa · batek daki · harri eta zur · bai zera

- ... zer esan duen!
- ... zer pentsatzen ari zaren!
- ... etorri zaren!
- Zuk hori ...!
- ...! Ez nuen halakorik uste.
- ... geratu naiz!
- ... ezin liteke halakorik!
- ... orain kontu horiekin al zatoz?

— Entzun eta errepikatu. Horrela, zuzen ibili zaren jakiteaz gain, intonazioa ere praktikatuko duzu!

5. Igarleak bizitza ederra izango duela esan dio Paulari. Baina zertan da bizitza eder hori? Igarle-lanetan arituko zarete. Irakurri urratsak eta ekin lanari!

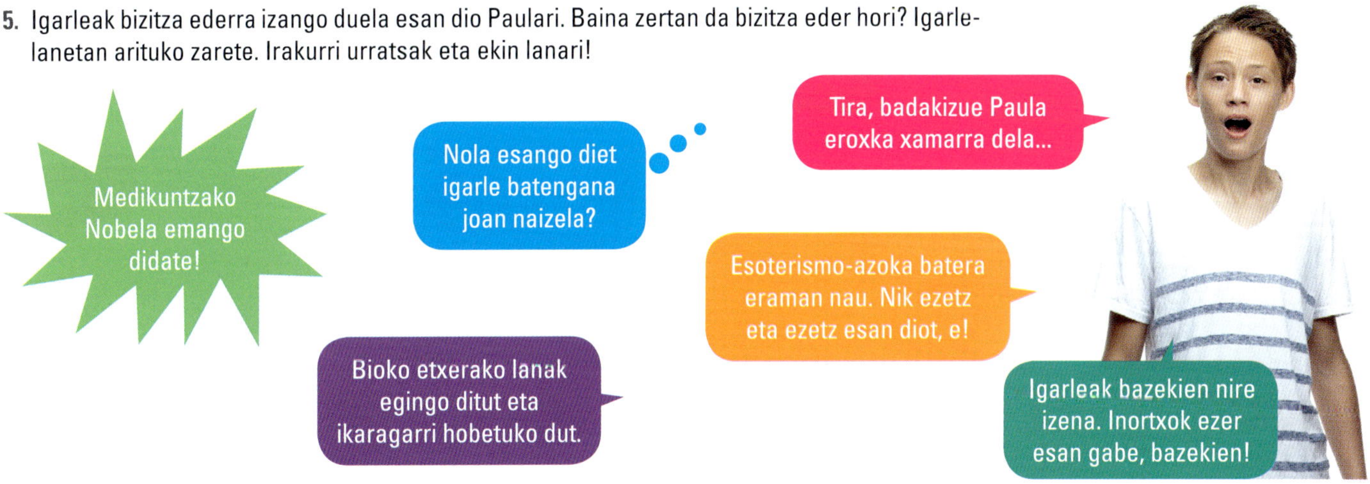

— Zer erantzun ote diote etxekoek? Hirunaka, asmatu eta antzeztu elkarrizketa, 3. jardueran landutako esapideak baliatuz.

ZEUK DUZU HITZA!

6. Igarleak bizitza ederra izango duela esan dio Paulari. Baina zertan da bizitza eder hori? Igarle-lanetan arituko zarete. Irakurri urratsak eta ekin lanari!

1. Osatu lauko taldeak.
2. Taldean, aukeratu arbeleko kontzeptuen artetik zein diren zuen ustez lau oinarrizkoenak bizitza ederra izateko.
3. Bakarka, idatzi esaldi bat aukeratutako kontzeptu bakoitza irudikatzeko. Adibidez:
   ALAITASUNA: Goizean, irribarretsu esnatuko zara, eta, gauean, lasai eta irria ahoan oheratuko, une bakoitzari duen ederrena ikusteko gai izango zarelako.
4. Taldean, irakurri esaldiak eta guztion artean zuzendu, osatu eta zabaldu, harik eta kontzeptu bakoitzari ondoen egokitzen zaiona adostu arte.
5. Asmatu zer elkarrizketa izan duten Paulak eta igarleak. Igarleak zuen ustez bizitza ederra deskribatzen duten esaldiak esango ditu; Paulak esandakoak 3. jarduerako harridura-formulak izan daitezke.

LAGUNARTEKO ESAMOLDEAK

Ikastetxean, irakurle taldea sortzeko proposamena egin dute 4. mailako ikasle batzuek. Eskolako korridoreetan hizketan ari dira Garikoitz eta Maddi; Izaro, berriz, sakelakoarekin dabil. Kasu egingo diote proposamenari? Ikus dezagun.

JARDUERAK

1. Entzun *Irakurgai meta* entzungaia eta egin jarduerak.

— Erantzun galderei:

- Liburu-zerrenda luzea ala laburra topatu dute? Nola dakizu?
- Zer-nolako jarrera erakusten du pertsonaia bakoitzak irakurle taldearekiko?
- Nork hartuko du parte irakurle taldean? Zer helbururekin?
- Parte hartuko zenuke irakurle talde batean? Zergatik?

— Aztertu esaldi hauek: nork esan ditu?

GARIKOITZ — MADDI — IZARO

- ☐ Mereziko du joatea, ezta?
- ☐ Nahikoa duzu adarjotzearekin!
- ☐ Ni lasai ederrean geldituko naiz.
- ☐ Esamesak aditzen ditinat hire inguruan.
- ☐ Et, et, et, et... horrek asko aldatzen ditu gauzak!
- ☐ Auzo-lotsa zerorrek ematen duzu!
- ☐ Mutila, agian, ez dun animatuko...
- ☐ Mela-mela eginda zaude!

Ezagutzen ez zenuten hitz edo esamolderik entzun baduzue, jaso **zerrenda** batean.

ADIERAZI

2. Aukeratu formula egokiak, eta irakurketa-taldearen lehen bileran gertatutakoa jakingo duzu. Gero, entzun *Irakurketa taldea entzungaia eta zuzendu.*

Aupa! Ba... ni Izaro naiz, eta zientzia-fikzioa *amets egiten dut / gogaiturik nago*. Ezagutzen duzue Jules Verne? *Liluratuta / Asper-asper / Txora-txora* eginda naukate haren lanek.

Nik *Jara* liburuaren *alde egiten dut / aldea egiten dut / alderdia gustatzen zait*. Gure egoerarekin *oso-osoan / batuta / bete-betean* egiten du bat, ez zaizue iruditzen?

Maitasun-harremanak, gazteak... nahiko *kanpoko / azaleko / urrutiko* kontuak zaizkit horiek. Teresa Caloren Marta ispiluaren aurrean liburua da nik *bene-benetan / argi eta garbi / egiatan* eta sakon-sakonetik irakurri nahiko nukeena.

Agian, gehiegi sakontzen hasi gabe, *erdizkako bideren bat / erdibideren bat* topatu beharko genuke. Pfff... nire gusturako, adibidez, zuk esandako hori dena *harri-losa / harri puska / harrikada handia* da! Oso pisutsua, esan nahi nuen...

Gure gustuko gaiak zein diren ikusita, Zeruko ateetan deika liburua *benetan aipagarria / apaintzekoa / esatekoa* iruditzen zait.

— Binaka, egin zuen gustuko liburuen proposamenak, ikasitako formulak baliatuz.

3. Entzun berriz ere *Irakurketa-taldea* entzungaia eta sailkatu.

Entzundako formulak	Entzun ez dituzun formulak
...	...

- **Harrapazan** hori!
- **Esamesak esames,** ni Iradirenaren alde!
- **Zirika-mirika** beti zuek elkarrekin!
- Orain ez gara **ika-mikan** hasiko, ezta?
- **Harrapazak** hori!
- **Bejondeigula!**
- **Hori da-eta hori!** Ederra proposamena!
- **Aitzakia-maitzakia**rik ez dago, egia esan.
- **Eguzkia nora, zapiak hara...** halatsu gure Garikoitz...
- **Zorrak zor, lepoa lodi...** gure Garikoitz.

— Entzun eta errepikatu formulak. Horrela, zuzen ibili zaren jakiteaz gain, intonazioa ere praktikatuko duzu!

4. Sailkatu formulak:

1 Hitz-hartzeak

2 Formula informalak

3 Esaera zaharrak eta hitz-jokoak

Bejondeizula! • Esamesa • Jakina • Et, et, et... • Harrapazan! • Txo! • Niri bost axola zer egingo duen! • Ba... Eguzkia nora, zapiak hara da hori, gero! • Hara, hara... • Zu bai zu! • Mela-mela eginda zaude! • Hor konpon Ika-mika • Aizan! • Tira, tira... • Aitzakia-maitzakia

5. Berridatzi nabarmendutako formulak, unitatean ikasitakoak kontuan hartuta.

*

- Beti ***diskutitzen*** aritzen gara!
- ***Zelako ona*** ideia hori!!
- ***Toma ya!!!*** Erantzun bikaina eman dizu!
- ***Hortik esaten dutena*** alde batera utziz...

*

- Gai horrek ***pega bat*** dauka, oso handia...
- ***Klaro,*** hori oso garbi daukat nik!
- ***Flipatzen dut*** haren lanekin.

ZEUK DUZU HITZA!

6. Idatzi irakurketa-taldearen bileratik ateratzean Maddik eta Garikoitzek izango duten elkarrizketa. Horretarako:

1 Aztertu bakoitzaren hizkera eta izaera, galdera hauei erantzunez:

- Nolako nortasuna du bakoitzak? Zer sentipenekin atera dira? Zer gertatu zaio bakoitzari?
- Zer esan du bazoitzak eta zer eratzun eman dizkiete?
- Zer pentsatzen dute adostutako irakurgaiaren inguruan?
- Garikoitzek nola ikusten du Iradirekiko harremana? Eta Maddik?

2 Zerrendatu pertsonaiek esan ditzaketen bosna ideia eta aukeratu, ikasi dituzuen formuletatik, bakoitzari egokitzen zaizkionak.

3 Idatzi elkarrizketa eta landu, irakurketa arina gertatu arte.

— Elkarrizketa amaitzean, antzeztu beste bikote bati, eta hausnartu: lortu duzue elkarrizketa arina eta atsegina idaztea? Zergatik? Zer izan da lagungarri? Zer oztopo?

MESEDEAK ESKATZEKO FORMULAK

Maiz, *araudi* hitza entzutean, erretxindu egiten gara: «Badatoz gure askatasuna mugatzera». Baina pentsatu duzu inoiz araudiak mesedegarriak ere izan daitezkeela? Azter dezagun.

JARDUERAK

1. Entzun *Paintball* entzungaia eta erantzun galderei:
   - Nor dira protagonistak? Non daude? Zer gertatu zaie?
   - Lau lagunetatik, zein dago oso haserre? Nola dakizue hori?
   - Zer esapide erabiltzen ditu haserre dagoen lagunak? Zer jarrera erakusten du?
   - Lagun taldeko nork uste du oraindik ere badutela *paintball*ean jolasteko aukera?
   - Zer konponbide bilatu dute *paintball*ean jolastu ahal izateko?
   - Zuen ustez, zer aukeratuko dute? Zein aukeratuko zenukete zuek?

2. Ordeztu nabarmendutako esapideak haien baliokideekin.

fundamenturik gabea • zoratuta • oso haserre • betilun • izuti • inozo • jakintsu • lasai-lasai • egoskor

- Orain ez gara **kopetilun** gelditukoo.
- Jaaaa, gure **mari-maistra**!
- A zer kuadrilla **ganoragabea**!
- Ni **erretxinduta** dago.
- Jai daukagu, **babalorea**!
- Ea... goazen **patxadaz** aztertzera.
- **Burutik eginda** al zaude?
- **Tematiak** zarete, gero!
- Ba... ni ere **kakati** samarra naiz.

ADIERAZI

3. Osatu lau laguneko taldeak, eta irakurri lau elkarrizketak. Gero, egin jarduerak.

Aupa, hi!!
Zer moduz habil? Aizak, guk *paintball*ean nahi diagu, eta pertsona bat falta zaiguk. Baina hi haizen jatorrarekin... hik utziko diguk lau bakarrik izanda sartzen, ezta?

Kaixo, arratsalde on, gizona!
Urruti-urrutitik gatoz, eta, horregatik hain zuzen ere eta egiazki hori dela eta, eskatu nahi dizugu aukera eman diezaguzula *paintball*ean joka dezagun, lauko taldea bagara ere. Oso esker onekoak izango ginateke; zalantzarik ez egin.

Arratsalde on!!
Begira, ordubeteko bidaia egin, eta hara... Fabore txiki bat egingo bahigu... Niretzat oso zaila duk hau esatea, baina behar geniake hire laguntza txiki-txikia lau bakarrik izanda sartzeko. Agian, oraintxe tarte txiki honetan... Zer diok?

Arratsalde on!!
Kilometro ugari egin ditugu hona iristeko, eta lauko taldean jokatzen lagundu behar diguzu. Lagunduko diguzu; ziur zure laguntzarekin horrelako salbuespenak egin daitezkeela. Lagundu beharko zeniguke, ezta?

— Antzeztu adibide bakoitza, dagokion tonua zentzua emanez.

— Aukeratu, zuen ustez, laukoteak atezaina konbentzitzeko erabiliko duena, eta esan gainerako hirurak zer egoeratarako diren aproposak. Arrazoitu zuen aukera.

- Entzun *Mesede eske* entzungaia, eta alderatu zuek egin duzuen aukerarekin.

4. Mesedeak eskatzean, gure eskaerak leuntzeko joera izaten dugu. Leundu honako esaldiak, lagungarriak erabilita.

Adibidea: *Mesede bat eskatu nahi dizut* → *Mesede **txiki** bat eskatu nahi dizut*
→ *Mesede **txiki** bat eskatu nahi **genizuke**...*

Ideia orokorra	Leuntzaileak
• Zure laguntza behar dugu.	• *Agian, akaso, litekeena da...*
• Salbuespenen bat egin dezakezu?	• *Izan daiteke, baliteke, gerta liteke...*
• Lau laguneko taldea sartzea nahi dugu.	• *Asko eskertuko nizuke, esker oneko ginateke...*
• Saiakera bat eginda, posible da.	• *A zer poza emango zenigukeen, pozik geundeke...*
• Aukera ezberdinak landu daitezke.	• *Zer iruditzen...? Nola ikusten duzu...?*

— Gogora ekarri mesede bat eskatu behar izan duzuen egoera. Binaka, idatzi mesede hori eskatzeko elkarrizketa, ikasitako baliabideak erabiliz.

ODS

— Taldean, aztertu esteka hauetako informazioa eta erantzun galderei.

http://links.edebe.com/rzz

http://links.edebe.com/pfjepq

http://links.edebe.com/cahbjn

http://links.edebe.com/7ij

— Hitanoari buruz ikasitakoa gogoan, aukera ona egin al dute lagunek atezainari hika hitz eginez? Zergatik?

Hikako moldea ezagutzen duelako hautatu dute Julen.

- Inoiz entzun al duzue hika hitz egiten?
- Gertutasuna, errespetua, urruntasuna... zer harreman sortzen da solaskideen artean hika erabiliz gero?
- Hikako moldeak forma berdinak ditu neskentzako eta mutilentzako?
- Zuen ustez, zein egoeratan egin ahal da hika? Aukeratu:

☐ gurasoek seme-alabei
☐ anai-arreben artean
☐ lagunen artean
☐ bilobek aitona-amonei
☐ seme-alabek gurasoei
☐ herriko apaizarekin

ZEUK DUZU HITZA!

5. Lagunek atezaina izango duten elkarrizketa idatzi eta antzeztu beharko duzue, orain arte ikasitakoa praktikan jarriz. Horretarako:

1. Hirunaka, aztertu zertaz konbentzitu behar duzuen atezaina.
2. Pentsatu zer-nolako garrantzia duen arau horrek, eta aztertu arau hori ez betetzeak ekar ditzakeen ondorioak. Saiatu kalte-ondorioak leuntzeko konponbideak bilatzen; horrela, aldeko argudioak lortuko dituzue.
3. Jaso taula batean orain arte ikasitako formulak eta hitz baliagarriak.
4. Eraiki horiekin esaldiak, zerrendatuta dauzkazuen ideiak osatuz.
5. Saiatu zuen ideiak leuntzeko baliabideak erabiltzen.
6. Banatu rolak, eta antzeztu atezainaren eta zuen arteko elkarrizketa.

AHOSKERA ETA ERRITMOA II

Badago iragarkien tartea hasi eta berehala beste zeregin batzuetara ihes egiten duen jendea; badago, hala ere, irargarkiei begira liluratuta geratzen den jendea ere. Gai hori erabiliko dugu ahoskera lantzeko.

JARDUERAK

1. Entzun *Arratsalde petrala* entzungaia eta egin jarduerak.

a) Aztertu irudiak eta esan zein datorren bat entzungaiarekin. Arrazoitu zure aukera.

b) Erantzun galderei:

- Nor dira entzungaiko protagonistak? Osatu fitxa bat ahalik eta datu gehien jasoaz: izenak, gutxi gorabeheerako adina, aldartea...
- Non daude?
- Zer egiten ari dira? Zergatik?

— Entzun berriz ere entzungaia eta saiatu hitzez hitz jasotzen zure aukerak justifikatzeko esaldiak.

2. Markatu jendaurrean ondo irakurtzeko baldintzak *Arratsalde petrala* entzungaian jasotako informazioa kontuan hartuta.

	✔	✗
Paperari bi eskuez irmo heltzea, eskuen dardara nabaritu ez dadin.		
Paperari eta publikoari begiratzea denbora tarte parekoetan.		
Irakurketarekin bat egiten duen gorputz jarrera mantentzea.		
Hizlariak ondo ezagutzea darabilen hizkuntza.		
Erritmo-aldaketak egitea irakurketa-une ezberdinetan; betiere, esaten ari denarekin bat eginez.		
Lasai egotea eta patxadaz hitz egitea.		
Publikoa nor izango den kontuan hartzea, eta horren arabera hitzaldia moldatzea.		

3. Entzungaiko protagonistek Euskara Batuaren Ahoskera Zaindua (EBAZ) aipatu dute. Zer da? Zertarako balio du? Partekatu gaiari buruz dakizuena. Gero, egin jarduerak.

— Ahoskatu moduan idatzi ditugu honako adibide hauek. Aztertu, eta ondorioztatu kontsonante-bilkuren ahoskera-arauak.

- ***Etzen*** ordurako etorri.
- ***Enaiz*** askotan etortzen.
- Gaur urik ***ezpadago***, bihar batek daki.
- ***Eztago*** lan handirik egiteke.
- ***Ezkara*** gaur goizean jaioak!
- ***Hantzegoen*** gure aspaldiko laguna, gure zain.
- Garaiz iritsiko ***altzara***?
- ***Behartzaituguneta*n *etzara*** gurekin izaten.

Hona hemen Euskaltzain-diaren EBAZen araua.

http://links.edebe.com/sdz

— Badira kontuan hartu beharreko kontsonante-bilkura gehiago? Eta bokal-bilkurei buruzko araurik? Osatu EBAZen zerrenda.

ADIERAZI

4. Binaka, prestatu iragarki hauen irakurketa. Horretarako, markatu testuan kontuan hartu beharreko ezaugarri guztiak: ahoskera, arnasketa-etenak, erritmo-aldaketak, tonua eta kontsonante-bilkurak.

Gogoan izan

Arnasaldiak edo etenak irudikatzeko kodea	Erritmo-aldaketak irudikatzeko kodea
/ arnas edo eten **laburra**.	------ erritmoa azkartu.
// arnas edo eten **luzeagoa**.	_ _ _ erritmoa moteldu.
/// arnas edo eten oso **luzea**.	

HIRIGOIN BASERRIKO JAKIAK

AITA: *(Aharrausia)*

ALABA: Egun on aita!

AITA: Egun on, bai!

(Aitak janaria berotu du mikrouhin-labean eta kanpaia entzuten da; ondoren, atea irekitzen eta ixten)

ALABA: Katiluak eta platerak jarriko ditut.

(Katilu, plater, edalontzi, labanak... jartzen ari den momentuko hotsak)

(Ogi-txigorgailuaren hotsa ere entzuten da bitartean)

ALABA: Mmmm... aita zeinen usain goxoa!

AITA: Bai, laztana, Hirigoin ezagutu genuenetik goizak zenbat aldatu diren, eeee...

(Labanaren eta ogi-txigortu torrada bati egindako hozkadaren zarata)

ALABA: *(Zerbait jaten ari dela hasi da hizketan)* Bai, emango didazu beste opil bat?

(off-*ahotsa eta musika lasaia)*

Hirigoin baserriko jakiak: behi-esne naturala, etxean egindako opilak eta su-labeko ogi ekologikoa. Bizi osasuntsu, eta jan gozo!

Hirigoin baserriko jakiak. Eskatu nahi duzuna eta etxean jasoko duzu.

Informazio gehiago www.hirigoin.com helbidean.

OINKARIN OINETAKOAK

Euria ez bada, beroa. Txikiak ez badauzkazu, handiak. Ez dago beharrizanetara egoki-tzen ez den baino oinetako txarragorik.

Etorri kale nagusiko Oinkarin dendara, eta probatu gustukoen dituzun oinetakoak. Ez dago Oinkarinera sartu, eta pozak zoratzen atera ez denik.

Oinkarin oinetakoak. Oinetako handi eta txikiak. Baita neurri berezikoak ere.

Hamabostaldi honetan, gainera, ez gara koplatan ibili, eta eskaintza berezia Oinkarin. Ehuneko hogeita hamar merkeago datozen bi astetan!

Zatoz Oinkarinera. Ez zara damutuko!

— Talde txikitan, irakurri ahoz gora iragarki bana eta zuzendu akatsik balego. Gero, entzun Iragarkien tartea entzungaia eta alderatu.

ZUK DUZU HITZA!

5. Talde txikian, iragarki bati ahotsa jarriko diozue. Horretarako:
   - Aukeratu gaztelaniaz emititzen duten gustuko iragarki bat.
   - Itzuli edo moldatu testua, euskarazko bertsioa irudiarekin bat etor dadin.
   - Prestatu testua ahoz gora irakurtzeko: egin azpimarrak eta oharrak ahoskerari, erritmo-aldaketei, zehaztu tonua eta kontsonante-bilkuren ahoskera.
   - Saiatu testua behin eta berriz, eta zuzendu baleko emaitza lortu arte.
   - Talde handian, ikuskatu iragarkia ahotsik gabe, euskarazko testua irakurri bitartean.

POEMEN IRAKURKETA ADIERAZKORRA

Poesia gutxien irakurtzen den generoa omen da. Hala ere, poesiak gizarteratzeko bide berriak aurkitu ditu hainbat musikari eta dantza-konpainiaren eskutik. Poema-errezitalak izango ditugu hizpide, gure jarduna hobetzeko.

JARDUERAK

1. Entzun *Ikasturte-amaierako jaialdia* entzungaia eta erantzun galderei.

- Nor dira entzungaiko protagonistak?
- Zer egin behar dute protagonistek? Zer daukate dagoeneko eginda? Zer prestatu behar dute?
- Zer-nolako aldartea du bakoitzak? Entzun berriro entzungaia eta jaso zure baieztapena arrazoitzen duen adibidea.

— Identifikatu errezitala taularatzeko erabiliko dituzten elementuak. Gero, esan elementu bakoitza zergatik aukeratu duten eta zertarako erabiliko duten. Baten bat falta da? Zein?

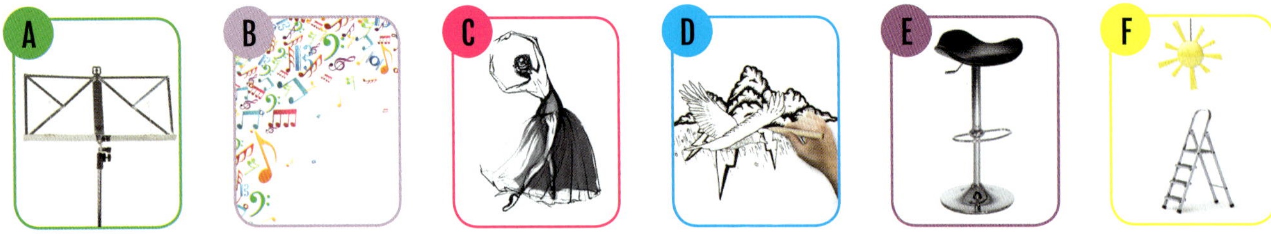

— Zer eredu aipatu dituzte poesia-errezitala antolatzeko? Zerrendatu eta aztertu zer-nolakoak diren. Gero, alderatu taldekideek prestatutakoarekin eta esan zein diren antzekotasunak eta desberdintasunak.

2. Binaka, aztertu baieztapen hauek eta kopiatu, zuen ustez, irakurketa adierazkorra egiteko baliagarriak direnak.

	✔	✗
a. Paperari bi eskuez irmo heltzea, eskuen dardara nabaritu ez dadin.		
b. Paperari eta publikoari begiratzea denbora tarte parekoetan.		
c. Irakurketarekin bat egiten duen gorputz jarrera mantentzea.		
d. Hizlariak ondo ezagutzea darabilen hizkuntza.		
e. Erritmo aldaketak egitea irakurketa-une ezberdinetan; betiere, esaten ari denarekin bat eginez.		
f. Lasai egotea eta patsadaz hitz egitea.		
g. Publikoa nor izango den kontuan hartzea, eta horren arabera hitzaldia moldatzea.		

3. Aztertu baieztapen hauek eta aukeratu irakurketa adierazkorra egiten lagunduko dizuten ideiak:

- ☐ Erritmo lasaiak testua hobeto ulertzen laguntzen du.
- ☐ Gure gorputz mugimenduek eta irudiek laguntzen dute komunikazioan.
- ☐ Erritmo-aldaketen bidez, mezu argiagoak lortzen ditugu.
- ☐ Musikak mezuari zentzua ematen laguntzen du, ondo aukeratutakoa bada.
- ☐ Isiluneak oso lagungarriak dira entzuleak edukiak antolatzeko, eta arreta mantentzeko.
- ☐ Tonu-aldaketei esker adierazpideek adierazgarritasun handiagoa lortzen dute.
- ☐ Garrantzitsua da azkar irakurtzea, irakurraldi sentitua eta bizia egiteko.
- ☐ Intentsitatea, urduritasuna eta egoera deserosoak transmititzeko abiadura azkartu; baina arreta berezia jarri ahoskerari, mezua garbi uler dadin.
- ☐ Publikoari begiratzeak ez du komunikazioa errazten.

— Entzun *Poeten antzera* entzungaia eta egiaztatu markatu dituzun baieztapenak zuzenak diren. Taldean, osatu zerrenda aurretik idatzita ez dituzun ideiekin.

ADIERAZI

4. Binaka, irakurri elkarri J. Sarrionandiaren poema hau estrofa bakoitzean adierazitako baldintzak kontuan hartuz:

HODEIA

1	Abiadura motelean eta alai-alai bazinate bezala.	Oskarbiaren huts urdinean Hodeibakarti badoa airean zehar itxuraldatuz zeinen hodei arraroa...	Hodeia edo zure gogoa zein da arraroagoa? Arraroa da hodeia, baina gehiago zure gogoa!	Tonu goxoan, intimitatea edo gertutasuna adieraziz. Egin erritmo aldaketak eta isiluneak esanahiari zentzua emateko.	4
2	Haserre bazinate bezala, tonu mesfidatian, abiadura motelean.	Hodeia edo zure gogoa zein da arraroagoa? Arraroa da hodeia, baina gehiago zure gogoa!	Izar jauzia, gaztelu handi, arranoaren hegoa... Orain umetxo bat igerian, zeinen hodei arraroa...	Etsituta dagoenaren tonuan. Erritmo motelean eta isiluneak eginez.	5
3	Erritmo azkarrean, baina lerro bakoi-tzaren amaieran isiluneak egin-da. Harridura-kutsua atxiki.	Orain dirudi itsasontzi bat, orain ardi bat zoroa, orain balea, zakur burua, zeinen hodei arraroa...	Hodeia edo zure gogoa zein da arraroagoa? Arraroa da hodeia, baina gehiago zure gogoa!	Tonu ironikoan, handiuste-plantak eginez. Abiadura azkarrean, baina erritmo aldaketak eginez.	6

— Entzun eta errepikatu.

ZUK DUZU HITZA

5. Binaka, prestatu bi poema hauen errezitala. Pentsatu zer-nolako taularatzea egingo duzuen, idatzi aurkezpen-gidoia eta erabaki zer-nolako irakurraldia egingo duzuen.

J. K. Igerabide eta K. Linazasoro

Berriro oroitu naiz parkeaz eta parkezainaz

Lehen adierazi dizudan parkezain mozolo horrek
gustura asko botako lituzke
krokodiloak parkeko gure urmaelera,
uste baitu horrela ez genukeela amestuko
hantxe plisti-plasta gabiltzala;
baina ametsa ezin debekatu gizajoak,
ez dago-eta krokodilorik
ametsak kraskatuko dizkigunik.

J. K. Igerabide eta K. Linazasoro

HIZKUNTZA-ALDAERAK

Euskal herri osoko lagunak eginez gero, konturatuko zarete guztiak euskaraz mintzatuagatik ez dituzuela hitz edo formula berberak erabiltzen. Hizkuntza-aldaera horiei buruz mintzatuko gara.

JARDUERAK

1. Entzun *What a delicious picnic!* entzungaia eta egin jarduerak:

— Erantzun galderei:

a) Nor dira entzungaiko protagonistak? Zerrendatu haien izenak.

b) Guztiak herri berekoak dira? Nola dakizu?

c) Non daude? Zergatik?

d) Zeri buruz ari dira hizketan? Zergatik?

solasa · berba · elea · elkarrizketa · hitza · bortz · bost

— Badu unitate-hasieran zuek asmatutako bertsioaren antzik? Alderatu.

— Aukeratu ideia zuzenak, entzungaian jasotako informazioa kontuan hartuta.

	✔	✗
Adur gustura dago, azkenik, askaritarako fruituak dituztelako.		
Adur hurrengo urtean ere etxe berera joango da ingelesa praktikatzera.		
Andoniren etxean mailua erabiltzen dute lanerako.		
Andoniren ustez, gipuzkoarrek labur eta azkar hitz egiten dute.		
Andoniren aburuz, gipuzkoarren hitz egiteko modua itsusia da.		
Anek oso gustuko du Andoniren hizkera, kantuan bezala hitz egiten duelako.		
Mahaian dauden lagun guztiek ez dituzte *s* eta *z* zuzen ahoskatzen.		
Entzungaian diotenez, *zorra* esaten zaio entzuten ez duenari.		
Andonik oso ondo ulertzen du bere etxekoek darabilten ingelesa.		
Lagunek egin duten askarian fruitu eta barazki ugari dago jateko.		
Hizkeren aniztasunak zaildu egiten du elkar ulertzea eta lagunek berriro ez elkartzea erabaki dute.		

ADIERAZI

2. Entzun *How do you say...?* entzungaia. Lagun-taldea zertan arituko dela uste duzue? Aukeratu.

☐ Erabiltzen dituzten hitzekin jolasten. ☐ Euskarazko hitz berriak asmatzen. ☐ Hitz ezezagunen esanahia bilatzen.

— Zer baliabide erabili dute hitz berriak asmatzeko? Aukeratu.

☐ esamoldeak ☐ hitz-elkarketak ☐ atzizkiak ☐ gaztelaniazko egiturak

3. Aztertu entzundako hitzak eta esamolde asmatuak. Eta egin jarduerak.

mari-barregarri • txapa gora • buru-buru • buru-guru • aspertzaile • asperrondoko • aztergarri • azterlari • aspertasun

a) Osatu elkarrizketa, entzungaiko hitzetako batzuk erabiliz.

Alazne: Aizue, zuekin eman ditudan arratsalde hauek azpitituluril gabeko film japoniar bat ikustea baino aspergarriagoak izan dira. Barkatuko didazue!

Telmo: Arrazoi duzu, ...aren hurrengoa izan dira!

Alazne: Asperrondoko galanta, bai!

Denak (Telmo izan ezik): Kar, kar, kar!

Gari: Hara, gure ....! Zer egingo genuke zu gabe!

Alazne: Kar, kar, kar... ....-en kluba osatuko zenukete! Ziur naiz!

Igor: ....zure proposamena!

Telmo: Mesedez, buru-buru ari zarete!

Alazne: Ene, Telmo, ez izan horrelakoa, aspertzaileen klubeko .... izendatuko ditugu!

Gari: .... egin duzu!

— Entzun *Petralak* entzungaia eta zuzendu. Gero, antzeztu.

b) Lotu hitzak haien balizko definizioarekin.

Txapa gora: zuzen ibili, asmatu. Zerbaitetan zuzen ibili zarela adierazteko esapidea.

1. ....: lidergorako gaitasuna duenari esaten zaio.
2. ....: inguruko guztiak aspertzeko gaitasuna duenari esaten zaio.
3. ....: xehetasunez aztertu daitekeenari esaten zaio.

— Binaka, asmatu falta diren hitzen definizioak. Gero, partekatu talde handian eta adostu definizio bana.

ZEUK DUZU HITZA!

4. Zer-nolako hiztuna zara? Erantzun galderei:

- **Zenbat hizkuntza dakizkizu? Non erabiltzen duzu hizkuntza bakoitza? Zein hizkuntzatan sentitzen zara erosoen?**
- **Markatu ondoen definitzen zaituen baieztapena:**

  a) Euskaraz mintzatzen naiz oro har, baina gaztelaniazko esamoldeak tartekatzen ditut.

  b) Euskara hutsean hitz egiten dut.

5. Asmatu esamolde eta hitz berriak urrats hauei jarraituz.

4. jardueran ***a* aukera** egin baduzue:

1. Launaka, zerrendatu gaztelaniaz erabiltzen dituzuen esamoldeak eta asmatu euskarazko ordainak.
2. Sortu esketx bat, asmatutako sei esamolde erabiliz, gutxienez.

4. jardueran ***b* aukera** egin baduzue:

1. Launaka, lotu hitzak eta atzizkiak nahieran, haien artean edo zuek proposatutako beste hitz batzuekin, eta asmatu lortutako hitzen esanahiak.

   bizi • purtzil • begi • izter • mari • sabel • super • -tzaile • -kor
   ondoko • barre • ontzi • galanta • hezur • kasko • amorru

2. Asmatu bi esamolde honako hauek eraldatuz:

   kale gorria • mutur-beltz • leher eginda egon • umemoko

3. Sortu esketx bat, asmatutako sei hitz erabiliz, gutxienez.

Trebatu nahi baduzu, garai bateko Mihiluze telebista-saioko «Tribuaren». Bilatu EITB Nahieran atalean.

/// LITERATURA

LEHEN LEKUKOTASUN IDATZIAK

Euskararen lehen lekukotasun idatziak ez daude liburuetan, erromatarren sasoiko hilarrietan baizik, eta, gainera, hitz solteak dira gehienak. Asko (esaterako, ***nescato eta astoiluno***) Akitanian aurkitu badira ere, beste toki batzuetako hilarrietan ere badaude euskarazko hitzak.

La Laguna, Villar del Río (Soria)

Hogei urte zituela hil zen Antestius izena eta ***Sesenco*** ezizena zituen gaztea. Harrian zezen baten irudia dago.

Erdialdeko pirinioak, Aran bailara

Ilurberrixo, Anderexo

Lerga (Nafarroa)

Ummesaharren hilarria

Ascoli (Italia)

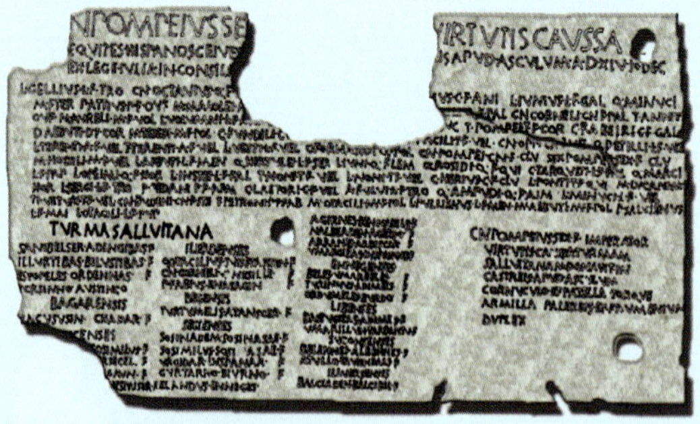

K.a. 90. urteko Brontzezko xafla honetan, erromatar hiritartasuna lortu zuten mertzenarioen izenak daude. Haien artean, ***Arranes Arbiscar*** baskoia. Gerlari haiek Ascoli hiria hartzen lagundu zuten, matxinatu batzuen aurka borrokatuz.

DONEMILIAGA KUKULA

Errioxako mendebaldeko udalerri horretan aurkitu dira euskararen historiako bi elementu garratzitsu:

Donemiliagako glosak

Euskaraz idatziriko lehen bi perpausak dira, X. edo XI. mendean idatziak. Susoko monasterioko eskuizkribu batean aurkitu ziren. Eskuizkribua latinez idatzita dago, baina euskarazko bi perpausak ertzean idatzita daude, ohar gisa. Hauek dira: *izioqui dugu* eta *guec ajutu ez dugu*.

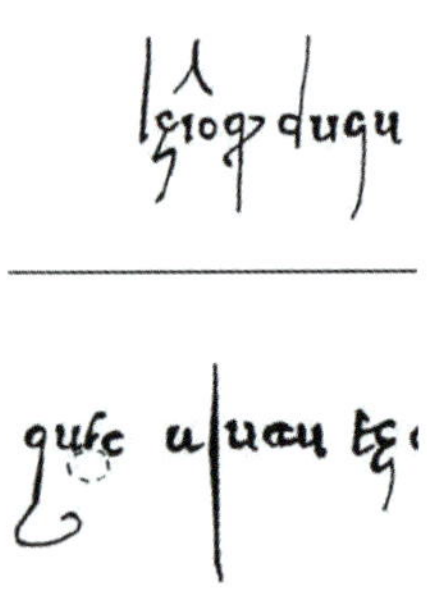

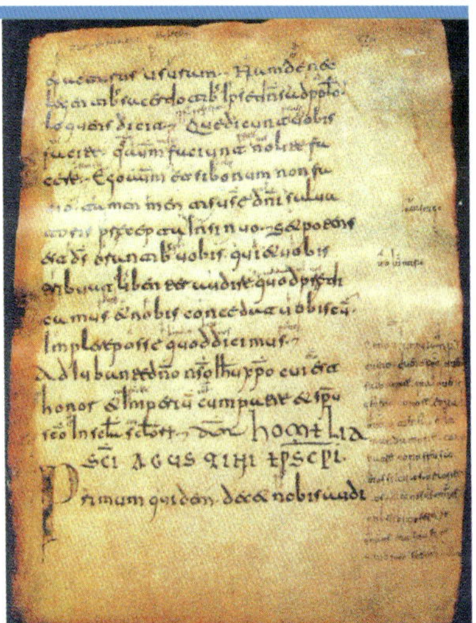

Donemiliagako goldea

Latinez idatzitako agiri bat da, 1025 ingurukoa. Oso garrantzitsua da bertan Arabako 307 herriren izenak ageri direlako eta Arabako toponimia osatzen lagundu duelako. Hauek ageri dira, besteak beste: ***Zuhazu, Matauco, Aberasturi, Harizavalleta, Galharreta, Harrieta, Hovecori, Atahuri, Azazaheta, Sagassaheta...***

Donemiliaga kukulako Susoko monasterioa.

EUSKARAZKO LEHEN HITZ-ZERRENDAK

Codex Calixtinus

Euskarazko lehen hitz-zerrenda, **Aimery Picaud** izeneko **frantziar** erromes batek idatzi zuen, XII. mendean. Aimery Picaud monjea eta idazlea ere bazen eta *Codex Calixtinus* eskuizkribuaren parte bat berak idatzi zuen. Bertan, **Donejakue bideari** buruz hitz egiten du eta euskaldunak deskribatzeaz gain, latinezko hitz batzuk euskaraz nola esaten diren azaltzen du. Hamabost bat hitz ditu, geroztik oso gutxi aldatu direnak: ***urcia*** (urtzia edo ortzia), ***ogui*** (ogi), ***ardum*** (ardo), ***aragui*** (haragi), ***araign*** (arrain), ***echea*** (etxea), ***iaona*** (jauna), ***andrea, elicera*** (elizara), ***gari, uric*** (urik), ***erreguia*** (erregea)...

Codex Calixtinus. Compostelako Donejakueren katedralean gordeta dago. 1140. urte ingurukoa da.

JARDUERAK

1. Badakizu zer kontatu zuen Aimery Picaudek euskaldunez? Ikertu.

Euskal izen bereziak dakartzaten **Erdi Aroko dokumentuak** ere badaude. Sinpleenen artean **pertsona izenak** ditugu, izena adjektiboz lagunduta dutenak: Miguel ***Mearra,*** Garcia ***Suri,*** Garcia Lucea eta Lope ***Eger*** (Nafarroa, **1366**).

BESTE ZENBAIT HIZTEGI

Donejakue bidea egin zuten erromesak izan dira euskararen existentziaren berri eman dutenak.

- Arnold Von Harff izeneko aleman zaldun batek **hiztegi labur bat** egin zuen XV. mendearen bukaeran.
- L. Marineo Siculo siziliarrak ere zerrenda bat osatu zuen. Hark utzitako zerrendan, hogeita hemezortzi hitz eta zenbaki batzuez gain, aditz-formak ere badaude; hala nola, ***edaten dot*** (edaten dut), ***iracurten dot*** (irakurtzen dut), ***bacust*** (badakust), ***laster eguiten dot*** (laster egiten dut). Ikus daitekeenez, mendebaldeko euskarazko formak dira hor jasotakoak.
- 1562an, N. Landuchiok ***Dictionarium linguæ cantabricæ*** osatu zuen, hegoaldeko mendebaleko euskaraz. Hiztegi hori 1958ra arte argirik ikusi gabe egon zen.

JARDUERAK

2. Gaur egun jartzen diren izen asko Erdi Aroko dokumentuetan jasota daude (June, Aiora, Peru...). Ikertu ea zuen izenetakoren b at orduko paperetan zegoen. Hori Euskaltzaindiaren izendegian ikusiko duzue.

EUSKARAZ IDATZITAKO LEHEN TESTUAK

Ezagutzen den euskarazko lehenengo testua **1415eko gutun bat** da, Nafarroako Erresumako bi goi-funtzionarioren artekoa. Martin de San Martinek eskaera bat egiten dio Matxin Zalbari, eta honek orri berean erantzuten dio. Euskara Nafarroako erromantzearekin batera erabili zuten gutunean. Hona hemen Zalbaren euskarazko erantzunaren atala:

Eta Jaunatiçula abari on; ez nayz bildur ezten alla. Eta, jaquiçu, Done Johanne Garaçicoec dute gracia erregue baytaric: hurtean iruroguey eta amavi florin, baytator sey florin eta tercio bat ilean rebatiçera colectoreari. Eta alegra çayteç ongui

Çure guçia, Machin de Çalva

JARDUERAK

3. Saiatu Matxin Zalbaren testua euskara batuan jartzen.

Beste testu bat ere bada, 1425ean hil zen Karlos Nafarroako erregearen garaikoa. Zazpi lerro labur ditu eta Gure aita otoitzaren itxura du, baina ez dago argi noiz eta zertarako erabiltzen zen. Honela hasten da:

Virgo clemens, Virgo pia, Virgo dulçis al[...
todavía. Pater noster chicia, Deus peretençia,
lurrac dac[ar] [...]
çoçac ardanbusti, baradiçu menda verde macu onac ard[...]

Mende bat geroago, Mexikoko lehen artzapezpiku izan zen Juan Zumarragak Katalina Ruizi 1537an idatzi zion gutuna ageri da. Abadiñarra zen sortzez Zumarraga, eta bizkaieraz egina da berrogeita hamar bat lerro dituen gutuna. Hona atal bat:

orayn bada ene arrebaa deunsua alaan izango zara Paradisuan alcarr dacuscula. Bidaletan deusudaz ***garciagaz*** *onen yçenean doazala gogoan garriac. plater bj jarra bat calderetachu bat, taçea conteacaz, alaba orrendaco orren esposo onec bidaletan deusaz (interl.) vrra catea eta lau erestun da joyela, yru oe onac. lepatrapu galantorj nic liburuacaz eta aulquiac eta oeac pere bay gujchica geminado* ***maria Rujzen axoarorj*** *beteco dogu ebeco gauçacaz obatuco ta ondraduco dogu munçarasco eseorj eta çure alabaren orj. gollaraoc bere onac tira guztiocaz asegujn artuco dau çure arima deunsu orrec aportabayte orra (interl. guisa onean vein) ese orretara eta çure podrera eta ene erechian oba da guarda ditean exiljc, orco miocaytj çerren mylla bider gueyago dala dan vaño esango dabeen ynbidiac aurqui esango bearr ez tirean gauçaac. Durangoco gentea baçaut* ***juizio gujchizcoa*** *da gueyaena.*

Maria Ruiz Katalinaren alaba da eta Juan Zumarragaren iloba Gartziarekin ezkonduko da. Gutuna idatzi zuenean Zumarraga Gartziarekin zegoen Mexikon. Zumarragak Katalinari idazten dio Gartziak Maria Ruizen arreorako (*axoarorj:* axoar hori, arreo hori) Durangora ekarriko dituen gauzen zerrenda. Eta isilik gordetzeko eskatzen dio, herri horretako jende batek (*juizio gujchizcoa:* juizio gutxikoa) inbidiagatik gauza gehiago direla esango duelako.

JARDUERAK

4. Zer bidali dio Gartziak Maria Ruizi? Zer deritzozue sekretua gordetzeko arrazoiari? Gaur egun gertatzen al da halakorik?

LEHEN LEKUKOTASUN LITERARIOAK

Euskal literaturaren lehen lekukotasun literarioak **kantu**en bidez heldu zaizkigu. Kanturik zaharrenek XIV. eta XV. mendeetako gertakariak aipatzen dizkigute, eta XVI. mendearen bigarren partekoak dira Esteban Garibaik, Juan Martinez Zaldibiakoak eta Fernández de Cachopínek utzitako historiako kroniketan daudenak.

Gehienak **gudua gaitzat daukaten kantu epikoak** dira, eta hilketak edo gertakari bereziak aipatzen dituzte. Zoritxarrez, kantu horiek ez dira osorik iritsi guregana. Hamar bat kantu ditugu XVI. mendea baino lehenagoko gudu-gertakariak aipatzen dituztenak.

Ez dakigu ziur nolakoak ziren kantu horiek, uste izatekoa baita **denboraren joanean aldaketak** izan dituztela, hizkuntzaren aldetik bereziki. Gainera, ohartzekoa da, kronisten arabera, **emakumeek toki berezia** izan zutela kantu horiek sortzean eta, gero, transmititzean.

JUANA, MUXIKAKO ETA BUTROEKO ALABAREN KANTA

Kantu hau **ganboarren eta oñaztarren** arteko guduen inguruan kokatzen da. Garibaik kontatu zuenaren arabera, Gomez Gonzalez, Butroeko eta Muxikako jaun oñaztarrak bere alaba Juana Martin Ruiz izeneko Olasoko jaun ganboarrarekin ezkontzeko tratua egin zuen, baina Gomez Gonzalez oñaztarra hil egin zen Arrasateko Guduan, etsaien artean Martin Ruiz bere suhia izan behar zuena zegoela. (Hala ere, zenbaitek diote Martin Ruiz saiatu zela aitaginarreba-gaia handik bizirik ateratzen). Horregatik, aita hil ondoren, Juanaren amak eta anaiak ez zuten nahi izan etxeko alaba senargai harekin ezkon zedin. Juanak, ostera, gogor egin omen zien orduan bertsoak kantatuz.

MILIA LASTURKOAREN KANTA EDO ERESIA

Milia Lasturkoa **erditzean hil ondoren,** Peru Garzia bere senar alargunak Marina Arrazolakoarekin ezkondu nahi izan omen zuen. Milia zenaren **ahizpak,** Debatik Arrasatera etorririk, **doluzko bertsoak** kantatu omen zituen, koinatu ohiaren jokabidea deitoratuz, baina **koinatu ohiaren arrebaren erantzuna** jaso zuen orduan. Eresian bien ahotsak txandakatzen dira (Miliaren ahizpa eta koinatuaren arreba), eta Miliaren ahizparen bertsoekin amaitzen da. 37 bertso dira guztira, lauko edo seiko errima bakarrekoetan emanak.

JARDUERAK

1. Hona hemen *Juana, Muxikako eta Butroeko alabaren kanta.* Berridatzi bertsoa gaurko grafian.

Verba orren verba gacia,
Verba orri nay ez daquiola valia,
Dardoac eguinarren vere aldia,
Olaso da ene egoteco aulquia.

2. Irakurri *Milia Lasturkoaren eresi*ko lehenengo bi laukoak eta erantzun.

Zer ote da andra erdiaren zauria?
Sagar errea eta ardo gorria,
alabaina, kontrario da Milia:
azpian lur hotza, gainean harria,
Lasturrera behar duzu, Milia,
aita jaunak eraisten du elia [abereak],
ama andreak apaintzen du hobia.
Hara behar duzu, Milia.

- Zeri egiten diote erreferentzia lehenengo bi lerroek? Konparatu hurrengo bi lerroetan azaltzen den egoerarekin. Zein da ondoren ahizparen desioa eta zergatik? Hausnartu.

Bilatu Youtuben *Etxepare RAP - Milia Lasturkoaren eresia* eta entzun.

3. Irakurri Santxa Otxoa Ozaetakoaren bertsoak, 1464an hil zuten ganboar baten alargunak kantatu zituenak.

Oinetako lur hau dabilkit ikara,
lau haragiok ere han ber hala, (halaber)
Martin Bañez Ibarretan hil dala,
Hartuko dut esku batean gezia,
Bestean zuzi iratxekia,
Erreko dut Aramaio guztia

- Zer sentimendu adierazten du bertsoak?

BERETERRETXEREN KANTOREA (1434-1449)

Aurkitu diren kantu zahar epiko guztiak Hegoaldekoak dira, Gipuzkoakoak gehienak. Salbuespen bakarra *Bereterretxeren kantorea* da, **Zuberoa**ko XV. mendeko historiari baitagokio. Guregana heldu diren kantu zahar guztien artean luzeena eta osoena da. Hizkuntzaren aldetik ez du arkaismorik, eta, oro har, **itxura modernoa** du. Estiloak, literatura-baliabideek eta bertsoaren eraketak, aldiz, garai zaharragoetara garamatzate. Lehen ahapaldia, **kopla zahar** guztietan bezala, **naturaren aipu** batekin hasten da, eta kantuaren **gai nagusia** aurkezten da: jaun handi baten saldukeria.

Kantuan, **Bereterretxe agaramontarraren hilketa** kontatzen da. Hiltzailea **Luis Beaumont** izan zen, 1434az geroztik Leringo kondea izan zena. Garai hartan, bi leinu horiek, agaramontarrak eta beaumondarrak, elkarren aurka borrokatu ziren. **Beste bertsio batek** dio **Ezpeldoiko Margaritaren maitasuna** desio zutela bi gizonek, eta hori izan zela borrokaren arrazoia.

Haltzak ez du bihotzik,
ez gaztanberak hezurrik,
ez nuen uste esaten zutela aitoren semeek gezurrik.

Andozeko ibarra,
ala zer ibar luzea!
Hiruretan ebaki zitzaidan armarik gabe bihotza.

Bereterretxek ohetik
neskatoari eztiki:
«Habil, eta so egin ezan gizonik denez ageri».

Neskatoak berehala,
ikusi zuen bezala
hiru dozena bazebiltzala borta [ate] batetik bestera.

Bereterretxek leihotik
jaun kondeari goraintzi;
Ehun behi bazizkiola [emango] bere zezena ondotik.

Jaun kondeak berehala
traidore batek bezala:
«Bereterretxe, haigu [etor hadi] bortara, itzuliko haiz berehala».

«Ama, egidazu atorra,
menturaz sekulakoa;
bizi denak oroitu egingo du Bazko biharamuna».

Heldu nintzen Ligira,
buneta [txapela] erori lurrera,
buneta erori lurrera eta eskurik ezin behera.

Heldu nintzen Ezpeldoira,
han haritz bati estekatu,
han haritz bati estekatu eta bizia zitzaidan idoki [kendu].

Marisantzen lasterra
Bosmendietan behera!
Lakarri Buztanobian sartu da bi belaunak herrestaka.

«Buztanobi gaztea,
ene anaia maitea,
hitzaz onik ez baldin bada, ene semea joan da».

«Arreba, hago isilik!
Ez, otoi, egin negarrik,
hire semea bizi bada, Maulera dun joanik».

Marisantzen lasterra
jaun kondearen bortara!
«Ai, ei, eta, jauna, non duzu ene seme galanta?»

«Hik ba al huen semerik
Bereterretxez besterik?
Ezpeldoi aldean dun hilik; habil, jaso ezan bizirik...»

Ezpeldoiko jendeak,
ala sentimendu gabeak!
Hila hain hur izan-eta deus ere ez zekitenak!

Ezpeldoiko alaba
Margarita deitzen da:
Bereterretxen odoletik ahurka biltzen ari da.

Ezpeldoiko bokata, [lixiba]
ala bokata ederra!
Bereterretxen atorretarik hiru dozena omen da.

Entzun Youtuben *Bereterretxeren kantorea* Mikel Laboaren bertsioan.

JARDUERAK

4. Irakurri arretaz *Bereterretxeren kantorea* eta erantzun galdera hauei:

- Zer ahapalditan ageri da kondeak Bereterretxe etxetik aterarazten duela gezurrez engainatuz?
- Zer ahalpaditan ageri da amaren etsipena eta dolua?
- Zer ahalpaditan ageri da Marisantz, Bereterretxeren ama, semearen bila dabilela, harik eta Mauleko jauregian kondeak esaten dion arte non dagoen hilik?
- Zer ahalpaditan iradokitzen da emakume bat izan zela kausa? Argi geratzen da Margaritak Bereterretxe maite zuela? Azaldu.

XVI. MENDEKO AUTOREAK

BERNART ETXEPARE

Datu argirik ez dago, baina uste da XV. mendean jaio zela, Nafarroa Beherean, Garaziko eskualdean. Heriotza-dataz ez daukagu daturik. Badakigu 1518an, Donibane Garazi ondoko Eiheralarre herrixkako erretore edo parroko izan zela eta lehenago Donibane Garazin egon zela apaiz. Zenbait agirik frogatzen dutenez, Etxepare Donibane Garazin egon zen, 1516an, Joan II.a Nafarroako erregeak Gaztelako Fernando erregearen kontra Donibane setiatu zuenean. Poema batean azaltzen duenez, preso egon zen Biarnon, Nafarroako erregearen mende, ziur aski Gaztelako erregearen alde egin zuelako.

Bere poema-liburua, ***Linguae Vasconum Primitiae,*** Bordelen inprimatu zen, **1545ean.**

Errenazimentuko idazlea da Etxepare. Euskarazko lehen liburuaren egiletzat hartzen den arren, badakigu Iparraldean beste poeta batzuk ere bazirela Etxepareren garaian.

JARDUERAK

1. Irakurri arretaz Etxepareren bi poema hauek eta bilatu hiztegian ezagutzen ez dituzun hitzak.

Kontrapas

Garaziko herria
Benedika dadila
Euskarari eman dio
Behar duen tornuia.
Euskara, Euskara,
Jalgi hadi kanpora.
Bertze jendek uste zuten
Ezin eskriba zaiteien
Orai dute porogatu
Enganatu zirela.
Euskara, Euskara,
Jalgi hadi plazara.

Bertzeak orok izan dira
Bere goihen gradora
Orai hura iganen da
Bertze ororen gainera.
Euskara, Euskara,
Jalgi hadi dantzara.

Orai dano egon bahiz
Inprimitu bagerik
Hi engoitik ebiliren
Mundu guzietarik.
Euskara, Eukara,
Habil mundu guzira

Zer edo nor dira *Bertzeak orok?*

Sautrela

Euskara da kanpora eta goazen denok dantzara!

Oh Euskara lauda ezak Garaziko herria,
Zeren handik hartu baituk behar huen grazia.
Lehenago hi baihintzen hizkuntzarik azkena,
Orain berriz izango haiz guztietan lehena.

Etai **lelori bailelo leloa zarai leloa!**
Etai lelori bailelo leloa zarai leloa!
Euskara da kanpora eta goazen denok dantzara.

Zer da leloa?

Euskaldunak edonondik preziatu ziraden,
Baina haien mintzaeraz denak ziren burlatzen,
Inongo liburuetan eskribitzen ez baitzen;
Orain ikasiko dute nola gauza ona zen.

Etai lelori bailelo leloa zarai leloa!
...

Euskalduna den guztiak burua altza beza,
Gorenean ikusiko baitu bere hizkuntza ederra.
Printze eta jaun guztiek hura eskatzen dute,
Paperetan ikusita ikasi behar dute.

Etai lelori bailelo leloa zarai leloa!
...

Gogo hori konplitu du **Garaziko gizonak**
Eta **haren adiskide Bordelen dagoenak.**
Lehen inprimatzailea euskararen hura da;
Euskaldunak eskerturik aurkitu behar gara.

Nor dira bi pertsona horiek?

- Kantatzeko eta dantzarako sortuak dira poemok. Nola dakigu hori?
- Non dio ez dela ezer inprimatu euskaraz ordura arte?
- Bilatu poema hauek *Armiarma* atarian *Klasikoen gordailuan* (Armiarma.eus) eta konparatu hangoen eta hemengoen grafiak. Identifikatu gaur egungo grafia ez daukaten hitzak.

Artzain-nobelak

Europan, XVI. mendeko Errenazimentuan, nobela-azpigenero honetako lanak esanguratsu eta arrakastatsuak izan ziren. Esaterako, Jorge Montemayorren gaztelaniazko *Los siete libros de la Diana* (1559) Europa osoan itzuli eta imitatu zen.

Poemak eta kantuak

Maitasun-kontuak dira gai nagusia, baina badira erlijiozkoak, narratiboak, isekazkoak...

JARDUERAK

2. Hemen Lazarragaren artzain-nobelaren zatitxo bat duzu, oraingo grafiara ekarria. Irakurri eta saiatu informazio hau ateratzen: Nora joan dira Silbia eta Sirena? Nork jo du harpa? Zer eskatu dio Silberok Sirenari? Nola erantzun dio Sirenak?

JOANNES LEIZARRAGA

Beskoitzen jaio zen, 1506 aldera, eta Bastidan hil,1601ean. Haren bizitzaz gauza gutxi heldu da gaur egunera. Dirudienez, apaiz katolikoa izateari utzi eta protestante egin zen. Hala, ministro protestante kalbindarra zela, Bastidako parrokian jardun zuen 1567tik hil arte. Hiru itzulpen-liburu eman zituen argitara Leizarragak, hirurak 1571n:

— ***Iesus Christ gure Iaunaren Testamentu Berria.*** Biblia kalbindarraren itzulpena.
— ***Kalendrera.*** Pazkoa eta ilberriak noiz diren jakiteko egutegia.
— ***Abc edo Christinoen instructionea.*** Irakurtzen ikasteko jarraibideak eta dotrina.

Leizarragak, bere erara, **euskara batu** bat sortu zuen, lapurtera oinarri hartuz eta zubererarekin eta behe-nafarrerarekin osatuz. Hizkuntza jantzia darabil; izan ere, mailegu asko hartzen ditu latinetik eta greko klasikotik. Estiloa, hala ere, itxura zaharrekoa da, forma zaharrak erabiltzen dituelako.

JOAN PEREZ LAZARRAGA

Larrean jaio zen,1547an, eta 1605ean hil zen. Arabako Larreako dorreko jauna izan zen. Izan ere, arabar noblezia txikiko familia ezagun batekoa zen. *El poeta* izengoitia zuen.

Haren familia Oñatiko gebaratarren itzalean garatu zen, eta, gerora, Arabako lautadan finkatu zituen erroak.

Lazarragak idatzitako bi obra ezagutzen dira: Lazarragatarren kronika genealogiko bat, gaztelaniaz idatzia, eta literatura-lanen bilduma bat, ***Lazarragaren eskuizkribua.*** Bildumako testu gehienak euskaraz idatzita daude, baina badira gaztelaniazkoak ere.

Eskuizkribuak berrogeita hamaika orri ditu guztira, baina zenbait galdu egin dira. Testu nagusiak bi atal ditu: artzain-nobela bat, eta askotariko poema, kopla eta kantuen bilduma.

Lazarragaren artzain-nobelan Dianea, Sirena, Silbero, Silbia eta Doristeo dira nobelako pertsonaia nagusiak. Amodio nahasien istorioa kontatzen da: Silverok Sirena maite du, Sirenak Doristeo, Doristeok Silvia, eta Silviak Silvero.

Poema eta kantuetan, askotariko gaiak ageri dira eta zenbait ez dakigu idazleak sortuak ala herritik jasoak diren, moldez eta neurriz herrikoiak baitira.

Biaramun goxean joan zidin Silbia Sirena bisitazen eta osteango beste berbaen artean egion erregutu legiola konpania Silbero egoan aposentura joaten, eta Sirenak esan eusan eze asegin lebela, zeinzuk alkari eskuetarik eustela joan zirean Silberoen kamarara, nun sar zitezenean utra kortesmente Silberori berba egin eusaen, zeñak al egian kortesia eta mesura guztiaz saludadu zituan eta eskatu zidin arpa bat, zeña utra dulzero jaiten asi zan, manera onetan kantaetan ebela:

Donzellea, zegati zaoz
enegaz enojadurik,
zurekin ene aitasuna
orrela anzi jakinik?

Donzellatxo linda damea,
flordelisea zara zu;
ene penea dakusun gero
arren berba bat esazu.

Ekusirik Sirenak Silberoen platikea, artu eben Silberok eskuetan eukan arpea, zeña jaite ebela eranzun egion manera onetan:

Jentil honbre penadua,
enegaiti kautibua,
zure llantu dolorosook
emaiten deustae kontentua.

ANTSOKO ELSO

Idazle eta fraide nafar honek euskarazko lehen dotrina argitaratu zuen, 1561ean. Haren berri, ordea, beste idazle batzuen aipamenen bitartez izan dugu, ez baita liburuaren alerik inon gorde.

ESTEBAN GARIBAY ETA ZAMALLOA

Arrasaten jaio zen, 1533an, eta Madrilen hil, 1599an. Garibay, batez ere, historialaria eta errege-kronikaria izan zen. Ez da hark euskaraz eginiko testurik ezagutzen, baina esaera zaharren bilduma bat osatu zuen, 1592 aldera. Esaera horiek gehienbat bizkaierazkoak dira. Garibay, horrez gain, hizkuntzalari, etimologista eta filologo ere aritu zen, eta toponimia ikertu zuen.

Esteban Garibay eta Zamalloa

JUAN PEREZ BETOLAZA

Calahorrako elizbarrutiko apezpikuak aginduta, **Doctrina Christiana en Romance y Basquenze (Bilbo, 1596)** izeneko lana egin zuen. Bizkaieraz idatzia, literatura aldetik baliorik izan ez arren, erdaraz idatziriko dotrina baten euskarazko laburpen hau **bizkaieraz idatzitako lehen argitalpena** da, eta ezagutzen den zaharrena. **Antso de Elso** nafarrak beste bat egin zuen lehenago, 1561ean, baina ez da alerik aurkitu.

BERTRAND DE SAUGUIS

Zaldun higanota (Frantziako Eliza Erreformatu Protestanteko kideak izendatzeko hitza) izan zen, Zalgizeko gazteluan sortua. Oihenart idazle zuberotarrak eman zuen haren berri, eta soneto bat eskaini zion. **Esaera zaharren biltzailea** izan zen. **Olerkaria** ere izan omen zen, baina ez da haren olerkirik gorde.

JARDUERAK

3. Esteban Garibay gizon jakintsu eta jantzia izan zen. Ikertu haren bizitzari buruz:

Non egin zituen ikasketak?

Nongo alkate izan zen?

Zer lan idatzi zuen Gipuzkoako egoerari buruz?

Zer lan egin zuen historialari gisa?

Zer erregerentzat egin zuen lan? Zer lan mota?

4. Bilatu informazioa: Nola du izena Bertrand de Sauguisek argitaratutako lanak? Noizkoa da? Zeri buruzkoa? Bilatu lan horren lagin bat.

5. Irakurri esaera zaharrak eta azaldu zer esan nahi duten, zer egoeratan esan daitezkeen eta zer intentziorekin.

- *Gezurrak buztana labur.*
- *Villarreal de Urretxu, beti gerra darratzu.*
- *Anisko lo egiten duenak txiki ikasten du.*
- *San Simon eta Juda, negua heldu da.*
- *Usteak alde erdia ustel.*

XVII. MENDEA. IPARRALDEKO IDAZLEAK

Sarako eskola

Haien itzulpen, egokitzapen eta egile-lanak Ziburun, Donibane-Lohitzunen edo Saran garatu zituzten egile taldeari deritzo **Sarako eskola. Lapurtera klasiko** deritzona sortu zuten, Sara-Ziburuko hizkera baliatuz.

Sarako eskolako partaide dira, besteak beste, Materre, Pouvreau, Axular, Aranbillaga, Argainaratz, Haranburu, Harizmendi, Casabielhe, Klaberia, Hirigoiti, Tristan, Apeztegi, Gazteluzar eta Etxeberri Ziburukoa.

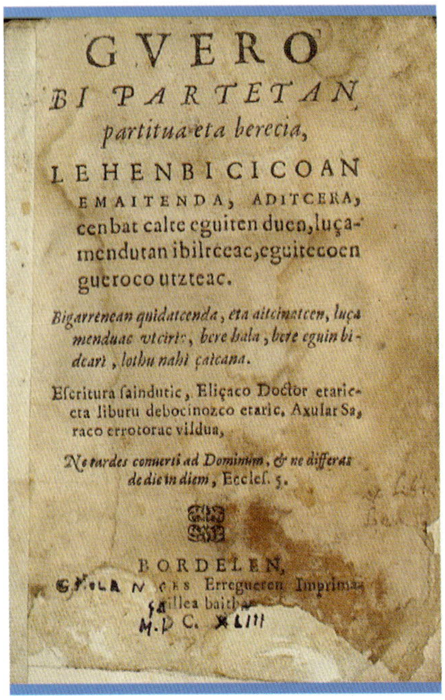
GVERO
BI PARTETAN
partitua eta berecia,
LEHENBICICOAN
EMAITENDA, ADITCERA,
cenbat calte eguiten duen, luçamendutan ibilceeac, eguiteecoen gueroco utzteac.
Bigarrenean quidatcenda, eta aitcinatcen, luçamenduac vtcirit, bere bala, bere eguin bidearí, lothu nahi çaicana.
Escritura saindutic, Eliçaco Doctor etaricceta liburu debocinozco etaric, Axular Saraco errotorac vildua,
Ne tardes conuerti ad Dominum, & ne differas de die in diem, Eccles. 5.
BORDELEN,
G. MILANGES Erregueren Imprimaçaillea baithan.
M.DC. XLIII

XVII. mendearen hasieran, euskara zen Iparraldeko komunikazio-hizkuntza nagusia. Latina, ordea, jakintzaren hizkuntza.

MEHATXU PROTESTANTEARI AURRE EGITEKO

1545etik 1563ra, Trentoko kontzilioa egin zuen Erromako Eliza Katolikoak, protestanteei aurre egiteko helburuarekin. Beste hainbat neurrirekin batera, katekesia eta kristau-trebakuntza eliztarren hizkuntzan ematea adostu zuten.

Horren ondorioz argitaratu ziren euskarazko lehen dotrina katolikoak; besteak beste, Materreren *Doctrina christiana,* 1617an.

Sarako eskolako guztien helburua kristau heziketa gizarteratzea zen, eta guztien gainetik bi nabarmendu ziren: Etxeberri Ziburukoa eta Axular.

JOANES ETXEBERRI ZIBURUKOA

Joannes Etxeberri Ziburun jaio zen, XVI. mendearen amaiera aldera. Ikasketak Jesusen Lagundiarekin egin zituen eta teologian doktoratu zen; gainera, bitxia badirudi ere, ontzigintzan aditua izan zen.

Hiru lan ergitaratu zituen: *Manual Devotionezcoa* (1637), *Noelac* (1631) eta *Eliçara erabiltceco liburua* (1636).

Goi-mailako idazlea izan zen, eta egoki moldatu zituen bere testu guztiak. Hizkera naturala zerabilen, nahiz eta hiperbatonerako joera (hitzen ordena naturala aldatzekoa) zuen. Oso jakintsua zen eta bikain ematen zituen argudioak eta azalpenak.

AXULAR

Pedro Dagerre Azpilkueta 1556an jaio zen, Nafarroa Garaiko Urdazubiko «Axular» baserrian. Handik datorkio izena.

Herriko monasterioan ikasi ondoren, Iruñean Teologia ikasi zuen, eta Lleidan eta Salamancan Gizarte Zientziak, Erretorika eta Filosofia. 1600ean, Sarako parroko izendatu zuten.

Axularrek idatzitako liburua, ***Gero*** (1643), euskal literaturako garrantzitsuenetako bat da eta testu klasikoetan irakurriena.

Erlijio-liburua da eta aszetika lantzen du, baina fededun arruntari zuzenduta dago, bizitza artezten laguntzeko. Ehunka aipu darabiltza bere tesiak indartzeko.

Idazkera oso orekatua da: argudiaketa argitasunez eta maisutasunez garatzen du, sinonimoak, antonimoak, analogiak, adibideak eta narrazioak tartekatuz. Axularrek hasieratik hausnarrarazi nahi dio hartzaileari nagikeriaren kalteez eta lan egitearen onuraz.

JARDUERAK

1. Irakurri *Gero* liburuaren izenburu osoa eta esan non ikusten den denbora dela gai nagusia. Zein dira hitz gakoak? Arrazoi duela uste duzu?

ZUBERERA LITERARIOAREN SORRERA

Sarako Eskola eratu zuten idazleez gain, Zuberoan bi idazle garrantzitsu aritu ziren: **Arnaud Oihenart** eta **Joan Tartas.**

TARTAS

Joan Tartas Sohütan jaio zen, Zuberoan. Arüeko eta Atharratzeko parrokoa izan zen. Prosa aszetikoko bi liburu argitaratu zituen: ***Onsa hilceco bidia,*** 1666an, eta ***Arima penitentaren occupatione devotac,*** 1672an. Zubereraz idatzita daude, nahiz eta Tartasek hauxe esan:

«Ene euscara, eta lengagia eztaquit aprobatia içanen denéz, bai, ala ez, badu orotaric çerbait, çuberoak, bassanauarrec, eta lapurdic eman drauco çerbait, baina ez oro».

Onsa hilceco bidia liburua heriotzari buruzko hausnarketa-liburua da. Idazleak elkarrizketa bat hasten du irakurlearekin, eta paradisura iristeko bidea irakasten dio.

OIHENART

Arnaud Oihenart Mauleko familia burges batean jaio zen, 1592an. Zuberoako pertsonaia politiko garrantzitsuenetako bat izan zen, Donapaleu eta Maule inguruetan artean protestantismoa nabarmena zela. Errege-abokatua izateaz gain, XVII. mendeko Frantziako historialari nagusienetako bat eta Ipar Euskal Herriko politikari garrantzitsuenetako bat izan zen.

Oihenartek atsotitzen bi edizio elebidun (euskara/frantsesa) argitaratu zituen: lehena ***Atsotizac edo refrauac, Prouerbes, ou Adages Basques. Recueillis par le Sieur d'Oihenart*** (Paris, 1657) poemekin batera argitaratu zen. Bigarrena, ***Atsotizen Vrhenquina. Supplement des proverbes basques*** izenekoa (Paue, 1665), bestearen eranskin gisa. Oihenartek idatziriko atsotitzetako batzuk Bizkaikoak dira jatorriz. Garibayren atsotitzak ezagutuko zituela uste da, edo *Refranes y Sentencias* (1596).

JARDUERAK

2. Jarri gaurko grafian Tartasek bere idazkerari buruz esaten duena.

Zer osagai ditu bere euskarak? Bere ere herriko euskara erabiltzeaz gain, zein beste euskaratan oinarritu zen?

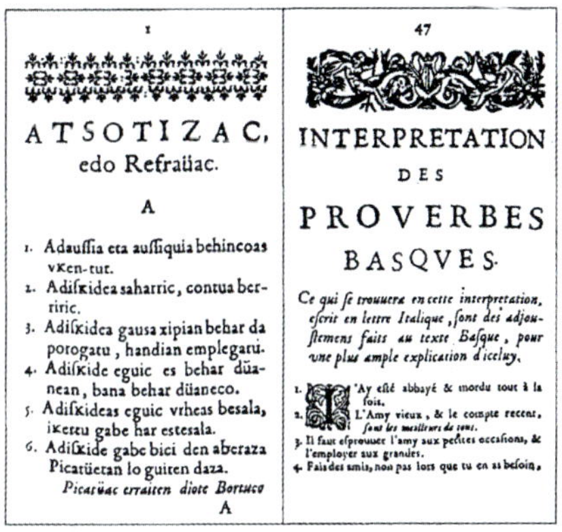

1

ATSOTIZAC, edo Refraüac.

A

1. Adauſſia eta auſſiquia behincoas vkentut.
2. Adiſkidea saharric, contua berriric.
3. Adiſkidea gausa xipian behar da porogatu, handian emplegatu.
4. Adiſkide eguic es behar düanean, bana behar düaneco.
5. Adiſkideas eguic vrheas besala, iketeu gabe har estesala.
6. Adiſkide gabe bici den aberaza Picatüetan lo guiten daza.

Picatüac erraiten diote Bortuco

A

47

INTERPRETATION DES PROVERBES BASQVES.

Ce qui se trouuera en cette interpretation, escrit en lettre Italique, sont des adjoustemens faits au texte Basque, pour une plus ample explication d'iceluy.

1. I'Ay esté abbayé & mordu tout à la fois.
2. L'Amy vieux, & le compte recent, *sont les meilleurs de tous.*
3. Il faut esprouuer l'amy aux petites occasions, & l'employer aux grandes.
4. Fais des amis, non pas lors que tu en as besoin,

Mende honetan Zuberoako idazleek literaturarako erabili zuten euskarari **Zuberera literarioa** deritzo.

JARDUERAK

3. Egin Oihenarten lan literarioaren laburpen eskematizatua. Gero irakurri haren bertso edo neurtitzak, eta erantzun galderei. Bertsio hau euskara batura ekarritakoa da.

III. Argia deritzonari (lehen 3 ahapaldiak)

Gaurik, egunik
Ez dinat onik,
Hirekin ez banaiz Argia:
Hirekin ez banaiz
Itsu hutsa naiz,
Zeren baihaiz ene argia.

Hirekin aldiz,
Bederaka aldiz,
Bazter lekutan baturik,
Nonbait banago,
Non pozago,
Ezen Errege gertaturik.

Lagun-artean,
Hel nadinean,
Eleketan, erogoan,
Ez naun dostatzen,
Ez naun mintzatzen,
Hi beti, beti, haut gogoan. [...]

bederaka aldiz: aldi bakoitzean

eleketan: hizketan

erogoa: txorakeria

dostatu: jostatu, dibertitu

1. Zer gertatzen zaio idazleari?
2. Zer esan nahi du «ene argia» esaten duenean?
3. Zer metrika darabil?
4. «Argia» eta «argia» darabiltza ointzat. Bertsogintzaren arauak kontuan izanda, poto egin duela esango zenuke?

21 XVIII. MENDEA. ILUSTRAZIOA

Ilustrazioa Europan XVII. eta XVIII. mendeen artean garatu zen mugimendu kultural eta intelektuala da. Frantzian sortu zen, eta Alemanian, Espainian, Erresuma Batuan eta Estatu Batuetan hedatu zen. Euskal Herrian ***Euskalerriaren Adiskideen Elkartea*** izan zen garai hartako emaitzarik nabarmenena.

XVIII. mendearen bigarren zatian (1764) sortu zen Azkoitian, Gipuzkoan, ***Euskal Herriaren Adiskideen Elkartea.*** Frantzisko Xabier Maria Munibe Idiakez, **Peñafloridako kondea**k zuzentzen zuen elkarte horren bidez sartu ziren ideia berriak Hego Euskal Herrian. Elkartearen helburu nagusia jakintza eta kultura suspertzea zen.

XVIII. mendean, Durangon, ogibidez zilargile ziren bi anaia, Antonio (1757-1834) eta Juan Cruz (1760-1831), **«Plateruak»,** oso famatuak izan ziren. Bata kopla-egile eta soinulari bikaina zen eta bestea, dantzari trebea. Herriz herri eta jairik jai ibiltzen ziren beren txiste, bertso, musika eta dantzez plazako kultura herrikoia alaitzen.

Europan, besteak beste, Montesquieu, Rousseau, Voltaire eta Kant pentsalariak izan ziren Ilustrazioaren ideien sustatzaileak.

Ilustrazioak auzitan jarri zituen ordura arteko egitura politikoak eta balio-sistema tradizionala (erlijioa, monarkia absolutua, zientziak, etab.). Berez, ez zen iraultzarako tresna bat. Legearen bidez finkatutako pribilegio eta desberdintasunen aurka zegoen, baina desberdintasun ekonomikoak onartzen zituen.

Ilustrazioak, egia ezagutzeko, **arrazoia erabiltzea** aldarrikatzen du. **Erlijio-tolerantziaren aldeko jarrera** du: erlijioak ez dira erabili behar mundua azaltzeko; horretarako, arrazoia erabili behar da. Ilustrazioak beharrezkoa ikusten du **jarduera produktiboak bultzatzea,** pertsonen bizimodua hobetzeko eta zoriona bilatzeko bitartekoak direlako. **Hezkuntzaren garrantzian sinesten du,** arrazoiaren erabilera hedatzeko eta jakintza zabaltzeko.

Garai hartan latina zen jakintza-hizkuntza nagusia Euskal Herrian. Hala ere, Iparraldean frantsesa eta Hegoaldean gaztelania indarra hartzen hasi ziren.

- **Iparraldean** hiritar gehienen oinarrizko eskolatzea Eliza Katolikoaren eskuetan zegoen eta euskaraz egiten zen. Frantsesa, ordea, gero eta indartsuagoa bilakatu zen, batez ere mendearen bigarren partean, boteretsuak eta eskola horretara jarri zirenean. Esate baterako, Martin Harriet Haltsuko notarioak gramatika bat egin zuen euskaraz, baina frantsesa irakasteko.
- **Hegoaldean** gaztelera Iparraldean frantsesa baino lehenago sartu zen, XVI eta XVII. mendeetan. Euskaldun ikasiek gaztelera izan zuten letra-hizkuntza. Horregatik, dotrina elebidunak izan ezik, ez zen argitaratu liburu bat ere euskaraz bakarrik zekitenentzat.

Hala, euskara jakintzaren bidetik kanpo gelditu zen, baita gogoeta edo plazer literatura landuaren eremutik ere. Legez ere, eskolan debekatua eta zigortua zen eta irakaskuntzan euskara sartzeko ahalegin gutxi egin zituzten euskal ilustratuek.

JARDUERAK

1. Irakurri Durangoko plateruek sortutako Gabon-kanta. Ezaguna egiten zaizu atalen bat?
2. Garai hartan, eskoletan **eraztuna** erabiltzen zen. Ikertu zer eta zertarako zen.

Gabonetaco canta

1. Ardi zain devoto bi
amodio andijas
Jesusengana duas
janari gustijas
batac darua esnia
bestiac estija
aurra consolatzeco
biardan guztija.

2. Artuic pichar bete ardo
da guacen arin echera
gabon gaba celebratzeco
aitaren da amaren onduan.
Icusi oc aita barreca
ama bere chit contentus
baita neuc bere celango
traguac
lenengo esanda Jesus
visigu errien assurac
ondo chupauco degus.

3. **Eraguijoc mutil**
eraguijoc mutil
sirrin sarran
sirrin sarran
aurreco tamboliñori
gastañac eguin artian
gastañac eguin artian
sipli sapla
sipli sapla
plist plast
plist plast **pum**
gabon gaba celebratu
dezagun.

Aurreko mendean Iparraldean sortutako idazle taldeak ez zuen segidarik izan XVIII. mendean. Dena den, garrantzi handia izan zuen **Joannes Etxeberri Sarakoak.**

JOANNES ETXEBERRI SARAKOA

(Sara, 1668 - Azkoitia, 1749) Euskal literaturako bigarren idazle laikoa da. Pauen ikasi zuen, jesuitekin, eta ondoren medikuntza-ikasketak egin zituen. Haren obra gehienak ez dira ezagutu, oraintsu Zarauzko frantziskotarren liburutegian aurkitu ziren arte.

Etxeberri Sarakoak **lapurteraz** idatzi zuen. Hauek dira lan garrantzitsuenak:

— ***Lau-Urdiri gomendiozco carta edo guthuna*** **(1718).**

— ***Escual herriari eta escualdun guztiei euscuarazco hatsapenac latin ikasteko*** **(1712).**

— ***Diccionario cuatrilingüe*** **(1712).**

— ***Gazteriari*** **(1718).**

Sarako Etxeberriren prosa, oro har, prosa atsegina, dotorea eta irakurterraza da. Hizkuntza batu baten kezka ageri zuen eta euskara batu hori sortzeko Axular proposatzen du eredutzat. Irakaskuntzaren maila jasotzearen alde egin eta hezkuntzaren premia aldarrikatu zuen.

ANTZERKIA

Jakin badakigu Iparraldean betidanik izan dela antzerki-tradizioa (pastoralak, xaribariak...); Hegoaldean, aldiz, ez da gorde herri-antzerkiaren erakusgarririk. Hala ere, XVIII. mendean, antzerkigintza lehen urratsak egiten hasi zen, bi autore hauen eskutik:

Pedro Ignazio Barrutia

(Aramaio, 1682- Arrasate,1759) Lan bakarra ezagutzen dugu, ***Acto para la Nochebuena*** edo ***Gabonetako ikuskizuna,*** baina literatura-balio handikoa. Erlijo-antzerkia da, originala, antzerki klasikoaren osagaiak beste era batera tratatzeagatik. Zati bat Arrasaten gertatzen da eta bestea Betleemen.

Xabier Maria Munibe Idiakez, Peñafloridako kondea

(Azkoitia, 1723 - Bergara, 1728) zientzia gizona izan zen nagusiki, baina politikaria eta idazlea ere izan zen.

Ekarpen asko egin zituen Munibek, eta orain dramatikaren arloko lan bat aipatuko dugu: ***El borracho burlado,*** opera barregarria, 1764koa. Bergaran antzeztu zen. Elkarrizketak gaztelaniaz dira eta abestiak euskaraz.

JARDUERAK

3. Etxeberri Sarakoaren lanen helburua euskara eta jakintza bultzatzea zen. Ikertu haren lau lan garrantzitsuenei buruz: zer motatako obrak diren, zeri buruzkoak, zer hizkuntzatan, nori zuzenduak... Gaur egun balioko ligukete? Hausnartu.
4. Bilatu Pedro Ignazio Barrutiaren bizitzari buruzko datuak.
5. Irakurri *El borracho burlado* operaren atala. Zer gertatu ote zaio Txanton Garroteri horrela sentitzeko?

   Nori hitz egiten dio Txanton garrotek hirugarren bertsoan? Zein pertsona-izenordain erabiltzen du hari zuzentzeko? Zergatik?

EL BORRACHO BURLADO

Scena primera

Txanton Garrote con un jarro de vino en la mano cantando la siguiente

Canzoneta

Ai niri zer egin ote zat?
Oñez ibilten aztu zat.
Burua jaso ezin det.
Lurra ediro ezin det.
Triste dut biotza guztiz:
Edan dezadan, ea, berriz.

Mirando al jarro y acariciándole.

Edari eztitsu gozoa.
Zerutik jatsitakoa.
Zenbat eta ondorago.
Anbait aiz gozoago!
Jainkoak bedinka azala.
Nik bedinkatze andan bezala!

Lo mermo que en la copla antecedente.

Jarro onetan i ekustean.
Poz artzen det biotzean:
Emen begiraturik
Banaukak txoraturik.
Zer egingo ez dek barrunen?
Sar akit bada, arren, len bait len.

Bebe. Representa.

¿Si habrá desollado ya
El cernícalo de anoche
Mi amigo Martín?... ¡Hola!
¡Martín... Martinico... oles!
¡Ah el de como qué tienes!
No me oye, no responde;
Durmiendo debe de estar
Como un lechón este pobre;
Mas ya no puede tardar
En bajar. Mientras asome.
Túmbome en este rincón.

Tiéndese en un rincón del tablado, y, viendo entrar en él a su mujer, dice:

¿Quién vendrá aquí?

Conócela.

¡Ah, Dios! ¡Pillóme!

ZUBEROAKO PASTORALAK

Iparraldean antzeki tradizio aberatsa dago: pastoralak, maskaradak, xaribariak... **Pastorala** pertsona ezagun baten bizitzan oinarritzen den antzerki mota bat da, XVIII. mendean indartsu zegoena. Ezaugarri bereziak ditu: plazan edo frontoiak egiten da, oholtza handi batean; pertsonaiek janzkera bereziak dituzte, desfileak egiten dira, dantzak, gerrak; kantuz, errezitatuz eta esanez interpretatzen da; orkestra batek jotzen du musika eta euskaraz izaten da nagusiki.

XVIII. mendeko pastoraletako pertsonaiak Frantziako Erdi Aroko errege eta enperadoreak dira nagusiki. Esate baterako, *Sainte Elisabeth de Portugal, Jean de Paris, Richard de Normandie, Clovis, Hélène de Constantinople, Oedipe* edo *La Jérusalem délivrée.*

Partiada Tristea Ternuarat
(gaurko grafian)

Partitzean Ternuarat
Untzia prest da belarat
Berga haut da arradan
Denbora onaren paradan.

Xuri garbi, zeru gaina,
Itsasoak eder maina,
Haize ona belarako,
Denbora ona partitzeko.

Untzitik artileria,
Athean mandataria,
Enbargadi marinela,
Untziak dagien bela.

Partitzen da marinela,
Bihotzean triste dela,
Gomendatzen Jainkoari,
Adios dio mainadari.
Adios aita, adios ama,
Behar handiak narama,
Neure burhaso zaharrak,
Zuen hazteko beharrak.
Adios, neure emaztea,
Esposa maite gaztea,
Tristea dut partiada,
Sekulakotz behar bada.
Alabainan goan behar naiz,
Munduan biziko banaiz,
Nik behar dut irabazi,
Neurekin mainada hazi.

Bizi beharrez bizia,
Benturatzen dut guzia,
Bizi ustean hiltzera,
Banoha hirriskatzera.

Itsasoak nau bizitzen,
Hark berak nau ni izitzen,
Bizi beharra emanen,
Gero berak eramanen.
Adio, neure haur xumeak,
Seme, alaba, maiteak,
Galtzen baduzue aita,
Ama alarguna maitha.

moldatua

POESIA

XVIII. mendean erlijio-poesia ere landu zen. **Agustin Basterretxea** jesuitak (1700-1761) arrakasta handiko olerkiak idatzi zituen bizkaieraz. Ipar Euskal Herrian, egile ezagunik gabeko hainbat lan daude; esaterako, ***Othoitce eta Cantica Espiritualac Çubero Herrico*** (1734), zubereraz idatzia eta ***Cantica espiritualac*** (Baiona,1763), lapurteraz idatzia. Biek hainbat eta hainbat edizio izan zituzten eta gaur egun oraindik abestu egiten dira Euskal Herriko elizetan.

HERRI-KANTUTEGIA

Euskal kantutegiari buruzko ikerketei esker dakigu Pierre Jean Garat (Uztaritze,1762 - Paris,1823) kantariak euskal abestiak abestu zituela Maria Antonieta Frantziako erreginaren gortean; hala nola *Aitarik ez dut* eta *Mendian zoin den eder.* Lirika-lan haietan izarra, lilia, usoa eta usapala dira irudi erabilienetakoak.

Garai hartan, Hegoaldean, Jesusen Konpainiako **Anaia Gamiz** arabarraren ***Dabiltzentxoak*** segidillak dira amodio-bertso aipagarrienak. Horiez gain, ***Bertso zahar eta berri zenbaiten bilduma*** (1798) eskuizkribuan, itsasoaren arriskua eta Ternuara bakailaotara joateko bidaiaren arriskua gogora dakarten konposizioak daude, besteak beste.

JARDUERAK

6. Bilatu XVIII. mendean antzeztu ziren pastoralen izenak eta herriak. Talde handian banatu izenak eta ikertu nor ziren pertsonaia haiek.
7. Aukeratu elizako kantu ezagun bat. Ikertu nork sortua den.
8. Bilatu eta entzun Garatek Maria Antonietari kantatutako abestietako bat.
9. Irakurri Partiada tristea Ternuarat eta talde txikian saiatu ulertzen. Zer sentimendu izango dituzte ontzian doanak eta senideek? Badago egoera horren parekorik gaur egun?
10. XVIII. mendean garrantzi handikoa izan zen Zuberoan, **Beñat Mardo.** Ikertu nor izan zen eta ikasi gaur egunera arte heldu den haren lan bat.

XIX. MENDEA. ERROMANTIZISMOA

Erromantizismoak ez zuen soilik filosofian edota literaturan eragin, bizitzako arlo askotan ere izan zuen eragina: janzteko eran, dekorazioan... Baudelaire poeta frantziarraren esanetan «bizitzeko era bat» zen.

Maitasuna da erromantikoek literaturan gehien erabili zuten gaia. Erromantikoek sexuen berdintasunean eta batasunean sinesten zuten. Era berean, sexua eta maitasuna batzeko ahaleginak egin zituzten, Euskal literaturan honako hauetan nabari dira, besteak beste, erromantizismoaren ezaugarriak: P. Topet *Etxahun,* J. B. Elizanbururen, Agosti Xaho, I. Bizkarrondo *Bilintx,* J. M. Iparragirre eta F. Arrese Beitia. Lore jokoek ere erromantizismoaren ezaugarriak ditzute.

XIX. mendean, Iraultza Frantzesa (1789-1799) bukatu berri zegoen, eta haren ondorioz egoera ekonomikoa oso latza zen Ipar Euskal Herrian.

Politika zentralizatu egin zen eta Iparraldeak bere erabakiak hartzeko ahalmena galdu zuen hein batean. Herriak hustu egin ziren, herritarrek lan bila emigratu zutelako Frantzia aldera. Turismoa izan zen aurrera egiten hasi zen jarduera ekonomiko bakarra.

Kulturaren eta artearen arloan, nabarmentzekoa da erromantizismoa Europa osoan zabaldu zela. Erromantizismoaren ezaugarriak honako hauek dira:

— Klasizismoaren eta XVIII. mendeko arrazionalismoaren kontrako jarrera.

— Autore eta pentsalariek historian bilatzen zituzten beren galderen erantzunak.

— Balio handia ematen zaie, besteak beste, dinamismoari, irudimenari, indibidualismoari, askatasunari eta exotikotasunari.

Musée Carnavalet.

Hegoaldean, XIX. mendea gerra garaia izan zen: Espainiako Independentzia Gerra 1808tik 1813ra, Lehenengo Karlistadak 1833tik 1839ra eta Bigarren Karlistadak 1872tik 1876ra gertatu ziren. Gainera, Foruak galdu ziren eta industrializazioa areagotu zen. Horren ondorioz, abertzaletasuna edo nazionalismoa piztu zen. Kultura arloak beraz, geratera horien guztien eragina pairatu zuen.

Carmen (1845), Prosper Mériméeren nobelan oinarritutako opera (1875).

JARDUERAK

1. Bilatu informazioa XIX. mendean garrantzistuak izan ziren gertakari hauei buruz:

- Karlistadak
- Foruak
- Lore jokoak

XIX. endeko giro nahasian euskal literaturak eman zituen zenbait izen ikusiko ditugu jarraian.

P. TOPET «ETXAHUN»

[Barkoxe (Zuberoa), 1786-1862]. "Bizitza literarioa" izan zuen, eta eragin handia izan zuen bere obran. Izan ere, haren bertsoak autobiografikoak dira maiz. Etxahunen bertsoetan tonu tristea hautematen da, baina hipokresiaren eta bidegabekeriaren salaketa egiteko ironia zorrotza erabiltzen du. Etxahunen lana bertsolaritztaik oso gertu dago, kantatzeko sortutako lana da.

Bertso autobiografikoak dira, esate baterako, ***Urxapal bat, Mundian malerüsik, Bi berstet dolorüsik, Etxahunen bizitzaren khantoria*** eta ***Ahaide delezius huntan.*** Bertso satirikotzat ditugu, besteak beste, ***Ofizialarenak, Gaztalondo handian, Bi ahizpak, Maria Solt eta Kastero, Barkoxeko eliza*** eta ***Musde Tiraz.***

HIZTEGIA

oküpü: haurdun
agitü: gertatu
arrapostü: erantzun
bürhauti: madarikatu

Maria Solt eta Kastero

Maria Solt eta Kastero
Bi amoros zahar bero.
Hirurogei-hamarna urtetan
Hartü die amorio
Kastero jelostü gero
Maria Solt ezarri kanpo.

Maria Solt dia nigarrez
Izorra dela beldürrez.
Barnets-Bordako anderiak
Kontsolatü du elez
Emazte zaharrik **oküpü**
Agitzen eztela ez.

Maria Soltek **arrapostü**
Santa Elisabet badüzü.
Santu zahar bateganik
Oküpü **agitü** düzü
Kastero ere bada saintü,
Hala nizan beldür nüzü.

Kastero eztüzü saintü
Sobera **bürhauti** düzü.
Elizalat juan eta
Tabarnan egoiten düzü
Kastero denegatik saintü
Maria Solt antzü zira zü.

INDALEZIO BIZKARRONDO *BILINTX*

(Donostia 1831-1876) Erromantizismoaren estetika presente dago Bilintxen poesian eta emakumearen irudi idealizatua landu zuen nagusiki. Maitausnezko poema asko dauzka, baina bertsolarien berezko umorea eta satirarako, hots, kritika umoretsurako joera ez zuen inoiz baztertu. Bilintxen lanetan Donostiako euskara urbano zaharra erakusten da.

JARDUERAK

2. Etxahunek bizimodu gorabeheratsua izan zuen. Bilatu haren berri eta osatu biografia bat.
3. Irakurri Etxahunen Maria Solt eta Kastero, eta aztertu gaia eta metrika. Zer da nagusi bertso hauetan, Etxahunen tristura ala ironia?
   — Talde txikian saiatu testua ulertzen. Bilatu abestia. Nork kantatzen du gaur egun?
4. Bilintxek ere bizipen latzak izan zituen. Bilatu eta jaso idatziz.
5. Hona hemen Bilintxen bertso ezagun batzuk. Zer kontatzen dute?

Behin batean Loiolan

Behin batean Loiolan
erromeria zan,
hantxen ikusi nuen
neskatxa bat plazan;
txoria baino ere
arinago dantzan;
huraxe bai polita,
han politik bazan!
Esan nion desio
senti nuen gisan,
harekin hizketa bat
nahi nuela izan;
erantzun zidan ezik
atsegin har nezan,
adituko zidala
zer nahi nion esan.
Arkitu ginanian
inor gabe jiran,
koloriak gorritu
arazi zizkidan;
kontatuko dizuet
guztia segidan,
zer esan nion eta
nola erantzun zidan.
«Dama polita zera,
polita guztiz, ai!
baina halare zaude
oraindik ezkongai,
ezkon gaitezen biok!
esan zaidazu bai!»
«Ni zurekin ezkondu?
ni zurekin? jai jai!»

JOSE MARIA IPARRAGIRRE

(Urretxu 1820-Itsaso 1921). 1834. urtean, karlisten gudari talde batean sartu zen, Karlistada amaitu arte. Gero, Frantzian, Italian, Suitzan, Ingalaterran eta Alemanian ibili zen abeslari. 1851n Madrilera joan zen. Hantxe abestu zuen lehen aldiz, San Luis kafetegian, Juan Maria Blas Altuna piano-jotzailearekin batera, bezperan konposaturiko Gernikako Arbola. Abesti horri esker euskaldunen maitasuna eta gobernu espainiarraren mesfidantza irabazi zituen.

Horrela, bada, atzerriratu egin zuten eta ameriketan eman zituen hainbat urte, harik eta 1878. urtean itzuli zen arte. Iparragirre mito bihurtu zen eta haren abestiak oso ospetsuak izan ziren, eta dira; esate baterako, *Gazte gaztetandikan; Ezkongaietan; Gernikako arbola; Glu, glu, glu, glu!; Gora Euskera; Hara nun diran; Zibilak esan naute.*

Jose Maria Iparragirre.

FELIPE ARRESE BEITIA

(Otxandio 1841-1906). Felipe Arrese Beitia oso ezaguna eta maitatua izan zen hegoaldean egin ziren lehen Lore Jokoetan (Elizondo, 1879) lehenengo saria eskuratu zuenetik. *Ama euskeriari azken agurrak* poema izan zen saritua. Lehiaketetan ez ezik, garaiko aldizkari gehienetan parte hartu zuen. Erromantizismoaren ezaugarri asko zituen; esaterako, ahozko literaturako neurriak erabiltzea. Estilo-baliabide ugari erabiltzen zituen, hizkera aberatsa (bizkaieraz idazten zuen) eta abertzaletasuna eta erlijioa ziren gai nagusiak. Iruñako Euskara aldizkariarentzat hainbat idazki egin zuen. 1874an, Diccionario y Manual Bascongado y Castellano y Elementos de Gramática argitaratu zuen.

Neure bihotzeko Amatxo zaharra.
Antxinako ama Euskera,
Seme leial bat orain **datortzu**
Azken agurra emotera;
Hainbeste gerra **goitu** ezinda
Danori atsotu zara
Zaurien zauriz galdu galduta,
Amatxo, zuaz, hiltera. [...]

Zorioneko harkaitzak eta
Zorioneko mendiak,
Orain artian zuek **zare** izen
Foruen gordelariak;
Zuek goietan beti euskeldun,
Ez halan **beheian** herriak
Horra zer gero ekarri **deuskun**
Azkenean erderiak.

F. Arrese Beitia

HIZTEGIA

datortzu: datorkizu
goitu: garaitu
zare: zarete
beheian: behean
deusku: digu

Felipe Arrese Beitia.

JARDUERAK

6. Bilatu Iparragirreren abestiak, aukeratu bat eta ikasi. Azaldu zergatik aukeratu duzun.

7. Irakurri F. Arrese Beitiaren olerkiak. "ama" esaten dio. Zer baliabide erabili du?
   - Zer euskalkitan daude idatzita bertso hauek?
   - Haren mezuak gaur egunerako balio du?

8. XIX. mendearen hasieran sortu zen Agosti Xaho, kazetaritza modernoaren antzindarietako bat. Ikertu.
   - Zer kazeta sortu zuen?
   - Zer da Aitorren elezaharra?

XIX. MENDEA: NOBELA. ALEGIAK. ANTZERKIA

Peru Abarka eleberri itxurako lehen euskal idazlana dela uste da. Mogelek 1802 aldera idatzi zuen, baina 1881 urtera arte ez zen inprimatu liburu formatuan, **korrejidoreak** ez baitzuen argitaratzeko baimenik eman. Aurreko urtean, Bilboko Beti Bat aldizkari karlistan argitaratu zen atalka.

XIX. mendean, Euskal Herrian, Europan bezala, **herria** izan zen literaturaren iturria, eta egileen eta lanen kopurua areagotzen hasi zen. Testuinguru horretan sortu ziren euskarazko nobelagintzaren aurrekariak.

JOAN ANTONIO MOGEL

Eibarren jaio zen, 1745ean, eta Markinan hil, 1804an. Oñatiko Unibertsitatean Filosofia eta Teologia ikasi ostean, 1788tik aurrera, Markinako erretorea izan zen.

Joan Antonioren aita, Joan Ignazio Mogel, medikua izan zen, Euskal Herriaren Adiskideen Elkarteko kidea. Hori dela eta, harremana izan zuen Peñafloridako kondearekin eta Samaniegorekin, besteak beste. Hala, letrekiko zaletasun handia garatu zuen eta familian ere erein zuen, haren ilobak, Bizenta eta Joan Jose ere idazleak izan baitziren.

Joan Antonio Mogelek ***Peru Abarka*** idatzi zuen.

*Peru Abarka*n, euskal kulturari buruzko lan etnografikoa egin zuen Mogelek, euskal bertute guztien jabe den baserritarraren eta harroputz ezjakina den bizargile kaletarraren elkarrizketen eta bizipenen bidez. Baserri munduko lanbideak, lanabesak, animaliak, landare eta zuhaitzak... azaltzen dizkio Peru Abarkak Maisu Juan lagunari, eta txundituta uzten du bere jakinduriarekin.

Liburuaren helburua euskal hizkuntzaren eta kulturaren apologia egitea zen, baina modu didaktikoan.

Hiztegi oparoa jaso zuen Peru Abarkan Mogelek eta gaur egungo bizitza modernoan erabiltzen ez diren hitz asko aurkitu daitezke bertan.

Egitura aldetik, elkarrizketaz osatutako kontaketa bat da. Euskara aldetik herrian —Markinan— hitz egiten zen bezalaxe idatzi zuen Mogelek, bitxikeria fonetiko guztiekin.

Hona hemen atal bat gaurko grafian:

JARDUERAK

1. Nor da korrejidorea? Zer funtzio du?
2. Irakurri berriz ere Peru Abarka liburuaren pasartea. Eleberria dela iruditzen zaizu? Zer egitura izaten dute eleberriek?

   Ikertu zer egitura duen Peru Abarkak.

PERU: Egun on, Maisu Juan. Ondo lo egin dozu?

MAISU JUAN: Nor da or?

PERU: Neu; jagiteko orduba da.

MAISU JUAN: Ze ordu da bada?

PERU: Gesi baten zortzirak.

MAISU JUAN: Ez nire gorputzeko erlojuban. Lo gozo gozuan nenguan, ta lo batek iraun deust etzun nintzaneti ona. Oraintxe bere ezin edegi ditut neure begijak. Zelan urten oe onetati?

PERU: Zer dauka oe orrek?

MAISU JUAN: Eztauka erregek ez bigunagorik, ez obagorik. Sartu nintzanian egin neban luma artian toki eder bat; eztot jira bat egin gau guztian.

PERU: Amar orduko lua egin dozu beraz, bada etzun zinian bart amarretarunz.

MAISU JUAN: Nundi dakizu emen ze ordu dan erlojurik ezpadago, enzuten bere ezpada elessakua?

PERU: Baserrijetan daukaguz igargarri asko egunez ta gabaz, ta zuzenago gabilz gu ordubetan, erri barrubetakoak baño.

MAISU JUAN: Beraz jagi biar dot. O ze nagi nasan! Bentako imitxa guztijak bere ez nenduben iratzartuko. O ze beste gaba, atzokua ta gaurkoa! Ze eguraldi modu dago?

PERU: Txito ederra; eztago odeirik, bai eguzki ederra; lei apur bat jausi da, baña ez esatekorik, ez kalte egin leikianik?

MAISU JUAN: Nos jagi zinian bada zeu?

PERU: Goisabar, edo egun usaiñagaz batera; ta belu neritxon beste egunetakuen aldian. Nok egon biar dau eguzkijaren pekuan legez oetik urteko? Olluak karkarassaz astiaz batian, jagiten nas beluben dala. Ollarraren azkenengo soñubaz ingiratuten dira nire mutillak, ta jagiten dira gaberdirunz geure bei, idi edo txaalai begiratutera, gero oera biurtuko badira bere. Eztakigu emen alperrerija zer dan; ez eguna gau egiten, errijetan askok legez. Etzinian bart etzun nire pentzudaan, edo nik iratzartuko zendudazalako uste osuan? Ez ginian alan itundu?

MAISU JUAN: Bai Peru; baña badakizu ez dala bardin gabeko jagiguria, ta goissekua.

PERU: Daukagu gaur zer ibilli, ta zer ikusi asko, ta alan ingira zaite.

MAISU JUAN: Ekartzuz bada neure erropok, ta parkatu satisfazinoia. Besua aterateko bere nagi nas.

ALEGIAK

Genero honek gizarteari moral bat irakastea du helburu. Inguruko herrialdeetan alegialariak XVIII. mendean ugaritu ziren; Euskal Herrian, ordea, XIX. mendean. Mogeldarrekin hasi, eta, gero, beste hainbat egile izan ziren: Iturriaga, Goihetxe, Grazian Adema «Zaldubi», Juan Mateo Zabala, «Oxobi», J. A. Uriarte... Orain, emakumezko bat ezagutuko dugu.

Bizenta Antonia Mogel

Azkoitian jaio zen, 1782an, eta Abandon hil, 1854an. Gaztea zela aita hil zitzaion eta Juan Jose nebarekin Markinara joan zen bizitzera, osaba Juan Antonio apaiz idazlearengana. Osabak latina irakatsi zion eta idaztera animatu zuen. Bizenta irakasle ibili zen *Euskal Herriaren Adiskideen Elkartea*n.

Euskaraz idatzi zuen lehen emakumetzat hartu izan da, eta, antza denez, emakume idazlea eta ikasia izateagatik azalpenak eman behar izan zituen.

Ipui onac **euskarazko lehen alegia-liburua** da eta **emakumezko batek euskaraz inprimatutako lehen liburua.** Bizentaren euskara eredua, garbia, kultua, baina ulerterraza zen, ume eta baserritarrentzat idazten baitzuen. Hitzaurrean bi motatako ipuinak bereizten ditu, «atsoen ipuinak» eta «ipuin onak». Bizentaren ustez, lehenengoak barre egitekoak dira, ondo pasatzeko helburua besterik ez dute; ipuin onak, berriz, dibertigarriak izateaz gain, irakaspen bat daukate.

Bizenta Mogelek beste lanik ere egin zuen: ***Gabonetaco cantia Bizkaitar guztientzat*** (1819); ***Espaiña-ko Gotzai-buruaren Artzai idazkia*** (1820) euskaratu zuen. Aipatzekoa da garai honetan finkatu zirela bizkaiera literarioaren oinarriak.

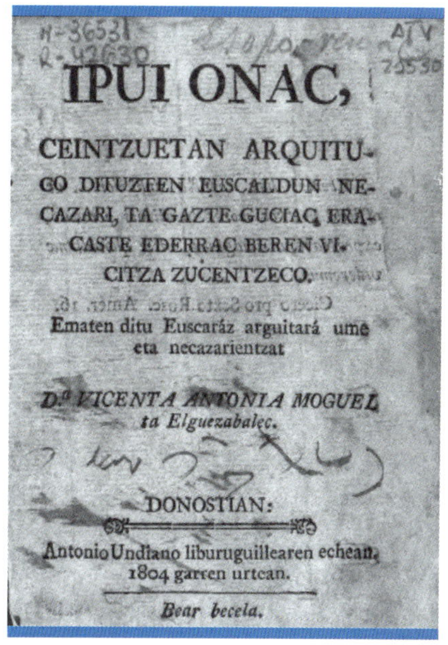
IPUI ONAC,

CEINTZUETAN ARQUITUGO DITUZTEN EUSCALDUN NECAZARI, TA GAZTE GUCIAC ERACASTE EDERRAC BEREN VICITZA ZUCENTZECO.

Ematen ditu Euscaráz arguitará ume eta necazarientzat

D.ª VICENTA ANTONIA MOGUEL ta Elguezabalec.

DONOSTIAN:

Antonio Undiano liburuguillearen echean, 1804 garren urtean.

Bear becela.

Ipui onac (1804) Esoporen berrogeita hamar alegiaren itzulpena da, eta liburuaren amaieran osabaren beste zortzi alegia datoz, neurtitzetan emanak. Alegiez gain, beste zenbait testu dakartza. Liburuak oso harrera ona izan zuen.

JARDUERAK

3. Bilatu informazioa aipatutako alegialariei buruz: datu biografikoak, zer lan argitaratu zituzten eta zer euskalkitan.

JARDUERAK

4. Saiatu ***Ipuin onac*** liburuaren hitzaurrea ulertzen.

— Zertaz ari da «besten bearrak artu nai ditudala neretzat» esaten duenean? Nor dira «beste» horiek?

— Identifikatu testuan ideia hauek:

- Zein omen dira emakume baten beharrak?
- Ezinezkoa da neska batentzat hizkuntza klasikoak jakitea.

Irakurle euskaldunari

Badakit, enzunaz beste gabe, neskatx gazte baten izena dagoala itxatsirik liburutxo onen aurrean, jardungo dutela siñuka ez gutxik, diotela beren artean, iñoren lumaz janzi nai duela bela txikiak; au da, besten bearrak artu nai ditudala neretzat: ez dagokiola neskatx bati bururik ausitze liburu giñen: asko duela gorua, naiz jostorratza zu zen erabiltzea. Nola nik siniserazoko diet askori, euskeratu ditudala erdaldun jakitunak argiratu dituzten ipuiak? Nolako arrotasuna berriz latiñezko itzkuntzarekin liburu onen asmoa agertzea? Orretarako bear litzake jakitea euskera, gaztelania, eta latinezko iru izkuntzak. Zein gauza sinisgaitza neskatxa bategan!Naiz sinistu, naiz ez, esan bear det, gaztetxoa nintzala irakurri ta azaldu oi nituela Fedroren latiñezko ipuiac; artu oi nuela atsegin guziz andia enzunaz txakur, otso, aizeri, ollar, abere, lauoñeko, ta egaztien itzketa alkarren artekoak. Zortzi urte nituenean ekusirik nere neba, edo anaia ikasten asi zala gure osabarekin latiñezko izkerea. jarri zitzatan buruan ikasi bear nuela nik ere. Ala, buruari neke gogorrik eman gabe, loari bere orduak emanda, ta zigor zaurigarriaren beldurrik ez nuela, jolasez bezela, irten nuen nere asmoarekin.

5. Bilatu *Ipuin onac* sarean eta irakurri IX. ipuina. Gero, azaldu nor diren pertsonaiak eta zer irakasten duen. Balio du gaur egun irakasteko?

Unuaiga.

GORGONIOREN ESTUASUNAK.

ZARZUELA-MOLDAERA

gizon bakarrentzat eta egintza batian

Marcelino Soroa Lasa-k

IZKRIBATUA

PESETA BAT

TOLOSA.—Antigua Capital foral de Guipúzcoa.

SAN SEBASTIAN

Imprenta de los Hijos de I. R. Baroja, Constitucion, 1 y 2.

1894

Kutxa Fototeka.

Toribio Alzaga, erdian, bere ikasleekin.

DONOSTIAKO ANTZERKIA

Euskal antzerkiak XIX. mendearen bukaeran izan zuen, Donostian, ordura arteko mugimendurik zabal, aberats eta emankorrena. Hala ere, eskola nagusia ez zen Donostian jaio, Ziburun baizik. Gerratik ihesi joandako donostiar batzuek «El Trueno» elkartea sortu zuten bertan, denbora-pasarako eta herriminaren kontsolagarri.

Hauek dira bi ordezkari garrantzitsuenetakoak:

Marcelino Soroa

Esan daiteke Marcelino Soroa (Donostia, 1848-1092) Donostiako antzerkiaren aita dela. Valladolideko Unibertsitatean abokatu-ikasketak egin zituen, baina ez zuen horretan lanik egin, Donostiako Udal Gimnasioko irakaslea izan zen.

Ziburura (Lapurdi) ihes egin behar izan zuen, eta han, bigarren karlistada amaitzean, *El trueno* elkartea sortu zuen erbesteratutako beste donostiar batzuekin. Soroak elkarterako konposatu zuen *Iryarena,* gaztelaniaz, tartean euskarazko pasarte batzuekin. Ziburun antzeztu zuen, zarzuela formatuan.

Gerra amaitu zenean, Soroa Donostiara itzuli zen eta *Iryarena* kale nagusiko Antzoki zaharrean antzeztu zen. Arrakasta izan zuen eta libreto eran editatu zen. Soroak, euskarazko zatiek izandako harrera ona ikusita, euskara hutsean idatzi zuen hurrengo lana, *Anton kaiku,* jostailu barregarria. 1880an antzeztu zen Principal Antzokian. Beste lan asko ere antzeztuak edotasarituak izan ziren. Esate baterako honako hauek:

- ***Gabon, Au Ostatuba!*** (1884), **¡Lapurrak, lapurrak!** (1885) eta ***Abek istillubak!*** (1894) ekitaldi bateko komediak.
- **Alkate berriya!** jostailu barregarria (1885).
- ***Barrenen arra*** eta ***Urrutiko intzaurrak*** (1886).
- ***Gorgonioren estuasunak edo boltsa galdu,*** ekitaldi bateko zarzuela (1888).
- ***Ezer ez ta festa*** (1899), ***Bañan zein naiz ni ?*** (1909) komediak.
- ***Aushen da eguna*** (1909) ekitaldi bateko sainetea.

Toribio Alzaga

Toribio Alzagak (Donostia, 1861-1941). Ziburura alde egin zuen familiarekin, guda karlista zela-eta. Han ikasi zuen Toribiok batxilergoa, eta han ezagutu zuen antzerkigintza *El trueno* elkartearen eskutik. Soroaren lagun eta kidea izan zen, eta haren irakatsiei jarraitu zien, ***Aterako gera!*** lanean, adibidez (1880).

Antzerkiak eragin handia izan zuen Donostian, eta beste autore batzuek ere beren obrak plazaratu zituzten: **Bitoriano Iraola, Jose Ganboa, Angel Illarramendi, Juan Inazio Uranga...**

JARDUERAK

6. Irakurri Soroaren antzezlanen izenburuak. Idatzi gaur egungo grafiarekin. Imajinatu zeri buruzkoak diren (gaia) eta zer gertatzen den (argumentua). Ikertu egiaztatzeko.

XX. MENDEAREN HASIERA. NARRATIBA

XX. mendearen hasieran euskal kulturaren *pizkundea* gertatu zela esaten da, eta horrek badu zerikusia orduko egoera sozialarekin. Izan ere, euskal gizartea asko aldatu zen eta euskara eta euskal kultura indartzeko beharrizana sentitu zuten hainbatek (A. Abbadie, J. Manterola, Sabino Arana, R. M. Azkue, Julio Urkijo, G. Mujika eta abar). Euskaltzaindia sortu zen (1918an) eta garai honetan du abiapuntua euskarazko nobelagintzak ere.

XX. mende-hasieran, industriaren garapenak oparotasuna ekarri zuen eta hiriak hedatu ziren.

ELEBERRI HISTORIKOA

Euskarazko lehen eleberri historikoa Txomin Agirreren ***Auñamendiko Lorea*** da, 1898an argitaratua. Nobela erromantikoa da, bizkaieraz idatzia eta lexiko jasokoa.

Euskarazko hurrengo nobelak, Jon Etxaidek idatzi zituen mende erdi geroago: 1955ean, ***Joanak joan,*** Etxahun poetaren bizitzari buruzko eleberria, eta 1964an, ***Gorrotoa lege,*** XV. mendeko Oinaztarren eta Ganboatarren arteko gerretan kokatua.

OHITURA-ELEBERRIA

Txomin Agirre

(Ondarroa, 1864 - Zumaia, 1920) Euskaraz idatzitako lehen ohitura-eleberriak Txomin Agirreren ***Kresala*** eta ***Garoa*** dira.

Txomin Agirre

Ohiturazko eleberria errealismoaren garaian sortutako generoa da. Genero honetan, eguneroko gertakizunak, garaiko gizartearen egitura eta arazoak erakusten dira. Euskal Herrian sortu ziren eleberrietan, oro har, tradizioaren alde egiten da.

Agirreren eleberrietan, maitasun-istorio bat da ardatza eta euskara eta fedea goraipatzen dira. Deskripzio ugari daude eta itsasbazterrak eta mendiak euskal izaeraren gordelekutzat aurkezten dira.

Kresala bizkaieraz idatzi zuen eta herri arrantzale batean girotu zuen. ***Garoa,*** berriz, gipuzkeraz dago eta herri nekazari batean girotu zuen. Nobeletan, bi mundu horiek, nekazaritza eta arrantza, idealizatu egiten ditu. Subjektibotasuna da nagusi, hau da, idazleak erabakitzen du zer den ona eta zer txarra.

Jose Manuel Etxeita

(Mundaka, 1842-1915) Etxeitaren eleberri ezagunak 1909an argitaratutako ***Josetxo*** eta 1910ean argitaratutako ***Jaioterri maitia*** dira.

Juan Antonio Irazusta

(Tolosa 1884-1952) Bi eleberri idatzi zituen euskaraz. ***Joañixio,*** 1946an, eta ***Bizia garratza da,*** 1950ean.

Juan Antonio Irazusta

Buenos Airesen argitaratu ziren biak.

Euskal Herrian garai berean, bai frantsesez eta bai gazteleraz, hainbat idazle ari ziren idazten tankera horretako lanak. Adibidez, P. Lhanderen ***Mirentxu*** eta P. Lotiren ***Ramuntcho.***

JARDUERAK

1. Bildu informazioa *Auñamendiko lorea* eleberri historikoari buruz: Zein dira gai nagusiak? Non eta noiz gertatzen da? Nor dira pertsonaia *nagusiak*? Zein da gertaera nagusia?

2. Ikertu Txomin Agirreren bizitzari buruz eta jaso haren biografia idatziz.

3. Irakurri testua. Txomin *Agirreren* eleberri bateko pasarte bat da. Zeinetakoa? Arrazoitu.
   — Bilatu ezagutzen ez dituzun hitzen esanahia. Ulertu duzu testua?
   — Badakizu zer diren ezizenak? Zein aipatzen dira testuan? Zer esan nahi dute?
   — Ezagutzen duzu ezizena daukan inor? Nondik datorkio ezizena?

III
Oartxu bat eta albiste onak

Ezizen geiegi ipinten dotala uste badau irakurleak, jakin daiala lenengotik, Arranondon eztagoala ezizenik eztaukan etxadi bat bakarra.

Andiak eta txikiak, aberatsak eta landerrak, guztiak daukie eurentxua.

Jatorriz erritarrak diran etxadiak, ezizen ori antxinetatik daroe, ta etxadiko danak ezizen bategaz ezagutuak izaten dira. Aitari *Talotxu* esaten badeutsie, semea *Talotxuren semea* da, andrea *Talotxuren andrea,* alabea *Talotxuren alabea* geiago bearrik eztago. Iñoiz bateo arrian abadeak ipiñiriko izena ondo esaten bajako norbaiti, gurasoen ezizena izango da izengoitia. Talotxuren semeari ezarritako izena Joane bada, *Joane Talotxu* esango jako.

Kanpoko errietatik Arranondora datorren etxadiak an dauka bere izengaiztoa ogetalau ordu barru, ta eztau geiago beragandik kenduko. Zeñek ipiñi deutsa? Iñok eztau ori garbiro jakiten. Edo mutiko batek etorbarriaren semeari ikastetxean, edo arrantzale batek senarrari elizpean, edo emakume batek emazteari enparantzan. Zergaitik? Edozer gauzagaitik. Edo lodi eder guria, edo argal me zatarra dalako, apaindua edo prakazarduna, azkarra edo baratxa, argitsua edo argibagea, olango edo alango irabazbidekoa, orko edo ango baserri edo uritik etorritakoa. Mutiltxoari deitu badeutsie lenengo *Prakazar,* etxadiko buruari *Prakazarren aita* esango jako; andreari esan badeutsie *Moñoker, Moñokerren senarra.* Lenengo ezizena ezarri jakonak emoten deutsa gero etxadi guztiari.

Arranondokoen belarriak ain dagoz onetara egiñak eze, batzuk, euren benetako izena zelan dan be eztakie; norbait ezagutu dot bere aitarena gogoratu eziñik; aitaitarena gitxik jakiten dau.

Badakit albistari-zabaltzallea ibilli dala iñoiz eskutitz bat zeñentzakoa zan ezin argitaraturik. *Sr. D. Julian Iragorri* eukan estalkian, da Julian Iragorri zein zan ezekian iñok. Atso-agure guztiai itandu jakuen, da atso-agureak etzala, esan eben, erritarra izango. Azkenean, apaiz nagusiari eskerrak, agertu zan eskutitzaren jabea. Zein izango ta *Saguzarra* deituten jakon gizontxu bat zan.

Kresala

4. Bilatu Jose Manuel Etxeitari eta Juan Antonio Irazustari buruzko informazioa. Ea lortzen duzun euskaraz idaztera zerk bultzatu zituen jakitea.

IPUINGINTZA

Ebaristo Bustintza «Kirikiño»

(Mañaria, 1866-1929) «Kirikiño» garaiko kazetaririk emankorrenetako bat izan zen. Hainbat aldizkaritarako idazteaz gain, zuzendaritzan ere jardun zuen; esaterako, Euskalzale eta Euzkadi aldizkarietan.

Esan dugun bezala, asko idatzi zuen, eta aipagarria da irakurleak euskarara erakartzeko egiten zuen ahalegina. Esate baterako, ***Abarrak*** ipuin-bilduman, kontakizun umoretsuak eskaintzen ditu, euskara errazean.

Atxuriko miraria (Jazorikoa)

Hemen edestuko duguna jazo zenetik hona urte asko igazi dira.

Orduan Bilbok hogei mila inguru biztanle baino askoz gehiago ez zituen. Geroago Begoñari hartu dizkion zatiak ez zeuzkan oraindino. Abando ere aske zen, herri banakoa.

Beraz, Bilbo herri txikia zen, eta biztanle guztiak elkarren ezagunak ziren. Ez zegoen orain dagoen beste *guardia municipal,* nahikoa ziren hiru edo lau txinel herria zaintzeko, gaueko *sereno* kantari batzuekin.

Honelako herri baten aditzen da erraz egin litekeela hemen edestuko dugun barrabaskeria, herri guztia barre baten hainbat egunean eduki zuena.

Bilbotar barregarri batzuk iragarri zuten bertako izparringi baten, ez dakit nongo herritan hil zela atso aberats bat, eta mila ogerleko batzuk utzi zituela Bilboko herren edo kojoei banatzeko, atsoa ere herrena izan zelako eta Bilbon jaioa; diru hori banandoko zitzaiela Atxurin, etxe bateko atarian, bertan aurkeztuko ziren herren bilbotarrei, honen egunetan eta honen ordutan.

Bilboko txiro eta gosekilen artean ikara handia eragin zuen iragarki horrek, eta egun batzuetan ez zen izan beste hizketagairik hauxe baino.

Heldu zen eguna. Atxuriko etxe hartan agiri zen atarian mahai bat, beronen gainean tintontzia eta ingiak, hiru jesarleku, bazterrean zorro batzuk zerez edo harez beterik, eta hiru edo lau gizon, piperra baino serioago, elkarrekin hizketa isiltxoan, atarian batera eta bestera ibili zebiltzala ipurdi gainean eskuak elkartuta.

Goiztxo hasi ziren kojoak agertzen kalean. Gehienak zetozen makulu birekin eta hanka bata dingilizka; baziren zetozenak ipurdi gainean erdi tatarrez; baita gurditxoetan zetozenak ere inork bultzaka eroanda. Denak zurbil eta aurpegi ahularekin, edonor errukitzeko lez.

Iragarrita zegoen ordurako, kale guztia aurkitzen zen herrenez beterik.

Balkoietan eta leihoetan zegoen jendeak harrituta esaten zuen: «nork uste izango zuen Bilbon honenbeste kojo zegoenik?»

Atarian zeuden gizon serioak adierazi zien kalekoei diruak gertu ipini behar zituztela eta horregatik pixka baten atea itxiko zutela, eta asko belutu barik, laster hasiko zela diru-banatzea. Itxi zuten atea ba, eta gerotxoago berriro zabaldu zenean, tximista baino arinago irten zen handik, zer uste duzue? Zezentxo bat!!Nork azaldu han izan zen usubiloa? Hasi zen zezentxoa topeka, hau bota eta hori bota,eta hango arineketa kojoak izan arren! Egundoko arinen, minutu bat baino lehenago, garbitu zen kalea, makilaz eta gurditxoez beterik gelditu zela. Miraria izan zen. Zezena agertu zen orduko kojo guztiak osasunera etorri ziren.

Balkoi-leihoetako jendea, barrearen barrez tripa guztia minduta geratu ziren.

Deabrukeria hau ikusi zuten bilbotar zaharrak barre zoroka hasten izan zaizkigu berau aitatu dugun aldi guztietan. Hamaika gizon gogaldi ederreko jaio eta bizi izan zen lehenagoko Bilbon!

Ipuingintza

Eleberriak baino laburragoak diren testuak jasotzen dira narratibaren azpigenero honetan. Zenbait euskal idazlek jorratu zuten ipuingintza, bai ipuinak sortuz, bai herri-ipuinak bilduz.

Indalecio Ojanguren fondoa.

Kirikiño (erdian), 1929an.

JARDUERAK

5. Badakizu zein izan zen «Kirikiño»ren ogibidea? Eta non bizi izan zen? Bilatu haren bizitzari buruzko informazioa.

Errose Bustintza

(Mañaria, 1899-1953) Euskal Herriko ipuinak batu, osatu, idatzi eta argitaratu zituen gerra aurretik, euskal kulturarako, etnologia eta mitologia aldetik balio handikoak. Bizi zela libururik argitaratu ez bazuen ere, berrogeita bederatzi ipuinez osatutako bilduma ***Ipuiñak*** izenburupean argitaratu zen, 1990ean.

tirozu: tira (zuk).

8. Sorgin-liburua (euskara batura ekarria)

Behin, Irakorta basetxeko mutilari, basotik etxerantz zetorrela, bide-ertzean lamina bat agertu zitzaion. Eta lamina hark, mutilari abegi ona eginda, irribarrez esan zion:

—Morrosko, Irakorta basetxeko semea al zara?

—Bai, hangoa-edo naiz —erantzun zion mutilak—; hantxe jaiotakoa naizela diote eta... Zergatik itauntzen didazu?

—Zure aitaren seme bati aspaldian bezuza (erregalu) bat egin guraz nagoelako.

—Bezuza egin guraz?

—Bai; ez duzu nahi, ala?

—Ona izanez gero, hartu ere...

Orduan, laminak, eskumako eskua bularreraturik, bihotzaren gainetik azal gorridun liburu dotore bat atera zuen; eta bezuzatzat ematen ziola eta, mutilari eskaini zion. Eta mutilak, polit eta eder iritzita, pozik hartu zion. «Hauxe gauza polita, hauxe bezuza ederra!», zioan.

Irakurtzeko zabaldu zuenean, baina, harrituta geratu zen: liburuaren orrietan itsu-arrosa piloak aurkitu zituen. «Gauzaren bakana! —zioen— liburu honek itsu-arrosak dauzka? Arrosatxo hauek, zer dela eta? ¿Onez ala txarrez ipiniak ote dira? Ene, holakorik! Loretxo honetaz esaera berezia bada, ba...»

Itsu-arrosa arrosa,
ez zara eder, arrosa;
txikia duzu lorea,
eta arantza zorrotza.

Eta Irakortako mutil gaztea, hori ulertu guraz, itun eta pentsakor jarri zen. Baina laminak mutilari, ezertara ere astirik izan ez zezan, begirakune zorrotz bat eginda, ben-ben esan zion:

—**Tirozu,** tirozu; buruhauste gehiago gabe, ekarzu liburu hori: letra dotorez ederto apainduta bihurtuko dizute eta...

Mutilak, liburua aiko-maiko gabe eman zion; eta laminak, berehala eskumuturretik arantza zorrotz batez odola aterata, liburuaren orri zurietan odolez letra bakan batzuk egin zituen. Gero, idatzi ostean, berriro ere mutilaren eskuetan ipini zuen; eta etxeraino ez zezala zabaldu esan zion, etxeko leihorik txikienean gau oro ilargitan irakurri zezala erreguturik.

Gaineko egunetan gizagaixo handiak, laminaren burubidea aintzat hartuta, inon diren gaiztakeriak egiten zituen. Hori zela eta, auzokoen ahogozagarri bihurtu zen. Lehen hain ona izan zen gaztea hainbestean gaiztotzea ezin ulertu izan zuten. «Gauza bakanak egiten zituela-eta, sorgin gaizkinek euren eratara zerabiltela» zioten batzuek; eta gauaren iluntasunarekin batera, munduan zehar haizetan ibiltzen zela eta abar.

Egun baten, baina, «Itsu-arrosa» esaeraz gomutatuta, gure mutilak, egin zituen txarkeria guztiez damututa, laminaren liburua errekara jaurti zuen. Baina iluntzean etxeratu zenean, errekara jaurtiriko liburua, bere gelako gau-mahaian aurkitu zuen. Biharamunean, gar artera jaurti zuen; eta orduan ere, gelako mahaian aurkitu zuen.

Jazokun hain bakan eta harrigarriaz ikaratuta, buruko ile guztiak zutik zituela, mendirantz arinka abiatu zen. Han, mendi gailurrean, aguretxo bat otoitz egiten bular joka ziharduela ikusi zuen. Eta «ni gaiztoa eta ori zuzena» bere kolkorako esanda, aguretxoaren aurrean belaunikatu zen. Eta jazoriko guztia damuz beterik jakinarazi zion, beraz erruki izan zedila erreguturik. Bitartean, aguretxoak otoitz egiten zuen.

Halako baten, bakarzale hark, mutilari begirakune gozo eta abegi argia eginik, berbots leunez esan zion:

—Zutundu zaitez, jagi zaitez, gazte; neu ere zeu bezalakoxe bat baino ez naiz eta. Baretu zaitez, zoritxar horretatik aldentzeko bidean oraintxe jarriko zaitut eta. Begira: sorgin liburu hori, San Joan aurreko gauean, sugarretara jaurti behar duzu; eta gero —atzamarra mendi batera zuzenduz— mendi horretara igo eta bertako gurutzearen oinetan gau osoan otoitz egin behar duzu. Ulertu ondo, baina: bidean gora zoazela, zantzoak, ujujuak eta inon diren soinuak entzungo dituzu, gaizkin guztiak zure aurka gogor jagiko dira eta. Baina zuk ez egin jaramonik, bidean aurrera zuzen jarraitu eta entzunikoa ondo bete. Hori egin eta gero, gaizkin guztiak, sorgin liburuarekin batera, aldendu egingo direla ikusiko duzu...

Mutilak, dena egingo zuela agindu zion. Eta esan eta egin, hurrengo San Joan aurreko gauean, bakarzalearen esan guztiak bete zituen; eta gauza guztiak hark iragarri zituenez jazo ei ziren.

Aurrerantzean, berriz, Irakorta basetxeko mutila on-ona eta zuzena izan ei zen.

JARDUERAK

6. Bilatu Errose Bustintzaren datu biografikoak. Zer ezizen erabiltzen zuen? Zergatik?
7. Irakurri ipuina. Zein da ipuinaren mezua edo irakaspena? Idatzi era laburrean eta eztabaidatu ikaskideekin.

XX. mende-hasierako nobelagintzaz eta ipuingintzaz badihardugu ere, ezin ditugu aipatu gabe utzi genero horietan ez ezik beste batzuetan ere nabarmendu diren bi egile: R. M. Azkue eta Jean Etxepare.

Resurreccion M.ª Azkue

(Lekeitio, 1864 - Bilbo, 1951). Azkue euskal kulturaren bultzatzaile garrantzitsuenetako bat izan zen. Hainbat arlo jorratu zituen maisutasunez: folklorea, etnografia, hizkuntzalaritza, hiztegigintza, musika, literatura...

Ikertzaile nekaezina izan zen, eta euskal folkloreari eta etnografiari buruzko lan erraldoiak egin zituen: ***Cancionero Vasco*** eta ***Euskalerriaren Yakintza. Literatura popular del País Vasco.***

Hizkuntzalaritza arloan ere makina bat lan burutu zuen; besteak beste, ordura arteko euskal lexiko bilketarik handiena jaso zuen hiztegia, ***Diccionario Vasco-Español-Francés,*** eta euskararen azterketa morfologikoa, ***Morfología Vasca.***

Musikagilea ere izan eta, beste batzuen artean, zarzuelak eta operak konposatu zituen; esate barerako ***Vizcaytik Bizkaira*** zarzuela eta ***Urlo*** opera.

Eleberrigintzan, nabarmentzekoak dira ***Ardi galdua,*** gipuzkeraz idatzia, eta ***Latsibi,*** bizkaieraz sortua.

R. M. Azkue

Jean Etxepare

(Argentina, 1877 - Aldude 1935) Medikuntza ikasketak egin ondoren, narrazio laburren egile eta artikulugile oparoa izan zen. Bi liburu argitaratu zituen: ***Buruxkak*** (1910), artikulu eta saiakera-bilduma, eta ***Beribilez*** (1931), bidaia liburua. Agnostikoa zen eta zenbaitetan zentsuratu egin zuten erlijioaz adierazten zuenagatik.

euskalmemoriadigitala.eus

Ahozko euskal literaturaren bilduma zabala.

ELEBERRI BELTZA

Erresuma Batuan idatzitako polizia-nobelek sortu zuten genero beltza eta AEBetan sendotu zen, 1929ko *crash*aren ondoren, krimen antolatuak eta mafiak eragina zuten garai hartako gizartean. Laster, kritika soziala egiten hasi ziren idazle batzuk (besteak beste, Raymond Chandler) eta masa-kulturaren produktu bihurtu zen nobela beltza.

Jose Antonio Loidi

(Errenteria 1916 - Irun 1999) 1955ean idatzi zuen ***Hamabost egun Urgainen*** eleberria da euskaraz egindako lehen nobela beltza eta gerraondoan Euskal Herrian argitaratutako lehen eleberrietariko bat. Mariano Izetaren *Dirua galgarri* (1962) eta Txomin Peillenen *Gauaz ibiltzen dana* (1967) etorriko ziren gero.

Urgain herri baketsua da. Lasaia. Lanean dakite urgaindarrek, Txominek bezalaxe, bertako kanposantuaren kargu. Hildako bat lurperatzen ari den batean non ohartzen den aspaldi hilobiratu zuten emakume bat kopetan tiro batek jota lurperatu zutela! Garaidi jaunak hartuko du bere gain ikerketaren ardura. Erraza dirudi lanak. Baina, polizi nobela on guztietan bezala, honetan ere korapilatu egingo da gertakizunen haria eta estutu egingo zaio arnasa irakurleari, amaiera ezagutu bitartean liburua eskuetatik utzi ezingo duela.

Erein argitaletxearen sinopsia

JARDUERAK

8. Bildu R. M. Azkueren bizitzari buruzko datu bereziak.
9. Gustuko dituzu nobela beltzak? Gomendatu elkarri, eta osatu zerrenda bat ikaskide guztien artean.

XX. MENDEA. SINBOLISMOA ETA PIZKUNDEA

Sinbolistek errealitatea bitan banatzen dela uste dute: alde batetik ikusten den mundua dago, eta beste aldetik mundu ezkutua, askotan ideala, poetak soilik ikus edo senti dezakeena.

Frantziako poeta talde batek XIX. mendearen amaieran sortutako mugimendua da sinbolismoa. Erromantizismoarekin bat dator arlo askotan: subjektibotasuna, nitasuna, idealismoa... Ez, ordea, errealismoarekin eta, are gutxiago naturalismoarekin.

Sinbolistek baliabide estilistikoak erabiltzen dituzte, batez ere metafora edo sinestesia, helburu batekin: hitz batek beste zerbait adieraziz sentsazio berriak piztea. Eta estetika hori musikaltasunez osaturiko hizkerarekin biribiltzen dute. Arau zorrotzen aurrean, erritmo eta neurri berriak sortzeko askatasuna da sinbolisten beste ezaugarri bat. Gaiei dagokienez, heriotzaren larridura da poesia sinbolisten gai nagusia.

Sinbolismoa laster zabaldu zen Europan. Espainian **Modernismo** izenaz hedatu zen eta izaera berezia hartu zuen: Antonio Machado edo Juan Ramón Jiménez, adibidez. Europatik kanpo, Rubén Darío nabarmendu zen. **Euskal Herrian, XX. mendeko bigarren herenean** agertu zen, **Lizardi eta Lauaxeta**ren lanen bidez.

EUSKAL PIZKUNDEA

Euskal Pizkundeak Foruen galerak sortu zuen injustizia sentimenduan eta garai hartan Europan sortutako erromantizismoan ditu oinarriak.

1876an, Gerra Karlistaren bukaerarekin, hegoaldean hasi zen euskararen sustapenaren aldeko mugimendu sozial eta kulturalari deitzen zaio Euskal Pizkundea. Bi aro izan zituen: Lehena, 1876an hasi zen Foruen galerarekin. Bigarren pizkundea Primo de Riveraren diktaduraren ostean sortu zen, eta 1930-1936 urteen artean kokatzen da.

— **Lehen Pizkundea**ren oinarrian joera erromantikoak daude, eta helburua euskara egoera modernoetara moldatzea eta egokitzea da. Euskal Pizkundeak erabateko bultzada eman zien euskarari eta euskal kulturari. Arlo askotan nabaritu zen: politikan S. Aranak Eusko Alderdi Jeltzalea eratu zuen (1894). Alde kulturalean aldizkariak ugaritu egin ziren. Aipagarriak dira R. M. Azkueren ahozko literaturaren biltze-lanak eta literatura sorkuntzak bere tokia izan zuen Lore Jokoetan: Elizondon ospatu ziren 1879an eta Durangon 1886an. 1919an Euskaltzaindia sortu zen Hego Euskal Herriko lau Diputazioen babespean.

— Bigarren Pizkundean **J. Ariztimuño 'Aitzol'**en lana eta eginkizunak hartu behar dira kontuan, bera izan baitzen euskal literaturaren alorra gidatu zuena, *Euskaltzaleak* taldearen buruzagi izan zenean. Literatura tresna garrantzitsua bihurtu zen mende honetan herri edo nazioaren kontzientzia nazionala, linguistikoa eta kulturala pizteko. Horrela, kultura minorizatu ugarik munduaren aurrean nazio gisa aurkeztu eta poema nazionalak sortu zituzten. Aitzol izan zen, ideia erromantiko horri jarraiki, **Nikolas Ormaetxea «Orixe»**ren ***Euskaldunak*** poema nazionalaren sormenaren eragile nagusia. Poesia lirikoan euskal pizkundeak gure lirikorik handienetakoak eman zituen: **Lizardi eta Lauaxeta.**

Nikolas Ormaetxea «Orixe»

J. Ariztimuño «Aitzol»

JOSE MARIA AGIRRE «XABIER LIZARDI»

Jose Maria Agirrek zuzenbide-ikasketak egin zituen Madrilen eta gerente lanetan aritu zen. Euskaltzaleak elkartea sortzen lagundu zuen, eta bere garaiko ekintza kultural eta politikoetan parte hartu zuen. Gipuzkoa Buru Batzarreko (EAJ-PNV) kide eta buruzagi izan zen. Lizardik oso kontuan izan zuen beti euskararen egoera soziala, eta berak bultzatu zituen ikastolen sorrera eta euskal egunkariaren ideia.

Bere poesia-lanik garrantzitsuena, ***Biotz begietan,*** 1932an argitaratu zen. Xabier Lizardi hil eta gero, 1934an, Aitzolek haren ***Umezurtz Olerkiak*** argitaratu zituen. Lizardiren poesia natura, bizitza eta heriotzari buruzko poesia liriko sinbolista da. Hizkuntza poetikoa landu eta euskal lirikari balio berriak ekarri zizkion. Gai nagusia izadia zuen, euskal paisaia, batik bat. Izadiak sortzen zizkion sentimenduak metafora bidez azaldu zituen: denboraren iragana, bizitza eta heriotza, berpizteko itxaropena.

Alabaren («Otartxo utsa»), semearen («Xabierren eriotza») eta amonaren heriotzak («Biotzean min dut») poesiaz adierazi zituen. Aberria eta euskara ere izan zituen olerkietako gai. Lizardik gipuzkeraz idatzi zituen bere lanak.

Xabier Lizardi, 1933an. *Gipuzkoako Foru Aldundiko Kultura eta Euskara Departamentua.*

Antzerkian eta kazetaritzan ere aritu zen Lizardi: ***Bi aizpak*** (1932, *Antzerti*), ***Laño ta izar*** (1932, *Antzerti*) eta ***Ezkondu ezin ziteken mutilla*** (1953, *Egan aldizkaria*) antzezlanak. Artikuluei dagokienez, ***Itz lauz*** (1934, *Euskaltzaleak*), geroago ***Kazetari lanak*** bezala argitaratua (1986, *Erein - Euskal Editoreen Elkartea*).

JARDUERAK

1. Irakurri Lizardiren *Bultzi-leiotik* olerkia. Esan nahi du «lorea» metaforak? Zeren sinboloa da lorea?

   Eta «goritu gure sukaldeak» metaforak? Zeren sinboloa da sukaldea?

Bultzi-leiotik

Oi, lur, oi lur!
Oi, ene lur nerea!
oi, goiz eme, parre gozoz ernea!...

Arto musker,
mendi, baserri zaarrak;
ale gorriz
abaildutako sagarrak:

oro laiño
mee batek estalia,
urrez oro
eguzkiak yantzia...

Nekazari,
gizandi bat iduri
soroan zut:
beyondeizula zuri!...

Zure bazter,
gurazko aberria,
doa zoro ta
(bertan ni) bultzia...

Oi, ene lur,
baninduzu zerea,
zu landu, ta zure
sariz asea!...

Baiñan... ezin:
beeko bear goriak
narama... Agur
soro, sagar, mendiak!...

1929 - Dagonilla

2. Bilatu *bultzi* neologismoaren sinonimo bat.

   Zein hil da dagonila? Zein hitz erabiltzen du kolore berdea izendatzeko?

   Soro eta zoro hitzak erabiltzen ditu. Badakizu hitz biak bereizten?

   Nolakoa da Lizardirentzat aberri ideala poeman esaten duenaren arabera?

Egizute nerekin
Aberri bidea.
Bildu dezagun nun nahi
asaben lorea
Ta gaurdanik goritu
gure sukaldea.
Ni nor naizen asmatu
Euskal Pizkundea.

Xabier Lizardi, *Euskal pizkundea*
poemako azken bertsoa

ESTEPAN URKIAGA, «LAUAXETA»

Errepublika garaian hizlari ibili zen EAJren ekitaldietan. 1936an, gerra hasi eta intendentzia-komandante ibili zen, Gudari aldizkariko zuzendari zela. 1937an, Gernika suntsitu ondoren, *Le Petit Gironde* egunkariko kazetari bati hiri suntsitua erakusten ari zela, atxilotu eta espetxeratu egin zuten. 1937ko ekainean, 31 urte zituela, frankistek fusilatu egin zuten, Gasteizen.

(Laukiz, 1905 - Gasteiz, 1937) Heziketa klasikoa izan zuen, eta literaturako klasikoak euskaratzen aritu zen luzaro. 1928an Bilbora joan zen eta *Euzkadi* egunkariko euskal ataleko zuzendari izan zen, Orixerekin batera lehenbizi eta bakarrik gero. *Euzkadin* ez ezik, *Jesus'en Biotzaren Deya, Jaungoikozale, Ekin, Euzkerea* eta *Yakintza* aldizkarietan ere idatzi zuen.

Lauaxetak narratiba (ipuinak), drama (***Asarre-aldija, Epaya*** antzerki-lanak, adibidez) eta olerkigintza landu zituen. Olerkiak dira ezagunenak, ordurako modernoak eta maila jasokoak zirelako. ***Bide barrijak*** (1931) eta ***Arrats-beran*** (1935) lanak dira aipagarri. Bere lanak mendebaldeko euskaran, hau da, bizkaieraz idatzi zituen. Euskara asko landu zuen iparraldeko euskalki klasikoetatik ere edanez, eta aditz trinkoen forma klasikoak erabiliz, adibidez. Sabino Aranaren arauei jarraiki, neologismoak erabili zituen.

Badirudi Lauxetak eta Federico Garcia Lorcak harremana izan zutela, elkarren arteko gutunen bidez. Biak ala biak atxilotuak eta fusilatuak izan ziren urte beteko aldearekin.

Mendigoxaliarena

I

Mendi eze, ikurrin eder,
azke nai zattut axian
Amar gasteren lerdena
makilla luzez bidian!

Mendi-bitxidor berdiok,
arin or duaz kantari:
«Dana emon biar yako
matte dan azkatasunari».

Eta ixil dago arratsa
Euzkadi'ko lur-ganian.
Amar gasteren lerdena
makilla luzez bidian!

II

Gastedi orren didarra
bai-dala didar zolija!
Aberri baten samiñez
urduri dabil errija.

Azkatasun-goxalderuntz
sugarra dira basuak.
Sugarra basuak eta
zidar argija itxasuak.

Or duan ozte-aldrea
aberri-minez kantari:
«Dana emon biar yako
matte dan azkatasunari».

III

Gaste orreik goruntz duaz
abesti eta ikurriñez.
Lañuan baño tiro otsak:
bedartza dager odolez.

Ikaraz duaz usuak,
mendija dago ixillean,
Amar gasteren lerdena
bixitza-barik lurrean!

Eta illuntziko bakian
norbattek darrai kantari:
«Dana emon biar yako
matte dan azkatasunari».

JARDUERAK

3. Irakurri Lauaxetaren olerkia. «Aberri baten saminez urduri dabil herria» esaten duenean zeri egiten dio erreferentzia?

— Zein gertakari historikoren inguruan kokatu zuen Lauaxetak poema? Non ikusten da?

— Margotu hiruzpalau binetatan abestian kontatzen dena. Honako elementuak egartu behar dira: gazteak makilekin kantari, mendia, goizaldea, usoak, tiroak, odola, iluntzea, iluntzeko kantaria.

/// HIZKUNTZAZ HAUSNARTU

- Lexikoa
- Ortografia
- Deklinabidea
- Aditza
- Joskera

26 HITZ-ERATORPENA: AURRIZKIAK

Hitz-elkarketaz gain, hitzak sortzeko beste prozedura bat eratorpena da. Hitz-elkarketan bi lexema elkartzen dira; eratorpenean, berriz, **lexema bati morfema bat edo gehiago eransten** zaizkio.

ikasi + -le > ikasle

des- + berdin > desberdin

des- + berdin + -tasun > desberdintasun

Eratorpenean eransten diren morfemak bi motatakoak izaten dira:

— **Aurrizkiak: hitzaren aurrean** eransten dira: *birpasatu, ezberdin...*

— **Atzizkiak: hitzaren bukaeran** eransten dira: *liburutegi, umezain...*

Gogoratu

Artizkia hitzaren erdian agertzen da, eta bat bakarra dago: -ra (eragin, erabili, irakatsi...).

JARDUERAK

1. Zer aurrizki dira egokiak honako kontzeptu hauek adierazteko? Erlazionatu.

1. Azpikotasuna edo beheko maila.
2. Aniztasuna edo ugaritasuna.
3. Errepikapena.
4. Handitasuna edo intentsitatea.
5. Aurkakotasuna.

ber-/bir- | super- | anti- | sub- | poli-

2. Eman itzazu aurreko jarduerako aurrizkiekin sortutako hitz eratorrien adibideak.

3. Berridatz itzazu esaldi hauek, azpimarratutako hitzei aurrizki egokiak erantsita:

estra | infra | super | ber

1. Montxo izeneko lurtar baten bizitza kontatzen du filmak.
2. Heroiz beteta dago telebista.
3. Eskuz idatzitako ipuinak ordenagailuan idazten ditu gero.
4. Izpi gorrien bidez sendatzen omen ditu hainbat gaixotasun.

4. Ilara bakoitzean bada hitz bat aurrizkiduna ez dena. Seinalatu.

polifonia ☐	poliklinika ☐	polikromia ☐	poliki ☐
desberdin ☐	desiratu ☐	desagertu ☐	desegin ☐
birsortu ☐	birziklatu ☐	birloratu ☐	biratu ☐

5. Aipatu *ber-* aurrizkia erantsita duten lau hitz, eta *bir-* aldaera duten beste lau. Azter itzazu zortzi hitzok. Noiz erabiltzen da *ber-* aldaera eta noiz *bir-* aldaera?

6. Esan zer hitz eratorri lortuko ditugun hurrengo hitzoi *-ra-* artizkia erantsita.

- egin: *eragin*
- entzun
- ikusi
- ekarri
- ikasi
- eman

HITZ-ERATORPENA: ATZIZKIAK

Eratorpenean erabiltzen diren **atzizkiak** asko dira, eta sortzen dituzten hitzen **esanahiaren arabera sailkatu** ohi dira: egilea adieraztekoak, izen abstraktuak sortzekoak, lanbidea adieraztekoak...

Izaera edo joera	
-dun	*bizardun*
-tsu	*euritsu*
-koi	*berekoi*
-kor	*baikor*
-zale	*bakezale*
-bera	*sentibera*
-ti	*beldurti*
-garri	*aspergarri*
-tar	*eskuindar*

Izen abstraktuak	
-tasun	*zoriontasun*
-keria	*gaiztakeria*
-tza	*agintaritza*
-gintza	*altzarigintza*
-kunde	*erakunde*
-kuntza	*antolakuntza*
-men	*irudimen*
-ezia	*dotorezia*
-zio	*madarikazio*

Modua	
-ki	*biziki*
-to	*ederto*
-ro	*astiro*
-kiro	*maitekiro*
-ka	*arrastaka*
-ik	*zabalik*

Denbora	
-aldi	*atsedenaldi*
-aro	*haurtzaro*
-une	*isilune*
-te	*gerrate*
-(e)ro	*arratsaldero*
-ondo	*bazkalondo*
-oste	*afaloste*
-arte	*bitarte*
-alde	*goizalde*

JARDUERAK

1. Bereizi hitz eratorri hauen osagaiak (erroak eta atzizkiak) eta identifikatu zer atzizki mota erabili den bakoitzean.

   biluzik • sorginkeria • aharrausika • gordintasun • eztikiro
   bakarti • beldurgarri • koipetsu • egonaldi • sabindar
   helduaro • aurrerakuntza • ergelki • umekeria • orduero

2. Lotu erroak eta atzizkiak, ahalik eta hitz eratorri gehien eratzeko.

eguzki	-zale
arrisku	-garri
irain	-tsu
alfer	-ki
dirdira	-ik
aste	-aldi
bakar	-ka
erraz	-(e)ro
zaunka	
zarata	
zinema	

3. Erantzun galderei.
   1. Nola du izena hirian bizi denak?
   2. Nola esaten zaio gezur asko esaten dituenari?
   3. Nolakoa da dena sinesten duena?
   4. Nola deritzo izerdi asko botatzen duenari?

4. Lotu hitz eratorriak eta definizioak.

   agerraldi • hutsune • gaualde • gerraoste
   egunero • argitaraldi • nerabezaro

   1. Liburuak, diskoak eta abar argitaratzen diren aldietako bakoitza.
   2. Haurtzaroaren eta gaztaroaren arteko adin-tartea.
   3. Tarte edo une hutsa.
   4. Gerraren ondorengo denboraldia, gerrak sortutako ondorioak edo nahasteak ezaugarri dituena.
   5. Gauaren aldia.
   6. Norbait edo zerbait agertzen den aldi bakoitza.
   7. Egun guztietan.

5. Berridatzi perpausak atzizkidun hitzak erabiliz.
   1. Diskoak egitea eta saltzea gero eta zailagoa da.
   2. Emakume hori haurra izatekotan da.
   3. Mutil hori asko lotsatzen da nirekin.
   4. Hitz egiten hasten denean aspertu egiten zaitu.
   5. Gazte asko hasi dira bertsolarien diziplinan.
   6. Usaintzeko ahalmena galdurik nabil azkenaldian.
   7. Kazetarien lana oso polita iruditzen zait.
   8. Gasteizko nire lagunekin egon naiz mendian.
   9. Nire haur-denboran ez genuen horrenbeste jostailu eder.
   10. Kirolari hori omenduko dute datorren igandean.
   11. Hilabete guztietan jasotzen dut aldizkari hori.
   12. Kolpeak joz lortu zuen pieza guztiak askatzea.

LOKUZIOAK

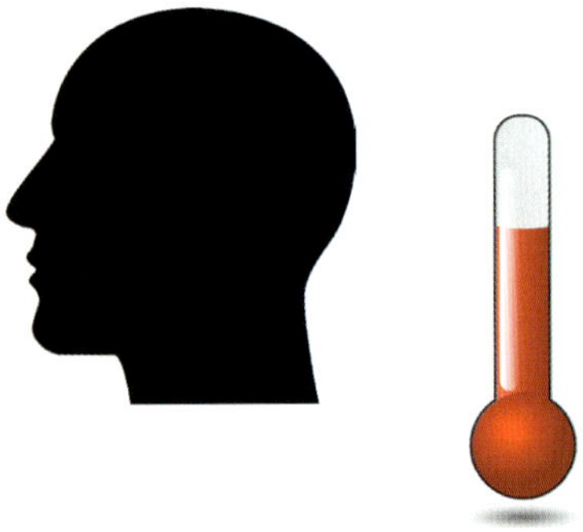

Lokuzioak **hitzez hitz ulertu behar ez diren esapideak** dira. Egitura berezia dute: hitz multzoak dira, baina hitz horietako bakoitzaren esanahia ez da isolaturik dagoenean eduki ohi duena, beste bat baizik. Esaterako:

— **burua:** giza gorputzaren goiko gorputz atala, lepoaren gainean dagoena.

— **berotu:** tenperatura igo.

— **burua berotu:** norbait zerbait egitera bultzatu.

Perpausean duten funtzioaren arabera sailka daitezke lokuzioak; hau da, izenaren, adjektiboaren aditzaren edo adberbioaren funtzioa bete dezakete:

izena (zer?)	*burutik beherako...*
adjektiboa (nolakoa?)	*buru argia, itzal handiko...*
aditza (zer egin?)	*burua galdu, burutik behera kaka egin...*
adberbioa (nola egin?)	*buru-belarri, buru hutsik...*

JARDUERAK

1. Lotu ezkerreko esamoldeak eskuineko funtzioekin.

- hitza bete
- aho bete hortz
- gibel-handi
- sator-lan

- izena (zer?)
- adberbioa (nola?)
- aditza (zer egin?)
- adjektiboa (nolakoa?)

2. Bete hutsuneak dagozkien lokuzioekin.

begi onez ikusi • neure onetik atera • bihotz oneko
buru ona • bere onera etorri • tripa-zorriak izan

1. Gaur ere nebarekin haserretu naiz; .... nau.
2. Hori bai hori .... mutila!
3. Uste dut Ainarak ez nauela ....
4. Konorte gabe egon ostean .... zen, eta ez zen ezertaz gogoratzen.
5. Nire amamak oso .... dauka; gauza guztiez gogoratzen da.
6. .... ditut. Prestatuko dugu jateko zer edo zer?

3. Asmatu esaldiak, honako lokuzio hauek erabilita:

pikutara joan • handiuste • musu-truk • hitza jan • gorriak ikusi • larrutik ordaindu • hamaika ikusteko jaio

4. Bete lokuzio hauetako hutsuneak, sinonimoek eta definizioek lagunduta:

1. ihes egin: H_ _K_ EG_ _
2. heldugabe: _M_M_KO
3. gose handia duenean haserretu egiten dena: G_S_ TXA_RE_O

5. Zer esan nahi dute lokuzio hauek? Asmatu esaldi bana.

1. goseak hiltzen egon
2. zur eta lur gelditu
3. begiz jo
4. usain onik ez hartu
5. pot egin

MAILEGUAK 29

Erdaretatik hartutako hitzei **maileguak** deritze.

Hizkuntzaren historian une jakin batean **berriak edo ezezagunak ziren kontzeptuak izendatzeko** erabili izan dira maileguak. Adibidez, latinezko *ecclesia* hitzetik *eliza* sortu zen erromanizazioaren garaian; XVI. mendean Amerikako produktuak iristen hasi zirenean, nahua hizkuntzatik *tomate* hitza hartu zen; duela urte batzuk *internet* hitza sartu da euskaran...

Dena den, beharrezkoa ez denean ere —jatorrizko hitzik badagoelako— erabiltzen ditugu maileguak: *konjelatu, izoztu* erabili beharrean; *kartero, postari* hitzaren ordez... Halakoetan **zuzenagoa da jatorrizko hitza** erabiltzea.

Denboran aurrera egin ahala, maileguak hizkuntzara egokitzen dira; hau da, formari dagokionez euskaldundu egiten dira: *football* > *futbol*.

Gogoratu

Euskara ere **mailegu iturri** da.

Hona hemen euskarak gaztelaniari mailegatu dizkion zenbait hitz: *chabola, sirimiri, bacalao, chistorra, aquelarre, chapela...*

Mailegu batzuk oso **zaharrak** dira.

Ba al zenekien, adibidez, *zeru, gela, gauza* eta *tipula* hitzak maileguak izan zirela garai batean?

Latinezko *caelum, cella, causa* eta *cepulla* hitzetatik sortu ziren.

JARDUERAK

1. Identifikatu maileguak hitz hauen artean:

zopa • ukuilu • segundo • erlijio • ate • aste
aingeru • soineko • esne • sakela • zelula • show
mugikor • aizto • sprint • ikastola • ekonomia
surf • eredu • playback • hosto • aktore • apal
zirkulu • atsegin • zaldi • zientzia • injekzio • hagin

2. Proposatu hitz jatorragoak honako mailegu hauek ordezkatzeko:

anuntzio • karta • mobil • painelu • kaputxa • bokadillo

3. Identifika itzazu esaldiotako maileguak.
   1. Festa guztietatik karnabalak ditut gustukoen.
   2. Bakantzetara gindoazela autoa matxuratu eta gruari deitu behar izan genion.
   3. Posible balitz aldatu egingo nituzke erregalatu dizkidaten zapatillak.
   4. Zer nahi duzu meriendatzeko: urdaiazpikoa ala txorizoa?
   5. Datorren kurtsoan hamar ikasgai izango ditugu.

4. Aurrizkiak eta atzizkiak ere mailegatu izan ditu euskarak. Osatu hitzak horren adibideak emateko.

des.................. tele.................. mikro..................

..................zio ....mendu ....tate

5. Konturatu gabe hainbat eta hainbat mailegu erabiltzen ditugu egunero. Egin erabiltzen dituzun 10-15 maileguko zerrenda bat.

HIZKERA SEXISTA

Hizkuntzaren erabilera sexista egiten dugula diogu gure mezuetan emakumeak eta gizonak modu asimetrikoan, desberdinean, erakusten edo tratatzen ditugunean. Azter ditzagun hizkuntzaren erabilera sexista horiek:

GENEROAREN MARKA

Hizkuntza askok genero markatua dute, alegia, izen femeninoak eta izan maskulinoak dituzte; maiz, genero bietako kideak dituen taldeak izendatzeko genero maskulinoko terminoa aukeratzen da **termino generikoa**ren ordez. Adibidez:

* Marten ezin da **gizonik** bizi. → Marten ezin da **gizakirik** bizi.

Euskara generorik gabeko hizkuntza dela esan ohi da, izen gehienak neutroak direlako. Hala ere, genero-marka badaramaten izen gutxi batzuk, hala nola, *behi/zezen, neska/mutil...* Hartara, izen horien erabilerarekin tentuz jokatu behar dugu. Hona hemen bi aholku:

— **Termino generikoa** erabili: *Gaur ez dira nire **gurasoak** etorriko irakaslearekin hitz egitera.*

— Termino maskulinoaren eta femeninoaren **hitz-elkarketa** egin: *Eskolako **neska-mutil** guztiek hartu zuten parte jaialdian.*

Argi!

- Auzoko hizkuntzetan **izen maskulinoa generiko gisa** erabiltzen da eta horren ondorioz euskaran ere, batzuetan, honelako erabilera sexistak entzuten dira:

  * Zenbat **seme** dituzu? → Zenbat **seme-alaba** dituzu? edota Zenbat **ume** dituzu?

ROL-BANAKETA SEXISTA

Bada aurrejuzguetan oinarria daukan hizkuntzaren beste erabilera sexita bat, alegia, genero bakoitzari **rol jakin bat** edo ezaugarri jakin batzuk ezartzean datzana. Hainbat eratara gerta daiteke:

— Emakumezkoak estetikarekin, izaera pasiboarekin, etxeko lanekin eta familiarekin lotuz, eta gizonak, berriz, lan-munduarekin, indarrarekin, adimenarekin, zientziarekin eta kirolarekin.

— Izen generikoa **gizonezkoentzat bakarrik** erabiliz eta emakumeak gizonekin duten harremanaren arabera aurkeztuz.

* Gaur egungo gazteen kezkak betikoak dira: ondo pasatzea eta neskekin ligatzea. → Gaur egungo gazteen kezkak betikoak dira: ondo pasatzea eta ligatzea.

* Bidaia hartan bi japoniar eta beren neskalagunak ezagutu genituen. → Bidaia hartan bi japoniar bikote (edota lau japoniar) ezagutu genituen.

— Emakumezkoekin lotutako hitzei **konnotazio negatiboa** edo irain-kutsua emanez.

* Marmarrean ibiltzen zarete beti, emakumeak bezala. → Marmarrean ibiltzen zarete beti. Berri-ipurdi hutsak zarete!

JARDUERAK

1. Erantzun galderei:

- Hizkuntzak sexistak dira berez ala hiztunek sortzen dugu sexismoa?
- Zer esan nahi dugu hizkuntzaren erabilera sexista egiten dugula diogunean?
- Irakurri Agurtzane Juanenak esandakoak eta azaldu esanahia.

Kultura sexistatik mintzaira sexista dator, eta mintzaira sexistak kulturaren sexismoa iraunarazten du.

- Aztertu zeure burua hiztun gisa: hizkuntzaren erabilera sexista egiten duzula uste duzu? Kontrastatu zure erantzuna ikaskidearekin.
- Zer egin dezakegu gure eguneroko hizketa-jardunari zama sexista arintzeko?

2. Lotu izen femenino hauek dagozkien baliokide maskulinoarekin:

amaginarreba ▢	▢ suhi
neskame ▢	▢ neba
errain ▢	▢ maisu
ahizpa ▢	▢ errege
arreba ▢	▢ azti
sorgin ▢	▢ aitaginarreba
maistra ▢	▢ morroi
erregina ▢	▢ anaia

— Aztertu izen femeninoek eta maskulinoek duten konnotazioa. Desberdintasunik topatzen al duzu? Zein?

— Bilatu adibideak non izen femeninoak konnotazio negatiboak dituen eta maskulinoak positiboak. Kontrakoaren adibiderik badago? Aztertu.

3. Osatu taula.

Izen espezifiko femeninoa	Izen generikoa	Izen espezifiko maskulinoa
	marinel	itsasgizon
enpresa-emakume		
		osaba
	legelari	
emazte		
	ezkongai	

Euskaraz pertsonei erreferentzia egiten dieten hainbat izenek generorik ez dutenez (erizain, irakasle...), generoa adierazi nahi bagenu, **genero markatua** duten izenak erabiliz zehaztu behar genuke:

surflaria: neska surflaria / mutil surflaria

4. Zuzendu perpaus hauetako hizkuntzaren erabilera sexistak.

*

- Askoren ustez sua da sekula gizonak egin duen aurkikuntzarik garrantzitsuena.
- Oso ausarta izan da, gizontasunez jokatu du.
- Miren eta Andoniren ezkontzan behin eta berriro oihukatu genuen: Gora senargaiak!
- Hauek nire anaiak dira: Ane eta Pablo.
- «Gizon bat, boto bat» esaldiak ederto laburbiltzen du sufragio unibertsalaren ideia.
- (Irakasleak ikasleari) Gona zulatu zaizu! Lasai, amak josiko dizu eta lehen bezala geratuko da.
- Mesedez, Alberto, ez jokatu neskato negarti batek bezala eta egin aurre zure arazoei.

5. Iragarkiek hitzen bidez baino areago esaten dute irudien bidez. Zer-nolakoa da publizitate-eragileek darabilten hizkera? Sexista dela iruditzen zaizue? Zergatik?

— Aztertu honako lotura hau, eta eztabaidatu.

http://links.edebe.com/9tty

6. Ikusi EEBBetan egin den kanpaina hau, eta erantzun galderei:

http://links.edebe.com/3aazp2

— Azaldu zer gertatu den bideoan.

— Euskal Herrian esperimentu hori egingo balitz gauza bera gertatuko litzatekeela uste duzue? Zergatik?

31 KALKO LEXIKOAK

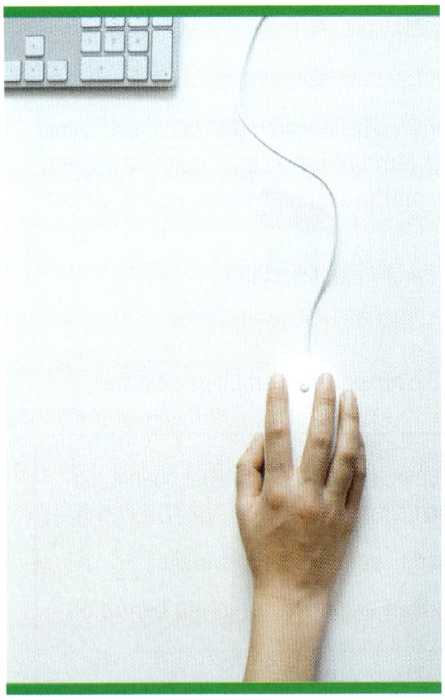

Hizkuntza batek beste hizkuntza batetik berera egokitzen duen egiturari esaten zaio **kalkoa.** Kalkoetan, beraz, **hitza bera euskarazkoa izaten da, baina hitzak adierazten duen ikuspegia erdalduna.**

Bi motatako kalkoak bereiz daitezke:

— Gauza berriak izendatu behar direnean gure hizkuntzak dituen hutsune berriak betetzeko erabiltzen diren kalkoak **bidezko kalkoak** dira.

INGELESA	FRANTSESA	GAZTELANIA	EUSKARA
mouse	souris	ratón	sagu
mobile phone	téléphone mobile	teléfono móvil	telefono mugikor

— Baina, askotan, beharrik ez dugunean ere erdararen kalkora jo izan dugu. Horiei **kalko okerrak** deritze.

Iraide tonta bat da.	Iraide tonto hutsa da.
Gose asko daukat.	Izugarrizko gosea daukat.

Euskal hitzen edo esaldien ordezko kalko okerrek kalte handia egiten diote euskarari.

JARDUERAK

1. Lotu kalko okerrak, dagozkien jatorrizko erdal esaerekin eta euskarazko esapide egokiekin.

indioarena egin	claro que sí	sasoian egon
noski baietz	tomar el pelo	nolanahi ere
ilea hartu	estar en forma	adarra jo
edozein kasutan	echar una mano	txorakeriak egin
esku bat bota	hacer el indio	bai, noski
forman egon	en cualquier caso	lagundu

2. Aukeratu erantzun zuzenak.

1. Zuek tranpati .... zarete!
   - ☐ Bibatzuk ☐ Bihutsak
2. Kongresua Euskaldunan .... da.
   - ☐ egingo ☐ ospatuko
3. Ez dut .... ulertu.
   - ☐ gehiegi ☐ askorik
4. Horrengandik zerbait lortu nahi baduzu, ... daukazu.
   - ☐ jai ☐ argi

3. Berridatzi perpausak, kalko okerrak zuzenduz.

1. Oporretan herri desberdinak ezagutu genituen.
2. Hain berandu egin zaie, ez direla etorri.
3. Hurrengo bilera astelehenean ospatuko da.
4. Beste egunean zure aita ikusi nuen.
5. Jaten dugu otarteko bat?
6. Ez zait gehiegi gustatzen.
7. Osasunak gol berri bat sartu du.
8. Gezurti batzuk dira!
9. Amurrio Araban aurkitzen da.

4. Itzuli honako esaldi hauek, kalko okerrik egin gabe:

1. Tienes que tener mucha paciencia.
2. Quedamos luego en el gimnasio, ¿vale?
4. El otro día fui al cine.
5. ¡Tengo un dolor de cabeza!
6. Para eso no hace falta demasiado dinero.
7. He pasado mucho miedo.
8. Le ha dado una nueva oportunidad.
9. ¡Cómo nos hemos reído!

PUNTUAZIO-MARKAK

Puntuazio-ikurrek garrantzi handia dute testuak behar bezala ulertzeko. Gehien erabiltzen diren zeinuak noiz erabiltzen diren errepasatuko duzu.

PUNTUA (.)

Erabilerak	Adibideak
• Perpausaren bukaera adierazteko.	• *Gaur goiz esnatu naiz.*
• Nazioartekoak ez diren laburdurekin.	• *Tunisia, Libia, etab. ezagutzen ditu.*
• Zenbakiei erantsita, -garren atzizkiaren ordez.	• *1. saria Mariarentzat izan da, eta 2.a Josurentzat.*
• Mila eta milatik gorako zenbakietan, datak, telefonoak, faxak eta posta-kodeak idazterakoan izan ezik.	• *30.000 pertsona inguru bildu dira taldearen azken kontzertua ikusteko.*
• Pertsonen izen-abizenen inizialekin.	• *M. K. Etxanizek auzi horri buruz idatzi du.*

KOMA (,)

Erabilerak	Adibideak
• Deiki edo bokatiboetan.	• *Mirari, zatoz hona!*
• Azalpenak edo aposizioak txertatzean.	• *Manu, Olaiaren neba, hemen izan da.*
• Hitz-zerrendetan.	• *Jon, Ane, Josu eta Unai etorri dira.*
• Lokailuekin.	• *Argia ikusten da; beraz, etxean dago.*
• Bai/ez bat baino gehiagoko perpausekin.	• *Bai hor, bai han, gustura egongo naiz.*
• Ohiko lekuan ageri ez den perpaus zatiaren ostean.	• *Horrela egingo dugu, zuk nahi ez izan arren.*
• Bi perpaus paralelotan, bigarrenean aditza ezabatzen denean.	• *Gu saskibaloian aritu gara; zuek, eskubaloian.*
• Zenbaki osoen zatiak bereizteko.	• *Zirkulu horrek 1,2 m-ko diametroa du.*

PUNTU ETA KOMA (;)

Erabilerak	Adibideak
• Zerrendetan, zerrendako elementuren baten barruan koma dagoenean.	• *Hiru etorri dira: Etxahun, Larrabetzukoa; Miren, Mungiakoa; eta Xabi, Algortakoa.*
• Bi perpausen arteko lotura nahiko estua denean.	• *Ez dut ikusi ere egin nahi; ez dut gustuko.*
• Bi perpausa kontrajartzeko.	• *Baietz esan zuen gizonak; emakumeak, ordea, ezetz.*
• Zenbait lokailuren aurrean.	• *Berandu da; hala ere, utziko dizu sartzen.*

BI PUNTUAK (:)

Erabilerak	Adibideak
• Inoren hitzez-hitzeko aipamenen aurretik.	• *Nagorek hitz egin zuen orduan: «Joango gara, ala?».*
• Zerrenden aurretik.	• *Asko etorri ziren: Koldo, Jon, Nerea...*
• Bigarren perpausa lehenaren azalpena, ondorioa edota laburpena denean.	• *Ez dut batere dudarik: berak lortuko du pertsonaia nagusiaren papera.*
• Gutunetan, hasierako agurraren ondoren.	• *Lagun maitea:*
• Orduak eta minutuak bereizteko, zifretan idatzita badatoz.	• *22:15*

ETEN-PUNTUAK (...)

Erabilerak	Adibideak
• Esaldia edo zerrenda bukatu gabe utzi dela adierazteko.	• *Edonora joango nintzateke: Turkia, Italia, Grezia...*
• Hitzez hitzeko aipamenetan, falta den zatiaren ordez.	• *Eta bukatu zuen: «... eta ez besterik galdetu».*

JARDUERAK

1. Aukeratu zuzen idatzita daudenak honako bikote hauen artean:

1. a) Egunero kexaka dabil: «Ez dut barazkirik jan nahi!».
   b) Egunero kexaka dabil; «ez dut barazkirik jan nahi!».
2. a) Irina, jogurta, arrautzak, azukrea... nahastuta, pastel ederrak egiten dira.
   b) Irina, jogurta, arrautzak, azukrea;... nahastuta, pastel ederrak egiten dira...
3. a) Argia joan zen; ez zen ezer ikusten.
   b) Argia joan zen, ...ez zen ezer ikusten.
4. a) Aho batez onartu da; inork ez du ezetzik eman.
   b) Aho batez onartu da: inork ez du ezetzik eman.
5. a) Hiru gauza erosi behar ditugu; lehenik okela, gero, frutadendan, piperrak, eta azkenik, ogia.
   b) Hiru gauza erosi behar ditugu: lehenik, okela; gero, frutadendan, piperrak; eta azkenik, ogia.

2. Zuzendu esaldi hauetako akatsak:

1. Oihane, idazkaria, Deban ari da lanean, Miren ordea Azpeitian.
2. Denok dakigu; elkarrekin bizi badira ere gaizki konpontzen direla
3. Gotzon Eneritzen aita oso burugogorra da...
4. 2005ean Kafe Antzokiak 10 urteurrena ospatu zuen.
5. Beti gauza bera esaten dit amak non egon zara?
6. Supermerkatuan jogurtak, gurina azenarioak, gazta erosi ditut

3. Idatzi falta diren puntuazio-ikurrak.

Aspaldian mendira joan gabe nengoen .... Gustuko ditut mendiko giro lasaia .... aire garbia .... paisaia ederrak .... Gaur lau lagun bildu gara .... Ainhoa .... Joseba .... Enara eta Urtza .... ni neu .... Oso eguraldi ederra egin digu .... Bidean hainbat animalia ikusi ditugu Enarak eta biok .... besteek ez dituzte ikusi .... Bueltan gentozela datorren asterako planak egin ditugu .... Ea astero zerbait antolatzen dugun ....

MARRAK, KAKOTXA ETA PARENTESIA

Unitate honetan puntuazio-ikur garrantzitsuak errepasatuko dituzu: komatxoak, marratxoa, parentesiak eta marra.

Kakotx artean dagoen aipu baten barnean, berriro ere kakotxak erabili behar badira, kakotx mota aldatu egiten da:

> Irakasleak zera esan zigun: «Irakurri biharko Xivaren malkoak liburuko "Saranna" kapitulua».

Kakotx arteko hitz batek edo hitz multzo batek deklinabide-atzizkia hartu behar duenean, kakotxetatik kanpo uzten da:

> Jose Luis Alvarez Enparantza «Txillardegi»rena da eleberri hori.

KAKOTXAK («»)

Erabilerak	Adibideak
• Hitzez hitzeko aipamenak biltzean.	• *Amaiak oihu egin zidan: «Ez hurbildu!».*
• Argitalpen nagusi baten atalen izenburuekin.	• *Kerobiaren* Rose Escargot *diskotik gustukoen dudan kanta «Izan ere» da.*
• Izengoitiak aipatzean.	• *J. M. Lujanbio «Txirrita» 1860an jaio zen.*
• Mailegu berrietan.	• *15 urteko «cracker» bat atxilotu dute.*
• Hitz bat ironikoki edo bigarren zentzuarekin erabiltzen denean.	• *Ez da hainbesterako; gezur «txiki» bat baino ez dizu esan.*

MARRATXOA (-)

Erabilerak	Adibideak
• Toki- eta pertsona-izen ezezagun edo ezohikoei atzizkia eranstean.	• *Gure lehengusina bat Düsseldorf-en bizi da.*
• Ikurrei deklinabide-atzizkiak eranstean.	• *3 kg-ko perretxiko bat aurkitu omen dute.*
• Zenbait hitz elkarturekin.	• *Umea plisti-plasta zebilen putzuan.*

PARENTESIAK ( )

Erabilerak	Adibideak
• Esaldi batean informazio gehigarria txertatzen denean.	• *Atitlan lakua (Guatemala) hiru sumendiren artean dago.*

Marrak erabiltzeko eredu bat:

> —Bai, neska —erantzun zidan Nagorek.
>
> —Ziur al zaude? —galdetu nion, sinetsi ezinik—. Ez nuke hanka sartu nahi.
>
> —Inoiz ez naiz hain ziur egon.

MARRA (—)

Erabilerak	Adibideak
• Parentesia bezala, informazio osagarria txertatzeko.	• *Adarragako hostopila —zure urtebetetzean jan genuena— erosi dut gaur.*
• Elkarrizketetan, hiztun bakoitzak zer dioen errazago bereizteko.	• *—Zer egingo dugu orain? —galdetu zidan.*

JARDUERAK

1. Berridatzi perpausak, behar den lekuetan kakotxak idatziz.

1. Xabier Letek poema bat eskaini zion Fernando Aire Xalbadorri.
2. Gure nebak piercing bat egin nahi du sudurrean.
3. Zure laguntxo hori ikusi dut gaur goizean.
4. *Harry Potter eta Azkabango presoa* liburuko Hontz bidezko posta atalaren laburpena egin behar dugu.
5. Beti esaten dit gauza bera: Nagusia zarenean ulertuko duzu zertaz ari naizen.

2. Berridatzi perpausak, behar den lekuetan parentesiak erabiliz.

1. Kabilian Aljeria bereber asko bizi dira.
2. Eneko Etxalekuk Altsasua, 1978 duela hiru urte filmatu zuen lehen laburmetraia.
3. Erakusketa Berra galerian izango da Heriz pasealekua, 56.
4. Pauloren lehengusuak Daniel, Josu, Eneko... pasa den astean elkartu ziren.
5. Bilbo Hiria irratian FM 96.0 reggeari buruzko saio bat egiten dute.

3. Berridatzi perpausak, zifrak eta laburdurak erabiliz.

1. Kontzertu horretarako sarrerak hamabi euroan jarri dituzte.
2. Urnieta Hernanitik hiru kilometrora dago.
3. Hamar metrotik hamar metrora seinaleak egin behar ditugu enborretan.
4. Giga bateko arkatza erosi dut.
5. Hamar zentimetroko armiarma bat ikusi dut lehen.

4. Idatzi marrak elkarrizketa honetan. Zalantza izanez gero, kontsultatu ertzeko kaxako azalpenak.

Zer? galdetu zenidan.

Atea esan nuen. Kaleko atea.

Bai zera!

Benetan. Bueno, agian ez.

Zu isilik geratu zinen; ni, guztiz nahasita.

Ama da xuxurlatu zenidan.

Eta orain? galdetu nizun keinu batez.

Ama! oihukatu zenuen, ozen. Ama, dutxan nago!

Fernando Morillo, *Izar-malkoak* (moldatua)

5. Arrazoitu testu honetako puntuazio-ikurren nondik norakoa:

Abenduak pozik jartzen zuen Marcos, urtero-urtero. «Jakina» pentsatzen zuen don Rodrigok, «Argentinan, Hego Afrikan eta batez ere Australian uda dela gogoratzen duelako egongo da pozik». Imajinatzen duelako tribuko kontalari profesionala ipuin baten erdian —iluntzean, nola ez— edo Limako Plaza de Armas-en eguzkiak kiskalitako peruar bat. Udan beti. Gizarteak uda aukeratu baitu zoriontsu izateko (albistegietako bigarren edizioetan esan dute). Ostera, udazkenean eta neguan, hurrenez hurren, deprimitu beharra dago; horretarako baitira udazkena eta negua, hurrenez hurren.

Unai Elorriaga, *SPrako tranbia*

6. Bete hutsuneak, puntuazio-ikur egokiak erabiliz.

Belar artean hazitako lore bat naiz. Hosto zuriak eta barru horia daukat. __Margarita__ deitzen didate. Lantzean behin __bi egunetik batean__ tximeletak nire gainean pausatzen dira tente__ tente. Batzuetan animaliak __ardiak, behiak, txakurrak__ hurbiltzen dira nire ingurura eta ondoan ditudan lagunak jaten dituzte__ Atzo goizean neskato bat etorri zen eta nire etxetik atera ninduen, beste lore batzuen ondoan jartzeko__Orain, haren etxeko loreontzi batean nago. Neskatoak oso ondo zaintzen gaitu __ureztatu egiten gaitu, laztanak egin__.

7. Aukeratu idazkera zuzenak.

1. a) «Agur, "Erroki"», esan zion Anartzek.
   b) Agur, «Erroki», esan zion Anartzek.
2. a) Gaur (atzo bezala) eguraldi txar-txarra egiten du.
   b) Gaur —atzo bezala— eguraldi txar txarra egiten du.
3. a) «Zebra naiz kanta»ko konponketak oso politak dira.
   b) «Zebra naiz» kantako konponketak oso politak dira.

8. Berridatzi perpausak, akatsak zuzenduta.

1. Behin osabari entzun niona esango dizut: Zer ikusi, hura ikasi.
2. Gorri gorri jarri zen Betaurreko euskara irakasleak arbelera atera zuenean.
3. Goenkale egunero gaueko hamarretan egon denik eta telesailik luzeena da.
4. —Ez dut uste hori egia denik aurpegiarekin ezezkoa eginez, baina zuk badiozu...

IDAZKERA: LOTUTA EDO BEREIZ

Hitz elkartuak bereiz, marraz edo loturik idatz daitezke. Elkarketa motaren arabera idazkera bat edo bestea erabili beharko da.

BEREIZ IDAZTEKOAK

- **Aposizioak:** *handik igarotzen da ibaia, Artibai ibaia...*
- ***Egin, eragin, eman*** eta ***hartu***rekin osatzen diren aditz-elkarteak: *negar egin, hitz egin, barre eragin, min eman, lo hartu...*
- ***Etxez etxe*** ereduko bikoiztapenak (lehen osagaia deklinaturik, bigarrena ez): *orpoz orpo, baserriz baserri, jairik jai, oporrez opor...*
- Egin berri eredukoak: *elkartu berri, erosi berri...* Badira zenbait salbuespen, dena den: *ezkonberri, jaioberri...*
- ***Mahai gainean*** eredukoak: *etxe barruan, gerra ondoren, zuhaitz azpian...*
- Bigarren osagaia ***bila, eske*** edo ***falta*** dutenak: *lan bila, diru eske, ur falta...*
- Lehen osagaia ***erdal, euskal, giza*** edo ***itsas*** duten elkarteak: *erdal hizkuntzak, euskal ikasketak, giza zientziak, itsas garraioa...*

MARRAZ IDAZTEKOAK

- ***Gorri-gorri(a)*** gisako bikoiztapen indargarriak (lehen osagaia deklinabide-atzizkirik gabe): *gogor-gogorra, motz-motza, zikin-zikina, beltz-beltza...*
- ***Apurka-apurka*** gisako bikoiztapenak (bi osagaiek atzizki berbera): *hilerohilero, minuturo-minuturo, barrezka-barrezka, poliki-poliki...*
- ***Seme-alabak*** eredukoak: *ama-alabak, zuri-urdin, txiki-lodi, gazi-geza, hanhemen, ezker-eskuin, negar-zotinka, joan-etorri...*
- ***Barra-barra*** eredukoak: *plisti-plasta, zehatz-mehatz, zirt-zart, duda-muda...*
- ***Ezkio-Itsaso*** gisako leku-izen elkartuak: *Gernika-Lumo, Lasarte-Oria...*

LOTURIK IDAZTEKOAK

- ***Jarleku*** eredukoak (aditzoin + izen): *logela, sendabelar, geltoki, ikuspegi...*
- ***Aldagaitz*** eredukoak (aditzoin + izenondo): *asmaezin, ulerterraz, minbera...*
- ***Odolustu* eredukoak:** *gaitzetsi, antzaldatu, azpimarratu, aurreikusi...*
- Bigarren osagaia ***-gin, -gile, -zain, -zale, -dun, -gabe, -gintza*** edo ***-zaintza*** dutenak: *iturgin, langile, atezain, mendizale, dirudun, lotsagabe, erizaintza...*
- Bigarren osagaia ***-aldi, -buru, -gizon, -(g)une, -kide, -(k)ume*** edo ***-orde*** dutenak: *lanaldi, sailburu, legegizon, geldiune, lankide, kalekume, amaorde...*
- Lehen osagaia ***aurre-, azpi-*** edo ***gain-*** dutenak: *aurrelan, azpilan, gainazal...*
- ***Lauburu*** eredukoak (zenbatzaile + izen): *ehunzango, begibakar, zelulabakar...*

Marraz edo bereiz idazteko aukera dagoen kasuetan, izen berezia delako letra larriz idatzi behar bada, komeni da bereiz eta bi osagaiak letra larriz idaztea:

Kultura Saila
Ur Kirolak
Zinema Jaialdia

MARRAZ EDO BEREIZ IDATZ DAITEZKEENAK

- ***Eguzki-lore*** moduko izen-elkarte arruntak: *lan-arazo* edo *lan arazo, jakintza-iturri* edo *jakintza iturri, osasun-egoera* edo *osasun egoera...*
- **Kale-garbitzaile** (egile-elkartea), **adar-jotze** (ekintza-elkartea) edo **ate-joka** (jardun-elkartea) eredukoak: *taxi-gidari* edo *taxi gidari, denbora-galtze* edo *denbora galtze, aho-zabalka* edo *aho zabalka...*

MARRAZ EDO LOTURIK IDATZ DAITEZKEENAK

— ***Sudur-luze*** eredukoak: *buru-soil* edo *burusoil, musu-gorri* edo *musugorri, esku-zabal* edo *eskuzabal, angelu-zuzen* edo *angelu zuzen...*

-a ITSATSIDUN HITZEN ELKARKETA

— **Lehen osagaia *-ia*** letra multzoaz amaitzen bada, bi aukera daude:

- ***-a* itsatsia kendu** eta bi osagaiak bereiz idatzi: *biologi azterketa, erreferentzi puntu, ortografi arau, bidai agentzia, teknologi maila...*
- ***-a* itsatsia gorde**tzen bada, marraz lotuta zein bereiz idatz daiteke: *biologia-azterketa* edo *biologia azterketa, erreferentzia-puntu edoerreferentzia puntu, ortografia-arau* edo *ortografia arau...*

— Lehen osagaia ***eliza, burdina, hizkuntza, kultura, natura*** edo ***literatura*** bada, bi aukera daude:

- ***-a* itsatsia kendu** eta bi osagaiak bereiz idatzi: *eliz jantzi, burdin industria, hizkuntz eskubide, kultur etxe, natur zientzia, literatur azterketa...*
- ***-a* itsatsia gorde**tzen bada, marraz lotuta zein bereiz idatz daiteke: *eliza-jantzi* edo *eliza jantzi, burdina-industria* edo *burdina industria, hizkuntza-eskubide* edo *hizkuntza eskubide, kultura-etxe* edo *kultura etxe...*

JARDUERAK

1. Identifikatu hitz elkartuak, eta esan zergatik idazten diren horrela.

1. Lea-Artibain euria egingo du gaur barra-barra.
2. Santa Ageda egunean etxez etxe gabiltza diru eske.
3. Geltokira etorri da poliki-poliki.
4. Sorgintzat hartu zituzten eta su eman zieten.
5. Egunero-egunero goizeko seietan esnatzen naiz.

2. Identifikatu zuzen idatzitakoak.

1. ☐ pausoz pauso ☐ pausoz-pauso
2. ☐ hitzegin ☐ hitz egin
3. ☐ negar-zotinka ☐ negarzotinka
4. ☐ polit-polita ☐ polit polita
5. ☐ nahas mahas ☐ nahas-mahas
6. ☐ futbol-zale ☐ futbolzale

3. Sortu hitz elkartuak honako osagai hauekin. Zuzen idazteko modu bat baino gehiago balego, adierazi.

1. soinu + jotzaile
2. izutu + gaitz
3. ikasi + etxe
4. aho + bero
5. patata + tortilla
6. eguzki + lore
7. moldatu + erraz
8. jokatu + bide
9. adar + bakar
10. ikusi + makusi

4. Lotu bi zutabeetako hitzak, hitz elkartuak eratzeko.

• aurrez	• bat
• aurre	• kale
• bat	• kalera
• batik	• batean
• kalez	• aurre
• kaletik	• aurrean

5. Ipini marratxoa hala behar dutenei.

1. kalerik kale
2. zuri zuria
3. altu altu
4. hitzez hitz
5. saski naski
6. hara hona

6. Berridatzi, akatsak zuzenduta.

1. Bazterrik-bazter miatu genuen etxea.
2. Arazoiturria hori dela konturatu gara.
3. Lanera sartu-berriak oso jatorra dirudi.
4. Gasteizera egin dugu joan etorria.
5. Banaka banaka sartu dira ikasleak klasera.
6. Bete betean harrapatu dituzte laztan musuka.
7. Aholku-eske etorri zait Igor.
8. Otso sudur luzeak Txanogorritxori ziria sartu zion.
9. Dirubilketa egin du euskara elkarteak.

ZENBAKI KARDINALAK ETA ORDINALAK

KARDINALAK

Zenbakiak letraz edo zifraz idatz ditzakegu. Ohikoena da **hamarretik beherako** zenbakiak letraz, eta **hamarretik gorakoak** zifraz idaztea.

Hona hemen **zenbakiak zuzen idazteko zenbait ohar:**

— Bokalez hasten diren zenbakiak *h* letraz hasten dira: *hamar, hogei, hirurogei*... Salbuespena: *ehun.*

— 0-20 bitartekoak hitz batez idazten dira: *bat, zortzi, hemezortzi*...

— 20-100 bitartekoak *(e)ta* juntagailua aurreko zenbakiari lotuta idazten dira: *hogeita zortzi, berrogeita hamar*...

— 100-1.000 bitartekoetan eta juntagailua beti aske: *ehun eta lau, seiehun eta hogeita hiru*...

— 1.000tik gorako zenbakiekin eta bakarra erabiltzen da:

mila eta seiehun, mila eta berrehun, mila eta hogeita bi, mila eta hamar...

mila ehun eta hogei, mila berrehun eta bat, mila seiehun eta laurogeita bi...

— Deklinabide-atzizkia zuzenean lotzen zaio zenbakiari, bai zifraz, bai letraz idazten denean: *bosta* edo *5a, bostetan* edo *5etan, bostek* edo *5ek*...

— *Hiru* eta *lau* zenbakietatik eratortzen diren zenbakiek *-r-* hartzen dute tartean: *hiruRogei, lauRehun*..., baina *seiehun, zazpiehun*... Gauza bera gertatzen da deklinabide-atzizkiak eranstean: *hirurek, 4retan*..., baina *seietan, 7etatik*...

ORDINALAK

Ordinalak sortzeko, **zenbakiari *–garren* atzizkia lotzen** zaio:

— Letraz idaztean *–garren* atzizkia lotuko diogu hitzari, marratxorik gabe: *bigarren, hogeigarren*...

— Zifraz idaztean zenbakiari berari edo zenbaki erromatarrari puntua erantsiko diogu: *4., 9., 465.; XX., III.*, eta abar.

— Esaldi berean zenbaki bat baino gehiago zerrendatzen bada, guztiei erantsi beharko zaie *–garren* atzizkia edo puntua: *2., 6. eta 30. orrialdeak.*

Deklinabide-atzizkia zuzenean eransten zaie garren atzizkiari eta puntuari: *seigarrenak, hamargarrenetik, 9.ari, XX.ean*...

bat* eta *bost zifretan amaitzen diren zenbakien ordinalak honela egiten dira:

hogeita batgarren

hamabosgarren

EHUNEKOAK

Ehunekoak adierazteko **% ikurra** erabiltzen da, zifraren ezkerretara eta tarte bat utzita:

% 7 EZ: %7 7 % 7%

Deklinabide-atzizkia erantsi behar bazaie, zuzenean erantsiko zaio zenbakiari, marratxorik gabe:

% 8k halaxe pentsatzen du.

% 13,6ri ez zaio ondo iruditu.

% 47ren ustez, erabaki zuzena da.

Ehunekoak mugagabean deklinatzen dira, aurretik aipatutako kopuru baten zati osagarria izan ezean:

% 7 etorri da.

% 90,8k gainditu du.

% 46k baietz uste du, % 28k ezetz, eta gainerako % 26ak ez du erantzun.

Bestetik, ehunekoek singularrean egiten dute komunztadura aditzarekin:

Ikasleen % 45ek parte hartu du.

EZ: Ikasleen % 45ek parte hartu dute.

BANATZAILEAK

Kardinalei *-na* atzizkia erantsiz lortzen dira: *bana, bina, hiruna...* Horrez gain, hona hemen kontuan hartu beharreko bi ohar:

— Zenbakia *-t* letraz bukatzen bada, banatzaileak *-t* letra galdu egiten du: *bana, bosna, hamabosna, hogeita bana...* Gauza bera gertatzen da *zenbana* galdetzailearekin.

— Milakoak eta milioikoak idaztean, *-na* atzizkia ez zaio *mila* edo *milioi* hitzei eransten, ondoko zenbakiari baizik: *mila bana, hogeita bosna milioi...*

JARDUERAK

1. Idatzi letraz zenbaki hauek:
   - 347
   - 1.478
   - 546.963
   - 13.645
   - 604
   - 62.813
   - 489
   - 2.456.901

2. Idatzi zifraz zenbaki ordinal hauek, deklinabide-atzizki eta guzti:
   1. hamahirugarrena
   2. zortzigarrenari
   3. hogeigarrenarekin
   4. hirugarrenei
   5. lehenengoak
   6. ehungarrenengana

3. Idatzi zifraz letraz adierazita daudenak.
   1. Laurehun pertsona inguru joan dira ekitaldira.
   2. Hamargarren eta hogeigarren orrialdeetako testuak iruzkindu behar dituzue.
   3. Zinemara sartzeko, laurogeita hemezortzi pertsona genituen aurretik.
   4. Mila hirurehun eta bost euro aurkitu ditut plastikozko poltsa batean gordeta.
   5. Loterian bost mila zortziehun eta hogeita sei euro atera nituela amets egin nuen.

4. Idatzi letraz zifraz adierazita daudenak.
   1. Bihar 7etan geratu gara gosaltzeko.
   2. Maratoian 4. eta 5. postuan geratu ginen.
   3. Hitzaldian 50 bat lagun bildu ginen.
   4. Lana 6etarako bukatuko dudala uste dut.
   5. Hotel horretan 1.570 pertsona sartzen omen dira.
   6. Urteko 2. hilean jaio nintzen ni, eta 9.ean, nire neba.

5. Berridatzi esaldiak, banatzaileak erabiliz.
   1. Bakoitzak hamar liburu erosi behar izan ditu.
   2. Hogei kontzertu ikusi ditut orain arte, baita zuk ere.
   3. Andreak bost gol sartu ditu; Josuk ere bai.
   4. Bai Xabierrek, bai Ibanek, hamar ariketa egin dituzte.

6. Zuzendu perpaus hauetako akatsak:
   1. Gasolina %1 garestitu omen da.
   2. Mutil horiek milana euro galdu dituzte.
   3. Irakasleen % 20a beste probintzia batekoa da.
   4. Ander 9garren postuan geratu da.
   5. Zenbat urte dituzu, hamairu edo hamalau?
   6. Mila eta ehun eta berrogei eta hamabost kilometro omen daude bi hiri horien artean.
   7. Ikasleen % 80-ak ez dio jaramonik egiten irakasleak esaten duenari.
   8. Bostna gozoki eta txikle batna erosi ditugu.
   9. Azken azterketa %zortzik gainditu zuen.
   10. Hiruna milioina musu eskatu dizkiet.
   11. Irakurgaia 8. orrialdean dago, eta galderak 9.-ean.

7. Erantzun galderei.
   1. Zer urtetan jaio zinen?
   2. Zenbatgarren hilean jaio zinen?
   3. Zenbatgarren pisuan bizi zara?
   4. Zer ordutan irteten zara eskolatik?
   5. Zenbat ikaskidek dituzte betaurrekoak zure gelan?
   6. Zenbat urterekin lortzen da adin-nagusitasuna?
   7. Zenbat pertsonari kontatzen dizkiozu zure sekretuak?

H LETRAREN IDAZKERA

Hona hemen *h* letra zuzen erabiltzeko zenbait idaztarau:

— Bizpahiru bokal jarraian ageri direnean: *ahal, mehe, zahar, mahai...*

— Erakusle eta erakusleetatik eratorritako adberbioetan: *hori, honetan, horrela...*

— Zenbakietan: *hogei, hiru, hamabost, ehun...*

— Aditz-erroetan eta *hi* pertsonaren adizkietan: *zihoan, dihoa, hoa, hago, haiz...*

— Hitz elkartuetan *h* letrari eusten zaio: *herrizain, haragijale, harribitxi...* Hala ere, lehen osagaia silaba bakarrekoa denean, bigarren osagaiak ez du *h* letra hartzen: *hil + harri > hilarri, goi + herri > goierri...*

JARDUERAK

1. Aukeratu zuzenak:

oial ☐	ohial ☐	oihal ☐
ehun ☐	eun ☐	heun ☐
lehio ☐	leiho ☐	leio ☐
hamairu ☐	amahiru ☐	hamahiru ☐

2. Bete hutsuneak *h, j, g, i* eta txistukariak sartuta.

1. Ira__argailua en__utean lur _ota gera__en nai_.
2. Okertuta _ituen begiak, baina _endagileak _u_enduko _i_kiola e_an _ zion.
3. Parke _u_ai__ei _o_toak eror__en _ai_kie neguan.
4. _oolo_ikoan _irafa _andi bat iku_i genuen.
5. Ola__ beti dabil __orakeriak egiten.
6. Alexek ke_aka pa_a__en du eguna.

3. Zuzendu esaldi hauek, *h* letrak idatziz:

1. Ogei lagun baino geiago helkartu ziren jaihan.
2. Ondartzako area zikin-zikin zegoen.
3. Ara beera jaitsi bearko dugu gaur hiluntzean.
4. «Naikoa da!», egin zidan ohiu hibai hertzetik.

4. Jarri edo kendu *h* letra honako hitz hauei, zuzen idatzita gera daitezen:

aatik	hasi	huolde	hodol	aragi
haurten	aritz	harmairu	an	aate
urbil	maai	oiartzun	arrapatu	herbeste
oiu	ahulki	leoi	hiesi	ilherri

5. Idatzi hamar hitz *h* letradun, baina kontuan izan ezin duzula erakuslerik ez zenbakirik erabili.

6. Idatzi hurrengo pasartean falta diren *h*ak.

Ama maitea! Au zirrara! Beldur pixka bat ere ematen dit, ez uste. Ala esan dit irakasleak: irteera eguna urbildu aala, beldur pixka bat izango dudala. Normala omen da. Eskuetako atzekin egiten diren irudi batzuk erakutsi dizkit, mudra izenekoak. Lasaitzen eta orekatuago egoten lagunduko omen didate. (...) Biar da egun andia. Egazkina goizeko amarretan irtengo da Barajastik, abenturarantz. Kanabera prest daukat, iru zati eginik, nai dudanean lotzeko moduan.

Juan Kruz Igerabide, *Begi argi horiek*

7. Bilatu letra-zopan *z, s, x, tz, ts, tx, h, j, g,* edo *i* letrak dauzkaten hitzak, irudien laguntzaz.

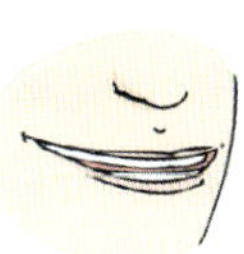

H	G	N	U	E	B	I	K	H	Z
D	H	P	A	I	S	A	J	E	R
E	G	R	O	N	E	H	T	S	D
A	L	Z	P	R	D	O	F	I	U
J	K	J	J	O	G	U	R	T	I
Y	E	I	H	R	U	R	A	T	N
O	T	L	D	I	N	J	I	X	L
G	A	I	Z	T	O	G	K	E	P
A	H	U	M	Z	L	Y	N	O	U
R	A	K	I	L	O	J	I	T	A

NOR, NORI, NORK

1. Aukeratu forma zuzena esaldi bakoitzerako:

1. Hainbat ...1... izena eman dute txapelketan.
2. Zure ...2... urratu bat du zolan.
3. ...3... hitzaldi bat eman digu eskolan.
4. Euskal ...4... Gaztea irratia entzuten dute.
5. Zer ...5... txunditu zaitu gehien?
6. Ehun ...6... parte hartu dute telebistako inkestan.

1	a. adiskidek b. adiskideak c. adiskideek	2	a. zapatek b. zapatak c. zapatarik
3	a. Jon Arretxe idazlek b. Jon Arretxe idazleek c. Jon Arretxe idazleak	4	a. nerabek b. nerabeak c. nerabeek
5	a. filmek b. filmeek c. filmeak	6	a. ikusleek b. ikusleak c. ikuslek

2. Bete Mariaren egunerokoaren hutsuneak, hitzak Nor, Nori eta Nork kasuetan deklinatuz.

Gaur .... (ni) ez dut gogorik izan zinemara joateko, baina .... (Naroa) gonbidatu egin nau, bi sarrera zituela eta. .... (aktore) ederra izan da eta alboko eserlekuko .... (mutila) ere bai. Eskerrak! Aspergarria baino aspergarriagoa izan baita .... (film). Hurrengoan, ez naiz joango informazio barik. Eta .... (Saul) gonbidatzen banau? Beti sartzen da nire pentsamenduetan .... (Saul). Gustatuko ote zaio zinema .... (Saul)?

3. Aukeratu zuzenak.

Guk/Gu zuzentzen ari gara.
Kerman/Kermanek esan digu.
Bigarren **mailakoak/mailakoek** deitu digute.
Mikelek/Mikel ezin dit utzi.
Gorka/Gorkak irakurtzen ari da.
Guk/Gu badaukagu.
Nik/Ni kopiatzen ari naiz.
Nik/Ni badakit.

4. Zer perpaus dagokio egoera bakoitzari?

Julen eta ikaskide bat motorrean doaz, Julen gidari dela.	
a	Ikaskideak Julen darama motorrean.
b	Julenek ikaskidea darama motorrean.

Maiderrek ordaindu die bazkaria lehengusuei.	
a	Maiderrek lehengusuak gonbidatu ditu bazkaltzera.
b	Lehengusuek Maider gonbidatu dute bazkaltzera.

DBH3koak zapuztu egin dira DBH1ekoak partida irabazi egin dutelako.	
a	DBH3koek DBH1ekoei irabazi diete.
b	DBH1ekoek DBH3koei irabazi diete.

Anek gogoko du Peru.	
a	Peruri Ane gustatzen zaio.
b	Aneri Peru gustatzen zaio.

— Zer egoeratan erabiliko zenituzke baztertu dituzun perpausak?

NON, NONDIK, NORA, NORAINO, NORANTZ

1. Aukeratu gaztelaniazko esaldi bakoitzaren euskarazko ordainik egokiena. Kontuz, esaldi batean bi aukerak dira zuzenak.
   1. Solía pasarse a menudo por nuestra tienda, a hacernos una visita
      a) Sarritan etortzen zen gure **dendatik,** bisita egitera.
      b) Sarritan etortzen zen gure **dendara,** bisita egitera.
   2. Hizo el viaje hasta la escuela callado; estaba realmente enfadado.
      a) **Eskolaraino** isilik joan zen; haserre zegoen, benetan.
      b) **Eskolara arte** isilik joan zen; haserre zegoen, benetan.
   3. ¿Me acompañas hasta casa? No me gusta ir solo.
      a) **Etxera arte** lagunduko didazu? Ez zait gustatzen bakarrik joatea.
      b) **Etxeraino** lagunduko didazu? Ez zait gustatzen bakarrik joatea.
   4. Mireia anda por la calle. ¡Qué poco le gusta estar en casa!
      a) Mireia **kalean** dabil; ez du batere gogoko etxean egotea!
      b) Mireia **kaletik** dabil; ez du batere gogoko etxean egotea!
   5. Deja por ahí la mochila y ven rápidamente.
      a) Utzi motxila **hortik** eta zatoz berehala.
      b) Utzi motxila **hor nonbait** eta zatoz berehala.

2. Erantzun galderei esaldi osoak idatziz.

Nondik zatoz, Antton?
- Zarautz
- Zumaia
- Lemoiz
- Larraun

Eta Zumaian, *flysch*en ibilbidea egin zenutenean, noraino iritsi zineten?
- herria
- hondartza
- plaza
- trena

Trena hartu, eta nora joan zineten ondoren?
- Zarautz
- Usurbil
- Aia
- Donostia

Zer ondo! Eta non bazkaldu zenuten?
- jatetxe bat
- kalea
- parkea
- autobusa

Eta, ondoren, norantz abiatu zineten?
- Jaizkibel
- Ulia
- Pasaia
- Ganboa

Nora joango zarete datorren asteburuan?
- Matxitxako lurmuturra
- Algortako itsasertza
- Gaztelugatxe
- Algortako Portu Zaharra

Eta zein herritatik irtengo zarete Gaztelugatxera joateko?
- Bermeo
- Mungia
- Bakio
- Nabarniz

Ea goraino iristen zareten!

Goraino ez bada, behintzat...
- lehen eskailera
- aparkalekuak
- begiratokia
- basabideak

3. Aukeratu erantzun zuzena kasu bakoitzean.

1	Non ibili zarete oporretan?
a	Donejakue biden.
b	Donejakue bidean.
2	Eta nondik abiatu zineten?
a	Hondarribitik.
b	Hondarribiatik.
3	Eta noraino iritsi zineten?
a	Santiagoraino.
b	Santiagotaraino.
4	Eta nondik igaro zineten?
a	Hainbat herrietatik.
b	Hainbat herritatik.
5	Eta non egiten zenuten lo?
a	Bideko aterpetxeetan.
b	Bideko aterpetxetan.
6	Eta nora joango zarete datorren urtean?
a	Balearretara.
b	Balearetara.
7	Eta orain nora zoaz?
a	Etxerantz noa, baina farmaziatik pasatuko naiz lehenengo.
b	Etxetarantz noa, baina farmazitik pasatuko naiz lehenengo.

IZEN BIZIDUNEN DEKLINABIDEA

1. Aukeratu egokiena egoera bakoitzean.

1. Medikuaren kontsultategira joan naiz goizean.
   - a) **Medikuarenera** joan naiz.
   - b) **Medikuarengana** joan naiz goizean.
2. Osasun-txartela eskatu dit, eta amaren etxean daukadala konturatu naiz.
   - a) **Amarengan** daukat txartela.
   - b) **Amarenean** daukat txartela.
3. Amaren etxetik ekartzeko esan dit medikuak, eta gero bueltatzeko.
   - a) Ekarri txartela **amarenetik.**
   - b) Ekarri txartela **amarengandik.**
4. Amaren etxean txirrina jo dut, baina ez zegoen inor.
   - a) **Amarengan** ez zegoen inor.
   - b) **Amarenean** ez zegoen inor.
5. Beraz, telefonoz deitu diot, eta laguntza Anttoni eskatzeko esan dit.
   - a) Joan **Anttonengana** laguntza eskatzera.
   - b) Joan **Anttonenera** laguntza eskatzera.
6. Anttonek amaren etxeko giltza eman dit eta etxera joan naiz.
   - a) **Amarerenera** joan naiz.
   - b) **Amarengana** joan naiz.
7. Autobusa hartu dut medikuaren kontsultategira bueltatzeko, eta, autobusera igotzean, dirurik ez dudala ohartu naiz.
   - a) **Autobus-gidariarenera** joan naiz.
   - b) **Autobus-gidariarengana** joan naiz.

8. Autobusa osasun-zentroaren ondoko geralekura iritsi denean, jaitsi eta Peruren etxera joan naiz, diru pixka bat eman diezadan, eta autobusera bueltatu naiz ordaintzera. Eskerrak geralekuaren ondoan bizi den Peru!
   - a) **Perurenera** joan naiz.
   - b) **Perurengana** joan naiz.

2. Aukeratu gaztelaniazko esaldi bakoitzaren euskarazko ordainik egokiena.

1. Ainhize ha tenido que ir al extranjero por trabajo.
   - a) Ainhizek **lanarengatik** joan behar izan du atzerrira.
   - b) Ainhizek **lanarengandik** joan behar izan du atzerrira.
2. No sabía con quién dejar al perro, y ha acudido a Peio.
   - a) Ez zekien txakurra norekin utzi, eta **Peiorengana** jo du.
   - b) Ez zekien txakurra norekin utzi, eta **Peiorenera** jo da.
3. Tiene plena confianza en Peio.
   - a) Konfiantza osoa du **Peion.**
   - b) Konfiantza osoa du **Peiorengan.**
4. Peio no ha dudado, y le ha dicho que no tiene ningún problema en quedarse con Zuri.
   - a) Peiok ez du zalantzarik izan, eta **Zurirekin** geratzeko inolako arazorik ez duela esan dio.
   - b) Peiok ez du zalantzarik izan, eta **Zurirengandik** geratzeko inolako arazorik ez duela esan dio.
5. En cuanto han entrado en casa de Peio, Zuri se ha puesto muy contento.
   - a) **Peiorengana** sartu bezain laster, pozarren jarri da Zuri.
   - b) **Peiorenera** sartu bezain laster, pozarren jarri da Zuri.
6. Se nota la confianza que tiene Ainhize en su vecino.
   - a) Nabaria da Ainhizek **auzokidearengan** duen konfiantza.
   - b) Nabaria da Ainhizek **auzokidearenean** duen konfiantza.
7. ¿Con quién dejarías tú a tu perro?
   - a) **Norengatik** utziko zenuke zuk zure txakurra?
   - b) **Norekin** utziko zenuke zuk zure txakurra?
8. Seguro que no te conformarías con cualquier amiga.
   - a) Ziur ez zinatekeela edozein **lagunengatik** konformatuko.
   - b) Ziur ez zinatekeela edozein **lagunekin** konformatuko.

NOREKIN, NORENTZAT, NORENGATIK, ZEREZ

1. Irakurri kutxako informazioa eta aukeratu egokiena esaldi bakoitzean.

Batzuetan, NON eta ZEREZ kasuak nahastu egiten ditugu, baina komeni da biak bereiztea. NON kasuak leku, denbora edo modu jakina adierazten du (**amaren autoan** etorri gara; **gaur gauean** ikasiko dut deklinabidea); ZEREZ kasuak, aldiz, ez du batere zehaztasunik markatzen (**autoz** etorri gara; **gauez** ikasten dut).

1. *Trenean* / *Trenez* etorriko dela esan du.
2. *Zortzietako trenez* / *trenean* etorriko dela esan du.
3. Bertso-txapelketako finala *datorren astez* / *astean* izango da.
4. Bihar *goizean* / *goizez* kanporaketak izango dira; *arratsaldean* / *arratsaldez*, finalerdiak, eta *eguerdian* / *eguerdiz* atsedenaldia izango da.
6. *Larunbat arratsaldez* / *arratsaldean* igerilekura joaten gara.
7. Neguan, nahiago dugu mendira *goizez* / *goizean* joan, *arratsaldez* / *arratsaldean* argi gutxi egoten delako.
8. *Bizikletaz* / *Bizikletan* eroso ibiltzen naiz, baina nahiago dut *neure bizikletaz* / *bizikletan* ibili, ez kalean egoten diren doako horietan.

2. Bete elkarrizketako hutsuneak, parentesi artekoak zuzen deklinatuz.

—Zer .... **(pertsona, Norekin)** duzu harreman estuena?

—Nire .... **(bi alabak, Norekin)**, esango nuke.

—Eta norengatik egingo zenuke lepoa?

—Ez dakit, ... **(alabak eta bikotea, Norengatik)**, pentsatzen dut.

—Zer .... **(pertsona, Nortaz)** sentitzen zara harro?

—.... **(neure lagunak, Nortaz)**.

—Zergatik?

—Bizitza guztia eman dugulako .... **(elkar, Norekin)**, eta ez didate inoiz hutsik egin.

—Norengatik poztuko zinateke, Esker On Saria lortuko balu?

—.... **(Joxemi, Norengatik)**, merezi du eta.

3. Erantzun galderei esaldi osoak idatziz.

1. Norekin izaten zara gustura larunbat arratsaldeetan?
2. Norengatik aldatuko zenituzke larunbat arratsaldeetako planak?
3. Zertaz hitz egiten duzue lagunok, elkartzen zaretenean?
4. Eta norekin partekatzen dituzue lagunartean izaten dituzuen hizpideak? Ala zuon artean geratzen dira?
5. Norentzat erreserbatuko zenuke larunbat arratsalde bat? Zer egiteko?
6. Norengatik ez zenuke aldatuko larunbat arratsalde bateko plana?
7. Zerez prestatuko zenuke maite duzun lagun hori zur eta lur uzteko jaki berezi bat?
8. Eta berak, zer jakiz, objektuz edo ekintzaz harrituko zintuzke?

41 ZERIK ETA ZERTZAT/NORTZAT

1. **Irakurri eta adibideak eta pentsatu zein diren erantzunak. Gero, asmatu egoerak beste esaldietarako.**

150 pertsona aurkeztu ginen azterketara. Azterketa ez zen zaila izan, baina gehienok ez geunden ados galderetako bat planteatzeko moduarekin eta, orduan, erreklamazioa aurkeztu genuen, baliogabetu zezaten. Eta hala egin zuten, azkenean.

Ingalaterran bizitzen izan nintzenean, hasieran ez nuen inor ezagutzen. Abaltzisketako neska bat ezagutu nuen. Bertan zuen familia, eta, Ingalaterrako egonaldiko lehen astean, bere etxera eraman ninduen, familiarekin bazkaltzera. Zein gustura sentitu nintzen!

EREDUTZAT jo zuten
SENITARTEKOTZAT hartu ninduten
ITSUSITZAT jo zuten
AMATZAT hartu ninduten
EZEZAGUNTZAT hartu ninduten
OKERTZAT jo zuten

— Orain, erantzun galderei.

1. Nola adieraz daiteke *okertzat jo zuten* beste modu batera? Aukeratu.
   - a) Oker zegoela erabaki zuten.
   - b) Oker bezala hartu zuten.
   - c) Okertzeko erabakia hartu zuten.
2. Nola adieraz dezaket familiakoa banintz bezala hartu nindutela?
   - a) Senitarteko gisa hartu ninduten.
   - b) Senitartekotzat hartu ninduten.
   - c) Senitartekoen artean hartu ninduten.

2. **Aurtengo mozorroa prestatzeko, ez dugu diru askorik xahutuko. Lotu gauza bakoitza eman diezaiokegun erabilerarekin. Gehiru zeuk beste osagarri batzuk.**

Adibidez: *Galleta-latak danbor**tzat** erabiliko ditugu.*

• lanbasa	barraskiloaren etxea
• erratzaren ileak	gandorra
• klip-sarea	olagarroaren besoak
• maindire bat biribilkaturik	lepokoa
• galtzerdi luzeak	ileordea

3. **Aukeratu esanahi bereko amaiera bat, ZERTZAT erabiliz.**

1. Lehen eskola-egunean ez zuen inor ezagutzen, eta inork ez zuen bera ezagutzen.
2. Gaur egun, ikaskide guztien lagun da, eta hala uste dute ikaskideek ere.
3. Egia esan, hobe da inork pentsa ez dezan etsaia zarenik.
4. Batzuetan, maltzurrak garela pentsa dezake jendeak, dioguna gehiegi pentsatu gabe botatzen dugulako.
5. Eta, kasu horietan, hausnartu eta barkamena eskatzeko gai ere izan behar dugu, eta, horrela, gaizki-ulertua konpondu.

maltzurtzat har gaitzake
etsaitzat ez hartzea
besteek ezezaguntzat zuten
amaitutzat eman
ikaskideek ere laguntzat dute

4. **Aukeratu esaldi bakoitzaren euskarazko itzulpen egokia.**

1. No digas más mentiras.
   - a) Ez ezazu gezur gehiago esan.
   - b) Ez ezazu gezur gehiagorik esan.
2. Ya has dicho demasiadas por hoy.
   - a) Gaurkoz, gezur gehiegi esan duzu.
   - b) Gaurkoz, gezur gehiegirik esan duzu.
3. Si tienes pecado, confiésalo.
   - a) Bekatua baduzu, aitortu.
   - b) Bekaturik baduzu, aitortu.
4. Si no, no des más explicaciones.
   - a) Bestela, ez ezazu beste azalpenarik eman.
   - b) Bestela, ez ezazu beste azalpenik eman.
5. Yo quiero dar por finalizado el asunto.
   - a) Gaia amaitu bezala eman nahi dut.
   - b) Gaia amaitutzat eman nahi dut.
6. Si tenéis algún comentario que añadir al informe, podéis comentarlo con Asun.
   - a) Txostenean iruzkinik gehitu nahi baduzue, Asunekin hitz egin dezakezue.
   - b) Txostenean iruzkinarik gehitu nahi baduzue, Asunekin hitz egin dezakezue.
7. Espero que la próxima vez no tengamos el mismo problema.
   - a) Espero dut hurrengoan arazo bera ez izatea.
   - b) Espero dut hurrengoan arazo berarik ez izatea.
8. Y no nos consideren un obstáculo.
   - a) Eta eragozleko har ez gaitzatela.
   - b) Eta eragozletzat har ez gaitzatela.

NOREN, NONGO

1. Bete hutsuneak parentesi artekoak NOREN kasuan deklinatuz.

1. .... (Mikele) anaia etorri zaigu bisitan, Aitor.
2. Eskozian bizi da, neska-lagunaren .... (ama) etxean.
3. Bertara joan ziren bizitzera, amaren .... (enpresa) egoitza nagusia han dago eta.
4. .... (Zenbait enpresa) eskaintza jaso ditu bere neska-lagunaren amak hemen.
5. Bueltatzea darabilte buruan, ... (enpresak) eskaintzak baloratzen ari baitira.
6. Hona badatoz, Aitorrek eta neska-lagunak ez dakit gurasoekin biziko diren edo .... (neska-lagunaren anaia) etxera joango diren, bakarrik bizi da eta.
7. .... (hainbat lagun) etxera joateko aukera ere badute; izan ere, pare batek logelak alokatzen dituzte.
8. Eta, bestela, bakoitza bere .... (gurasoak) etxera berriro!

2. Bete hutsuneak parentesi artekoak NONGO kasuan deklinatuz.

1. .... (Lur) garraioan bidaiatu genuen.
2. .... (Opor) argazkiak ikusten eman genuen arratsalde osoa.
3. A zer nolako .... (mendi) ibilbideak; ederrak!
4. .... (Bost lagun) talde bat joan ginen.
5. .... (Zenbait urte) aurrezkiak gastatu genituen bidaian.
6. Baina ez dugu inolako damurik, ... (hainbat mendi) gailurrak ezagutu baititugu.
7. Mendi batetik bestera joateko, autoz mugitu gara, baina, gailurretara, oinez batzuetan, eta .... (mendi) bizikletan besteetan.
8. Esperientzia ederra! .... (Hemeretzi urte) neska-mutil talde ederra osatu dugu!

3. Irakurri elkarrizketa eta egin aukera zuzena.

Amaia: Nora, joango al zara *urte-amaieraren* / *urte-amaierako* jaialdira?

Nora: Ba ez dakit, ba... Etzi da, eta oraindik ere *eztarriko* / *eztarriaren* minarekin nabil.

Amaia: *Bi eguneko* / *Bi egunen* tartea duzu oraindik osatzeko.

Nora: Ea egia den eta ordurako osatzen naizen! Ba al dago kontzerturik edo?

Amaia: Bai! Nogen *taldearen* / *taldeko* kontzertua izango da.

Nora: Ze ondo! Non izango da jaialdia azkenean?

Amaia: Bilbon, *Sortzez Garbiaren* / *Sortzez Garbiko* elizaren ondoan jarriko duten karpa batean.

Nora: Eta *karpako* / *karparen* barruan izango da dena?

Amaia: Beste karpa bat ere egongo da, bazkaltzeko eta afaltzeko.

Nora: Debalde izango da sarrera?

Amaia: Zazpi eta hamar *euroko* / *euroren* txartelak aterako dituzte salgai.

Nora: Ados! Ea ba osatzen naizen... Ez dut eta *urtearen* / *urteko* egunik onena galdu nahi!

4. Aukeratu itzulpen zuzena.

1. Pello me ha preguntado si la ciudad de Bilbao sufrió mucho en las inundaciones del 83.
   a) Pellok galdetu dit Bilboren hiriak asko sufritu ote zuen 83ko uholdeetan.
   b) Pellok galdetu dit Bilboko hiriak asko sufritu ote zuen 83ko uholdeetan.
2. En el Casco Viejo el agua alcanzó los tres metros de altura.
   a) Alde Zaharrean ura hiru metroko altuerara iritsi zen.
   b) Alde Zaharrean ura hiru metrotako altuerara iritsi zen.
3. Las inundaciones ocasionaron los destrozos de algunos edificios.
   a) Uholdeen ondorioz, zenbait eraikinen suntsiketak gertatu ziren.
   b) Uholdeen ondorioz, zenbait eraikineko suntsiketak gertatu ziren.
4. La riada llegó al final de la Aste Nagusia.
   a) Uhaldia Aste Nagusiko amaieran iritsi zen.
   b) Uhaldia Aste Nagusiaren amaieran iritsi zen.
5. Llevaba lloviendo varios días, pero eso es bastante habitual los veranos en Euskadi.
   a) Zenbait egun zeramatzan euria egiten, baina hori nahiko ohikoa da Euskadin udako sasoian.
   b) Zenbait egun zeramatzan euria egiten, baina hori nahiko ohikoa da Euskadin udaren sasoian.
6. Para las tres del mediodía ya parecía que el río Nervión saldría del cauce.
   a) Eguerdiko hiruretarako, ordurako, ikusten zen Nerbioi ibaia ibilgutik irten zitekeela.
   b) Eguerdiaren hiruretarako, ordurako, ikusten zen Nerbioi ibaia ibilgutik irten zitekeela.
7. La fuerza del agua dejó aquel día 39 muertos en Euskadi.
   a) Egun hartan, 39 hildako izan ziren, ureko indarraren ondorioz.
   b) Egun hartan, 39 hildako izan ziren, uraren indarraren ondorioz.
8. El agua se llevó por delante algunos puentes de la ciudad.
   a) Urak hiriaren zenbait zubi eraman zituen aurretik.
   b) Urak hiriko zenbait zubi eraman zituen aurretik.

43 MUGAGABEA

1. Osatu albistea, aukera egokiak eginez.

Hegaztien koloreak argazki-lehiaketa

Euskadiko Biodibertsitate Zentroak *Hegaztien koloreak* izeneko argazki-lehiaketa abiarazi du ...1..., Hegaztien Nazioarteko Eguna dela-eta.

Aurtengo ...2... hegaztien biziraupenak duen garrantzia edo hegaztiek jasaten dituzten erasoak irudikatzen dituztenak argazkiak aurkeztu ahal izango dira.

Argazki-lehiaketa honetan edozein ...3... jendeak parte har dezake. Argazkiak urtarrilaren 11 baino lehen bidali behar dira partehartze@torremadariaga.org helbide elektronikora, ...4... *Hegaztien koloreak* izenburua adieraziz. Argazkiari azalpen txiki bat atxiki behar zaio, hogei ...5... baino gutxiagokoa. Lanek originalak izan behar dute, hau da, beste lehiaketa ...6... saritu gabeak edo hedabide ...7... ere argitaratu gabeak.

Irabazleak bi ...8... jasoko ditu: ...9... kostaldeko zetazeoak eta hegaztiak ikustera joateko bi irteera eta Eusko Labeleko ...10... osatutako saski bat, ...11... balioztatua.

Euskadiko Biodibertsitate Zentroak aurreko ...12... Hegaztien Nazioarteko Eguna dela-eta antolatutako ekitaldien argazkiak ikusgai jarriko ditu datozen hiru ...13... Euskadiko Biodibertsitate Zentroan.

1	a. hirugarrenez b. hirugarrenaz	2	a. argazki-lehiaketara b. argazki-lehiaketetara		
3	a. adinetako b. adineko	4	a. gaitan b. gaian	5	a. hitzak b. hitz
6	a. batzuetan b. batzutan	7	a. batak b. batek	8	a. sariak b. sari
9	a. itsasontziaz b. itsasontziz	10	a. produktuz b. produktuez	11	a. 50 €-an b. 50 €-tan
12	a. deialditan b. deialdietan	13	a. astean b. asteetan		

2. Aukeratu forma egokiak, testuingurua kontuan hartuta.

Auzoan bederatzi taberna daude.
Auzoko bi tabernak / tabernek ordaindu dute kontzertua.

Hainbat kontzertu antolatu dituzte asteburuako.
Hiru kontzertutara / kontzertuetara joango gara.

Herriko alkateak aurkeztuko ditu taldeak.
Alkateak aurkezle / aurkezlea jardungo du kontzertuetan.

Kontzertu bakoitzak bi ordu iraungo du.
Taldeak bi ordutan / orduan arituko dira jo eta ke.

Itxi egingo dute herriko plaza, eta bi sarrera jarriko dituzte.
Bietan / Bitan salduko dituzte kamisetak.

Kamiseten prezioa hauxe izango da: 15 €.
Kamisetak 15 €-an / 15 €-tan salduko dituzte.

Gainera, bertsolari famatuak ere egongo dira.
Bertsolari famatuak bertsotan / bertsoetan arituko dira.

3. Itzuli esaldi hauek:

- En las tiendas de las siete calles de Bilbao puedes encontrar ropa muy chula.
- Están en siete calles de Bilbao.
- Han abierto bastantes tiendas en varios barrios.
- De pequeños íbamos todos los domingos al mercado de la plaza con nuestro tío Mikel.
- Durante cinco años jugué en el equipo de mi barrio como delantero centro.

Aditzarekiko komunztadura

- Zenbatzaile zehaztuekin pluralean.
  Hiru film alokatu ditugu.
- Bat zenbatzailearekin singularrean.
  Film bat erosi dut.
- Ehunekoekin singularrean.
  Filma ikusi dutenen % 5ek atsegin du.
- Galdetzaile eta zenbatzaile zehaztugabeekin pluralean nahiz singularrean.
  Azkenaldian film asko dabil / dabiltza errodatzen.

4. Bete hutsuneak aditzekin, komunztadura egokia eginez.

Unibertsitateko ikertzaile batzuek inkesta bat egin dute gure ikastetxean, haur eta gazteek teknologia berriak nola erabiltzen dituzten jakiteko, eta datu ugari jaso .... Datuak lortzeko, hainbat ikasleri egin .... aurrez aurreko elkarrizketak.

Inkestaren emaitzarik adierazgarrienak honako hauek izan dira: haur eta nerabeen % 94k (eduki) ba .... ordenagailua etxean. Gainera, hamabost urtetik beherakoen % 81ek egunero erabiltzen .... Internet. Bestalde, hamar internautatatik zazpik gailu eramangarriak erabiltzen .... Internetera konektatzeko, batez ere sakelako telefonoa.

DIPTONGOAK, *HIRU* ETA *LAU*, *BAT/BATZUK*

1. Aukeratu diptongoz amaitzen diren hitz hauen forma zuzenak.

1. **Gauko** / **Gaueko** emanaldiak egongo dira zineman asteburuetan.
2. **Unaik** / **Unaiek** "Ximeneiak" ikusten joan nahi du.
3. Zer egunetan joango gara? Hilaren **hamalauan** / **hamalauean**?
4. Filmak zenbait **gaiez** / **gaiz** dihardu, baina, batik bat, azken hogeita hamar urteotako langile-mugimenduaz.
5. Ederki! Zazpiak eta **hamalauko** / **hamalaueko** trenean joan gaitezke.
6. Ados, filma zortziak eta **hogeiean** / **hogeian** hasten omen da eta.
7. Ibairi/Ibaieri ere esango diot, ea etorri nahi duen.
8. Lehendabizi, **Ibairi** / **Ibaieri** deituko diot, eta, **jarraiean** / **jarraian**, **Hodeiri** / **Hodeieri**.

2. Aztertu argazki bikoteak eta esan zer esaldi dagokion argazkietako egoera bakoitzari.

1

Hirurak fitxatu dituzte.
Hiruak sartu zuen gola.

2

Hiruak fitxatu dituzte.
Hirurak sartu zuen gola.

3

Laua atera da.
Laura atera da.

4

Laurak dira.
Lauak dira.

3. Hormako zenbakiei begira daude lau lagun. Aukeratu haiek egindako komentario zuzenak.

1. a) Laurak ez dira ongi bereizten. ☐
   b) Lauak ez dira ongi bereizten. ☐
2. a) Bi lauen artean tartetxo bat utziko nuke. ☐
   b) Bi lauren artean tartetxo bat utziko nuke. ☐
3. a) Bigarren lauaren eta bederatziaren arteko aurpegia gustatzen zait. ☐
   b) Bigarren lauren eta bederatziaren arteko aurpegia gustatzen zait. ☐
4. a) Non ikusten dituzue sudurrak? Nik lauetan. ☐
   b) Non ikusten dituzue sudurrak? Nik lauretan. ☐
5. a) Laurek (ikusleek) pentsatzen dute berdin. ☐
   b) Lauck (ikusleek) pentsatzen dute berdin. ☐

4. Aukeratu bat eta batzuk hitzen forma zuzenak.

1. Axenek leku ikusgarri **batera** / **batetara** eramango gintuela esan zigun.
2. Ez zen batere erraza une hartan gu harritzea; izan ere, leku ikusgarri **batzutatik** / **batzuetatik** gentozen.
3. Denok ez genuen Axenen gonbita onartu, eta **bateri** / **bati** baino gehiagori damutu zaio.
4. A zer-nolako paraje ederra! Bide estu **batetik** / **batetatik** eroan gintuen.
5. Makila **batekin** / **batarekin** arazorik gabe egin zitekeen bidea.
6. Eta, bidearen amaieran, paraje eder **batetan** / **batean** geratu ginen.
7. Bueltan, lagun **batzuei** / **batzuri** kontatu genien ikusi genuena.
8. **Batzuk** / **Batzuek** ez zuten interesik erakutsi, baina beste **batzuk** / **batzuek** a zer-nolako inbidia pasatu zuten!

5. Osatu testua *bat* eta batzuk zuzen deklinatuz.

.... (batzuk, nork) nahiago izaten dute gauzak eskuz egin, ordenagailuz baino. Lagun .... (bat, nork) behin esan zidan bere lankide .... (batzuk, nori) entzun ziela esaten beraiek nahiago luketela ordenagailurik ez zegoen sasoian bizi. .... (bat, nork) baino gehiagok pentsatuko du zoratuta daudela, baina, egia esan, ... (batzuk, non), beste sasoi .... (batzuk, zerez) hitz egitean, neuk ere gauza bera pentsatzen dut. Beste garai .... (bat, non) bizitzea ez legoke txarto, ezta, Irati? .... (bat, norentzat) baino gehiagorentzat txorakeria bat esaten ibiliko naiz!

6. Aukeratu gaztelaniazko esaldiaren euskarazko ordain egokia.

1. Catorce de los asistentes trajeron camisa roja.
   a) Bertaratutako **hamalauk** alkandora gorria ekarri zuten.
   b) Bertaratutako **hamalaurek** alkandora gorria ekarri zuten.
   c) Bertaratutako **hamalauek** alkandora gorria ekarri zuten.
2. De esos catorce, a tres se les olvidó traer chaqueta negra.
   a) Hamalau horietatik, **hirurei** jaka beltza ekartzea ahaztu zitzaien.
   b) Hamalau horietatik, **hiruri** jaka beltza ekartzea ahaztu zitzaien.
   b) Hamalau horietatik, **hirureri** jaka beltza ekartzea ahaztu zitzaien.

45 BALDINTZA ERREALAK ETA IRREALAK

Gai bati buruzko iritzia ematen dugunean, sarritan erabiltzen ditugu **baldintzazko adizkiak** gure argudioak emateko. Batzuetan, aztertu nahi dugun egoeran geure burua irudikatzeko erabiltzen ditugu; beste batzuetan, balizko egoeretako jokabideak agerian uzteko.

Baldintza erreala

Gertatu diren edo gertatzen ari diren egoeretan erabiltzen dira.

*Gurekin etortzeko **esaten badiot**, agian ezetz esango dit.*

Baldintza:

- *aditz nagusia + -ten/-tzen* ***(esaten)***
- *ba- + orainaldiko indikatiboa (diot)* ***(badiot)***

Ondorioa:

- *aditz nagusia + -ko/-go* ***(esango)***
- *orainaldiko indikatiboa* ***(dit)***

Baldintza irreala, etorkizunekoa

Etorkizunean gerta litezkeen baldintzak dira.

*Nik, zu **(izango) banintz, ez nuke** hainbeste **pentsatuko**!*

Baldintza:

- *aditz nagusia + -ko/-go* ***(izango)***
- *ba- + lehenaldiko indikatiboa – -en (nintz)* ***(banintz)***

Ondorioa:

- *aditz nagusia + -ko/-go* ***(pentsatuko)***
- *lehenaldiko indikatiboa – -en (nu-) + -ke* ***(nuke)***

Baldintza irreala, lehenaldikoa

Dagoeneko gertatzeko aukerarik ez duten baldintzak dira.

*Astebete lehenago **eskatu (izan) banio,** agian baietz **esango zidakeen.***

Baldintza:

- *aditz nagusia* ***(eskatu),*** *edo aditz nagusia+ (izan)* ***(eskatu izan)***
- *ba- + lehenaldiko indikatiboa – -n (nio)* ***(banio)***

Ondorioa:

- *aditz nagusia + -ko/-go* ***(esango)***
- *lehenaldiko indikatiboa – -n + -keen* ***(zidakeen)***
- *lehenaldiko indikatiboan ere eman daiteke* ***(zidan)***

JARDUERAK

1. Irakurri gutuna eta aukeratu baldintza forma egokiak.

Guraso maiteak:

Egia da logela hankaz gora izaten dudala, baina elkar ulertuko badugu / bagenu, behin betiko konponbidea lortuko genuela / genukeela uste dut. Hona hemen nire eskakizuna:

Nire logelan leku falta handia dut. Beraz, hainbat altzari aldatuko bazenituzte / bazenitu, arazoa konponduko litzateke / zatekeen. Esaterako, azpiko tiraderadun ohea erosiko banizue / bazenidate, traste gehienak gordetzeko lekua izango zen / nuke. Lagunentzat erabiltzen dugun beste ohe horren ordez, mahai handiagoa eta apalategia jarriko bazenizkidate / jarri bazenizkidate, ez nituzkeen / nituzke liburuak lurrean izango.

Azkenik, aulki erosoago bat erosten badidazue / bazenidate, etxerako lanak bertan egingo ditudala / nituzkeela zin dagizuet, eta zeresanik ez ordenagailu berria erosiz gero!

Maitasunez,
Urko

— Erreparatu gurasoen kexei, eta hauek kontuan izanda, jarraitu idazten gurasoak prestatzen hasi diren erantzun-gutuna.

- Arropa zikina eta garbia nahaspilatuta daude.
- Erdi usteldutako jakiak daude mahai gainean.
- Ohea egin gabe egoten da asteetan.
- Erabiltzen ez dituzun trasteak ez dituzu gordetzen.

Urko maitea:

Arrazoi osoa duzu. Altzariak aldatzeko esfortzua egingo dugu. Bestalde, zuri ere ahalegin txiki bat eskatu nahi dizugu; izan ere, hainbat jarrera aldatuko ***, ondorio pozgarriak ikusiko ***.

Adibidez, entrenamendutik iritsi bezain laster arropa garbigailuan sartuko ***.

Erdi usteldutako jakiak mahai gainean pilatuko ez ***.

Zeure esku dago, beraz, behin betiko konponbidea!

2. Nolakoa litzateke zure ametsetako etxea? Idatzi testua eta kontatu ikaskideei.

3. Ados egoten zara ikaskideekin? Jarri binaka, egin inkesta batak besteari eta jaso erantzunak idatziz.

1. Eskale batek eskuan daramazun ogitartekoa eskatuko balizu, zer egingo zenuke?
2. Hondartzan uretan zaudela poltsa lapurtuko balizute, zer egingo zenuke?
3. Sakelakoa estolda batetik behera eroriko balitzaizu, zer egingo zenuke?
4. Arropa esekitzen ari zarela barruko arropa bustia eskuetatik irristatu eta oinezko bati gainera eroriko balitzaio, zer egingo zenuke?
5. Gustatzen zaizun neskaren edo mutilaren argazki bat lortu nahiko bazenu, zer egingo zenuke?

— Puntuatu erantzunak 1etik 5era.

1 = ez nago ados **5** = guztiz ados

Maider Eskale batek ogitartekoa eskatuko balit, oso gustura emango nioke. **4**

— Zenbatu puntuak. Gero, osatu emaitzak eta aztertu.

zenuke • bazenute • zinatekete • bazenu

5-10	Eztabaidan hasten zaretenean, inguruko guztiek ihes egiten dute. Batak bestearen ikuspegitik aztertuko .... arazoa, hain desberdinak ez zaretela konturatuko ....!
20-30	Haizea mendebaletik badator lagun; hegoaldetik badator, ordea, etsai. Haizearen norabidea neurtzeko gailua lortuko ...., berarekin noiz elkartu jakingo ....
30-40	«Bai» badiozu, berak «jakina» esango du. «Ez» badiozu, «inola ere ez». Lagunak ala klonak zarete zuek?

— Ereduari jarraituz, asmatu inkesta bat gai honen inguruan:

Eskolako lanak egiteko bikotekide ona zara?

4. Jarri falta diren baldintza formak eta lotu esaldien bi atalak zentzuzko perpausak lortzeko. Gero, asmatu beste hiru.

Denda txikiek eta handiek aukera desberdinak eskaintzen dituzte.

1. Erosketak larunbat arratsaldean egin nahi ....,
2. Jantziak etxean probatzeko eraman nahiko ....,
3. Saltzailearen laguntza beharko ....,
4. Gauza bereziren bat erosteko asmoa ....,

a) ... denda txikietan errazago aurkituko ....
b) ... hobe .... saltoki handietara joan, txikiek ez baitute izaten aukera hori.
c) ... edozein denda topatuko .... zabalik.
d) ...denda txikietako saltzaileek eskainiko .... modu pertsonalizatuagoan.

AHALERA: NOR ETA NOR-NORK

Ahalerak gaitasuna, ahalmena, aukera, probabilitatea... adierazten du.

Ahalera egiteko hainbat modu daude: *ahalera adizkiak, ahal, ezin eta nominalizazioa.*

Ahalera adizkia **Nor** motakoa: *ibil* ***naiteke*** *eta* **Nork** motakoa: *ekar* ***dezake*** izan daiteke.

Aditz nagusiaren **aditzoina** erabiltzen da: ***ibil*** *naiteke,* ***ekar*** *dezake.*

Hiru aldi bereizten dira. **Oraina:** ibil *naiteke*, ekar *dezake;* **iragana:** ibil *nintekeen*, ekar *zezakeen* eta **hipotetikoa:** ibil *ninteke*, ekar *lezake*.

1. Berridatzi elkarrizketako esaldiak, ahalerako adizkiak erabiliz. Ez ahaztu aditzoinak behar bezala jartzea.

Elaia: Telebistako saioak ikusten harri eta zur geratu ahal zara.

Hur: Egia da: teledendan gauza harrigarriak erosi ahal dituzu.

Elaia: Aitonarentzat audifono merke bat erosi ahal dut.

Hur: Audifonoak telebista-kate guztietan erosi ahal ziren iaz.

Elaia: Zuk ezin izango zenuen ezer erosi, iaz, hamahiru urterekin.

Hur: Zuk ere ezin duzu ezer erosi, ez dituzulako 18 urte bete.

Elaia: Amari eskatuta, haren txartela erabili ahal izango nuke, aitonari oparia erosteko.

Hur: Eta ezin izango luke erosi zure amak zuzenean?

Elaia: Ama muturtuko litzateke Internet bidez erosten saiatuz gero. Edo are okerragoa ordenagailua hondatu ahal izango luke.

Hur: Ezin dut sinetsi. Ezin da izan. Zure ama ezin da hainbeste haserretu.

2. Erantzun galderei.

- Zenbat kilometro egin ditzakezu lasterka 15 minutuan?
- Zenbat kilometro egin litzake denbora berean lasterkari olinpiko batek?
- Zenbat kilometro egin zenitzakeen 3 urterekin?

3. Azaldu esaera zahar hauen esanahia.

— Dagoenean bonbon, ez dagoenean egon!

— Arin eta ondo, txoriak hegan!

— Asko egin dezake eskuak, baina gehiago buruak!

— Txapel batekin bi buru ezin estali!

4. Osatu esaldiak ereduan bezala eta idatzi koadernoan.

***Antzina**ko haginlariek ezin zezaketen haginik atera pazienteari minik egin gabe.*

***Gaur egun,** aldiz, batere minik eragin gabe atera ditzakete.*

telebista koloretan ikusi

haririk gabeko telefonoz hitz egin

Atlantikoa egun batean zeharkatu

egunero dutxatu

musika entzun noiznahi eta nonahi

Interneten informazioa bilatu

5. Osatu taula.

Indikatiboko orainaldia	Orainaldiko ahalera	Iraganeko ahalera	Ahalera hipotetikoa
Liburutegian eleberri ederra aurkitu duzu.	Liburutegian eleberri ederra aurki(tu) dezakezu.		
Anaiak ez du irentsi puxtarririk.			
Asteburuan bi kontzertu entzun ditugu.			
Leirek eta Mikelek ez dute entseatzen elkarrekin.			
Bat-batean ohartu gara egindako hanka-sartzeaz.			

AHALERA: NOR-NORI

Nor-Nori saileko adizkiak gutxien erabiltzen ditugunak dira. Gehienetan aditz nagusi hauekin batera agertzen dira: gertatu, izan, galdu, apurtu, gustatu, etorri, joan, hurbildu, bururatu...

Orainaldia: Zer gerta dakioke Tom Holland-i gure ikastetxera etorriz gero?

Alegiazkoa: Zer gerta lekioke Spider-Mani hormatik gora doala itsasteko gaitasuna galduko balu?

Lehenaldia: Zer gerta zekiokeen Doraemoni sakela magikotik gaizkile bat atera balitzaio?

JARDUERAK

1. Irakurri lehen multzoko egoerak eta pentsatu bigarren multzoko zer esaldi datorkion ondo bakoitzari.

1. Zozketa bateko sari potoloa egokituz gero...
2. Atzo izeba gaixorik egon zen.
3. Hamar txartel erosi ditut saskiaren zozketarako.
4. Zozketan parte hartzeko txartelik erosiko banu...
5. Atzo liburu bat zozketatu zen klasean.
6. Izeba gaixorik dago.

a. Saria egoki lekidake.
b. Bisita egitera joan nakioke.
c. Egoki zekidakeen, baina Iñakiri egokitu zitzaion.
d. Neuri egoki dakidake saskia.
e. Ameriketako osabari joan nenkioke bisita egitera.
f. Bisita egitera joan nenkiokeen.

2. Osatu perpausak, ahaleraren hiru aldiak emanez: orainaldia, alegiazkoa eta lehenaldia.

- Gaizka niri hurbil .... / .... / .... aholku eske.
- Guri Peru eta Ziortza joan .... / .... / .... kontuak eskatzera.
- Zuek amari barkamen eske joan .... / .... / ....

3. Ikaskide batekin elkartu eta egin galderak elkarri. Erantzunak idatziz jaso.

A ikaslea

- Joan nakizuke bisitatzera?
- Hurbil gakizkizuke jarduera kopiatzeko?
- Nor etor lekidake goizaldeko lauretan etxera?
- Ama, joan zakizkioke aitari bila autoz?
- Edonori ager dakizkioke garau horiek azalean?

B ikaslea

- Noiz joan nakizuke etxera zalantzak galdetzera?
- Aita, joan zakizkioke amari bila autoz?
- Noiz atera lekizkidake nerabezaroko garauak?
- Esther etor dakidake bisitatzera?
- Etxeko atarira joan gakizkizuke bila?

4. Lotu pertsona berean dauden adizkiak. Gero, asmatu esaldiak adizkietako batzuk erabiliz.

zenkizkidaketen • gakizkizueke • zakizkiguke • zekizkiokeen
genkizkizueke • dakizkioke • zakizkidakete
nenkiokeen • zenkizkigukeen • lekizkioke
nenkioke • genizkizuekeen • zenkizkiguke
zenkizkidakete • nakioke

48 AHALERA: NOR-NORI-NORK

Nola atera **orainaldiko Nor-Nori-Nork ahalera,** indikatibotik hasita.

- Aldatu erroa: **i** – **ieza** (*diguzue* – ***dieza**gukezue*)
- Plurala bada, mantendu pluralaren marka (*d**izki**dazu* – ***diezazki**dakezu*).
- **-ke** txertatu nork morfemaren aurrean (*d**i**et* – ***dieza**ieket*). Adi *nork* 3. pertsona singularra denean (*d**i**zu* – ***dieza**zu**ke*** / *d**i**zkigu* – ***diezaz**kigu**ke*** / *d**i**t* – ***dieza**da**ke***).
- Salbuespenak: *nori* 3. pertsona denean (hari edo haiei) **-i-** tartekatzen da *-**ieza**-*ren ondoren (*d**i**ozu* – ***diezai**o**ke**zu* / *d**i**ezue* – ***diezaie**ke**zue* / *d**i**o* – ***diezai**o**ke***)

Nola atera **Nor-Nori-Nork ahalera hipotetikoa** indikatiboko **iraganetik** hasita.

- Iraganeko aditzari bukaerako **-n** kendu (*n**i**on* – *n**ieza**ioke* / *gen**i**zuen* – *gen**ieza**zueke*)
- Aldatu erroa: **i** – **ieza** (*zen**i**guten* – *zen**ieza**gu**ke**te*)
- **-ke** txertatu azkenean (*zen**i**zkigun* – *zen**ieza**zkigu**ke***)
- Nork 3. pertsona bada, hasierako z **-l-** bihurtzen da (*z**i**on* – ***lieza**ioke* / ***zi**zun* – ***lieza**zuke*)

Nor-Nori-Nork iraganeko ahalera, hipotetikoa bezala egiten da, baina azkenean **-keen** gehitzen zaio (*zen**ieza**gu**ke*** – *zen**ieza**gu**keen*** / ***l**ieza**i**o**ke*** – ***z**ieza**i**o**keen***).

1. Osatu esaldiak ahalera adizki egokiak aukeratuz.

diezaiokete • diezazuket • diezaiokezu
diezaguke • diezazkizuekegu • diezaioke

1. Txartelik ez badaukazu, nik ordain ♣ ♣ ♣ bidaia.
2. Eguraldi txarrak zapuztu ♣ ♣ ♣ plana (guri).
3. Ezin ♣ ♣ ♣ horrelako astakeriarik esan inori (zuk).
4. Zinemako sarrerak erreserba ♣ ♣ ♣ (guk zuei).
5. Ezin ♣ ♣ ♣ ikasgaia gaindi, eskolara joan ez bada (haiek).
6. Edonork erantzun ♣ ♣ ♣ galdera horri!

2. Aztertu galderak eta erantzun zer egin dezakezun aurtengo udan diru apurtxo bat eskuratzeko. Erabili honelako erantzunak:

- *Bai, ... diezazkioket (ziur nago)*
- *Agian, ... niezazkioke*
- *Ez, ezin diezaieket / niezaieke ....*

1. Eskolak eman **diezazkiekezu** zure gurasoen lagunen seme-alaba txikiei?
2. Amonari errekaduak egin **diezazkiokezu** egunero?
3. Gurasoei etxea garbi **diezaiekezu** diruaren truke?
4. Auzokoei eskaini **diezaiekezu** txakurra paseatzea?
5. Zure inguruko adin nagusikoei erakutsi **diezaiekezu** Internet erabiltzen?
6. Jendeari kontzertuak eskaini **diezazkiokezue** taldean euskal kantak abestuz?
7. Auzoko dendariei galde **diezaiekezue** ea erosketak etxera banatzen lagundu dezakezuen?
8. Lanean dauden gurasoei eskaini **diezazkizueke** haurrak parkera eramatea ordu pare batez?

3. Osatu esaldiak aditz egokiak aukeratuz.

liezaioke	zeniezaioketen	geniezaieke
diezaiekegu	diezazkidakezu	zeniezazkiokeen

1. Afaria presta ♦♦♦ berandu etortzen badira (guk).
2. Zure apunteak utz ♦♦♦?(niri)
3. Gustura ez bazeundeten irakasleari esan ♦♦♦.
4. Opari bana eros ♦♦♦ irakasleei (guk).
5. Lehenago ibili izan bazina, sarrerak erosteko eskatu ♦♦♦ (hari).
6. Soinekoa gustukoa ez balu, dirua bueltatzeko esan ♦♦♦ dendariari.

— **Baiezko esaldiak ezezko bihurtu.**

4. Berridatzi esaldiak ahalera adizkiak erabiliz.

1. Autoa merke saldu **ahal diote** gurasoek anaiari.
2. Agian kontzerturako sarrerak oparitu **ahal dizkigute.**
3. Gezurra esan **ahal genien,** baina zintzoak izan ginen.
4. Mateko ariketak egiten irakatsi **ahal dizkizuegu,** eskatuko bazenigute.
5. Azterketako nota igo **ahal izango zigun,** nahi izango balu.
6. Azterketako nota **igo ahal digu,** lana ondo egiten badugu.

5. Atera ahalera formak indikatiboko aditzak oinarri hartuta, ereduan bezala.

digu – *diezaguke;* zigun – *liezaguke / ziezagukeen*

- didazu
- diegu
- diozue
- dizkiguzu
- dio
- dit

SUBJUNTIBOA: NOR, NOR-NORI

Subjuntiboko adizkiek **nahia, desira, asmoa** edo **agindua** adierazten dute. Subjuntiboaren erabilerak:

Helburua adierazteko	• ***Zertarako?*** galderari erantzuten diote perpausek. *Zertarako deitu dizu Garazik? Berarekin **joan nadin** / **joateko** deitu dit.*
Nahia edo desioa adierazteko	• ***Nahi izan, gura izan, nahiago izan, opa izan...*** eta antzeko aditzekin erabiltzen da. *Zuei gauzak ondo **joan dakizkizuen** / **joatea** nahi dugu.*
Agindua adierazteko	• 1. eta 3. pertsonako aginte-perpausak eratzeko. *Itzul **gaitezen** etxera! **Joan daitezela** kalera!*
Perpaus osagarriak eratzeko	• ***Zer?*** galderari erantzuten diote perpausek. • ***Esan, eskatu, agindu, adierazi...*** aditzekin erabiltzen da. • Subjuntiboko adizkiak ***-(e)la menderagailua*** behar du. ***Zer** eskatu digu irakasleak? Ikasgelara **sar gaitezela** / **sartzeko** eskatu digu.*

1. **Identifikatu subjuntiboko adizkiak eta sailkatu taulan, adierazten dutenaren arabera.**

- Saia gaitezen garaiz iristen.
- Zuek pozik egon zaitezten eta haiek haserretu ez daitezen, denok batera joatea pentsatu dugu.
- Esan digu ez gaitezela hurbildu.
- Eror ez nendin, sokaren muturra bota zidan.
- Aitonarenera joan zinteztela eskatu nizuen.
- Jan dezala berak!
- Aitak garaile atera nadin nahi du.

Osagarriak eratzeko	Helburua adierazteko	Nahia adierazteko	Agindua adierazteko
...	...	...	...

— Asmatu atal bakoitzeko beste bi adibide.

2. **Berridatzi esaldiak subjuntiboa erabiliz.**

- Zuek institutura egunero etortzea nahi dut.
- Ni gaur etxean geratzea gura duzu.
- Guri ikasketak ondo joatea nahi du irakasleak.
- Nik nahiago nuen ikasgelako giltza zuek gordetzea.
- Zuri bidaia ondo ateratzea opa dizut.
- Miren azkar sendatzea nahi zuten lagunek.

3. **Osatu perpausak subjuntiboko adizkiak erabiliz.**

- Bere urtebetetzea niri ahaz ez ♠♠♠ nahi du Anek orain.
- Ni zuri bisitan joan ♠♠♠ nahi du Anek orain.
- Kontzerturako sarrerak Joni gal ez ♠♠♠ nahi du Anek orain.
- Azterketa guri ondo irten ♠♠♠ nahi du Anek orain.
- Bere gona zuri gusta ♠♠♠ nahi du Anek orain.

— Osatu esaldiak lehenaldiko formak baliatuz.

- Bere seiloak (niri) uki ez ♠♠♠ nahi zuen nire amama Marianek.

- Bere marrazkiak (zuri) gusta ♠♠♠ nahi zuen Anek txikitan.
- Gurasoak (berari) ikastolara bila joan ♠♠♠ nahi zuen Anek txikitan.
- Bere zorrozkiloa (zuri) gal ez ♠♠♠ nahi zuen Anek txikitan.
- Bere eskulanak (gurasoei) gusta ♠♠♠ nahi zuen Anek txikitan.

4. **Erantzun galderei subjuntiboko adizkiak erabiliz.**

- Zertarako esan zenuen hori? (zu poztu)
- Zertarako itxi dituzte Donostiako dendak? (olatuak ez sartu)
- Zer esan dizue irakasleak? (atsedenaldian ikasgelan geratu)
- Zertarako jarri zenuten balde bete ur atearen gainean? (gure lagunei buru gainera jausi)
- Zer eskatu zizun amamak? (ni berari bisitan gehiagotan joateko)
- Zertarako deitu diguzue telefonoz? (zuek guri bisitan etorri)

5. **Identifikatu subjuntiboko adizkiak eta sailkatu.**

dakigun • nintekeen • gaitezen • dakidan • zaitezkete
dakion • gara • dadin • balitz • zatekeen • zenbiltzaten
dakizun • zabiltzate • zekigun • gakizkion
gaitezke • zekien • zoazte • gara • dira

NOR	NOR-NORI
...	...

SUBJUNTIBOA: NOR-NORK

Argi!

Gogoratu subjuntiboko adizkiak erabili ahal izateko, perpaus nagusiko subjektuak eta mendeko perpauseko subjektuak desberdinak izan behar dutela:

(**nik**) Paperean bildu dut, etxean (**zuk**) jan **dezazun**.

(**nik**) Paperean bildu dut etxean (**nik**) **jateko**.

1. Aukeratu aditz egokiak.

- Aitonak entzun ♣♣♣ jartzen dugu ozen telebista. (ditzan/ dezan)
- Gurasoek gu zinemara eraman ♣♣♣ nahi genuen. (gintzan/ gintzaten)
- Jendeak zu maite ♣♣♣ ez da asko behar. (zaitzan/ zaitzaten)
- Hobeto ikus ♣♣♣ zuk ni, eskua altxatu dut. (nazazun/ zaitzadan)
- Nik zu uler ♣♣♣ astiroago hitz egin beharko didazu. (zaitzadan/ nazazun)
- Esaiozu niretzat ere jogurt bat ekar ♣♣♣. (dezala/ dezatela)

2. Berridatzi perpausak, nabarmendutako egituren ordez subjuntiboko adizki hauek erabiliz:

genezan • dezan • nezan • zaitzagun
ditzaten • nazan • dezatela • zenezan

- Guk musika talde hau **ekartzea** proposatuko dugu.
- Apalategia erosi dugu, ikasleek liburuak bertan **uzteko**.
- Irakasleak ni **aintzat hartzeko**, dena ondo egiten saiatuko naiz.
- Guk zu **harrapatzeko** lan handia egin beharko dugu.
- Gure neba **bakean uzteko** esan genizun.
- Txakurrak ez **puskatzeko** gorde egingo dut haurraren pilota.
- Iaz, aitak gitarra berria erosi zidan joten **ikasteko**.
- Lehengusu jaio berria **ezagutzeko** etorri ziren Bilbora.

3. Bete hutsuneak.

- Irakasleak azterketak lehenbailehen zuzendu ♠♠♠ nahi genuen.
- Amaiari deitu diogu, apunteak ekar ♠♠♠.
- Mikel gure taldean onar ♠♠♠ eskatu dugu.

- Giltzak gal ez ♠♠♠ amak giltzatako polit hau opari egin zidan.
- Unibertsitatean onar ♠♠♠ nota altua atera behar izan zuen batxilergoan.
- Maiteri eskatu diogu eskolatik etxera bere autoan ekar ♠♠♠.
- Denok bezala, berak ere ordain ♠♠♠.

4. Erantzun galderei parentesi arteko informazioa baliatuz.

- Zer eskatu zenion aitari?
  (zortzietan ni esnatu)
- Zertarako ekarri dituzu pastelak?
  (Julenek dastatu)
- Zer agindu dizu dendariak?
  (poltsak birziklatzera eraman)
- Zer nahi duzu?
  (guk hori horrela egin)
- Zertarako ekarri nauzu hona?
  (zuk paisaia zoragarria ikusi)
- Zer eskatu dizute?
  (aulkiak sartu ikasgelan)

5. Eman esaldiak lehenaldian.

1. Ahalegin guztiak egin ditut zuk ni maita nazazun.
2. Euskaraz hitz egin beharko didazu nik zu uler zaitzadan.
3. Bizikleta konponketa-lantegian utzi dut gurpila konpon dezaten.
4. Itxaroten ari gara gurasoek autoz eraman gaitzaten.
5. Espero dut sasoiz amaitu dezazula zuri dagokizun lan atala.

6. Taldean, asmatu elkarrizketa bat, subjuntiboko adizki hauek erabiliz.

zintzadan • ditzaten • nezan • gaitzazun • dezazuen
zenezan • genezan • ditzan • zaitzaten

— Banatu rolak eta antzeztu idatzitako elkarrizketa beste talde bati. Elkarren lana zuzendu, adizkiei erreparatuz.

7. Lotu pertsonak eta aditzak.

ziezazkidaten ○	○ guk-zuri-haiek
zeniezaien ○	○ nik-zuri-hura
diezazkizudan ○	○ zuk-haiei-hura
niezazun ○	○ nik-zuri-haiek
geniezazkizun ○	○ haiek-niri-haiek

SUBJUNTIBOA: NOR-NORI-NORK

Subjuntibozko aditz laguntzaileak bi bukaera izan ditzake: **–(e)n** eta **–(e)la.**

- **-(e)n** erabiliko da **helburua** adierazteko *(Txakurrari ilea moztu **diezaioten** eraman dut txakur-ile apaindegira)*, **nahia** *(Egia esan **diezaguten** nahi dugu)* eta **aginduak** emateko, baina **lehenengo pertsonarekin** *(Amak agindu dit dei **diezadan** heltzen naizenean)*.
- **-(e)la** erabiliko da **konpletiboarekin** *(Ikasle berriei ikasgela erakuts **diezaiegula** esan digu irakasleak)* eta **aginduak** emateko, baina **hirugarren pertsonarekin** *(Lapurtutakoa buelta **diezaiotela** jabeari agindu zien poliziak)*.

Argi!

Subjuntibozko aditz laguntzaileak bi bukaera izan ditzake: **–(e)n** eta **–(e)la**.

- **-(e)n** erabiliko da **helburua** adierazteko *(Txakurrari ilea moztu **diezaioten** eraman dut txakur-ile apaindegira)*, **nahia** *(Egia esan **diezaguten** nahi dugu)* eta **aginduak** emateko, baina **lehenengo pertsonarekin** *(Amak agindu dit dei **diezadan** heltzen naizenean)*.
- **-(e)la** erabiliko da **konpletiboarekin** *(Ikasle berriei ikasgela erakuts **diezaiegula** esan digu irakasleak)* eta **aginduak** emateko, baina **hirugarren pertsonarekin** *(Lapurtutakoa buelta **diezaiotela** jabeari agindu zien poliziak)*.

1. Aukeratu aditz egokiak.

- Erietxera eraman dugu umea erizainek igeltsua ken ………… (diezaioten / diezaien)
- Haurrari ipurdia garbi ………… agindu zion emazteak senarrari. (ziezaiola / ziezaion)
- Ordenagailua konpon ………… ekarri dizut. (diezadazun / diezadazula)
- Gure gauzak zeuden tokian utz ………… agindu zien irakasleak bigarren mailakoei. (diezazkigutela / diezazkiguten)
- Irakasleari azterketak erakuts ………… eskatu genion. (ziezazkigutela / ziezazkigula)
- Barre egin ez …………, hobe duzu isilik geratu. (diezazkizuten / diezazuten)

2. Berridatzi perpausak nabarmendutako egituren ordez subjuntiboko adizkiak erabiliz.

- Kaxa hori laugarren solairura **igotzeko** eskatu digu auzokoak.
- Etxera iristean guri **deitzeko** esan genizun.
- Berrogei euro eskaini dit nik hari umea **zaintzeko**.
- TAO txartela eskuratu dugu udaltzainek isunik ez **jartzeko**.
- Ura **emateko** eskatu digute mendizale horiek.
- Haiek guri **adarra ez jotzeko**, zerbait egin beharko dugu.

3. Bete hutsuneak.

- Ez dut nahi zuri horrelakorik egin …… haiek.
- Bost ordu egin zituen hotelaren aurrean, musikariak autografoa eman …….
- Guk haiei kontzerturako sarrerak eros …… nahi dute.
- Hainbat aldiz eskatu genion hura ikusten utz …….
- Goazen lehenbailehen harengana, guri ere gauza miragarri hori erakuts …….
- Zuek biok elkarri barkamena eska …… nahi dut.

4. Jarri esaldiak lehenaldian.

- Dena jan dute, sukaldariak ezer esan ez diezaien.
- Azterketa erraza jar diezagula eskatu diogu irakasleari.
- Bizikleta konpon diezadan eraman diot Amaiari.
- Eskulana egin diezaiogula eskatu digu Aitorrek.
- Lehenbailehen erantzun diezadazun deitu dizut sakelakora.

5. Erantzun galderei parentesi arteko informazioa erabiliz.

- Zer eskatu dizute osaba-izebek? (gurasoei eskumuinak eman)
- Zertarako hurbildu zait Edurne niri horrenbeste? (musu bat eman)
- Zer nahi zuen irakasleak? (guk zuei lagundu)
- Zertarako behar gintuen? (mapa egiten lagundu)

BALDINTZA-PERPAUSAK

Baldintza-perpausak mendeko perpausak dira. *Perpaus nagusiko ekintza gauzatzeko* ***(ondorioa),*** bete behar den ***baldintza*** zein den adierazten dute. *Zu pozik jarriko zinateke, Josu etorriko balitz.*

Baldintza-perpausak egiteko bi modu daude:

— **Adizki jokatuekin, ba-** menderagailua erabiltzen da eta **baldintzazko adizkiak.**

*Etortzen **ba**zara, ondo pasatu**ko dugu.** Etorri**ko bazina,** ondo pasatu**ko genuke.** Etorri (izan) bazina, ondo pasatu**ko genukeen.***

Baldin partikula honetarako erabiltzen da: perpaus luzeetan baldintza datorrela adierazteko, aditza indartzeko eta aditz trinkoekin esaldi hasieran daudenean.

***Baldin ba**zatoz, ondo pasatuko dugu. Erosten **baldin baduzu,** adi deskontuari!*

** **Ezezkoetan** baldintzazko adizkia amaieran doa. *Etortzen **ez bada,** gaitz erdi! Egin nahi **ez baduzu,** ez egin. Ulertzen **ez baduzu,** esan.*

— **Adizki jokatugabeekin:**

- **-(e)z gero** Baiezko esaldietan soilik. *Zu etorri**z gero,** ondo pasatuko dugu / ondo pasatuko genuke.*
- **ezik, ezean** Ezezko esaldietan soilik. *Zu etorri **ezean / ezik,** ez dugu ondo pasatuko / ez genuke ondo pasatuko.*
- **-t(z)ekotan** Asmoa, beharra, helburua adierazten du. *Etortze**kotan,** oraintxe izan behar da* (bestela ez). *Joa**tekotan,** nire kontura joango naiz* (bestela ez).

1. Irakurri zutabea eta identifi katu baldintza-perpausak. Gero, bereizi baldintzak eta ondorioak.

SAGARRIK EZ MAKINETAN

Badakigu osasuntsu bizitzeko egoki jan behar dugula. Hainbat aldiz errepikatu digute lurrak emandakoa janez gero askoz errazago egingo dutela lan gure hesteek. Dena den, noizean behin litxarreriak jateak ez digu kalterik egingo, ezta? Noizean behin baino ez bada ere, lasai jan. Baina maiz janez gero, arazoak sor daitezke.

Kaleko kantoian, ospitaleko korridoreetan... nonahi jarri dituzte makina saltzaileak. Tripazorria kexaka hasiz gero, ez da zaila jana aurkitzea. Are gehiago, oso moko fi nekoa izan ezean, edonon jan daiteke zerbait. Baina fruta ahoratu nahi baduzu, ez duzu hain erraz aurkituko. Ederki txukunduta eskaintzen dizute edozer, fruta izan ezik.

Non aurkitu mokadu osasungarri eta egokia desorduetan? Inguruan fruta-dendarik ez badago, jai daukagu. Goizaldeko ordu txikietan sagar bat jan nahi badugu, nora jo behar dugu? «Kantoiko makinara» izan beharko luke erantzuna. Noiz gertatuko da hori? Nonbait ba omen dago fruta duen makina saltzaile bat, baina ez gure hirian. Berrogei makina baino gehiago zenbatu ditut gure kaleetan. Badauzkate fruitu lehorrak, bai eta oliba-oliotan frijitutako patatak ere, baina sagarrik ez. Eta niri tarteko orduetan sagarra jatea gustatzen zait. Zuri?

Endika Mikel Ortega

— Zertarako erabili ditu baldintza-perpausak zutabearen egileak? Aukeratu.

a) Irakurleari azaltzeko gaiaren ondorioak zein diren eta horren aurrean irakurleak jakin dezan nola jokatu behar duen.

b) Irakurleak ondorioak atera ditzan eta gaiari buruzko gogoeta egin dezan.

2. Aukeratu egoera bakoitzari dagokion perpaus egokia. Arrazoitu erantzunak.

1. Final-laurdenetako eskubaloi-partida duzu ostiralean.

a) Ostiraleko partida irabaziz gero, finalerdietako partida izango zenuke igandean.

b) Ostiraleko partida irabaziz gero, finalerdietako partida izango zenukeen igandean.

2. Buruko min handia duzu gaur.

a) Lo gehiago egin bazenu, hobeto zeundeke orain.

b) Lo gehiago eginez gero, hobeto zeundeke orain.

3. Lagunari sakelakoan duzun aplikazio berri baten funtzionamendua azaltzean...

a) Ikur hori sakatu banu, hurbileko arropa-denden informazioa emango zidakeen.

b) Ikur hori sakatuz gero, hurbileko arropa-denden informazioa emango dit.

4. Lehengusuari eman dizkiozu iazko arropak.

a) Eman badizkiozu, orain ezin dizkiozu berriz eskatu, ezta?

b) Eman bazenizkio, orain ezin izango zenizkioke berriz eskatu, ezta?

3. Irakurri testua eta berridatzi baldintza-perpausak.

Gure pribatutasuna besteen esku

Zer egingo zenuke norbaitek etxean gordeta duzun argazki bat hartu eta kaleko horma batean esekiko balu, herriko guztiek ikusteko moduan? Bada, sare digitaletan argazkiak esekitzen ditugunean, gauza bera egiten ari gara.

Interneteko sare sozialetan gabiltzanetik, agerian uzten ditugu sarritan gure datu eta kontu pribatu guztiak. Gure pribatutasunaren garrantziaz jabetzen ez bagara eta gure nortasun digitala kontuan hartzen ez badugu, besteen aurrean biluztu egingo gara behin eta berriz, ohartu gabe.

Beraz, norabidea aldatu nahi badugu, neurriak hartu beharko ditugu. Hori egiten ez badugu, gure bizitza ez da erabat gurea izango eta besteen esku geratuko da.

— Bat zatoz idazlearekin? Idatzi iruzkin bat, baldintza-perpausak erabiliz.

4. Irakurri ikasle batek eskolako blogean argitaratu duen *posta*. Ados zaude?

IKASMINTZ!

Zikinak zikina dakar

Goizeko zortzietan, ikastetxeko ate nagusitik erdi lotan sartzen garenean, ia ez dugu ezer ikusten. Ordu horretan begiratzeko gogorik ere ez dugu izaten. Egia esanda, begiratuko bagenu, lur jota geratuko ginateke. Hori bai, baten batek presazko gosariari azken haginkada eman eta besoa luzatzen badu, aluminio-paperezko bola, paperontzira joan ordez, jolastokiko hesiaren beste aldeko *zabortegi*ra joaten da. Berez ez da zabortegia, baina merezi du izena.

Arratsaldeko lauretan, egun-argitan, begiak ongi zabalik, ederki ikusten dugu egunez egun pilatuz doan zaborra. Arratsaldero bururatzen zaizkit ideia berberak. Aluminiopapera sakelan gorde bagenu... Zuku-potoa paperontzira bota bagenu... Amaitu ezinik geratu zaion ogitartekoa arratsalderako gorde balu... ez zen hainbeste zikinkeria bilduko.

Baina gaur beste ideia batzuk bururatu zaizkit. Sasia eta asunak kenduko bagenitu... Lehen Hezkuntzan bezala, tomatelandareak sartuko bagenitu, perrexila ereingo bagenu eta baratze txiki bat landuko bagenu... Zaborra botatzen jarraituko genuke? Proba egitea baino ez zaigu geratzen.

Zikinak zikina erakartzen duela esaten da. Beraz, zikina kentzen bada, ahulagoa izango da erakartzeko indarra. Nik, behintzat, halaxe uste dut.

— Erantzun galderei:

- Zein dira baldintza-perpausak?
- Aditz jokatuak ala jokatu gabeak erabili dira?
- Aditz laguntzaile bera errepikatzeak zer sentsazio sorrarazten du?

— Egin jarduerak:

- Aldatu zenbait egitura aditz jokatu gabeak erabiliz.
- Idatzi hiru iruzkin, baldintza-perpausak erabiliz.

5. Zein da esaldi egokia egoera bakoitzean? Zergatik?

1. a) Laborategian pipeta bat apurtuz gero, onena da irakasleari esatea.
   b) Laborategian pipeta bat apurtzekotan, onena da irakasleari esatea.
2. a) Istripurik edukiz gero, 112ra deitu behar da berehala.
   b) Istripurik edukitzekotan, 112ra deitu behar da berehala.
3. a) Ongi zaintzekotan utziko dit amak bere argazki-kamera.
   b) Ongi zainduz gero utziko dit amak bere argazki-kamera.

6. Irakurri egoera eta idatzi mezua konponbideak emanez.

Eskolako Kontseiluari baratzea sortzeko eskakizuna egin diozue, baina kontseiluak arazo hauek adierazi dizkizue:

- Ikastetxea ezin da eskola-orduetatik kanpo irekita egon.
- Eremu horretan ez dago iturririk.
- Ez dago lanabesak erosteko dirurik.
- Bi irakaslek hartu beharko lukete baratzearen ardura.

Kontseiluko kide agurgarriak:

Hona hemen arazoak gainditzeko bururatu zaizkigun irtenbideak.

Hasteko, baratzearen zaintza eguerdiko tartean eginez gero, ...

53 DENBORAZKO PERPAUSAK

Denborazko perpausak ekintzak denboran kokatzeko eta ekintzen ordena adierazteko erabiltzen ditugu.

Perpaus nagusian adierazten den ekintza denboran kokatzen dute: noiz hasten den, noiz amaitzen den edo zenbat irauten duen adieraziz.

Aztertu **denborazko perpaus motak.** Esanahia kontuan hartuta daude sailkatuta.

Aurrekotasuna baino lehen(ago), aurretik, orduko	*Hegazkinak asmatu **baino lehen** itsasontziz bidaiatzen zuen jendeak Europatik Ameriketara.*
Aurrekotasun hurbila -t(z)erakoan, baino lehentxoago	*Espeleologoak, leizera **sartzerakoan**, sokak etxean ahaztu zituztela konturatu ziren.*
Gerokotasuna ondoren, ostean, eta gero, -takoan	*Baimen guztiak **lortutakoan**, espedizioa prestatzeko lanei ekin zieten.*
Aldiberekotasuna -(e)nean, -t(z)ean, -t(z)eaz batera, ahala	*Esku-argiak piztu **zituztenean**, hormetako margoak agertu zitzaizkien begien aurrean.* *Esku-argiak piztu **ahala**, saguzarrak txilioka hasi ziren.* *Saguzarrak txilioka **hastean**, ikertzaileak lasterka hasi ziren leizetik ateratzeko,*
Berehalakotasuna bezain laster, bezain azkar, bezain pronto, eta berehala, orduko	*Sendagaiak eragina egiten hasi **bezain laster** pazientea esnatu egingo da.* *Sendagaiak eragina egiten hasi **orduko** pazientea esnatu egingo da.*
Maiztasuna -(e)n bakoitzean, -(e)n guztietan, -(e)n gehienetan	*Politikari horrek, ahoa zabaltzen **duen bakoitzean**, mundu guztiaren kritikak jasotzen ditu.* *Telebistan agertzen **den gehienetan**, eztabaida handiak pizten dira.*
Iraupenaren tarte osoa -(e)n bitartean, -(e)la(rik), -(e)nerako, bitartean, -t(z)erako, orduko	*Sukaldariak hasierako platerak prestatzen **zituen bitartean**, laguntzaileak postreak dekoratzen zituen.* *Sukaldariak platerak prestatu **bitartean**, laguntzaileak postreak dekoratzen zituen.* *Australiatik hegazkinez **zetorrela(rik)** bururatu zitzaion dastaketa-menu berria.* *Gizakiak Marte kolonizatzea lortzen **duenerako**, Lurrean ez da inor bizirik geratuko.* *Gizakiak Marte kolonizatzea **lortzerako** / **lortu orduko**, Lurrean ez da inor bizirik geratuko.*
Iraupenaren aurreko muga -(e)netik, -(e)nez geroztik	*Saria irabazi **zuenetik** / irabazi **zuenez geroztik**, ez du beste eleberririk argitaratu.*
Iraupenaren azken muga -(e)n arte, harik eta -(e)n arte, arte, harik eta ... arte	*Abokatuek askatzeko frogak aurkeztu **zituzten arte**, bi urte eman zituen kartzelan errugabeak.* *Errugabeak bi urte eman zituen kartzelan, **harik eta** abokatuek askatzeko frogak aurkeztu zituzten **arte**.* *Errugabea delako frogak aurkeztu **arte**, ez dute askatuko.* *Ez dute askatuko, **harik eta** errugabea delako frogak aurkeztu **arte**.*

1. **Aukeratu kasu bakoitzean esanahi bera edo antzeko esanahia duen esaldia.**

1. Kutsaduraren arazoa **konpontzerako**, baso handi guztiak desagertuta egongo dira.
   - a) Kutsaduraren arazoa konpondu orduko, baso handi guztiak desagertuta egongo dira.
   - b) Kutsaduraren arazoa konpondu ondoren, baso handi guztiak desagertuta egongo dira.
2. Eragozpen ekonomikoak **gainditutakoan**, eragozpen teknologikoak aztertu beharko dira.
   - a) Eragozpen ekonomikoak gainditu baino lehen, eragozpen teknologikoak aztertu beharko dira.
   - b) Eragozpen ekonomikoak gainditu eta gero, eragozpen teknologikoak aztertu beharko dira.
3. Bateria **amaitu orduko** jarri behar da kargatzen.
   - a) Bateria amaitu eta berehala jarri behar da kargatzen.
   - b) Bateria amaitu baino lehen jarri behar da kargatzen.
4. Sakelako berriak **agertu ahala**, gainerakoak zaharkituta geratzen dira.
   - a) Sakelako berriak agertzeaz batera, gainerakoak zaharkituta geratzen dira.
   - b) Sakelako berriak agertu arte, gainerakoak zaharkituta geratzen dira.
5. Etxerako lanak **egiten ari zela** eten zen konexioa.
   - a) Etxerako lanak egiterakoan eten zen konexioa.
   - b) Etxerako lanak egiten ari zen bitartean eten zen konexioa.

2. Berridatzi perpausak esanahia aldatu gabe.

- Airean ibiltzeko autoak asmatu ondoren, zeruko errepideak asmatuko dituzte.
- Proteina-pilula jan bezain laster nabarituko dugu indarra gorputz guztian.
- Ilargiko etxebizitzak diseinatu baino lehen, Ilargirako arropa diseinatu beharko da.
- Erregai ez-kutsagarriak asmatzen dituztenerako, beranduegi izango da planetarako.
- Zientzialariek minbiziaren sendabidea aurkitu bitartean, beste gaixotasun sendaezin batzuk agertuko dira.

3. Aukeratu pertsonaia bat eta horren arabera idatzi zer egiten duzun egun arrunt batean esnatzen zarenetik oheratzen zaren arte.

Irakasle batek

Gaur egungo gazte batek

2322 urtean jaiotako pertsonak

75 urteko senar-emazteak

Gaur egungo gazte batek: Goizeko zazpietan esnatzen nau iratzargailuak, eta, gosaldu baino lehen, dutxatu egiten naiz...

2322 urtean jaiotako pertsona taldeak: Programaturik gaude berez esnatzeko, eta, esnatu bezain laster, jaiki eta kutxa batean sartzen gara desinfektatzeko. Hamabost segundo kutxan egon ondoren, pilula elikagarri bat gosaltzen dugu...

4. Irakurri, eta osatu denbora-perpausak. Gero, entzun eta zuzendu.

ondoren • harik eta... arte • bitartean
amaitutakoan • bezain pronto • delarik • amaitzerakoan
garenean • baino lehen • orduko • bakoitzean
guztietan • ostean • eta berehala

'Kafe-orduan' magazina astelehenean hasiko da, Jokin Tellorekin

Telebistara itzuliko da Jokin Tello; baina, oraingoan, kamera aurrean jardungo du. Astelehenean estreinatuko dute *Kafe-orduan* arratsaldeko magazina.

Eguerdiko Teleberria .... abiatu, eta .... marrazki bizidunen saioa hasi ...., gaur-gaurko gaiak jorratuko dituzte, astelehenetik ostegunera, *Kafe-orduan* saioan. «Goizean, estudioetara heltzen ...., ez dugu jakingo zeri buruz hitz egingo dugun arratsaldea heldu .... Egunak berak aginduko digu norantz jo». Horrela azaldu du Tellok saioaren izaera.

Hasteko, gizarte-gaiak izango dituzte hizpide. Tertulia antzeko batean inguru hurbileko albisteak aztertu ...., munduari begira jarriko dira. Munduko albisteei buruz ari diren ...., konexioak egingo dituzte kanpoko berriemaileekin tokian tokiko egoeraren berri gertatzen ari .... izateko. Albisteen tartea ...., musikari egingo diote lekua hainbat musika-estiloko maisuen laguntzaz. Musikan adituen istorioak entzun ...., bestelako adituak sartuko dira plato erdiko gunera.

Jarraian, musika-adituek ...., gairen bat sakon aztertuko da aditu horien laguntzarekin. Jorratutako gaiak aktualitateari lotutakoak izango dira, eta aditu-taldea finkoa izango da: hezkuntza-gaiak jorratu behar diren .... Agerne Argibil eramango dute; elikadura zein osasun kontuak hizpide dituzten .... Elur Sasoieta edo Lore Erribera arituko dira; eta azkenik, Patrik Ahuts izango dute politika- zein ekonomia-gaiak jorratzeko. Aditu-taldearekin serio jardun ...., umoreari irekiko diote tartea Jokin Telloren kolaboratzaileek. Kafe-orduan saioa .... eguneko gonbidatu bereziarekin platora itzuliko da aurkezlea.

Jokin Tellok gidatutako elkarrizketa hori .... amaiera-agurrari ekingo diote.

5. Irakurri ikasle batek inkestari emandako erantzunak, eta identifikatu denbora-perpausak. Gero, erantzun zuk inkestari.

- **Zer egingo duzu hemezortzi urte bete bezain laster?**
  Nik hemezortzi urte bete bezain laster, autoeskolan emango dut izena gidabaimena ateratzeko.
- **Zer egingo duzu DBH amaitutakoan?**
  DBH amaitutakoan, Lanbide Heziketako ikasketak egingo ditut.
- **Zer amets beteko duzu nahiko diru aurrezten duzunean?**
  Nahiko diru aurrezten dudanean, Hego Amerikara joango naiz Iguazuko ur-jauziak ikustera.
- **Zer egingo duzu gustuko mutilarekin edo neskarekin harremana hasi orduko?**
  Gustuko mutilarekin edo neskarekin harremana hasi orduko, nirekin ateratzeko esango diot hobeto ezagutzeko.

- **Zer egingo duzu lehenengo soldata irabazten duzunean?**
  Lehenengo soldata irabazten dudanean, gurasoen etxetik alde egingo dut.

54 HELBURUZKO PERPAUSAK

Helburuzko perpausek perpaus nagusiko ekintzaren **asmoa** edo **helburua** zein den adierazten dute, eta zertara edo zertarako galderei erantzuten diete.

Mendeko perpausak **menderagailu** bat hartzen du perpaus nagusiarekin lotzeko. Menderagailu hori **aditz jokatuei** edo **aditz jokatugabeei** erants dakieke. Erreparatu koadroari:

Subjuntiboko adizkiak Zertara edo zertarako galderei erantzuten die. Aditz jokatuekin erabiltzen da.	*Modelo guztiak ikus **ditzan** utzi diot ordenagailuen katalogoa.* *Iratirekin egun guztian egon **nadin** ekarri naute hona.*
-t(z)era Zertara galderari erantzuten dio. Aditz jokatugabeekin erabiltzen da.	*Lagunek jaiak **ikustera** gonbidatu naute.* *Igeri **egitera** eraman gaituzte kiroldegira.*
-t(z)eko Zertarako galderari erantzuten dio. Aditz jokatugabeekin.	*Zelaietako aire garbia **arnasteko** etortzen naiz urtero.* *Aholku bat **eskatzeko** deitu dit Iñigok.*
-t(z)ekotan **-t(z)eko asmotan** Zer egiteko asmotan galderari erantzuten dio. Aditz jokatugabeekin.	*Aurten, **ligatzekotan** etorri naiz.* *Jonekin hitz **egitekotan** atera da lehenago.* *Horma **margotzekotan** ondo margotu eta ez egin lardaskeriarik.*
-t(z)earren **-t(z)eagatik** Zergatik galderari erantzuten diote. Aditz jokatugabeekin.	*Musika ona **entzuteagatik** elkartu naiz hauekin.* ***Dantzatzearren** etortzen naiz jaialdi honetara.* *Zurekin **egotearren** edozer egingo nuke.*

1. Irakurri testua eta identifikatu helburuzko perpausak. Esan zein den perpaus nagusia eta zein mendekoa.

Gogoan izan helburuzko perpausek ***zertara?*** eta ***zertarako?*** galderei erantzuten dietela. Beraz, zalantzan bazaude, bilatu perpaus nagusiko aditza (menderagailurik ez duena) eta egin bi galdera horiek. Galdera horiei erantzuten dien perpausa da helburuzkoa!

Ikastetxeko ingeleseko azterketa gainditzeko joaten naiz eskola partikularretara. Amaren ustez, ingelesa ikastera noa. Berak baino hobeto hitz egin dezadan ordaintzen ditu eskola horiek. Hori esaten du berak, baina ni gainditzearren joaten naiz. Hala ere, badakit denoi komeni zaigula ingelesez ongi aritzea, eta ingelesa ikasteko aprobetxatu nahi dut uda.

Ideiak argitzekotan sartu naiz Interneten, eta erabat ilundu baino ez zaizkit egin. Alde batetik, beste herrialde batzuetako gazteak ezagutzearren joango nintzateke atzerrira (Ingalaterrara, Irlandara edo Ameriketara). Baina inguruko festa guztiak galduko nituzke, eta ezingo nuke lagunekin parrandarik egin. Bestalde, dena gainditu ezean, ezin naiz atzerrira joan. Egunero kontrolatzeko, etxean eduki nahiko ninduke amak. Gainera, ez lidake ordainduko bidaia.

Gazte batzuk udalekuetara joaten dira ikastera. Beste batzuek ikastaro trinkoak egiten dituzte etxetik hurbil, atzerriko hizkuntzetan trebatzeko. Zein uste duzue dela aukerarik egokiena?

Imanol

— *«Imanol beste herrialde batzuetako gazteak ezagutzearren joango litzateke atzerrira».* Eta zuek zer helbururekin joango zinatekete? Eman lau erantzun, egitura hauek erabiliz:

-t(z)era • -t(z)eko • t(z)eko asmotan • -t(z)earren

2. Osatu hutsuneak Imanolek jaso dituen erantzun testuetan. Erabili helburuzko perpausen egitura desberdinak

Ni ingelesez hitz egiten .... (ikasi) bidali ninduten Irlandako familia baten etxera. Baina familiak dirua .... (irabazi) hartu ninduen ni, eta ez zidaten hitzik egiten. Familia aldatzeko eskatu nuen. Bigarren familiak eginahalak egin zituen ni pozik .... (egon). Aurten ere etxe berera itzuliko naiz, baina ez ingelesa .... (ikasi), familia .... (bisitatu) baizik. Oso esperientzia interesgarria izan da. Aukerarik baduzu, aprobetxatu!

Josune

Ni ikastetxe batean egon nintzen, Londresetik 50 kilometrora. Ingelesa .... (ikasi) joan nintzen, eta ingelesaz gain, italiera, alemana eta grekoa ikasi nituen. Aurten Milanera joango naiz italiera .... (hobetu). Ikusten duzunez, aurten ere formula bera aukeratuko dut. Egin ezazu proba!

Pello

— Demagun ingeleseko udaleku batean egon zinela iaz Laredon. Idatzi zeure eskarmentua kontatuz: zein izan ziren zure helburuak, bete ziren ala ez, eta zure gomendioa.

3. Irakurri Markelek bere egunerokoan idatzi duena, eta identifikatu helburuzko perpausak.

Eskubaloira joan behar dut, dantza-ikastegira joango banaiz. Kuadrillako mutilekin batera egon nadin derrigortu naute gurasoek eskubaloiko taldean izena ematera. Bakarrik gera ez nadin joan behar dudala dio aitak. Baina dantzara joaten naizenean, ez naiz bakarrik egoten. «Zertarako joan nahi duzu? Neskaz inguratuta egon zaitezen? Denok ikasi genuen dantzan, akademiara joan gabe» izaten da betiko leloa. Ez dute ulertzen, eta ez dute inoiz ulertuko. Musikak barruan kilika egin diezadan, kilika horrek nire gorputzeko atalak mugi ditzan eta sentsazio gero eta hobeak nabari ditzadan joan nahi dudala dantzara. Jasanezinak dira eskubaloiko entrenamenduak, baina ordaindu behar dudan prezioa da. Ala ez?

— Esan baieztapen hauek testuarekin bat datozen ala ez.

- Markelen gurasoen helburua Markel eskubaloiko jokalaria izatea da.
- Dantzara joatearren joaten da Markel eskubaloira.
- Neskekin harreman estuagoa izateko gurasoek bidaltzen dute Markel dantzara.
- Sentsazio onak izatearren joaten da Markel dantzara.
- Eskubaloia uzteko asmotan hasi da dantzan Markel.
- Entrenamenduak saihestearren joaten da dantza-ikastegira Markel.

— Berridatzi testua, helburuzko perpausetan aditz jokatugabeak erabiliz. Saiatu egitura desberdinak erabiltzen.

4. Irakurri elkarrizketa eta markatu helburuzko perpausak.

Laster datoz oporrak, eta lagun hauek ez dute gurasoekin joan nahi, honela aurreikusten dituztelako familiako oporraldiak.

Jonek: Harri zahar batzuk ikustearren mila kilometro egingo ditugu.

Olatzek: Hotza pasatzera eta nekatzera joan nahi dute aurten ere.

Anderrek: Beti-betikoa egitera joatea gustatzen zaie. Betiko hondartzan ordu batzuk egotearren egon beharko dugu familia guztiak amonaren apartamentuan.

Leirek: Leku berriak ezagutzeko erosi zuten traste hori, eta ez dugu bi ordu baino gehiago emango toki bakoitzean. Lasaitzera joan beharrean estresatzera joango gara orain ere.

— Zer argazkirekin lotzen dituzue lau gazteen familien oporrak?

Jon | Olatz | Ander | Leire

— Entzun zer dioten besteen oporraldiei buruz, eta erantzun.

Zertara joango lirateke...

Pirinioetara / Benidormera / Meridara / autokarabanaz

5. Proposatu plan interesgarriak oporretarako. Aukeratu nora eta idatzi esaldiak zertara joan nahi duzuen azalduz. Erabili egitura desberdinak.

- Skateko pista berriak probatu.
- Eskalatu.
- Extremadurako gazta dastatu.
- Ezkutuko tokiak deskubritu.
- Wind-surfeko ikastaroa egin.

Pirinioak
Benidorm
Merida
autokarabanaz bidaiatu

Ni Piriniotara joango nintzateke naturarekin bat egiteko; lasaitasunaz disfrutatzearren eta lagunekin egotearren. Gauetan suaren inguruan beldurrezko istorioak...

6. Berridatzi perpausak adierazitako egiturak erabiliz.

- Zuekin hitz egiteko asmotan etorri gara.
  (-t(z)earren)
- Azaldu ondo, gero nik Mireni konta diezaiodan.
  (-t(z)eko)
- Entzun dudanez, zure lagunak mendira joateko asmotan dabiltza.
  (-t(z)ekotan)
- Arroza prestatuko diot, tripako mina ken diezaion.
  (-t(z)eko)

55 PERPAUS OSAGARRIAK

Perpaus konpletiboak eta zehar-galderak mendeko perpaus osagarriak dira. Perpaus nagusiko aditzaren osagarri zuzenak izan ohi dira, eta ***zer?*** galderari erantzuten diote. Mendeko perpaus osagarri hori **adierazpena** denean, perpaus **konpletiboa** da. Aldiz, mendeko **galdera** bat bada, perpaus horri zehar-galderak deritzo. Zehar-galderak beraz, **zehar-estiloan** adierazitako galderak dira.

Anderrek esan du fanfictionaren antzezpenean parte hartu nahi duela. → perpaus konpletiboa

Anderrek ea fanfictionaren antzezpenean parte har dezakeen galdetu du. → zehar-galdera

Noiz erabiltzen ditugu perpaus konpletiboak eta zehar-galderak? Bada, beste norbaitek esandakoa edo galdetutakoa hirugarren bati kontatzean; alegia, kontakizunak zehar-estiloan egiten ditugunean. Aztertu adibidea:

Zer galdetu dizu?

Eta gero?

Zer erantzun dizu helbidea eskatu diozunean?

Galdetu dit *ea noiz dudan eskubaloi-partida.*

Partida ikustera *joango dela* esan dit.

Galdetu dit *ea kalera aterako naizen.*

Nire postan begiratzeko erantzun dit.
Hor mezu bat *aurkituko dudala* esan dit.
Nik abesti batzuk *pasatzea* nahi duela.

Erreparatu taulari eta aztertu perpaus mota bakoitza nola osatzen den.

Perpaus konpletiboak

Menderagailuen bidez **-(e)la** Perpaus nagusia baiezkoa denean **-(e)na** ziurra dela edo egia dela adierazteko. **-(e)nik** Perpaus nagusia ezezkoa denean	*Partida ikustera joango **dela** esan dit.* *Seguru nago erruduna Jon **dena**.* *Ez dit esan atzo nire zain egon **zenik**.*
Subjuntiboko adizkien bidez	*Berehala etor **zaitezen** nahi du.* *Liburua ireki **dezatela** eskatu die.*
Nominalizazioa Aditzoina + **-t(z)ea** (Nor, Nori eta Nork deklinabide-kasuetan)	*Diru asko **edukitzea** ez da garrantzitsua.* *Diru asko **edukitzeak** ez du garrantzirik.* *Diru asko **edukitzeari** ez diot garrantzirik ematen.*

Zehar-galderak

Menderagailuaren bidez **-(e)n**	*Galdetu dit ea kalera **aterako** naizen.* *Ez dakigu non eseriko **diren**.*

Argi!

Akatsik egin nahi ez baduzu, adi irakurri **argibide** hauek:

- Kontuz ibili zehar-galderetan, gaztelaniaren eraginez maiz akatsak egiten baitira:

  Ez dakizu esan didatena!* → *Ez dakizu **zer esan **didaten**!*

  Badakizu zer esan dit?* → *Badakizu zer esan **didan?*

- Ez nahasi perpaus konpletiboa eta erlatiboa. Maiz, konpletiboak erabiltzen baitira azken horien ordez.

  **Poltsa gorria eramango du, kremailera daukala.* → *Poltsa gorria eramango du, kremailera daukana.*

- Ez nahasi perpaus konpletiboak eta kausazkoak. Zergatia adierazi nahi baduzu, erabili kausazkoa.

  **Joan astiroago, oinean min dudala.* → *Joan astiroago, oinean min dut eta.*

1. Lotu bi multzoak, eta osatu perpaus konpletiboak eta zehar-galderak.

1 Lorek azkeneko mezuan dio...

2 Patxik galdetu digu...

3 Mateko irakasleak azpimarratu du...

4 Gure amonak badaki...

5 Ainhoak ez daki...

6 Guk ez dugu esan...

a ea non den klaseko bazkaria.

b bazkaria geuk prestatuko dugunik.

c nola erabiltzen den whatsapp-a.

d berari ez itxaroteko.

e zergatik haserretu diren Amaia eta haren neba.

f kontroletako notak kontuan hartuko dituela.

Argi!

Gogoan izan, adizkiari **menderagailua** lotzean:

-ke + **-(e)la** / **-(e)na** / **-(e)n** / **-(e)nik** → -keela, -keena, -keen, -keenik

lukeela, gaitezkeen, litzatekeena, zatekeenik

-te + **-(e)la** / **-(e)na** / **-(e)n** / **-(e)nik** → -tela, -tena, -ten, -tenik

luketela, zaitezketena, duten, dakitenik

2. Aukeratu esaldien esanahia.

- **Karmelek esan du ikastetxea itxiko dutela, ez dabilelako berogailua, baina ez du esan egia denik.**
  a) Benetan itxiko dute ikastetxea.
  b) Zurrumurrua izan daiteke.
- **Whatsapp-eko mezuak dio hamar mezu bidali behar direla, bestela bertan behera geratuko zaidala aplikazioa. Iñakik badaki gezurra dena.**
  a) Hamar mezu bidali ezean whatsapp-ik gabe gera zaitezke.
  b) Ez da egia mezuak dioena.
- **Herriko gazte bati eman diote gazte-literaturako Sari Nazionala. Ez dut entzun gure ikastetxekoa denik.**
  a) Sari Nazionala eman dioten gaztea ez da gure ikastetxekoa.
  b) Gure ikastetxekoa izan daiteke gaztea, baina nik ez dakit.

3. Aukeratu perpausa zuzenak.

1. **a)** Nire ustez, garestiegia dela.
   b) Nire ustez, garestiegia da.
2. **a)** Non da azterketa galdetu dit.
   b) Non den azterketa galdetu dit.
3. **a)** Ez dakizu gertatu zaidana.
   b) Ez dakizu zer gertatu zaidan.
4. **a)** Ez du esan norekin doanik.
   b) Ez du esan norekin doan.
5. **a)** Neuk deitzea nahi du Jonek.
   b) Neuk deitu nahi du Jonek.
6. **a)** Utzi kopiatzen azken jarduera, gaizki izan dudala.
   b) Utzi kopiatzen azken jarduera, gaizki izan dut eta.

4. Bete hutsuneak parentesi arteko aditzak nominalizatuz, eta dagozkien deklinabide-atzizkiak erantsiz (nor, nori edo nork).

- Musika hain ozen .... (entzun) kalte egingo dizu.
- Zer deritzozu bihar zinemara .... (joan)?
- Hurrengo egunean minik ez edukitzeko oso garrantzitsua da ur asko .... (edan).
- Horrelako gauzak .... (entzun) amorratu egiten nau.

5. Irakurri testua eta identifikatu perpaus konpletiboak.

Gustatu zaigula edo ez zaigula gustatu esaten dugu sarritan film bat ikusi ondoren. Baina beti ez da erraza izaten zehaztea. Inoiz pentsatu izan dugu bukaera aldatuko geniokeela pelikulari. Aitzitik, ongi dakigu gure eskuetan ez dagoela aldaketa hori.

Garbi dago ezin ditugula aldatu pelikulak edo liburuak, baina zirrikitu bat zabaldu zaigu unitate honetan. Orain deskubritu dugu, nik behintzat, liburuetako, abestietako edo pelikuletako zatiak alda ditzakegula, geure gustura molda ditzakegula eta geu ere idazki horietako protagonista izan gaitezkeela.

Doraemon Novitaren ondotik desagertu zenean, gehiago ez itzultzeko, mundu erdiko ikusleak negarrez geratu zirela irakurri nuen. Horietako bat al zara zu? Beharbada, oraingoan izango duzu Doraemon itzularazteko aukera.

— Irakurri presaka idatzitako iruzkin hauek, eta zuzendu perpaus konpletiboak eta zehar-galderak.

*

Zuek gogoratzen duzue azken eszena?

Nik ongi ez, baina uste dut Novita esnatu zenean Doraemon ez zegoen gelan.

Horren jarraipena egin behar dugu uste dut.

Zer iruditzen zaizue gosaldu ondoren Novitak Doraemon gelan lotan aurkitu?

Orduan une horretako elkarrizketa asmatu beharko genuke.

Ea ba! Novitak Doraemon esnatu egiten du eta esaten dio susto ederra eman dio. Orduan Doraemonek harrituta galdetzen dio ea zergatik hartu du sustoa. Horri erantzuten dio bahitu egin dute pentsatu duela. Doraemoni barregarria iruditzen zaio Novitaren ideia eta azaltzen dio oso gose esnatu da eta *dorajaki* batzuk jatera atera da loralegira. Orduan biek egiten dute barre eta Novitak esaten dio mesedez horrelakorik ez egin berriz.

6. Osatu zehar-estiloko kontaketa, forma zuzenak aukeratuz.

***Iron Man* filmean oinarritutako fanfica**

A-ikaslea: Tonyk diotso bake handia *dagoela* / *dagoen*.

B-ikaslea: Pepperek erantzuten dio hegaztiak ez *dabiltzala* / *dabiltzanik* lasai, ekaitza datorren seinalea dena / dela.

A: Tonyk esaten dio gauza bat esan behar *diola* / *dioela*. Pepperrek Killian suntsitu zuenean bere besoarekin, Mandarina desagerrarazi *zuen* / *zuela*; eta Killianek berak zuzentzen *zuena* / *zuela* Mandarina.

B: Orduan Pepperrek ezin du sinetsi.

A: Eta Tonyk azalpenak ematen dizkio. Esaten dio Mandarin berria alde onekoa *dela* / *dena*. Ho Yinsenek hartu *du* / *duela* orain haren itxura eta beren indarrei uko egin behar *diegula* / *dietela* esan *diola* / *dio*.

B: Orduan Pepperrek erantzuten dio ez *dela* / *den* posible, ezer ezean geratuko *litzateke* / *litzatekeela*.

— Amaitu zeharkako kontaketa.

7. Hona hemen kazetari baten eta gidoilari baten arteko elkarrizketa. Kontatu ikaskide bati, zehar-estiloa erabiliz.

—Noiz eta non estreinatuko da zuk idatzitako filma?
—Bihar gauean estreinatuko da, Donostian.
—Zenbat denbora eman duzu filmaren gidoia idazten?
—Urtebete baino gehiago ez dut uste. Egia esan, dezente kostatu zait bukatzea. Baina arrakasta izango du, ziur nago.
—Gidoilaria izateaz gain, aktore ere jardun duzu. Zer dela eta?
—Bai, norberaren produkzioa izanda, errazagoa da pertsonaiaren rolean sartzea.

8. Irakurri elkarrizketa lauko taldean.

Ane: Nik aldatu egingo nuke amaiera. Amaiera zoriontsua jarriko nuke.

Julen: Nik, ordea, negarrez jarriko nituzke irakurleak. Amaiera gogor bat izango litzateke dibertigarriena.

Leire: Nik airean utziko nuke amaiera. Nire ustez, irakurleek asmatzeko aukera izan behar dute.

Josu: Bada, nik ez dut batere garbi. Irune oso idazle ona da. Eskatuko diogu aholkua berari?

— Josuk Iruneri deitu dio eta lauren arteko eztabaida kontatzen hasi da. Amaitu kontaketa. Gero, alderatu ikaskideek egindakoarekin eta zuzendu okerrak.

Irune: Bai? Zer, Josu?

Josu: Kaixo Irune. Zu idazle ona zara, eta zure iritzia jakin nahi dugu. Ez dakigu nola amaitu klasean agindu diguten ipuina. Anek dio berak aldatu egingo lukeela amaiera eta amaiera zoriontsua jarriko lukeela. Julenek dio...

9. Berridatzi perpausak esaldi konpletiboak edo zehar-galderak erabiliz.

- «Nora zoaz?», galdetu zidan aitak.
  Nora nindoan galdetu zidan aitak.
- «Ez zaizu komeni hori egitea», ohartarazi dut Markel.
- «Non ote dago?», galdetzen zion bere buruari.
- «Ekarri al duzu eskatu nizuna?», galdetu nion.

10. Berridatzi perpausak emandako menderagailuak erabiliz.

- Badakit: zeu zara onena.
  Badakit zeu zarena onena.
- Kazetariek albiste bat idatz dezazun nahi dute. **-t(z)ea**
- Hauxe esan zidan: «Albiste on bat eman nahi dizut». **-(e)la**

KONTZESIO-PERPAUSAK

Kontzesio-perpausak **mendeko perpausak** dira, hau da, menderagailu baten bitartez lotzen zaizkio perpaus nagusiari. Kontzesio-perpausek perpaus nagusiko ekintza betetzeko **dagoen oztopoa** edo eragozpena adierazten dute.

Itsuak izan arren, Himalaiako espedizioan hartu zuten parte.

Menderagailu kontzesiboak asko eta askotarikoak dira. Hona hemen sailkapena aditz jokatuari edo aditz jokatugabeari lotzen zaizkion kontuan hartuta.

ADITZ JOKATUARI LOTUTA	ADITZ JOKATUGABEARI LOTUTA
nahiz (eta)... -(e)n	**nahiz (eta)...**
Nahiz eta azken partida galdu dugun, liga irabazi dugu.	*Nahiz eta azken partida galdu, liga irabazi dugu.*
-(e)n arren	**arren**
Azken partida galdu dugun arren, liga irabazi dugu.	*Azken partida galdu arren, liga irabazi dugu.*
ba-... ere	**-(e)z gero ere**
Azken partida galdu badugu ere, liga irabazi dugu.	*Azken partida galduz gero ere, liga irabaziko dugu.*
-(e)la ere	**-ta ere / -(r)ik ere**
Azken partida galdu dugula ere, liga irabazi dugu.	*Azken partida galduta ere, liga irabazi dugu.*
	-agatik (ere)
	Azken partida galduagatik (ere), liga irabazi dugu.

1. Irakurri gazteek zer dioten, eta identifikatu kontzesio-perpausak. Gero, esan zer egitura erabili duten perpaus bakoitza eraikitzeko.

— Ados zaude haiek esandakoekin? Berridatzi zure ideiekin bat datozen esaldiak, beste egituraren bat erabiliz. Ondoren, moldatu zure ideien kontrako esaldiak, zure iritzikoak bihurtzeko.

2. Lotu bi multzoetako ideiak, kontzesio-menderagailuak erabiliz. Saiatu ikasitako guztiak praktikan jartzen.

Eguraldi txarra egin. ◯	◯ Jan egingo dut.
Loteria tokatu. ◯	◯ Ez duzue gaindituko.
Hamaika bider esan. ◯	◯ Ez duzu hezurrik apurtu.
Pastel horrek itxura onik ez. ◯	◯ Ez dizuegu sinetsiko.
Azterketan apunteak atera. ◯	◯ Ordenagailua matxuratu egin zaio.
Kolpe ederra hartu. ◯	◯ Ez dut auto hori erosiko.
Antibirusa izan. ◯	◯ Tontorrera heltzen saiatuko gara.

Kontuan izan ohiko akats hauek kontzesio-perpausak idaztean:

— ***-(e)z gero ere*** menderagailua erabiltzen duzunean...

- Ez ahaztu ERE idaztea! *-(e)z gero* bakarrik erabiltzen baduzu, **baldintza-perpaus** bat da:

  Dirua izanez gero, oporretara joango naiz. // Dirua izanez gero ere, ez naiz oporretara joango.

- ***[ezkero]*** ahoskatu behar bada ere, ***-(e)z gero*** idatzi behar da.

— *Nahiz eta...* menderagailuak ***h*** darama beti; ***h*** rik gabe idazten baduzu, *izan* aditzaz ari zarela ulertuko dugu.

— Kontzesio-perpausen ostean, ***koma*** bat jarri ohi da, mendeko perpausen eta nagusiaren arteko banaketa adierazteko.

3. Bukatu kontzesio-perpaus hauek laukiko esaldiak erabiliz. Gero, saiatu perpausok berridazten, gutxienez beste bi menderagailu baliatuz.

- Hamaika iragarkitan agertu arren, ...
- Nahiz eta iragarkiak xaboi horrek arropa oso zuri uzten duela esan, ...
- Albistegietan esan badute ere, ...
- Gogoz saiatuagatik ere, ...
- Iragartzen duten guztia erosita ere, ...
- Nahiz eta iragarki batzuk oso dibertigarriak izan, ...
- Iragarkian naturako irudiak agertzen diren arren, ...

- ..., ez nauzu zapatila horiek erosteko konbentzituko.
- ..., niri iragarki barregarriak filmak baino gehiago gustatzen zaizkit.
- ..., behar duzuna baino ez duzu erosi behar.

4. Lotu ideia-bikoteak ikasitako menderagailu kontzesibo guztiak erabiliz.

iragarki asko ikusi	< >	gutxiago kontsumitu
diru asko izan	< >	zoriontsu izan
asko irakurri	< >	ortografia-akatsak
anai-arrebak izan	< >	iritzi berbera izan

— Idatzi kontzesio-perpausak, ideiak nahi bezala lotuz.

5. Berridatzi perpausak proposatzen diren menderagailuak erabiliz.

1. Nahiz eta gauero lan egin, goizetan fresko egoten da. (**arren,**)
2. Lasterketa bikaina egin badute ere, ez dute irabazi. (**-agatik ere,**)
3. Euskara galdu arren, askori ez zaio axola. (**ba-... ere,**)
4. Eskolara joanda ere, ez du ezer ikasten. (**-(r)ik ere,**)
5. Ekonomia gora doan arren, aurten langabezia ez da gutxitu. (**Nahiz eta ... -(e)n,**)
6. Eguraldi ona egin ez arren, mendira joatea pentsatu dugu. (**-(e)n arren,**)
7. Beti gezurretan ibiliagatik ere, ez zitzaidan pertsona txarra iruditzen. (**ba-... ere,**)
8. Nahiz eta asko hitz egiten duen, ez du ezer esaten. (**-agatik ere,**)
9. Antzerki-lanak hiru ekitaldi izan bazituen ere, bat baino ez genuen ikusi. (**-(e)n arren,**)

6. Berridatzi perpausak ikasitako egitura kontzesibo guztiak erabiliz.

Kontzesio-perpausa

Oso gutxi ikasi **ba**nuen **ere**,
azterketa bikain egin nuen.

Perpaus nagusia

Kontzesio-perpausa

Diru asko zeukan **arren**,
Jonek ez zituen lagunak zinemara gonbidatu.

Perpaus nagusia

7. Erreparatu irudiei eta asmatu ahalik eta kontzesio-perpaus gehien.

KONPARAZIO-PERPAUSAK

Bi elementuren arteko konparazioa egin nahi denean, konparazio-perpausak erabiltzen dira. Konparazio-perpausak hiru multzo nagusitan banatzen dira esanahiari erreparatuz gero. Aztertu adibideak eta taulako sailkapena.

Laura Peru bezain zaharra da. Idoia Peru baino zaharragoa da. **Nolakotasuna** adierazten dute.

Laurak Peruk beste urte ditu. Idoiak Peruk baino urte gehiago ditu. **Zenbatasuna** (kantitatea) adierazten dute.

Udazkeneko hostoak nola, hala erortzen ari zaizkit niri malkoak. **Modua** adierazten dute.

	BERDINTASUNA	DESBERDINTASUNA
nolakotasuna	• ***bezain*** hitza erabiltzen da batik bat. *Egongelako leihoa logelakoa bezain handia da.*	• ***baino ... -ago*** egitura erabiltzen da. *Egongelako leihoa logelakoa baino handiagoa da.*
zenbatasuna	• ***beste*** edo ***adina*** hitzak baliatu ohi dira. Adi, hitz horien atzean ageri den izena beti mugagabean deklinatzen da: *Zigorrek Eiderrek beste idazlan egin ditu.* *Irakasleek ez dute ikasleek adina gol sartu.* • Konparagaia neurtu bai, baina zenbatu ezin denean (indar, garrantzi, bero...) ***besteko*** erabiltzen da, eta izena **mugatu singularrean** deklinatzen da: *Nik zuk besteko indarra dut.* *Filmak liburuak besteko interesa piztu du ikasleen artean.*	• ***Baino... gehiago*** edo ***baino... gutxiago*** erabiltzen da. *Zigorrek Eiderrek baino idazlan gehiago egin ditu.* *Irakasleek ez dituzte ikasleek baino gol gutxiago sartu.* 
modua	• Honako menderagailu hauek erabiltzen dira: ***-(e)n bezala/legez*** ***hala... nola*** ***ba-... bezala*** ***(hala)... nola... bait-/-(e)n*** ***bait-...-(e)n*** *Satorra balitz bezala ibiltzen da bulegoan zokomiran.*	• ***ez bezala*** *Teresak ez bezala, Eunatek egia esateko ohitura du.*
bestelakoak	• ***ahal (den)ik eta ... -ena/gehien:*** *Ahalik eta politena aukeratuko dugu. / Ahal denik eta marrubi gehien hartuko dugu.* • ***zenbat eta ... -ago/gehiago ... orduan/hainbat eta ... -ago/gehiago:*** *Zenbat eta zaharrago, orduan eta jakintsuago. / Zenbat eta disko gehiago eduki, hainbat eta kaxa gehiago behar ditu.*	

Argi!

• Konparatzen diren bi elementuak **kasu berean** deklinatu behar dira beti:

NiK zuK beste atsegin dut talde hori.

NiRI zuRI adina gustatzen zait talde hori.

• Normalean konparazio-perpausetan **aditza behin** baino ez dugu aipatzen. Zenbaitetan, ordea, mendekoan aditza aipatzea **beharrezkoa** da:

**Azterketa ez da izan irakasleak bezain erraza.* → *Azterketa ez da izan irakasleak esan duen bezain erraza.*

1. Irakurri edo entzun poema. Gero, aukeratu poemarekin bat datozen baieztapenak.

> Itsasoa mahai-zapi zabala da
> eta zerumuga baino harantzagotik
> norbaitek astintzen du etengabe,
> kaioak gainetik ken daitezen
> mahai-zapitik ogi-apurrak bezala.
>
> JK Igerabide

- Itsasoa mahai-zapi bat baino zabalagoa da.
- Astintzen ari diren mahai-zapi handi bat legez mugitzen da itsasoa.
- Itsaoa eta mahai-zapiak alderatu ditu ni poetikoak.
- Ahal denik eta harantzagotik astindu behar da mahai-zapia.
- Zerumuga bezain urrun dagoen tokiren batetik astintzen dute mahai-zapia.
- Kaioak kentzeko ogi-apurrak baliatzea legez jotzea da.
- Ogi-apurrak ez bezala kentzen dira kaioak.
- Ni poetikoak metafora bat eta bi konparazio erabili ditu, gutxienez, poema osatzeko.

— Irakurri dituzun baieztapenetatik, zein dira konparazio-perpausak? Sailkatu, aurreko orrialdeko taulan ikasitakoaren arabera.

2. Osatu perpausak, kasu bakoitzean aukera zuzena eginez.

- **Pertsonaia horrek ez du honek ... kemenik.**
  a) adina b) besteko
- **Nire ideiak ez dira zureak ... onak.**
  a) bezain b) adina
- **Nebari ahizpari baino ... interesatzen zaizkio nire gauzak.**
  a) beste b) gehiago
- **Gure amamak ... urte ez dauka inork herrian.**
  a) beste b) bezain
- **Galleta asko daude, eta nahi ... jan ditzakegu.**
  a) beste b) bezain

3. Osatu testua menderagailuak dagozkien tokian jarriz.

ahalik eta ... gehien • bezain • besteko
zenbat eta ..., orduan eta ... • baino • adina

Nagoreren ustez, dirua edukitzea ♠♠♠ gauza onik ez dago munduan. Dudarik gabe, ♠♠♠ diru ♠♠♠ lortu nahi du; hau da, aberatsek ♠♠♠ diru eduki nahi du, eta haiek ♠♠♠ aberastasuna lortu. Haren lagun guztiek, aldiz, Nagore oker dagoela pentsatzen dute. Lagunentzat osasuna dirua ♠♠♠ garrantzitsuagoa da, eta ♠♠♠ diru gehiago izan, ♠♠♠ okerrago dela diote.

— Entzun eta zuzendu.

4. Berridatzi perpausak, proposatutako egiturak erabiliz.

- Menditik jaistea ez da igotzea bezain erraza. *(baino)*
- Zuk nik besteko ausardia duzu. *(bezain)*
- Ondoko gelakoak gu baino txikiagoak dira. *(bezain)*
- Ez da auzo osoan parke hau bezain handirik. *(-agorik)*
- Kepa ez da zu bezain alferra. *(baino)*
- Ikerrek ez du zuk bezain ondo egin. *(baino)*
- A taldekoak B taldekoak bezain indartsuak dira. *(adinako)*

5. Aukeratu kasu bakoitzean esaldi zuzena.

1. a) Nebak amak beste disko erosi ditu.
   b) Nebak amak beste diskoak erosi ditu.
2. a) Neska horrek ni baino gezur handiagoak esaten ditu.
   b) Neska horrek nik baino gezur handiagoak esaten ditu.
3. a) Esaldi honetan beste horretan bezain argi ikusten dut erantzuna.
   b) Esaldi honetan beste horretan bezain argiago ikusten dut erantzuna.
4. a) Nik zuk beste gogo dut.
   b) Nik zu besteko gogoa dut.
5. a) Zuhaitz honi horri adinako fruitu atera zaizkio.
   b) Zuhaitz honi horri adina fruitu atera zaizkio.

6. Berridatzi esaldiak esanahia mantenduz.

- Anek eta Edurnek etxe kopuru bera dute.
- Xabierrek bost ume ditu; Anderrek, aldiz, bi.
- Iaz Mariaren txakurrak eta katuak 3 kilo pisatzen zuten; aurten, aldiz, 4 kilo.
- Markelek diru gehiago irabaziko balu, pozago egongo litzateke.

7. Osatu konparazio-perpausak.

- Aitziberrek bi neba-arreba ditu; nik, bat.
- Jon Anderrek asko jaten du. Zuk ez duzu gutxiago jaten.
- Guk ondo ulertu dugu nola egin behar den jarduera hau; zuek ez duzue oso ondo ulertu.
- Atzo Gasteizen 10 gradu zeuden; Bilbon, ordea, 14 gradu zeuden.
- Ikasgela honetan asko hitz egiten da; ondoko ikasgelan ere asko hitz egiten da.
- Zure idazlana oso ondo dago, eta Mirenena ere bai.

8. Erreparatu irudiei, eta sortu ahalik eta konparazio-perpaus gehien bost minutuan.

PERPAUS ERLATIBOAK

Zenbaitetan, bi perpaus elkartzen direnean, mendeko perpausak **informazioa gehitzen** du perpaus nagusian dagoen **izen** bati buruz. Halako mendeko perpausek, beraz, **izenondoaren** funtzioa betetzen dute. Perpaus erlatiboak dira.

Surf-txapelketan irabazi dudan surf-ohola **estreinatu dut gaur!**

perpaus erlatiboa = oholari buruzko informazioa — perpaus nagusia

Perpaus erlatiboa ***-(e)n*** menderagailuaren bitartez lotzen zaio perpaus nagusiari. Bi perpausek, erlatiboak eta nagusiak, **elementu komun bat** dute: **izen** bat. Bi perpausak lotzean, mendeko perpausean isildu egiten da izen hori, horregatik **elementu isildua** deitzen zaio.

*[Surf-txapelketan **surf-ohol** bat irabazi dut.] + [Gaur **surf-ohola** estreinatu dut.]*

↓

*Surf-txapelketan (**surf-ohola**) irabazi dudaN surf-ohola estreinatu dut gaur.*

Honako kasu hauetan osa daitezke perpaus erlatiboak:

- Elementu komuna **deklinabide-kasu berean** deklinatuta dagoenean, bai perpaus nagusian, bai mendekoan.

  Bidetik *zure etxea ikusten da.* ***Bidetik*** *etorri naiz.* — *Zure etxea ikusten den* ***bidetik*** *etorri naiz.*

  Nondik — Nondik

- **Oso lotura estua** dagoenean mendeko perpauseko elementu komunaren **deklinabide-kasuaren** eta **aditzaren artean:** *nora-joan, non-egon, nondik-etorri...*

  *Larunbatean egon nintzen kontzertu**A** ikusgarria izan zen.*

- Elementu komunak **Nor**, **Nori** edo **Nork** funtzioa duenean mendeko perpausean.

  *Gaur lehengusu**AK** urtebetetzea ospatzen du. Lehengusu**A** pozik dago.*

  *Gaur urtebetetzea ospatzen duen lehengusu**A** pozik dago.*

  Adi! Elementu komunak bestelako deklinabide-kasu bat badarama (**NOR**, **NORI** edo **NORK** ez dena) mendeko perpausean, ezin da perpaus erlatiborik sortu:

  Oparia lagunARENTZAT erosi dut. LagunA pozik dago. // *Oparia erosi dudan lagunA pozik dago.

  Horrelakoetan, hiztunak elementu komuna perpaus erlatiboan **NOR**, **NORI** edo **NORK** kasuetan jartzeko modua aurkitu behar du:

  - *Nire oparia jaso duen **laguna** pozik dago.* // (Lagunak oparia jaso du. Laguna pozik dago)
  - *Oparia erosi genion **laguna** pozik dago.* // (Lagunari erosi genion oparia. Laguna orain pozik dago.)

1. Irakurri perpausak, eta lotu, erlatiboak erabiliz.

- Gaur plazan neska bat ikusi dut. Neska ez zait lotsatia iruditu.
- Gure etxe osteko muinoan etxola bat dago. Etxolara di-da batean igotzen ginen denok.
- Laster hamazazpi urte beteko ditu mendizale honek. Mendizale hau munduko gailurrik altuenetan ibili da.
- Azken espedizioan Indiako bitxigile bati zilarrezko lepoko bat erosi zion. Zilarrezko lepokoa begietan islatzen zaio.
- Betaurreko potolo horien azpian babesten da begirada. Begiradak txundituta nauka.

— Bilatu erantzunak testuan.

«Nire txikitako lagun Amalur betaurrekodun neska lotsati eta barnerakoia zen haurtzaroan, baina gaur plazan ikusi dudan neska ez zait lotsatia iruditu.

Txikitan, gure etxe osteko muinoan dagoen etxolara di-da batean igotzen ginen denok, bera izan ezik. Gaur, ordea, ziztu bizian igo da, ondo entrenatutako kirolaria dela agerian utziz.

Laster hamazazpi urte beteko dituen mendizale hau munduko gailurrik altuenetan ibili da.

Azken espedizioan Indiako bitxigile bati erosi zion zilarrezko lepokoa begietan islatzen zaio. Betaurreko potolo horien azpian babesten den begiradak txundituta nauka.»

— Zein da perpaus horietako elementu komuna, erlatiboan isiltzen dena?

Ohartu zaitez, mendeko perpausa txertatzean, elementu komunak perpaus nagusian behar duen **deklinabide-marka** hartzen duela.

Gainera, elementu komuna zein den aurretiaz jakinez gero, ez da agertu ere egiten. Aztertu adibideak:

Zuk gustuko duzun mutilAK agurtu nau. // Zuk gustuko duzun mutilARI ez diot ezer esan.

Zuk gustuko duzunAK agurtu nau. // Zuk gustuko duzunARI ez diot ezer esan.

2. Berridatzi perpausak.

- Zure neba ezagutu nahi duen neska bat etorri da gaur eskolara.
- ♣♣♣ -na.
- Gustatu al zitzaizun atzo ikusitako filma?
- ♣♣♣-n filma?
- Zuk bidali zenizkion loreak pitxer batean ditu.
- ♣♣♣-tako ♣♣♣.
- Oparitu dizkidazun loreek ez dute eraginik izan nigan.
- ♣♣♣-ek ♣♣♣.
- Izebak iloba guztiak eraman ditu oporretan, ni izan ezik.
- Ni naiz ♣♣♣.
- Entzundako txorakeriek ez dute zerikusirik zuk hartu duzun erabakiarekin.
- ♣♣♣-n ♣♣♣-tako ♣♣♣.

3. Osatu elkarrizketa.

agindutako • esandakoak • dauden
adierazitakoari • nituenak • dakarrena

Marta: Zer da Igonek esku artean ♦♦♦?

Harkaitz: Irakasleak ♦♦♦ lanak dira.

Marta: Egia! Zeharo ahaztuta ♦♦♦!

Harkaitz: Baina atzo bertan gogorarazi nizun-eta liburuan ♦♦♦ ariketak egin behar zirela!

Marta: Bai, baina zuk ♦♦♦ askotan ez diot jaramonik egiten.

Harkaitz: Nola esan dezakezu horrelakorik! Zuk ♦♦♦ ez dauka barkamenik!

— Entzun eta zuzendu.

— Elkartu ikaskide batekin, banatu rolak eta irakurri.

Badaude beste bi modu perpaus erlatiboak sortzeko: aditz-partizipioari ***-tako/-dako*** edo ***-(r)iko*** gehituz. Baina, amaituta dauden ekintzei buruz mintzatzeko soilik erabil daitezke, alegia, aspektu burutua duten aditzekin soilik.

*Atzo egin nuen **azterketa** erraza izan zen. → Atzo egin**dako** azterketa erraza izan zen.*

*Bihar egingo dugun **azterketa** erraza izango da. → *Bihar **egindako** azterketa erraza izango da.*

*Gaur goizean entzun dugun **albistea** harrigarria da. → Gaur goizean entzun**iko** **albistea** harrigarria da.*

*Bihar emango dugun **albistea** harrigarria izango da. → *Bihar eman**iko** albistea harrigarria izango da.*

4. Identifikatu perpaus erlatiboak eta aztertu zeinetan erabil daitezkeen ***-tako/-dako*** edo ***-(r)iko*** formak.

Miren: Erosi dudan sakelako berriak aplikazio ugari ditu. Horien artean aparteko kalkulagailu bat. Kalkulagailu horri esker, bihar egingo dudan azterketa gainditzea espero dut.

Elaia: Baina zer diozu! Eskolara ezin da sakelakorik eraman.

Miren: Ez?

Elaia: Ez ba! Datorren ikasturtean zuzendari izango den irakasle hark esan zigun.

Miren: Hara! Tira, berdin-berdin gaindituko dut.

Elaia: Zu bai baikorra!

Miren: Amari zor diot bizitzari aurre egiteko adorea. Egia esan behar badut, ez dut jakin eskertzen amarengandik jaso dudan heziketa.

Elaia: Tira, ez zaitez memelontzi jarri. Herenegun ezagutu genuen mutikoa dakarkidazu gogora.

Miren: Zein? Tximak bolaluma batez lotuta zeramatzana?

Elaia: Ez, urduri jarri eta tximinokeria bat bestearen atzetik esaten hasi zena.

Miren: Egia! Gizajoa! Niri ere gertatzen zaizkit halakoak. Gogoan dut...

Elaia: Utzi, utzi, zahar-kontuak... Gatozen harira! Egiten ari zaren pastela amari eramango diogu, ezta? Eman zizuna eskertzeko edo?

Miren: Kar-kar-kar! A zer mari-barregarri egina zauden!

— Berridatzi testua, alda daitezkeen formak aldatuta.

— Entzun eta alderatu zuk egindako berridazketarekin. Desberdintasunak akatsak dira ala gauza bera esateko forma desberdinak? Binaka, aztertu.

Perpaus erlatiboak **izenaren atzean** ere erabil daitezke, aposizio gisa:

Zure lehengusina, Hendaian bizi dena, ikusi dut gaur.

Horrelakoetan, kontuz ibili behar da, erlatiboak konpletiboekin ez nahasteko:

**Musikari bat etorri da, zu ezagutzen zaituela.* → *Musikari bat etorri da, zu ezagutzen zaituena.*

5. Sortu perpaus erlatiboak esaldiak elkartuz.

- Neska eserita dago. Neska nire lehengusina da.
- Mutila tranbiatik jaitsi da. Mutila Andoni da.
- Animaliek belarra jaten dute. Animaliak belarjaleak dira.
- Zuk atzo soineko gorria erosi zenuen. Soinekoa oso polita da.
- Egun hartan Kepa ezagutu nuen. Egun hura ez dut sekula ahaztuko.

6. Aztertu honako perpaus hauek eta esan zein lot daitezkeen perpaus erlatibo batean. Gero, berridatzi erlatiboak osatzeko.

a) Okela txakurrarentzat erosi genuen. Txakurra orain atzetik dabilkigu.

b) Zinemara zure lagunarekin joan nintzen. Zure laguna Mikel da.

c) Kontzertua zure lagunengatik atzeratu zen. Zure lagunek barkamena eskatu digute.

7. Zuzendu akatsak.

*

- Euskara irakaslea, gure auzoan bizi dela, bizikletaz etortzen da eskolara.
- Mutil horrek esan dituenak ez naute kezkatzen.
- Atzo bazkaldu genuen mutilarekin ikusi dut gaur.
- Egunero zurekin hitz egindako mutila oso jatorra da.
- Gizon bat etorri da lehen, zuzendariarekin hitz egin nahi zuela.

59 MODALIZAZIOA

Hiztunak esaldiei erantsitako **kutsu subjektiboa da modalizazioa.** Mezua bakarra izaten da, baina hiztunaren esku dago modu batera edo bestera esatea. Hau da, **Nola esaten dugun** esaten duguna.

Hiztunak mezuari **ziurtasun-, zalantza-, beharrizan-** edo **aukera-kutsua** erants diezaioke.

Gurasoei ikasgelako afaria duzulako etxeratzeko ohiko ordua luzatzeko eskatu nahi diezunean, ziurrenik honako hau izaten duzula buruan: *zer esan behar diedan argi dut, kontua da NOLA ESAN.*

Ziurtasuna adieraziz:

Gaur ikasgelako afaria dugu. Ezbairik gabe, berandu etorriko naiz.

Zalantza adieraziz:

Gaur ikasgelako afaria dugu. Uste dut ohi baino beranduago etxeratuko naizela.

Beharrizana adieraziz:

Gaur ikasgelako afaria dugu. Ohi baino beranduago etxeratu behar dut, bakarrik etorri nahi ez badut.

Aukera adieraziz:

Gaur ikasgelako afaria dugu. Ziurrenik, berandu etxeratuko naiz.

Hiztunak **inplikazioa**ren arabera ere modaliza dezake mezua:

- Hiztunak **bere burua** inplikatuz:

  Ni neu ziur baino ziurrago nago gaur berandu iritsiko naizela.

- **Solaskidea** inplikatuz:

  Gaur berandu etxeratuko naiz. Nik bezain ondo dakizu zuk hori.

1. Entzun *Oporrak* entzungaia eta sailkatu modalizazio-baliabideen adibideak igorlearen jarreraren arabera.

ZIURTASUNA

PROBABILITATEA

ZALANTZA

BEHARRIZANA

— Osatu taula dakizkizun formak gehituz.

2. Berridatzi esaldiak nabarmendutako hitzen baliokideak emanez.

a) Iazko oporretan **ederto** pasatu genuen; aurten elkarrekin **joan beharko dugu** berriro.

b) Asteburu honetan eguraldi **petrala** egingo **omen** du; **inor** ezingo da bizikletaz ibiltzera joan.

c) Atzo Jonek eta Xabik **sekulako** eztabaida izan zutela **esango nuke**; muturtuta etorri direla **iruditu zait.**

d) Alaznek esku artean duen liburua **erdipurdikoa izango** da, berak hartzen duen liburu **oro** bi egunean amaitzen baitu **euria egin, ala eguzkia**; baina honekin astebete badaramala **esango nuke.**

3. Irakurri eta egin jarduerak.

«Antza denez, hemendik urte gutxira eskola guztietan eleaniztasuna ezarriko da. Horren ondorioz, ume guztiak txiki-txikitatik hizkuntza batean baino gehiagotan komunikatzeko gai izango omen dira. Beraz, badirudi etorkizunean errazagoa izango dutela mundu globalizatu honetan murgiltzea»

— Zer jarrera adierazten du Mikelek horrela hitz egitean? Zergatik? Azpimarratu jarrera hori adierazteko erabili dituen baliabideak.

— Berridatzi Mikelen hitzak, jarrera hauek adieraziz:

A ziurtasuna **B** probabilitatea

Hona hemen mezuak zuzentasunez modalizatzeko aholkuak:

1 Kontuz kalko okerrekin!

* *Berandu iristeko baimena emango zenidake, ama?
(*¿Me podrías dar permiso para llegar tarde, ama?)*

→

- *Berandu irits naiteke, ama?*
- *Emango al didazu berandu iristeko baimena, ama?*

2 **Graduatu** inplikazioa, neurriko graduatzailea erabiliz.

a) *Lagun **guztiak** joango dira etxera gaueko hiruretan.*

b) *Lagun **gehienak** joango dira etxera gaueko hiruretan.*

c) ***Hainbat** lagun joango dira etxera gaueko hiruretan.*

d) *Lagun **bakarren bat** joango da etxera gaueko hiruretan.*

3 Egiaztatu egindako modalizazioa **testu mota** bakoitzaren ezaugarriekin bat datorrela.

Objektiboak izan behar duten testuetan (albisteak, laburpenak, azalpen-testuak...) ezin da hiztunaren inplikaziorik egon.

*Bart gauean Donostiako Intxaurrondo auzoko Kutxabankeko bulegoan lapurreta izan zen. *Nik uste dut lapurrak emakumeak zirela, perla-lepoko bat topatu baitute ihes egiteko erabili omen zuten leihoaren ondoan.*

4. Lotu graduatzaile bakoitza bere baliokidearekin.

nahiko ◯	◯ den-denak
gehienak ◯	◯ zenbait
batzuk ◯	◯ bakar batzuk
oso ◯	◯ ia guztiak
gutxi ◯	◯ inondik inora
batere ◯	◯ guztiz
erabat ◯	◯ izugarri
guztiak ◯	◯ samar

— Sortu esaldiak, graduatzaileak erabiliz. Ondoren, trukatu ikaskide batekin eta berridatzi harenak, graduatzaile baliokideak erabiliz.

Omen eta ***bide*** partikulak, antzeko esanahia badute ere, desberdinak dira. *Omen* partikulak besteen iritzia inplikatzen du; *bide* partikulak, berriz, ez du inor inplikatzen, aukera edo posibilitate soila adierazten du.

Alaitzek okerreko bidea hartu omen du. (Inori entzundakoa esaten dugu)

Alaitzek okerreko bidea hartu bide du. (Haren berandutzea azaltzeko arrazoi posible bat adierazten dugu.)

5. Irakurri eta egin jarduerak:

— Aztertu Iratxek erabilitako modalizazioa. Zer-nolakoa iruditzen zaizu? Badago baieztapen horiek horrela igortzerik, ala errespetu falta ageri dute? Eztabaidatu.

— Berridatzi esaldiak, errespetuzko iradokizun bihurtuz.

60 ESKUBIDEAK, DEBEKUAK ETA BETEBEHARRAK

Ikastetxean, kiroldegian, igerilekuan, administrazioarekiko harremanetan, ... sarritan agertzen zaizkigu herritarrok ditugun **eskubideak, debekuak** eta **betebeharrak.** Hau da, araudiak.

Eskubideak adierazteko egiturak	• **Ahal izan** • **Ahalerako adizkiak** • **Aukera izan** • **Eskubidea izan** • **Utziko da** • **... nahi duenak ... izango du.**	• Idazlana egiteko, aurkeztuko diren bi gaien artean aukeratu *ahal izango* da. • Aukeratzen den gaia iritzi-askatasun osoz gara *daiteke,* baina betiere jarrera sexistak, homofoboak, arrazistak, erlijioen aurkakoak saihestuz. • *Aukera izango da* euskaraz edo ingelesez egiteko. • Parte-hartzaileek *eskubidea izango dute* beren hiztegiak ekartzeko eta erabiltzeko. • Txapelketara ur-botila gardenak bakarrik eramaten *utziko da.* • Erreklamazioa egin *nahi duenak* idazkaritzan *izango du* horretarako aukera.
Debekuak adierazteko egiturak	• **Geroaldia ezezkoan** • **Ezin izan** • **Ahal izan** ezezkoan • **Eskubiderik ez izan** • **Debekatu, galarazi, eragotzi...** aditzak erabiliz • **Ez da utziko** • **Ez da libre izango**	• Parte-hartzaileak *ez dira* gelatik *irtengo* lana entregatu arte. • Idazlanak *ezin izango* dira arkatzez idatzita aurkeztu. • Txapelketa amaitu ondoren, *ez da* ezer entregatu *ahal izango.* • Ikasgelatik irtenez gero, parte-hartzaileek *ez dute* ikasgelan berriro sartzeko *eskubiderik izango.* • *Debekatuta dago* sakelako telefonoak ekartzea. • *Ez da utziko* ezer idazten, denbora amaitu dela adierazi ondoren. • *Ez da libre izango* idazlanaren luzera; 250 hitz izan behar ditu gutxienez, eta 500 gehienez.
Betebeharrak adierazteko egiturak	• **Geroaldia baiezkoan** • **beharrezkoa / nahitaezkoa / derrigorre(z)koa** • **behar / beharko** • **-t(z)eko(ak) izan** • **-tu beharra izan** • **beharturik / behartuta / derrigorturik / derrigortuak** • **Partizipioa + beharreko + izena** • **Elipsia** • **Ez + subjuntiboa** • **Aginterako adizkiak**	• Idazlanak tinta urdinez edo beltzez idatzita *aurkeztuko dira.* • Idazlanen lehiaketan parte hartzeko *nahitaezkoa izango da* izena epe barruan ematea. • Lehiaketaren egunean, parte-hartzaileek 10 minutu lehenago *egon behar dute* ikasgelaren aurrean. • *Kontuan hartzekoak dira* idazlanak egiteko irizpideak. • Proba-gelara sartzeko ikasle guztiek ikasle-txartela erakutsi *beharra dute.* • Parte-hartzaile guztiak baldintzak betetzera *behartuta daude.* • Hurrengo kapituluetan zehaztuko dira salbuespen izateko *bete beharreko* baldintzak. • Hona hemen salbuespen izateko bete behar diren baldintzak: • *Ez dadila* inor ikasgelatik atera idazlana entregatu gabe. • Izena jartzean, *adierazi* ikasle-zenbakia.

1. Irakurri araudia eta identifikatu lekuz kanpo dauden esaldiak.

GAZTE-OPORRALDIAK 14-17 URTEKOENTZAT.
INFORMAZIOA ETA ARAUAK

1. Banaka edo taldeka egin daitezke izen-emateak *14-17 urtekoentzako Gazte-oporraldietan.*
2. Zozketarako izen-ematea: apirilaren 4tik 11ra bitartean.
3. Bizi egin behar dira oporraldi hauek. Beharrezkoak dira gazteon garapenerako.
4. Ez da onartuko izena emateko inprimaki bat baino gehiago eskatzaile bakoitzeko.
5. Zozketan plaza lortu dutenek behin betiko izen-ematea maiatzaren 2tik 12ra egin behar dute.
6. Erreklamazioak izendatutako tokietan eta Internet bidez egin ahal izango dira.
7. Oporraldien dinamika ez etetearren, galarazita dago bisitak jasotzea, baita gazteak bisitengana hurbiltzea ere.
8. *Gazte-oporraldiak* lagunak egiteko, euskara hobetzeko, ligatzeko... erabil daitezke.

— Sailkatu arauak, **eskubideak**, **debekuak** ala **betebeharrak** adierazten duten kontuan hartuta. Azpimarratu esanahi hori ematen duten hizkuntzaegiturak.

eskubideak	debekuak	betebeharrak
...	...	...

2. Jarraian *Gazte-oporraldien* funtzionamendurako arau gehiago dituzu. Berridatzi arauak adierazteko formulak, esanahi berbera duten beste forma batzuk erabiliz.

GAZTE-OPORRALDIAK 14-17 URTEKOENTZAT.
FUNTZIONAMENDURAKO ARAUAK

- Gazteek *Gazte-oporraldiak* programako jardueretan partehartze aktiboa izan behar dute, arazo bereziren bat tartean ez badago.
- *Gazte-oporraldiak* programa euskaraz, frantsesez edo gaztelaniaz egin ahal izango da.
- Hautatutako hizkuntza izango da komunikazioan erabili beharrekoa; beraz, ezinbestekoa da hizkuntza ondo jakitea.
- Gazteek kasu guztietan instalazioko arauak, ordutegiak, ekipamendua eta ingurumena errespetatu behar dituzte.
- Pertsona guztiek elkar errespetatu behar dute eta ez da onartuko inoren kontrako bazterketa- edo xenofobia-adierazpenik, ezta inor beldurtzerik ere.
- Instalazioetatik salbuespenezko kasuetan soilik irten ahal izango da, eta arduradunaren baimena beharko da.
- Lekua lortu eta kuota ordaintzen denetik aurrera, dirua ez da itzuliko funtsezko arrazoiren bat ez badago.
- Debekatuta dago alkohola, tabakoa edo beste substantzia batzuk edukitzea eta kontsumitzea.

3. Ibon kokoteraino dago urtero Gabonetan opari berberak jasotzeaz. Entzun Ibonek zer dioen eta erantzun.

- Zer deritzozu Ibonek esandakoari? Zuri gertatu zaizu inoiz horrelakorik?
- Zure ustez, zer arau jarriko ditu Ibonek?

— Irakurri Ibonek idatzitakoa eta aukeratu adierazpen zuzenak arauak ondo idatzita egon daitezen.

- **Galarazita dago** / **Galarazita daude** urtero gauza bera oparitzea (dirua izan ezik).
- **Ezin izango da** / **Ezin izango du** opari aspergarririk oparitu.
- Bereziki **debekatuta daude** / **debekatutak daude** galtzerdiak, barruko arropa, eskularruak, bufandak, txanoak, perfumeak eta aterkiak.
- Opariak garestiak edo merkeak **izan daitezke** / **izan daitezkez**. Merkeak badira, diru apur batekin konpentsatu **ahal izango da** / **ahalko izan da**.
- Opariek originalak **izan beharko dute** / **behar izango dute**.
- **Ezinbestekoa da** / **Beharrezkoak dira** nire gustuen arabera **aukeratzea** /**aukeratu** opariak.
- Nirekin etorri **nahi denak** / **nahi duenak** oparia erosteko nire laguntza eta borondate guztia **izango du** / **izango da**.

— Berridatzi arauak koadernoan, hizkuntza-egitura desberdinak erabiliz, eta gehitu zeuk asmatutako beste bi.

4. Osatu esaldiak emandako adierazpenekin, eta jakingo duzu zer-nolako portaera izan behar den opariekiko Malaysian.

ez da ... behar • egongo dira • izan behar dugu
ez da ..... erabiliko • erabili ahal izango dira
ez dira irekiko • jaso behar dira • egin ahal izateko

MALAYSIA

- Opariak lagunen eta senideen artean egiten dira; beraz, opari bat ♠♠♠ aldez aurretiko nolabaiteko harremana ♠♠♠ pertsonarekin.
- Opariak ♠♠♠ oparitzen dituen pertsonaren aurrean, eta jasotzen direnean, bi eskuekin ♠♠♠ eta eskuazpiak gora begira ♠♠♠ beti.
- Biltzeko, ♠♠♠ paper zuria ♠♠♠, kolore hori heriotzarekin eta hileta-elizkizunekin lotuta baitago; ezta horia, urdina eta beltza ere.
- Gorria eta haren tonu guztiak ♠♠♠, baita urre-kolorea ere; kolore horiek oso gustukoak dituzte-eta.
- ♠♠♠ oparitu ♠♠♠ labanarik, guraizerik edo mozteko balio duen objekturik, ezta lastozko sandaliarik, paper zuririk edo ordularirik ere, horiek guztiak ere heriotzarekin lotzen direlako.

5. Irakurri egoera eta egin jarduera.

Gabonetan, gazte japoniar bat izango da Leireren etxean. Leirek lagun japoniarra etxean bezala senti dadin nahi du. Horretarako, japoniarren ohiturei buruzko testu bat aurkitu du, eta, bertan dioena oinarri hartuta, araudi bat sortu nahi du familiako guztiek bete dezaten.

— Irakurri Leirek hartutako oharrak eta lagundu araudia idazten, kasu bakoitzean aproposak diren hizkuntza-egiturak erabiliz.

Opariak dotore bildu behar ditugu, eta zorte ona ematen duten koloretako paperez. Gustukoenak gorriak eta urre-kolorekoak dira.

Opariak emateko garaian, bi eskuak erabili behar dira, eta burua pixka bat makurtu, errespetu- eta umiltasun-seinale gisa.

Opari bat jasotzen dugunean, modu atseginean errefusatu behar dugu hasiera batean, eta segidan, onartu egin behar dugu.

Japoniarrentzat oso garrantzitsua da hierarkia, eta horregatik, ez litzateke batere egokia izango maila desberdina duten bi pertsonari opari berdina egitea, errespetu faltatzat har litekeelako.

Opariak ez dira emandako unean irekitzen; bakarrik gaudenerako uzten da kontua.

Araudia

1. Beharrezkoa da oparia dotore biltzea, paper gorriarekin edo urre-koloreko paperarekin.

— Alderatu ikaskide batekin. Desberdintasunak akatsak dira, ala eduki berbera adierazteko forma desberdinak erabili dituzue? Aztertu.

/// TREBEZIAK

- JENDAURREAN HITZ EGITEKO JARRAIBIDEAK
- JABETZA INTELEKTUALA

61 JENDAURREAN HITZ EGITEKO JARRAIBIDEAK

Jendaurrean hitz egiteko jarraibideak

Ahoz komunikatzeko trebetasunak

Prestatzeko unea

1

Gaia aztertzeko fasea

- Ongi **ulertu** gaia.
- Apuntatu zer ideia izan behar dituzun kontuan ikerketa egiteko.
- Apuntatu zer dakizun gaiari buruz.

Gaia ikertzeko eta ezagutzeko fasea

- Ikertu, zure oharretatik abiatuta.
- Bilatu informazioa iturri fidagarrietan.
- Antolatu jasotako informazioa ideien antolatzaile batean. Honako egitura hau izan dezake: gaia, argudioa, galderak, ebidentziak, bibliografia.

Informazioa hautatzeko eta idazteko fasea

- Idatzi tesi bat.
- Idatzi argudioak:
  - Baieztatzekoak
  - Arrazoitzekoak
  - Ebidentziak
- Antolatu argudioak garrantziaren arabera.
- Erabili hizkera egokia, hartzailearen araberakoa.
- Egokitu informazioa zure tartearen iraupenera.
- Berrikusi azalduko duzun informazioa. Honelakoa izan behar du:
  - Gaiaz hitz egiteko egokia.
  - Koherentea eta kohesionatua.
  - Zuzen idatzia.
- Hautatu, prestatu eta antolatu euskarrietarako materiala.

Entseatzeko fasea

- Errepikatu diskurtsoa edo azalpena behar beste aldiz, harik eta menderatzen duzun arte.
- Entseatu ispilu baten aurrean, ahal baduzu, eta grabatu, nahi duzuna hobetzeko.

2 Egiteko unea

Hitzezko hizkuntza:

- Ahotsa:
  - Ahoskatu ondo soinuak.
  - Erabili bolumen egokia, denak ondo sentitzeko.
  - Erritmoa ez dadila monotonoa izan. Kontuan izan hizkuntzaren etenaldiak.
  - Abiadurak egokia izan behar du; 1etik 10era bitarteko eskalan, 6-7 bitartekoa.
  - Hartu arnasa behar bezala, ahotsa publikoari helarazteko.

Mintzaldiaren egitura

- Hasiera:
  - Saiatu publikoaren arreta erakartzen galdera ireki baten edo gaiarekin zerikusia duen autore baten aipu baten bidez.
  - Aurkeztu zeure burua publikoari eta esan nor zaren eta nor ordezkatzen duzun.
  - Aipatu zer gairi buruz hitz egingo duzun.
- Garapena:
  - Eman zure mintzaldia eta, horretarako, aurkeztu tesia, garatu argudioak eta azaldu ebidentziak.
- Amaiera:
  - Laburbildu zure hitzen hasierako puntua.
  - Eskerrak eman publikoari bertan entzuten egoteagatik.
  - Hitz egiteko txanda amaitzeko, erantzun hasierako galderari edo hausnartu hasierako aipuaren inguruan.

Hitzik gabeko hizkuntza

- Saiatu keinu normalak egiten:
  - Begiratu publiko guztiari haien arreta erakartzeko.
  - Saiatu begiradarekin konplizitatea lortzen.
  - Ondo jarri. Oinak ondo bermatuta.
  - Eskuak naturaltasunez mugitu.
  - Besoak ere hitzaldiaren erritmoan mugitu.
  - Ez ibili alde batetik bestera, entzuleek arreta gal dezakete.
  - Laguntzeko material proiektagarria badakarzu, jar zaitez pantailaren albo batean, ez estali.

3 Analisia edo ebaluazioa egiteko unea

Kontuan izan beharreko puntuak:

- Mintzaldiaren egitura eta gaia ezagutzea:
  - Hasiera.
  - Garapena.
  - Amaiera.
- Hitzezko hizkuntza:
  - Ahots argia:
  - Abiadura:
- Hitz gabeko hizkuntza:
  - Aurpegierak eta keinuak.
  - Mugimenduak eta joan-etorriak.
- Material proiektagarria.

62 JABETZA INTELEKTUALA

Jabetza intelektuala

Zer da jabetza intelektuala?

Edozein pertsonari bere sorkuntzengatik dagokion eskubidea da.

Ikus-entzunezko edozein sorkuntza, hala nola argazki bat, bideo bat edo ahots-ohar bat, jabetza intelektualaren eskubidearen menpe dago.

Zer gertatzen da Interneten?

Interneteko jabetza intelektuala ere eskubide bat da, eta aukera ematen dio sortzaileari bere lanaren edukiaz, argitalpenaz eta banaketaz erabakitzeko.

Sare sozialak eta plataforma digitalak erabiltzen ditugunean erabilera-baldintzak onartzen ditugu. Besteak beste, gainerako erabiltzaileen jabetza intelektualerako eskubidea errespetatzeko konpromisoa.

Jabetza intelektualaren aurkako delituak Interneten

1. Erreprodukzio, kopia edo banaketa delitua
2. Esportazio edo biltegiratze delitua
3. Segurtasun neurrien aurkako delitua

Gogoratu

Errespetatzen ez den edozein eskubidek delitu bat dakar.

Zer gertatzen da adin txikikoa banaiz?

Adin txikikoen sorkuntzak ospe eta errekonozimendu handiagoko artisten sorkuntzak bezain babestuta daude.

Nola jokatu?

1. Defendatu zure eskubideak: zerbait gustatzen ez bazaizu, jakinarazi.

   Inork ez du eskubiderik zure argazki, bideo edo audio-grabazio bat baimenik gabe bidali edo argitaratzeko.

   Inork ez du eskubiderik zure izena erabiltzeko edo zure baimenik gabe etiketatzeko.

2. Jabetza intelektualaren aurkako delitu baten biktima izan zarela uste baduzu, jakinarazi.

3. Ziurtatu beti beste pertsonaren baimena duzula. Bestela, jabetza intelektualaren aurkako delitua izan daiteke.

4. Hirugarren pertsonen edukia heldu bazaizkizu, ziurtatu eduki hori zabaltzea baimenduta dagoela. Hala ez bada, jabetza intelektualaren aurkako delitu baten konplize izan zaitezke.

INFORMAZIOA INTERPRETATZEA ETA SORTZEA

Informazio zientifikoa interpretatzea eta sortzea

Marrazkiak

Marrazkiak erabiltzea oharrak laburtu eta irudikatzeko.

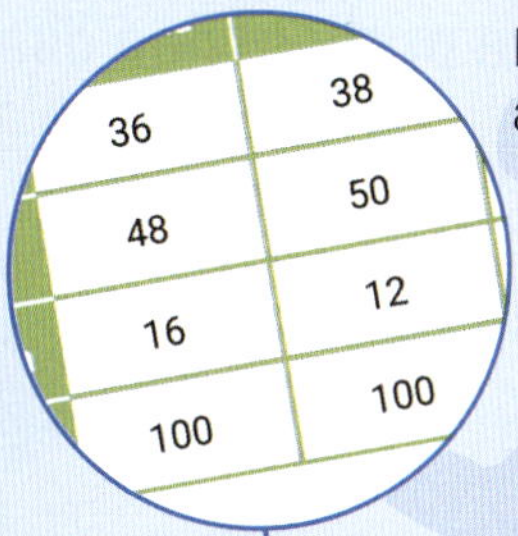

Taulak

Datuak antolatzea, edukia aztertzeko.

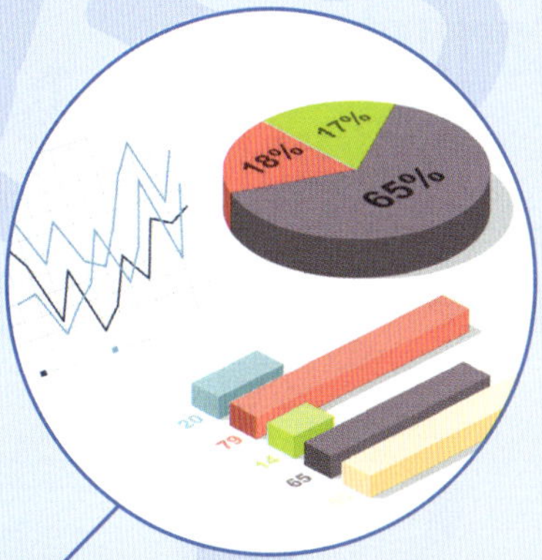

Grafikoak

Datuak grafikoki adieraztea, zer-nolako portaera duten aztertzeko.

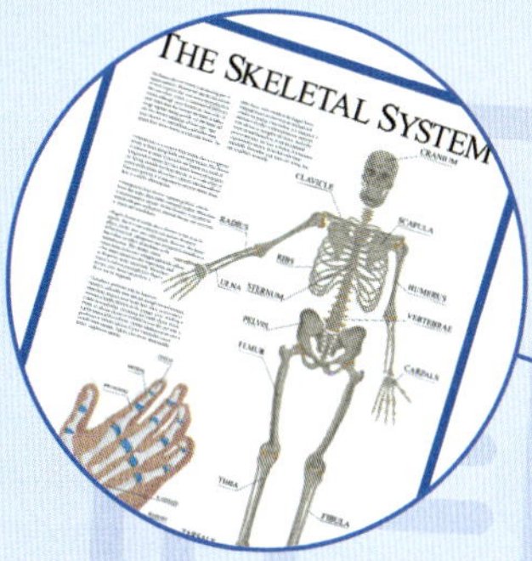

Posterrak

Emaitzak gainerakoei modu argian eta laburrean komunikatzea.

Txostenak

Emaitzak idatziz adieraztea. Horrez gain, ondorioak arrazoitzea, eta ondorio horiek lortzeko erabilitako prozedura zehaztea.

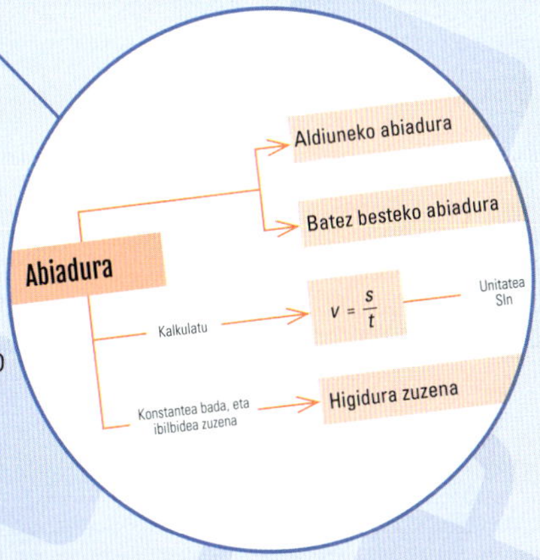

Eskemak

Egitura logiko baten bidez lotzea ideak, begiz erraz ulertzeko moduan.

IKTen bidez komunikatzeko beste hainbat modu

64 SEGURTASUNA SAREETAN

Interneten eta sare sozialetan, pertsona batzuek anonimotasuna erabil dezakete beste pertsona batzuez aprobetxatzeko. **Sen ona** eta **prebentzioa** dira segurtasunez nabigatzeko tresna nagusiak.

Segurtasun-aholkuak

1. Ez eman datu pertsonalik.
2. Ez sinistu irakurtzen duzun guztia.
3. Idatzi pasahitz zail bat eta aldatu maiz.
4. Mezu arrotz edo susmagarririk jasoz gero:
   - Sare sozialetan, blokeatu erabiltzailea eta salatu erabilera desegokia.
   - Webgune batera sartzean agertuz gero, itxi eta pasatu antibirusa ekipoari.
5. Ez fidatu https-z hasten ez diren webguneez.
6. Ireki saio seguruak eta itxi amaitzean.
7. Egin segurtasun-kopiak aldian-aldian.

Sare sozialetako mehatxu nagusiak

Pribatutasuna galtzea. Irudi eta bideo pribatuak argitaratzea protagonisten baimenik gabe.

***Phishing*a.** Fikziozko webguneen bidez datu pertsonalak lortzea, pertsona bati *hacking*a egiteko.

***Grooming*a.** Heldu batek adingabe baten konfiantza lortzeko egindako ekintza maltzurrak.

Ziberjazarpena. Jazarpen psikologikoa egitea, Internet, teknologia interaktibo digitalak eta/edo telefono mugikorra erabiliz.

***Hacking*a.** Kontu edo profil pribatuetara sartzeko identitatea ordeztea.

NOLA EGIN AURRERA ARAZOEI?

1 Zehaztu helburua

Irtenbide bat bilatzea izan daiteke, formula bat topatzea, eredu bat aurkitzea...

2 Egin galderak zeure buruari

Baita gauza berari buruz ere, zenbait modutan.

3 Adierazi zure kezkak

Aurkeztu problema zenbait modutan.

4 Saiatu konponbidea topatzen

Ez etsi!

5 Aztertu emaitzak

Zerbait aldatuko zenuke?

Abilezia lagungarriak

JAKIN-MINA | SORMENA | LANERAKO GAITASUNA | BAIKORTASUNA | MALGUTASUNA

Zailtasunen aurrean, gogoratu:

- Akatsak ikaskuntzaren parte dira. Denok egiten ditugu akatsak, eta haietatik ikas dezakegu.
- Batzuetan, beharrezkoa izaten da estrategia aldatzea. Bilatu beste bide batzuk, jarraitzeko.
- Hartu denbora. Blokeatu egiten bazara, egin etentxo bat eta indarberritu.

NOLA HARTU APUNTEAK

Nola hartu apunteak

1 Izenburua eta zenbakia jarri

Idatzi beti leku berean ikasgaiaren izena, data, orrialde-zenbakia...

2 Hizkera zehatza eta zuzena

Ikasten jartzen zarenean ulertu egingo duzula ziurtatu.

3 Adibideak idatzi

Irakasleak eskolan ematen dituen adibideak edo zuri bururatzen zaizkizunak.

4 Folioan hutsune zuriak utzi

Datu berriak edo ikaskideren batek esandakoak jasotzeko balioko dizute. Aukera ona da atal bakoitzaren hasieran hutsune zuria uztea, ahal duzunean **eskema** bat egiteko sarrera gisa. Halako eskemei esker begiratu batean jakingo duzu zer eduki edo informazio duzun apunteetan.

5 Azpimarratu edo nabarmendu

Azpimarratu gako-hitzak edo koloreztatu informazio garrantzitsuena.

6 Kontzentrazioari eutsi eta ez galdu arreta

Funtsezkoa da apunteak zuzen hartzeko. Arreta jarri irakasleak azalpenean esaten dituen hitzetan (jakin behar duguna..., laburbilduz..., baina garrantzitsuena da...). Zer nabarmentzen duen ere izan kontuan.

7 Bilatu zure estiloa

Erritmoa ez galtzeko eta informazio garrantzitsua jasotzeko modua topatu; dela esaldi laburrak erabiliz, dela gako-hitzak, laburdurak edo ikurrak jarriz, dela marrazkiak edo ikonoak baliatuz...

Apunteak hartzeko laburdura batzuk:

+	(gehiago)	**art.**	(artikulua)	**adib.**	(adibidea)	**ik.**	(ikus)
-	(gutxiago)	**admin.**	(administrazioa)	**esk.**	(eskuina)	**sin.**	(sinonimoa)
x	(bider)	**<**	(txikiago)	**ezk.**	(ezkerra)	**iz.**	(izena)
/	(zati)	**>**	(handiago)	**h.**	(ordua)	**izond.**	(izenondoa)
=	(berdin)	**g.er.**	(gutxi erabilia)	**min.**	(minutua)	**ad.**	(aditza)
zk.	(zenbakia)	**etab.**	(eta abar)	**seg.**	(segundoa)	**izord.**	(izenordaina)
pl.	(plurala)	**e.b.**	(esate baterako)	**e.**	(Erabili beharreko forma)		...

ERABAKIAK HARTZEA

6 pauso erabaki eraginkorrak hartzeko

1 Problema eta aukerak definitu.

2 Problema eta aukera guztiak aztertu.

→ Zer da benetan nahi dudana?
Zer alternatiba ditut?
Nola sentitzen naiz?

3 Alternatibak ebaluatu.

→ Zer lortuko dut kasu bakoitzean?
Zenbateko ahalegina egin beharko dut?

Zure emozioak bideratu, erabakia hartu baino lehen.

4 Aukeretako bat hartu.

5 Erabakia gauzatu.

→ Ez izan huts egiteko beldur.
Ikasteko aukera bat izan daiteke.

6 Erabakiaren emaitzak eta ondorioak aztertu eta baloratu.

→ Beharrezkoa bada, hasierara itzuli.

INFORMAZIO FIDAGARRIA

Interneten informazio fidagarria aurkitzeko aholkuen gida

1 Lehenetsi webgune ofizialak, eta saihestu autoargitalpenak:

✓ **Webgune ofizialak:** unibertsitateen, Gobernuaren eta ofizialki aitortutako erakundeen orriak.

✗ **Autoargitalpenak:** web pertsonalak, eztabaida-foroak, sare sozialak, publizitate-orriak, etab.

2 Erabili komunitate zientifikoak erabiltzen dituen baliabideak, hala nola:

- **Artikulu zientifikoen bilatzaileak:** Google akademikoa, PubMed, Dialnet, etab.
- **Datu-baseak:** MEDLINE, Scopus, etab.

Bilatzaile horiek webeko argitalpen zientifiko guztiak biltzen dituzte, egiazkotasuna frogatzeko kontrol zorrotzak gainditu behar izan dituztenak.

3 Aztertu testua datu errealetan oinarritzen den eta kontrastatu informazioa beste leku batzuetan:

- Testu fidagarri batek zenbait datu (zenbakizkoak edo bestelakoak) ematen ditu, eta ondorio logikoak ateratzen ditu datu horietatik.
- Aldizkari, liburu edo web ofizialetatik lortutako datuak dira, eta horien erreferentziak ere zehazten dira, informazioa kontrastatu ahal izateko.
- Ondorioak modu objektibo, argi eta zuzenean adierazten dira.

4 Ikertu testuak egilerik baduen eta nor den: ea ikasketa ofizialik egin duen gaiari buruz, ea erakunde ofizialen bateko kidea den, etab.